中国少数民族审美文化丛书

彭修银　主编

满族民间文学概要

阎丽杰◇著

MANZU MINJIAN WENXUE GAIYAO

中国社会科学出版社

图书在版编目（CIP）数据

满族民间文学概要/阎丽杰著．—北京：中国社会科学出版社，2017. 12
（中国少数民族审美文化丛书）
ISBN 978 - 7 - 5203 - 1104 - 5

Ⅰ. ①满… Ⅱ. ①阎… Ⅲ. ①满族—民间文学—文学研究—中国
Ⅳ. ①I207. 921

中国版本图书馆 CIP 数据核字（2017）第 235999 号

出 版 人	赵剑英	
责任编辑	郭晓鸿	
特约编辑	席建海	
责任校对	李　莉	
责任印制	戴　宽	

出　　版	中国社会科学出版社	
社　　址	北京鼓楼西大街甲 158 号	
邮　　编	100720	
网　　址	http://www.csspw.cn	
发 行 部	010 - 84083685	
门 市 部	010 - 84029450	
经　　销	新华书店及其他书店	

印　　刷	北京明恒达印务有限公司	
装　　订	廊坊市广阳区广增装订厂	
版　　次	2017 年 12 月第 1 版	
印　　次	2017 年 12 月第 1 次印刷	

开　　本	710 × 1000　1/16	
印　　张	22.75	
插　　页	2	
字　　数	336 千字	
定　　价	99.00 元	

总　序

彭修银

　　2006 年农历丙戌年伊始，我有幸被中南民族大学聘为该校的第一位首席教授。我到中南民族大学以后，根据民族院校的特点和学科建设的需要，在学校领导的支持下，成立了"中南民族大学中南少数民族审美文化研究中心"。中心成立不久就被湖北省教育厅批准为湖北省人文社会科学重点研究基地。中心的主要任务：一是对中国少数民族的美学思想资源进行挖掘和整理；二是在中国少数民族审美文化整体研究的基础上，侧重于对中国南方少数民族美学和艺术理论的系统梳理和文化阐释；三是研究中国少数民族审美文化与当代审美文化建设的关系，探究适合中国南方少数民族地区审美文化事业的发展模式和对策。为了有效地反映中心的研究成果，我们创办了《民族美学》（以书代刊），拟定了《中国少数民族审美文化丛书》（20 种）的编写方案。

　　审美文化是介于人类感性的、物质的文化活动和理性的、精神的文化活动之间的所有审美化活动、审美化事象。具体包括以下四个层面：（1）理论性、思辨性、概念性话语层面。这一层面主要以美学思想的形式表现出来；（2）体验性、文本性、形式性创造层面。这一层面主要以艺术活动、艺术作品表现出来，以绘画、音乐、舞蹈等艺术门类为主体；（3）时尚性、习俗性、风情性层面。这一层面主要以社会性、公众性、主流性文化趣尚表现出来。以言语行为、交际往来、服饰装扮等方面的好尚为重心；（4）工艺性、器物性、设计性层面。这一层面主要以物质的形式呈现出来，如住室设计、民间工艺设计、日常生活实用品设计等。根据审美文化的四个层面以及中国少数民族审美文化的特点，本丛书将采用两种体例进行编写：一种是从挖掘中国少数民族门类艺术文化的审美意蕴来编写，即"中国少数民族服饰文化审美论""中国少数民族建筑文化审美论""中国少数民族舞蹈文化审美论""中国少数民族音乐文化审美论""中国少数民族戏剧文化审美论"等。一种根据对中国南方各个少数民族审美意识外化的理性形态美学思想的挖掘和感性形态艺术作品的整理来编写，即"土家族审美文化""瑶族审美文化""苗族审美文化""壮族审美文化""彝族审美文化""侗族审美文化""高山族审美文化""傣族审美文化""纳西族审美文化""白族审美文化""羌族审美文化""黎族审美文化"等。

中国少数民族审美文化和美学思想是在各个民族独立自存的文化背景中形成的，其历史悠久、蕴涵丰富、形态鲜活，具有"现代性"价值和东方文化特征。在全球文化不断趋向交流融合的今天，它正以深刻的思想智慧、特殊的理论形态和广泛的艺术实践，为西方美学和艺术的发展提供了丰富的思想资源和实践力量。越来越多的世界级的学者和艺术家把向往的目光投向了中国少数民族审美文化和艺术。本丛书的编写、出版，一方面向国人提供一套专门性的中国少数民族审美文化文本，另一方面向世界审美文化提供丰富的思想资源。

有关中国少数民族审美文化和美学思想的研究在我国还刚刚起步，本丛书诸多未备，甚至谬误百出，尚祈学术界同人和广大读者不吝批评指教，不胜感幸！

目　　录

绪　论

中国各个民族都有自己的民间文学，不同民族的民间文学和本民族的生活环境、风俗习惯、地理位置都有着密切的关系。满族民间文学有着鲜明的民族性和地域性。满族民间文学是中国民间文学的重要组成部分，满族民间文学以其独特的文化特质放射出耀眼的光芒。

满族民间文学是满族民众集体创作、世代以口头传承为主的一种语言艺术。满族民间文学以口头语言为主要载体，大胆地抒发民众的情感，塑造具有满族民族特点的艺术形象，通过叙述故事展示满族独特的话语构成。满族民间文学往往是世代传承的结果，在传承过程中，被不同的作者不断地加以改编，因而，满族民间文学是满族人民集体智慧的结晶，不是某一个天才作家的创作。

"艺术科学的研究应该扩展到一切的民族中间去，对于从前最被忽视的民族，尤其应该加以特别注意。"①

满族民间文学总体特征如下。

第一，满族民间文学和一般的专业文人创作是有区别的，满族民间文学和满族民众的联系更密切，甚至有些满族民间文学本身就是满族民众生活的一部分。因此，很多满族民间文学本身具有二重性，它既属于生活本身，又属于文学艺术。有些作品很难区分是属于生活的还是属于艺术的。如满族的萨满神

---

① 朱狄：《艺术的起源》，中国社会科学出版社 1982 年版，第 27 页。

歌、满族的劳动歌谣，既是满族人生活不可缺少的一部分，又是文学作品，满族民间文学和生活呈现了一种水乳交融的亲和状态。

第二，满族民间文学往往是口头传承的，即口碑文学。金史记载："女直（女真）既未有文字，亦未尝有记录，故祖宗事皆不载。宗翰好访问女直老人，多得祖宗遗事。太宗初即位，复进士举，而韩昉辈皆在朝廷，文学之士稍拔擢用之。天会六年，诏书求访祖宗遗事，以备国史，命勖与耶律迪越掌之。勖等采摭遗言旧事，自十祖以下十帝，综为三卷。"（《金史》卷六十六）

第三，满族民间文学不是突出某个天才作家，而是某类民间文学作品的丰富多彩。作品的丰富性在于类型的丰富性。满族民间文学为民众所创作，在民众中流传，被民众所接受。在满族民间文学中，很难找到作品的原创者，我们找到的往往只是传承人。满族民间文学作品往往是世世代代相传下来的，是集体传承、创作的结果。

第四，满族民间文学呈波浪式发展的传承态势。（1）满族民间文学的传承主要在口耳之间，少有文字记载，因而在传承过程中，总会有不一致的地方。（2）满族文学是民间集体传承，因此，每个传承人对于作品的传承会多少有些出入。但总体来看，满族民间文学不论怎样传承，万变不离其宗，作品总体框架保持不变，满族民族特色不变。

满族民间文学作品的每一次传承都有艺术再创造的成分，传承者可以根据自己的主观因素对作品进行加工润色，打上个人的主观烙印。

第五，满族民间文学表现了满族人特有的民族心理。满族的民族心理决定了满族的语言、思想、信仰、习俗等和其他民族是不同的，这导致了满族民间说唱艺术的创作与汉族不同。

首先，满族文学作品中满族作家表现出了满族特有的民族自主意识。满族文学作品中表现了入主中原、建立清朝的自豪感，而汉族的诗词往往表现故国之思、兴亡之感，明末清初的汉族作家有这种心态的很多。清朝满族诗人吴兰雪写道："边墙踏破中原定，帝铭彤弓拜家庆。箭传三尺六寸长，百石能开猿臂强。"① 这首诗充分表现了满族入主中原的自豪感。"清以异族入主中原，汉人多有家国陆沉之痛。"② 明末清初，明代遗民人数众多，有关文献资料较为丰富，如顾炎武、黄宗羲、王夫之等明末清初三大遗民思想家，八大山人等遗民画家以画喻时言志，都表现出了兴亡之感。钱谦益的《投笔集》系晚年之作，多抒发反对清朝、恢复故国的心愿。乾隆时，他的诗文集遭到禁毁。这正从一个侧面反映出钱谦益"文化遗民"的面目。

其次，满族文学作品在继承汉族文学作品时，以满族的民族心理为创作的依据，继而修改汉族文学作品的主题，把满汉冲突改成爱情冲突。从《桃花扇》里也可以看出满族和汉族在文学创作中表现出的民族心理差异。汉族作家孔尚任的《桃花扇》用所谓"春秋笔法"，描写了侯方域和李香君的爱情悲剧。当时各省起兵抗清的前后三藩早已平定，孔尚任是借离合之情，写南明兴亡之感。孔尚任在《桃花扇》的结尾写道："渔樵同话旧繁华，短梦寥寥记不差；曾恨红笺衔燕子，偏怜素扇染桃花。笙歌西第留何客？烟雨南朝换几家？传得伤心临去语，年年寒食哭天涯。"③ 这种感受不是满族作家所有的。同样是写《桃花扇》，满族作家和汉族作家有着完全不同的心理感受，满族作家只写了爱情的悲剧，而把兴亡感抹掉了。八旗子弟书中写的《守楼》，选自《桃花扇》中的一段，把李香君血染桃花扇的起因改成是由于有人逼婚所致，李香君的死完全没有了兴亡之感，完全抹杀了其中的政治因素。"只因为当朝宰相贵阳的亲戚，田百源他后房思聘一美多娇。久闻令爱多姿色，特恳我在旧院红楼访一遭……他相府的吉时错不得分毫。逼的个香君无可奈，芳心一狠转纤腰。花容碰在楼窗上，晕倒在尘埃血点儿飘……昏沉多会才苏醒，见那素扇洇湿都是血点儿抛。"④ 同样是《桃花扇》，汉族和满族处理的方式完全不同，这主要是由于民族心理差异造成的。

---

① （清）昭梿撰：《啸亭杂录》，何英芳点校，中华书局1980年版，第299页。
② 张家生：《八旗十论》，辽宁民族出版社2008年版，第5页。
③ （清）孔尚任：《桃花扇》，人民文学出版社1982年版，第261—262页。
④ 张寿崇主编：《满族说唱文学子弟书珍本百种·守楼》，民族出版社2000年版，第370页。

　　对于《孟姜女》故事，汉族和满族创作的民族心理也是不同的。长城是古代中国在不同时期为抵御塞北游牧部落联盟侵袭而修筑的。秦始皇修长城，是因为害怕北方游牧民族的侵略。据史料记载，一个叫卢生的方士，受始皇之命出海，回来后，给始皇带回了句话，说："亡秦者，胡也。"另外，只有在北方修筑长城，才能抽调主要兵力，用于列国之间的兼并战争和保卫战争，才能完成统一大业。因此，秦始皇动用了秦国全国的国力，让多少老百姓流离失所，妻离子散。这样才产生了汉族的民间故事《孟姜女》。而在满族创作的关于孟姜女的《满汉合璧寻夫曲》中，省略了抵御北方游牧部落的起因，"吕不韦妻怀贪种贪秦业，贪根子生出贪种作贪贼。孟子说固国不以山溪为险，秦始皇偏筑长城白骨成堆。害尽苍生天地惨，毒流四海鬼神悲"①。可见，在满族文学作品中，潜在的民族创作心理改变了修长城的起因。满族的文学创作趋向于满汉融合。

　　第六，满族民间文学与汉族文化呈逐渐渗透的状态。

　　满族民间文学总体上有个特点，即随着时间的推移，满族文学与汉族文化日渐渗透，越到后期，满族民间文学渔猎文化的因素越少，农业文化的因素越多。

---

　　① 张寿崇主编：《满族说唱文学子弟书珍本百种·守楼》，民族出版社 2000 年版，第 47 页。

第一章　神话

神话是关于神的民间流传的故事，是先民们幻想的关于远古神的故事。神话的主角是各种神祇，如神仙、神灵、神怪、神鬼、神人等。神话是人类童年时期所有的共同的创作经历，它表现了先民用原始思维对于原始自然、社会的理解。马克思曾经说过：任何神话都是用想象和借助想象以征服自然力，把自然力加以形象化，是已经通过人民的幻想用一种不自觉的艺术方式加工过的自然和社会形式本身。这一论述揭示了神话的本质，即人们要认识自然力，征服自然力。神话创作以故事的形式表现了远古人民对自然社会现象的认识和愿望。闻一多十分重视古代神话的研究，认为神话在人类文化的发展过程中占有一个重要的地位。他写道："历史上曾有过三个大的思想体系：神话的，宗教的，科学的。其间第一个体系也许是最有统一性最能包罗万象，最能解释宇宙的整体。人类并非为纯粹的求知欲而创造这个思想系统。其主要的动机乃是出于支配宇宙的实际需要。——人必须有对人、动物以及一切物体及其精灵有控制权。"①

神话是图腾崇拜的进一步发展，是人类征服自然力的自觉的能动要求，其动机"出于支配宇宙的实际需要"。闻一多这一见解和马克思的看法是一致的。"任何神话都是用想象和借助想象以征服自然力，支配自然力，把自然力加以形象化；因而，随着这些自然力之实际上被支配，神话也就消失了。"②

---

① 俞兆平：《闻一多美学思想论稿》，上海文艺出版社 1988 年版，第 344 页。
② 《马克思恩格斯选集》第二卷，人民出版社 1972 年版，第 113、118 页。

第一节　满族神话特点

满族神话是十分丰富的，它是中国神话的重要组成部分。满族神话实际上是用原始思维对世界的一种形象化的诠释。满族神话形象生动，壮美宏大，极富诗意。满族神话是保存许多口头韵文的神话。

满族神话主要有创世神话、自然起源神话、人类起源神话、英雄神话、文化起源神话等。鲍亚士认为："神话的观念便是对世界的构成及起源的基本见解。"① 在满族神话中，著名的创世神是阿布凯恩都里，满族神话中的恶魔是耶鲁里。

神话主要是把自然拟人化，赋予大自然以生命，使自然成为人格化的神。神话的主要矛盾冲突是神与自然灾害的斗争。人类学家泰勒认为："对原始人来说，他所见所闻的任何事物，无论它们对人有害或有益，都是具有人格的，有灵魂的。"② "在不同民族中或在不同社会发展阶段上，神话的主角有时是动物，有时是半人半兽，比较多的神的形象是自然力的化身，它们在发展中逐渐成为人神，被奉为民族的始祖神。"③

第一，满族神话是满族先民对于不了解的大自然的一种主观的解释。

满族神话以满族特有的神话思维方式表达了对世界的理解。在满族神话中，人们最初对自然万物不能理解，人们对于不理解的东西产生了原始崇拜并伴随着神奇的想象、离奇的情节，用神来解释或用神来帮忙。对于人类为何会有生有死的不理解，产生了人类灵魂不死的神话。不理解的自然万物都成了神灵，有太阳神、风神、雨神、雷神、电神等。"昔者初民，见天地万物，变异

---

① ［美］鲍亚士：《神话与民俗》，《民俗》中山大学第 1 卷第 4 期。
② 朱狄：《艺术的起源》，中国社会科学出版社 1982 年版，第 26 页。
③ 钟敬文主编：《民俗学概论》，高等教育出版社 2010 年版，第 188 页。

不常，其诸现象，又出于人力所能以上，则自造众说以解释之，今谓之神话。"① 满族神话实际上是人类的童年时期对自然界最初的充满幻想性的思考和解释。

第二，满族神话主要反映了满族劳动人民的生活愿望。

"我不怀疑你们都知道古代的故事、神话、传说，但是我很希望大家更深刻地了解它们的基本意思。这个意思归结起来是：古代劳动者们渴望减轻自己的劳动，提高它的效果，防御四脚的和两脚的敌人，以及用语言的力量，即用'诅咒'和'咒语'的手段来影响自发的害人的自然现象。"②

满族先民文化类型属于渔猎文化，要战胜的对象主要是湖水的泛滥、变化无常和凶猛的"四脚敌人"——猛兽。满族人的斗争对象离不开满族的生产对象。满族神话与汉族神话不同的一个突出特点是：满族神话斗争的对象往往是猛兽，这和满族的渔猎文化有关。

在满族的神话中，有一个共性的东西，就是每当人们遇到困难时，都会有神仙帮助人类，这成为满族神话贯穿始终的一条主线。在傅英仁讲述的《满族萨满神话》中，几乎每一个萨满神话故事都有神在人类遇到困难时帮助人类的情节。

第三，满族神话反映了当时满族人的生产生活条件。

在满族神话中，可以看出远古时代满族人没有生产工具。满族神话反映了满族先民的生产方式和生活条件。公元前400年古希腊学者攸痕麦拉斯提出神话只是历史的传奇描述。满族神话不只是神奇的幻想、离奇的情节，实际上，满族神话间接地、真实地反映了满族原始的历史生活状况。"任何一个民族的艺术都是由它的心理所决定的；它的心理是由它的境况所造成的，而它的境况归根到底是受它的生产力状况和它的生产关系制约的。"③

---

① 鲁迅：《鲁迅全集》第8卷，人民文学出版社1938年版，第11页。

② ［苏］高尔基：《论人民创作的劳动基础》，《苏联民间文学论文集》，作家出版社1958年版，第93页。

③ 朱狄：《艺术的起源》，中国社会科学出版社1982年版，第78页。

第四，在满族神话中，对人有益的动物往往成为人的朋友，对人有害的动物往往成为敌人或者神。

满族先民以渔猎为生，常年与动物打交道，在满族的神话中有一个普遍的结构模式：对人有益的动物往往成为人的朋友，对人有害的动物往往成为敌人或者神。正如高尔基阐释的那样："古代所有的神都住在地上，和人相似，他们的举动和人一样：宽待驯顺者，仇视忤逆者，而且他们也和人一样好妒忌，好报复，好功名。宗教的思想并非产生于对自然现象的观照中间，而是产生于社会斗争的基础上面，神像人这个事实就是证明这个意见的证据之一。""在原始人的观念中，神并非一种抽象的概念，一种幻想的东西，而是一种用某种劳动工具武装着的十分现实的人物。神是某种手艺的能手，是人们的教师和同事。神是劳动成绩的艺术概括，而且劳动群众的'宗教的'思想必须加上一个引号，因为这是一种纯粹艺术的创作。把人们的能力加以理想化，同时好像预先感到它们的强大的发展，神话的创造就其基础讲来是现实主义的。在古代幻想的每一飞翔之下，我们容易发现它的推动力，而这个推动力总是人们想减轻自己的劳动愿望。"①

第五，满族的神话保存得比较丰富完整。

满族神话保存得比较完整，作品丰富，内容优美动人。首先，满族神话之所以保存得比较完整，就是因为萨满教在民间一直传承，满族神话中有大量的内容与萨满教有关，满族神话和萨满教常常结合在一起，因此，萨满教的稳定传承，使得满族神话得以完整保存。如《满族萨满神话》《尼山萨满》《满族萨满教研究》等都是由于与萨满教有关而得以传承。其次，满族民间有讲古的习俗，一到节日家族聚会、农闲时节，满族人就会聚在一处，讲述满族民间故事，人们口耳相传，使得满族神话得以流传。

第六，满族神话创作思维是原始思维。

原始思维主要是"互渗律"。没有因果逻辑联系的两个事物，由于接触，

---

① ［苏］高尔基：《苏联文学》，《文学论文选》，人民文学出版社1958年版，第322页。

产生了重大变化。原始思维是原始初民的思维，是在生产力低下，不认识客观发展规律的基础上的一种非理性的认识，其他民族早期神话创作也用原始思维进行创作。满族神话《三仙女》的传说就是互渗律在起作用。

原始思维的"互渗律"导致神、人、物可以自由地相互转化。"认为原始人的思维是具体的思维，他们不知道，因而也不应用抽象的思维，这种思维只拥有许许多多世代相传的神秘性质的'集体表象'。'集体表象'之间的关系不受逻辑思维任何规律所支配，它们是依靠存在物与客体之间神秘的互渗来彼此关联的。他认为不能把原始思维看成是儿童的思维，原始人的思维和我们的思维存在着质的区别。因此，任何企图解释原始人的观点和行为，如果根据我们的思维的观点解释愈是讲得通，就愈加不可靠。"[1]

第二节　满族神话作品举要

满族神话作品主要有：第一，创世神话，即解释宇宙万物起源的神话；第二，自然神话，即解释自然现象的神话；第三，英雄神话，即追溯英雄的贡献及其过人之处的神话。

《布库里雍顺》由本溪满族自治县非物质文化遗产保护中心、本溪满族自治县文化局、本溪满族自治县民族宗教事务局编，由民族出版社于2010年9月出版，属于满族的族源神话，用瑰丽的想象讲述了满族祖先的来历。关于这个神话，有的版本归之于民间故事。很古时候，在乌苏里江岸布库里雍顺山上有一个神仙洞，山上住着三个仙女。有一天，三个仙女到长白山天池洗澡，二姐误吞了又红又亮的鲜果，因而怀孕生下一个男孩。这个男孩就是布库里雍顺，他坐着筏子顺水漂到一个地方，成家当王，布库里雍顺成为

---

① 朱狄：《艺术的起源》，中国社会科学出版社1982年版，第79页。

满族的第一代祖先。

满族很多书籍都有这个故事,有的细节略有差异,大体上相同。这个神话反映了满族敬祖念祖的习俗。

《满族萨满神话》属于满族的创世神话,由傅英仁讲述,张爱云整理,2005 年 1 月黑龙江人民出版社出版。1985 年北方文艺出版社出版了傅英仁记录整理的《满族神话故事》,收录了 17 篇满族神话故事。1988 年上海文艺出版社出版了《傅英仁满族故事集》,收录了 148 个满族神话故事。《满族萨满神话》是由历代宁古塔的大萨满流传下来的萨满神话,其主要来源是关寿海大萨满、梅崇阿大萨满、郭鹤龄大萨满。因此,这个萨满神话集是傅英仁萨满神话的总汇。按照徐昌翰的划分法,主要分为天神神话、职司神话、氏族神话、萨满神话,其主要内容反映了以宁古塔地域为主的满族萨满神话。满族神话和满族萨满文化形成了一种交融的状态。满族神话主要讲述了萨满文化的起源、发展、流变,以及神魔大战的故事。

《满族萨满神话》主要内容有:老三星创造了世界。满族传说中认为最早宇宙间什么也没有,混混沌沌,一片汪洋。水被称为巴纳姆水,包括一轻一重的两种。两种水互相撞击,依次产生了水泡、水球、火花、大火球、巨星,从此混沌的宇宙产生了三种灵气:水、火、光。这三种灵气变成了创世之神"老三星"。老三星裂生了五位原古神。五位原古神是天母阿布凯赫赫、天神阿布凯恩都哩、地神巴纳姆恩都哩、大力神敖钦大神、大魔鬼耶路哩。阿布凯赫赫创造了天地人。大魔鬼耶路哩出生时是一团黑气,老三星想弄死他,天母为他求情,后来,耶路哩吃了怪物给的三粒又腥又臭的仙丹,便开始听任天魔摆布,变坏了。以阿布凯赫赫为首的天神和魔鬼耶路哩展开了神魔大战。老三星座前的一个大鹏裂生出三十六个大鹏,其中有四位就是四方神。四方神把守住了东、西、南、北四个方向。不管是凡间的人,还是凡间的大萨满请天上的神仙到凡间去平妖、治病,必须得经过四位大神批准才行。佛陀妈妈是阿布凯赫赫的顶门弟子,专管人间的生死存亡、六道轮回,是三魂七魄的通天大师。凡是产生人,必须由佛陀妈妈给他灵魂才能成人,否则是成不了人的。堂白太罗是七星中的首星，对人间的礼节、祭祀等规矩和习俗的建立有着很大的功劳。拜满章京是一位胎生的祖先神，他费了很大的周折，才由凡人成为祭祀神。窝集国大罕德风阿经历了三灾八难才建立起勿吉大国，从此摆脱了满族人被奴役的历史，并逐渐壮大起来，再也不受别国的侵略。敖钦大神是老三星裂生出来的第四个神，力量相当大，在造天宫时立下了汗马功劳。佛赫妈妈和乌申阔玛发分别由柳树和石矸修炼成人形，他们成为人类的祖先，生儿育女。

天神阿布凯恩都哩创造了山岭、江河、湖海。阿布凯恩都哩在造人时，忘了给人智慧，于是把智慧树枝安在人的臀部，人有了智慧的尾巴。人有了智慧后，天上没有了智慧，阿布凯恩都哩的弟子僧格恩都哩想出了一个办法，只给人留下了尾巴根，把智慧树枝全部收回天上。北极星神是满族人最崇敬的星座，成为满族人狩猎认路的帮手。纳丹乌希哈就是七星，满族一家渔民有兄弟七人，用生命的代价换来了闪亮的纳丹乌希哈。大力神三音贝子是传说中的套日大神，他制服了九个毒辣的太阳，使人们摆脱了太阳的炙烤。托阿恩都哩三盗天火，为人类带来了光明。鄂多哩玛发制服了熊、野猪、狼三大兽群。恩图色阿开山凿湖，使人间有了牡丹江和镜泊湖。满族一共有 24 个萨满玛发利，是萨满的第一代祖师，他们和堂白太罗学了 81 天法术。安楚拉妈妈的九顶神帽是镇天之宝，用九顶神帽镇妖除魔，做了九件善事，她以生命为代价保住了天上人间的安全。

蒙爷南多是北斗七星的第二任星主，他有起死回生的法术。由于长白山部的王爷阿勒乌把长白山治理得国富民强，阿勒乌被人害死，蒙爷南多让阿勒乌起死回生。卓尔欢钟依是佛陀妈妈的大弟子，他有法宝照妖镜，由于心地善良，两次被骗，两次被贬。歌舞之神乌春切德利妈妈是天上的音乐和天上的舞蹈的创始神，她历经坎坷，使天宫恢复了歌舞升平的景象，也使人间留下了唱歌、跳舞的习俗。纳丹岱珲和纳尔混先初是满族闭灯祭的主神，在乌春山的一条名为情欲河中，河水有诱发人的情欲的功能，他们两个由于洗澡而相爱，因此受罚，投身于凡世。胡达哩玛发和蒙乌妈妈原是天上的一对白鹭，胡达哩玛发投胎成人，蒙乌妈妈投胎成白鹭，他们由于做善事，治病救人，以后成了神。乌春蛮达由于懒惰，被贬到人间，从此变成了辛勤的布谷鸟。七尺大蟒神是满族梅姓家族的祖先神，它行善除恶，耗尽了自己的最后一片鳞片，最后回到了天池。镇海神突忽烈妈妈一直在大海里兢兢业业地管理着水族，治理着大海，镇海神突忽烈妈妈和被恶魔耶路哩操纵的大鲨鱼在鲸海中展开了大战，最后取得了胜利。

多龙格格是尼马察人供奉的弓箭神，多龙格格与妖鹏斗争，多龙格格在白喜鹊的指点下，学会了使用神箭，打败了妖鹏。满族姑娘阿兰由于喜爱鹿，和鹿有着不解之缘，千方百计保护鹿，最后变成了鹿神抓罗妈妈。海神突忽烈玛发是居住在海里的一位最古老的保护神，他年轻时能力非凡，被别人视为魔鬼，他为大家做尽善事，最后被人们认可接纳，并被奉为海神。金钱豹神阿达格恩都哩生得人面豹子身，能力非凡，在为民除害的过程中，被变成了金钱豹，成为人们敬奉的金钱豹神。喜神沙克沙恩都哩是满族普遍供奉的诸神之一，他使人们逢凶化吉，遇难呈祥，最后成为人们喜爱的喜神。马神绥芬别拉救人、灭妖、制服水怪，被封为东海神王。依兰岱珲的故事讲述了安车骨妈妈的三女儿的善恶之争，依兰岱珲是安车骨妈妈的三女儿，也是正义的化身，最后正义战胜了邪恶。海伦妈妈的故事讲述了海伦妈妈从天上回到了大江中，始终在人间拯救黎民百姓，消灭了黑萨满。关公贝色故事中，关公本来是三国时期的一员大将，后来被引进萨满教中，把关公封为贝子。关公被杀了之后冤气冲天，一直寻找自己的人头，天神阿布凯恩都哩知道后，帮关公善解百恶，关公打消了找头的念头，去找他的大哥和三弟，乾隆帝为大哥刘备转世，三弟张飞转世镇守辽阳，以后全国各地都修关帝庙，满族人也都敬奉关老爷。

石头公公让弱小的满族部落依靠石头发财致富，变得日益强大。鄂多玛发是郭合乐哈拉的第一代祖先神，他想尽办法让全族的人过上好日子，他教族人造弓造箭、制衣做饭、捕鱼打猎、祭神祭天、晒肉干，带领全族人逃离了灾难，而自己却变成鸭子爪，变成有着钢铁利嘴的怪物形象，后来，被阿布凯恩都哩召到长白山去了。他拉伊罕妈妈是郭合乐氏族供的断事神。他拉伊罕妈妈双手使刀，是有名的双刀妈妈。无论哪个部落有灾有难，她都有求必应。昂邦贝子是梅赫乐哈拉供奉的十六位神中的一位，被称作部落神。石头蛮尼是苏木哈拉供的一位祖先神，又称吉祥神。豆满贝子是满族人特别崇敬的一位神。日常生活中，无论有什么大事小情，都要请萨满跳神，请豆满贝子附体，治病驱邪。绥赫蛮尼讲述了女真人如何强大起来的故事。天神知道了女真人受辽国人的欺负后，派超哈斋爷下界，投胎托生到韩甫的三代子孙之中，并当上了辽国的国相，取名绥赫。绥赫教女真人吃谷物和蔬菜，盖房子。天神还派代力妈妈下凡，教女真人织布做衣裳。绥赫最后帮助阿骨打成为金太祖。

梅合蛮尼是满族梅姓人家供奉的大蛮尼。纳尔浑蛮尼的故事讲述了满族神仙帮助满族人的经过。乌龙贝子和他的情人必拉讲述了孤儿乌龙进长白山学武艺，武艺学成后，与必拉成亲，二人一同治理长白山的故事。朱拉贝子和阿苏里姑娘讲述了老河神儿子朱拉贝子和阿苏里姑娘凄美的爱情故事。风神安顿妈妈讲述了风神妈妈如何治理狂风的故事。朱烟朱吞和索库索呼是两只喜鹊，通过报恩还愿变成了神。海兰妈妈为人类带来了树木。美丽的芍药花讲述了白芍药和红芍药从天国下凡到人间，用自己的血液为北方满族百姓治病救人、牺牲自己的故事。纳丹威虎哩为了赎在天界犯的罪，尝遍百草，四处行医，解救了无数的病人，自己却被八步断肠草毒死了。阿里色夫拜师学艺，得到法宝鸡尾翎，感化了叔叔。花里雅格格是满族的绣花神，最后变成了白石头，从此，满族就有用小白石头给孩子压摇车的习俗。

王松林实录整理的《满族萨满神话故事》由吉林人民出版社于 2005 年 6 月出版。上篇为马亚川讲述的萨满神话故事，主要表现的是万物有灵论。下篇为傅英仁讲述的满族萨满神话故事，主要表现的是各萨满神的传说以及风物人情。

第三节　满族神话的传承与演变

满族神话最初的产生是与萨满教联系在一起的。原始神话与原始宗教往往是同时产生的，神话与宗教有许多相同的观念和信仰，因此，满族神话和满族萨满教也有了密切的关系。正如瑞士心理学家荣格所说的："神话却具有极为重要的意义。它们不仅代表而且确实是原始氏族的心理生活。这种原始氏族失去了它的神话遗产，即会像一个失去了灵魂的人那样立即粉碎灭亡。一个氏族的神话集是这个氏族的活的宗教，失掉了神话，不论在哪里，即使在文明社会中，也总是一场道德灾难。"① 满族神话也是伴随着萨满教而产生的，因此，很多满族神话同时也是萨满神话。"萨满神话是指那些与原始信仰萨满文化有关的神话。原始宗教与神话具有相同的思想基础和相近的形成年代。宗教里面有神话，神话里面有宗教亦是一种正常的现象。"②

只要人们对自然界有不理解的地方就会有神话产生。一旦人们掌握了自然规律，神话产生的基础就消失了。马克思曾经指出："在罗伯茨公司面前，武尔坎又在哪里？在避雷针面前，丘比特又在哪里？在动产信用公司面前，海尔梅斯又在哪里？……在印刷所广场旁边，法玛还成什么？"③ 随着满族人生产力的提高，自然实际上被支配，神话产生的土壤也就不复存在了。满族先民神话十分丰富，现在，满族几乎不再产生新的神话了。

满族神话将会散发出永久的魅力。正如马克思对于古希腊神话的评价一样："一个成人不可能再变成儿童，否则就变得稚气了。但是，儿童的天真不使他感到愉快吗？"④

---

① ［瑞士］荣格：《集体无意识和原型》，《文艺心理学资料》，福建师大中文系资料 1985 年，第 38 页。
② 富育光、赵志忠编著：《满族萨满文化遗存调查》，民族出版社 2010 年版，第 22 页。
③ ［德］马克思：《〈政治经济学批判〉导言》，《马克思恩格斯选集》第二卷，人民出版社 1972 年版，第 113 页。
④ 同上书，第 114 页。

表 1-1　　　　　　　　　　　　满族神话故事一览

作　者	书　名	出版社	出版时间
爱新觉罗·乌拉希春 编著	满族古神话	内蒙古人民出版社	1987 年 4 月
新宾满族自治县民间文学集成领导小组编	新宾资料本二	内部资料	1987 年 8 月
赵志辉主编，邓伟、马清福副主编	满族文学史（一）	沈阳出版社	1989 年 5 月
那国学主编	满族民间文学集	北方文艺出版社	2004 年 6 月
傅英仁讲述，张爱云整理	满族萨满神话	黑龙江人民出版社	2005 年 1 月
王松林实录整理	满族萨满神话故事	吉林人民出版社	2005 年 6 月
马亚川讲述，黄任远、王益章整理	女真萨满神话	黑龙江人民出版社	2006 年 6 月
孟庆宇主编，柳永民副主编	新宾满族故事	新宾满族自治县文化局	2009 年 11 月
本溪满族自治县非物质文化遗产保护中心，本溪满族自治县文化局，本溪满族自治县民族宗教事务局编	本溪满族民间故事——神话与传说卷	民族出版社	2010 年 9 月
夏秋主编	满族民间故事·辽东卷（上下）	辽宁民族出版社	2010 年 12 月

表 1－2	满族著名神话示例
祖先神话	《三仙女的传说》《人的来历》《姐弟成亲》《高家兄妹》《额娘的由来》《布库里雍顺和他的八个兄弟》《人参仙女额莫齐》《天鹅仙女》《海伦格格补天》《姐弟合婚造人》
造物神话	《日月峰》《白云格格》《天池》《勇敢的阿浑德》《白狗讨饭》《仓颉造字的由来》《月有圆缺的传说》《天为啥下雨》《虹的故事》
英雄神话	《女真定水》《牡丹江的传说》《手鼓的传说》《李长庚降妖》《太白金星做秤》《仙女连山》《杨金豹下山》《水眼金睛兽断官司》《土龙驮泥塔》《牧羊女与独角羊》

第二章　传说

　　满族传说，是由满族民众创作的关于历史上某人、事、物传承下来的一些说法。是关于历史人物、事件、古迹、习俗的故事，往往以历史事实为依据，具有探因溯源的效果。"传说"，顾名思义，实际上就是关于历史上流传的关于真人真事、风物习俗的说法。满族传说是流传在满族民间的具有历史真实因素的口头文学或报告文学。

　　传说实际上是关于一定的事实的流传的说法，有一定的真实性。但由于流传的年代久远，而且是口耳相传，没有物化的文本，加上民众出于感情的需要，加以想象和附会，传说又有了虚构想象的成分。在流传过程中，传说总会被加入或多或少的传奇色彩。

　　传说的真实程度取决于流传时间的久远以及流传范围的大小。流传的时间越久、范围越远，传说就越失真，最后，有可能由传说变成戏说、变成故事。

　　有许多作品把满族民间故事与传说混杂在一起出版，没有进行详细的分类。其原因在于民间故事与传说本身就难以区分。有的作品集以传承人叙述为单位，传承人叙述包含故事、传说，所以都放到一起。还有的作品集根本上没有区分故事与传说，因此，满族传说往往分散在各个满族民间作品集中，有的作品集尽管冠名民间故事，但其中也包含满族传说。

第一节　满族传说的特点

满族传说最初往往和神话相交叉，所以很多作品冠名为神话传说，最早的传说往往是半人半神的。如《布库里雍顺》《天池缘》都讲述了人是神的后代。布库里雍顺是仙女误吞红果受孕而生。满族九个小伙子与九个天仙女结婚，有了王爷和八大旗。以后，传说与神话逐渐剥离。

满族传说历史悠久，内容丰富，数量繁多，从多角度、多侧面反映了满族历史的方方面面。满族丰富多彩的传说构成了满族富有浪漫色彩的伟大史诗。

一　有历史依据的传说内容

满族传说的内容往往是固定的、不可随意替换的。满族人物传说中的主人公是历史上著名的真实人物，包括帝王、清官、英雄、文化名人等。满族传说中的事件往往是历史上的重大事件，偏重于叙述重大历史事件的完整过程。由于事件是由人完成的，所以满族传说中的事件和人物大多是交织在一起的。满族传说中的名胜古迹、风俗、动植物、土特产都能在现实生活中找到依据。

满族传说中的人物身世、事件传说、风物传说、地方传说不能随意编造、替换。其中的人物、时间、事件、地点不能随意替换，传说的根源总是有真实性的，如完颜阿骨打、努尔哈赤、乾隆、康熙都是历史上的真实人物，每个人的性格特点都不一样，有其固定的内容，不可随意篡改。传说的最终目的总是要追述历史，让历史得以保存。这是古人用文学艺术记录历史的一种方式。"传说一般有客观的历史事件、历史人物或地方风物作根据，产生较快，数量很多。"①

正因为传说具有真实性，所以有些学者把传说总结概括为"四固定"，即时间、地点、人物、事件固定。"民间传说内容的可信性还因为传说中的人物往往是历史上实有的，在叙述该人物活动时，叙述者往往用亲眼所见、亲耳所闻来强化其内容的可信性。另外，民间传说所讲述是事件或人物活动的背景或景物一般是客观存在或历史上出现过的，并且总是与当地特有的风俗习惯有关联，不仅使它具有深厚的历史与信仰基础而显得可信，而且在共同的民俗心理作用下，广大民众也不自觉地加入到传承的行列中间来。"②

很多满族传说在历史书籍中都能得到很好的印证，如《八王寺井水的传说》《辽阳白塔》等都有迹可循。传说《怒斩褚英》内容大多真实可信，现在辽阳的东京陵附近还有一座无碑的太子坟。《驸马坟的传说》中，记载了努尔哈赤的女婿莫博季里的被害过程："哪知道就在莫博季里回转身的工夫，西其根就对部下发出了暗号，一个个张弓搭箭，只听西其根一声令下，几十只箭像流星般地向莫博季里射去。莫博季里听到弓弦响，还没等他回过头来，身上和马上早已中了好几支箭。他使劲全身力气刚刚抽出腰刀，第二拨子箭又射过来了，他晃了晃，栽下马。"③ 现在，莫博季里的坟仍在辽中县北走 40 多里的后牤子堡。

二　有传奇性色彩的传说情节

传说的传奇性主要是指传说的情节是传奇性的，而不是指传说的人物、时间、地点、事件具有传奇性。"传说与正史是有距离的，传说本来就是'三实七虚'，但无论多'虚'，也不能脱离历史的真实。脱离了，则会失去原有的面

---

① 于东新、王金双编著：《民间文学理论基础》，内蒙古人民出版社 2007 年版，第 129 页。

② 同上。

③ 夏秋主编：《满族民间故事·辽东卷》上卷，辽宁民族出版社 2010 年版，第217页。

貌。"① 传说之所以具有传奇色彩主要是因为以下四点。

第一，从传说的传承方式来看，传说是在民间口头传承，口耳相传，没有物化的文本，因此在传说的传承过程中，从某种程度上说，是凭着记忆传承传说，而人的记忆是有差别的，随着年龄的不同，记忆会退化，传说在传承时难免被不断再创造、再加工，最后传说有可能越传越奇，越传越偏离了原来的情节，最后导致了传说的传奇性情节。从罕王出世的传说、三仙女的传说等都可以看出传说在传承过程中被修改。尤其是罕王出世的传说，不同版本改动的幅度比较大。

第二，从传说的创作对象来说，为了更好地歌颂心目中敬仰的和重大的人物和事件，突出其不同寻常的一面，人们往往赋予传说以传奇色彩。人们越是敬仰的人物、赞赏的历史事件，越会添加上超出常规的因素，突出其不同寻常之处，其传奇色彩越是浓厚。

努尔哈赤和李成梁都是历史上有名的人物，努尔哈赤和李成梁确实有过接触，这是史实。历史系教授刘厚生这样描述过："万历二年（1574）李成梁攻打王杲的古勒寨，王杲兵败，逃向哈达。此时努尔哈赤正在寨中，是王杲的家僮和人质。被俘后，李成梁见他伶牙俐齿，很是喜爱，收作马僮，时年努尔哈赤十五岁。李成梁对努尔哈赤有不杀之恩，同时又有养育之恩。"② 《李成梁及其家族》中写道："万历五年，十九岁的努尔哈赤因完婚事宜，才辞别了李成梁，回到建州卫。"③ 努尔哈赤是否在李成梁手下当过兵，这个问题关系到李成梁的小妾与努尔哈赤之间的关系能否成立，因此，对该章来说至关重要。史学界对此一直存在争论。因为在努尔哈赤十岁至十九岁这段时间，正史上没有对其行踪的记载。《清史稿》记载了这样一件事："太祖仪表雄伟，志意阔大，

---

① 关默卿讲述，于敏整理：《萨布素外传 绿罗秀演义（残本）》，吉林人民出版社 2007 年版，第 229 页。

② 邵汉明、朱立春、王卓编：《满族古老记忆的当代解读——满族传统说部论集》（第一辑），长春出版社 2012 年版，第 104 页。

③ 《李成梁及其家族》，转引自邵汉明、朱立春、王卓编《满族古老记忆的当代解读——满族传统说部论集》（第一辑），长春出版社 2012 年版，第 104 页。

沈几内蕴，发声若钟，睹记不忘，延揽大度。邻部古勒城主阿太为明总兵李成梁所攻，阿太，王杲之子，礼敦之女夫也。景祖挈子若孙往视。有尼堪外兰者，诱阿太开城，明兵入歼之，二祖皆及于难。太祖及弟舒尔哈齐没于兵间，成梁妻奇其貌，阴纵之归。"（《清史稿·本纪一·太祖本纪》）民间传说努尔哈赤被李成梁追杀，被赋予了传奇性色彩。东北师范大学历史系教授刘厚生认为，李成梁追杀努尔哈赤的故事，不能简单地被视为荒诞不经，确切地讲，这是爱新觉罗家族造神的需要。

努尔哈赤的传说具有浓厚的传奇色彩。老虎叼起努尔哈赤的衣服，把努尔哈赤引到有人参的地方，参把头以为努尔哈赤必死无疑，没想到努尔哈赤意外得宝。老虎给刚出生的努尔哈赤喂奶，使努尔哈赤得以活命。乌鸦在努尔哈赤的身上落满，掩护他不被敌人发现。狗咬醒努尔哈赤，避免他被敌人刺杀。狗用身子沾水，为努尔哈赤扑灭身上的大火。关于努尔哈赤脚上的七个红痦子更是没有记载。关于努尔哈赤的传说《七星泡》，努尔哈赤脚上长七个红痦子，显然是后人赋予努尔哈赤的一种传奇色彩。在努尔哈赤的身上有着太多的传奇色彩，使得这个历史人物熠熠生辉，非等闲之辈。因为民间认为一个人要成就一番大业，成为帝王，一定有不同寻常之处。

第三，从审美效果来说，为了吸引听众的注意力，达到引人入胜的审美效果，情节越发离奇曲折，传说便具有了更多的传奇色彩。满族传说中的人物是真实的，但情节就不一定真实可信了，因其情节具有了传奇的色彩。如《罕王出世》就有两个不同的版本，人物是历史上的真实人物，但出世的情节却具有传奇色彩，并且版本不同。《罕王出世》（一）中，罕王是三仙女的后代王镐和大罕的媳妇所生。三仙女生的男孩被放在木排上顺流而漂，老肇大嫂够不到孩子，拿镐头才够到木排，由于老肇大嫂的夫家姓王，所以孩子起名王镐。后来老肇大嫂和老肇头死了，留下个孩子叫大罕。大罕比王镐大两岁。大罕娶了个媳妇，加上王镐，三个人一起过日子。山神爷告诉大罕说王镐是仙女所生，他的后代能当一朝人王地主。大罕告诉媳妇勾引王镐，生下儿子起名叫小罕，小罕就是努尔哈赤。小罕的生父实际上是王镐。① 在《罕王出世》（二）中，传说明朝末年，南京紫金山观星台启奏京师有真龙天子将在长白山的老龙岗附近出现，并且吃着老龙岗山上的土才能降世，明朝皇帝命令把老龙岗附近半个月内出生的男孩都杀掉。单说老龙岗山下住着一户善良的老两口，都五十多岁没儿没女。这一天老头出去借粮，遇见官兵，被抓去给围山的官兵送饭，捡回粘了老龙岗泥土的豆腐，谁知到了半夜，老太太肚子疼了起来。原来老太太三年前肚子疼了一回，后来就大了，时常疼一阵，老两口也没在乎，以为是得了肚疼病，可今儿个疼得邪门，越疼越厉害，老头有点害怕，正要去找人，老太太突然生了个大胖小子，老两口乐坏了。天亮两人又发愁了，怕官兵知道给杀掉。老头忙把老伴和儿子放到萝卜窖里，就这样混过了两三天。这时京城又来了圣旨：说真龙天子已经出世了，命令把老龙岗山下三十里内的百姓全部杀掉，说他们抗旨，窝藏了真龙天子。圣旨下，官兵乘机连抢带杀，无恶不作。那老两口知道这事后，要扔下孩子逃走，可往哪逃呢？四下里都是官兵，看看胖乎乎的儿子又舍不得，眼瞅着官兵要进村了，老头说："咱不能眼看着他们把儿子杀死，我把他放到大梁上，然后扶着老伴往外走。刚出大门，对面来了几个官兵，不由分说就把老两口杀了。老头有个外甥，姓王，叫王福，第二天下晚，来收老两口的尸首。刚进院就听见有小孩哭，王福忙进屋去找，在梁柁上找到了。他急忙把老两口的尸首埋了，把孩子包好，连夜逃进长白山的老林子里。王福觉得这是少见的事，官兵连杀了两天人，小孩却没被杀死，睡在梁柁上，也没掉下来摔死，这事不是挺稀罕吗？于是就给小孩起个名字，叫小罕子。"② 这两个罕王出世的传说仅仅是罕王出世众多版本中的两个不同的版本，都充满了传奇色彩。人物是历史上真实的人物，但情节却是具有虚构成分的，老太太怀孕三年，才生出小罕子，这在现实生活中是不可能的。这更突出了努尔哈赤的不同寻常，吸引听众的注意，引起人们的好奇。

　　传说的"传奇性是通过奇景异事和极度夸张的手法，给予听众强烈的想象

---

① 孟庆宇、柳永民等编：《新宾满族故事》，新宾满族自治县文化局 2009 年 11 月印，第 9—10 页。
② 同上书，第 12—13 页。

冲击是民间传说特有的一种叙事话语。在情节展开上，表现出离奇曲折、不同寻常的特色，往往通过偶然、巧合、夸张甚至超人间的形式来引起情节的转变，从而使故事情节的发展既在情理之中，又出意料之外，产生引人入胜的强烈效果"①。

第四，从期待视野来说，在人们的听讲过程中，心中总会有期待视野，总是希望某个人物或者某个事件符合内心的想象和需要，总希望某人某事应该是什么什么样的，为了迎合人们的审美期待视野，取得良好的审美效果，传说也被赋予了神奇色彩。

满族尚武好勇，他们的祖先是武艺高强的猎人，为了歌颂祖先、突出祖先，满族祖先常常被赋予传奇色彩。在《罕王放山》中，老虎带领罕王寻找到千年宝参。在《罕王历难记》中，罕王在逃跑的路上，大青马、二青马、乌鸦、喜鹊、大黄狗都成了努尔哈赤的救命恩人。在《罕王占坟》中，罕王父亲的骨灰盒转眼被大树合围包住。

满族传说情节再怎么传奇，也往往是特定的。特定性是指其情节的独特性、不可重复性。满族传说由于有真实的历史依据，再怎样虚构想象，也不能太离谱，需要"照葫芦画瓢"，这都是由于人物性格的发展逻辑、传说地点的真实存在、历史事件的真实发生、时间的固定决定了传说的特定性。

三　灵活丰富的创作技巧

尽管满族传说内容有一定的真实性，但表现技巧却是灵活多样。满族传说可以叙述、可以倒叙、可以插叙、可以合理地想象、可以比喻、可以拟人等，根据内容的需要，没有固定技巧的要求。

传说最常用的手法是写实手法与夸张、虚构的审美情境（巧合）、超越常规的形式相结合。如在《罕王出世》（一）和（二）中，描写了王镐是三仙女

---

① 于东新、王金双编著：《民间文学理论基础》，内蒙古人民出版社2007年版，第129页。

的后代，王镐在木排上顺着江水漂，被老王家捡到。王镐养父母去世，就到了老肇家生活，其采用的是正叙的手法，按照时间的顺序展开传说。

想象虚构是满族传说中常用的手法。如大罕可以和山神爷对话的情节就是想象虚构的："在早年，放山都有个规矩，未放山之前得修个庙，上炷香，许个愿。大罕和王镐两个也搭了一个小山神庙。大罕跪下了，也没有香，插了三根草棍，说：'山神爷老把头在上，弟子肇大罕今天来许愿，俺俩挖着大山货，送整猪整羊来上供。'大罕抬头一看，庙里头真有个老头，在那儿头不抬，眼不睁。大罕对王镐说：'兄弟，你过来，咱俩放山也有你一份。'王镐也就过来跪下。他一跪，庙里那老头也跪下了，王镐磕头，他也磕头，王镐作揖，他也作揖，怎么回事呢？大罕很是纳闷，回到家里，私下和媳妇说：'今天我们搭个庙，山神爷老把头可真来了。可我磕头他头不抬眼不睁，咱兄弟一磕头，他就跟着还礼，你说怪不怪？'媳妇说：'你明天单独磕头问问山神爷，到底是怎么回事？'第二天一早，大罕又到庙上：'我说山神爷，我给你磕头你不还礼，俺那兄弟磕头你怎么还礼呢？'山神爷说话了：'那个王镐是仙女所生，他的后代能当一朝人王地主。你是啥？你是平民百姓，我给你磕啥头。'"① 再如在传说中大葫芦里长出两个青马驹："老讷讷见燕子说人话，觉得神奇，便急忙动手，把葫芦籽种在瓜架下。说也快，只见葫芦秧肥头大耳蒸蒸长，到九月九日果然长成一个金光灿灿的大葫芦。老讷讷把这个金黄金黄闪闪放光的大葫芦摘下来，关老头要把葫芦锯成瓢卖钱打酒喝。老讷讷不同意，说：'这么个大葫芦锯成瓢，太可惜了，还是抠个葫芦头用吧，能装一斗多粮呢。'老头不干，老讷讷索性不用他，自己动手锯个豁，说也容易，没费力就抠开了。突然从抠开的孔洞里，'腾腾'跳出两个一寸大小的油光铮亮的小青马驹。只见两只青马驹跳到地上，左晃右晃连声嘶叫，从屋里跳到院里，一阵风刮过，竟变成两匹高头大马，老两口惊呆了，再看葫芦锯下的沫沫和抠下的块块，黄的是金，白的是银子，老两口乐极了。从此以后，老头再也不跟老讷讷吵架了，天天喂

① 孟庆宇、柳永民等编：《新宾满族故事》，新宾满族自治县文化局 2009 年 11 月印，第 9 页。

养两匹神马。"① 这些情节在现实生活中是不可能存在的，但想象虚构可以连接事实链条中的不足，满足情感的需要，实现欢乐的或者狂欢化的叙事。满族传说时而写实时而空幻，扩大了审美想象空间，产生一种变幻迷离的效果。

在满族传说中，夸张是一种常见的手法。如老太太怀孕三年，刚出生的小罕在房大梁上不哭不动不叫躺了一天一夜；一夜的工夫，骨头匣长到树里去了；喜鹊乌鸦落到小罕的身上，掩护了小罕，这些都是现实生活中不可能存在的事情。

满族传说一般语言通俗易懂，简洁平实，句式简短，没有什么拗口或晦涩的句子。在传说中有时引用民间谚语、顺口溜、满语音译的汉字、地方方言等，使得所写内容灵活生动，充满生活气息。

满族传说中使用的地方方言，生动形象，充满生活气息。如"一春带八夏也没撑上"，"磨身走了"，"一炊蹶子"，"找点营生干一干"，"破嘶拉声地喊"，这些富有地方特色的语言令人读来充满了亲切感。

四　相对固定的流传范围

满族传说大的流传范围可以是整个满族，小的可以是一个地区。由于传说中的人物、事件、风物都发生在一定的区域，因此传说就有了一定的流传范围。乌丙安先生把传说的流传范围称为传说圈。"传说圈都必然地受到传说中历史人物在民间传承中影响的大小所支配。"② 满族传说在传说圈内通常会得到很好的保留，会被保留得更完整更丰富。

满族传说内容和历史上的时间、地点是固定的。由于努尔哈赤在历史上的重要地位，努尔哈赤的传说圈极其广泛，几乎有满族人生活的地方，就有努尔哈赤的传说。努尔哈赤的传说圈以辽宁新宾为中心，向四周满族居住区扩散流

---

① 孟庆宇、柳永民等编：《新宾满族故事》，新宾满族自治县文化局 2009 年 11 月印，第 21 页。
② 乌丙安：《论中国风物传说圈》，中国民间文艺家协会辽宁分会编《民间文学论集（2）》（内部资料）1984 年第 21 期。

传，经久不衰。例如，《罕王出世》《小罕子出世》《悬龙的传说》《罕王脱险》《两匹神马》《笊篱姑姑救小罕》《小罕玩虎》《小罕学艺》《罕王断案》《老罕王之死》《罕王问路》《罕王求贤》《地蝼蛄救小罕》《罕王封树》《小罕子找活佛》《小罕子学艺》《小罕子与半拉背》《努尔哈赤与五副甲》《努尔哈赤送酒》《义犬救主的故事》《努尔哈赤喜会佛三娘》《努尔哈赤战锁阳》《努尔哈赤井的来历》等。这是因为罕王在新宾兴兵起家，所以新宾关于罕王的传说数量之丰富，是其他地区无法超越的。同理，完颜阿骨打的传说主要在黑龙江阿城。萨布素的传说主要在黑龙江宁古塔一带。

历史人物的地位越重要，影响越深远，其流传范围就越大，即传说圈越大。努尔哈赤的传说圈主要在辽宁新宾，多达上百个关于努尔哈赤的传说，以此为中心，传说范围逐渐扩大。沈阳东陵乡离新宾近，因此，关于努尔哈赤的传说也就多。如《努尔哈赤脱险》《努尔哈赤智取哈达部》《努尔哈赤征服乌拉国》《努尔哈赤劝潞王》《努尔哈赤收秦亮》《努尔哈赤封蛇王》《努尔哈赤与圣水泉》《努尔哈赤迁都沈阳》《努尔哈赤的猎鹰墓》《努尔哈赤为什么葬东陵》等。辽宁清原有努尔哈赤的传说，如《小罕子放山》《龙胆草》等。辽宁岫岩有关于努尔哈赤的传说，如《努尔哈赤巧取辽阳》等。

还有一些传说，由于和民间故事混在一起，没有介绍流传地点，为了准确、慎重起见，暂时不列入表2—1中。

表2—1　　　　　　　　　　　　努尔哈赤传说圈示例

努尔哈赤传说圈地区	努尔哈赤传说圈作品
辽宁新宾	《罕王出世》《小罕子出世》《悬龙的传说》《罕王脱险》《两匹神马》《笊篱姑姑救小罕》《小罕玩虎》《小罕学艺》《小罕打虎》《罕王断案》《老罕王之死》《罕王问路》《罕王求贤》《地蝼蛄救小罕》《罕王封树》《小罕子找活佛》《小罕子学艺》《小罕子与半拉背》《努尔哈赤与五副甲》《努尔哈赤送酒》《义犬救主的故事》《努尔哈赤喜会佛三娘》《努尔哈赤战锁阳》《努尔哈赤井的来历》《欢喜岭上夫妻团聚》等

努尔哈赤传说圈地区	努尔哈赤传说圈作品
沈阳东陵乡	《努尔哈赤脱险》《努尔哈赤智取哈达部》《努尔哈赤征服乌拉国》《努尔哈赤劝潞王》《努尔哈赤收秦亮》《努尔哈赤封蛇王》《努尔哈赤与圣水泉》《努尔哈赤迁都沈阳》《努尔哈赤的猎鹰墓》《努尔哈赤为什么葬东陵》等
辽宁桓仁	《先祭王皋后祭永陵》《老皋子》《破不了的龙脉》《老罕王名字的来历》《罕王采参》《大妃衮代做豆瓣酱》《罕王嫁女》等
辽宁本溪	《罕王放山》《老罕王登点将台》《驸马坟的传说》《罕王历难记》《罕王占坟》《老罕王与刺龙牙》《老罕王与温泉寺》等
辽宁清原	《小罕子放山》《龙胆草》等
辽宁岫岩	《努尔哈赤巧取辽阳》等
黑龙江阿城	《努尔哈赤的结拜兄弟》《老罕王杀儿》《老罕王招贤》《小罕逃生记》等

从表2—1可以看出，满族的传说圈既有固定的中心，也可以流传扩散到其他的地方。"民间传说围绕一定的客观实在物来讲述，它的艺术构思也依凭于客观实在物，这就决定了民间传说的传播总是围绕客观实在物这个特定的中心进行的，因此民间传说的传承范围是相对固定的，从而构成了一个个大大小小的民间传说圈。同一类型或相近的各种传说，其传说圈可能交叉、重叠或趋于统一，但是绝大部分传说圈具有相对独立性。"[①]

---

① 于东新、王金双编著：《民间文学理论基础》，内蒙古人民出版社2008年版，第131页。

第二节 满族传说举要

一 人物传说

人物传说主要是记叙人物的生平事迹，并蕴含了叙述人的主观态度。人物传说一般是关于历史上的知名人物，在历史上产生过影响的人物。这些历史人物有可能是帝王将相、民族英雄、作家画家、起义领袖等。满族人物传说都是历史上真实存在的，实有其人。

历史人物人品情操、性格逻辑、文武才能、功过是非等都在人们的心目中有所定夺，因此，满族人物传说往往根据人物性格逻辑展开铺陈，润色加工，加以合理的想象。满族民间对历史人物有自己的评价，对历史人物的褒贬往往从平民视角出发进行创作。对历史上贤明的君主、爱国忠臣有着深厚的感情和热情的讴歌，对欺压百姓、作恶多端、奸诈自私之人进行无情的鞭挞和讽刺。

很多满族人物传说在历史上都有文字可考，如《努尔哈赤巧取辽阳》《努尔哈赤迁都沈阳》《努尔哈赤为什么葬东陵》《小罕子放山》《皇太极即位》《一夜皇妃》《乾隆帝训和珅》《道光帝选妃》都是历史上的真人真事，具有极强的史料价值。历史上的努尔哈赤确实是葬于东陵。1626 年一月努尔哈赤攻打宁远城，明朝守将袁崇焕用红衣大炮打败了努尔哈赤，努尔哈赤兵退盛京（今沈阳）。同年七月中旬，努尔哈赤身患毒疽，七月二十三日前往清河汤泉疗养，八月十一日，乘船顺太子河而下，病死于叆（ài）福陵隆恩门鸡堡（今沈阳市于洪区翟家乡大挨金堡村），终年六十八岁。努尔哈赤葬于沈阳福陵（今沈阳东陵），庙号"太祖"。

　　由于满族习俗尚武好勇，所以满族对历史上武艺高强之人情有独钟。《多贝勒打虎救王忠》中年少的多贝勒就是个武艺超群之人。"王忠带着十几个人，赶着马驼队，路过五女山。他们走到山脚下，冷不丁跳出一只斑斓猛虎，拦住道路。王忠带的兵将也不行啊！让老虎咬得伤的伤死的死。这时候，王忠也是自身难保，他拿着刀，劈不着老虎，老虎却步步逼他。正要紧的时候，对面跑出个半大小子，谁呢？多贝勒。那天，王兀堂打发儿子下山。多贝勒手里拿着大印，准备去古埒城，正赶上王忠一伙儿跟老虎厮杀呢，他顺手就把铜印砸过去，正好击中老虎的天灵盖。老虎脑门儿碎了，蹬了蹬腿儿，死了。这王忠得救了，赶紧过来拜谢少年英雄，问多贝勒哪儿的人，要上哪儿去。"① 王忠的十几个全副武装的兵将打不过一只老虎，而少年多贝勒仅仅扔出一个铜印就打死了老虎，这种鲜明的铺垫和对比突出了多贝勒高强的武艺。

　　《罕王身世传说》包括罕王出世，悬龙的传说，罕王脱险，两匹神马，笊篱姑姑救小罕，找活佛，小罕玩虎，小罕打虎，小罕学艺，欢喜岭上夫妻团聚，插佛陀的由来，罕王断案，老罕王之死，一字王侯。

二　事件传说

　　有一些历史事件具有重大的历史意义，决定或影响了一个民族的命运，这个历史事件让一个民族刻骨铭心，因此，祖祖辈辈传承这些历史事件。事件传说一般是叙述重大历史事件的，讲述事件的前因后果，对整个事件有个较完整的交代。如《爱新觉罗祖先的起源》《努尔哈赤与五副甲》《大清国号的由来》《努尔哈赤巧取辽阳》《努尔哈赤智取哈达部》《努尔哈赤征服乌拉国》《努尔哈赤收秦亮》《努尔哈赤迁都沈阳》《皇太极继位》等。

　　《大清国号的由来》记载："明朝时，有个叫小罕的小男孩，在李总兵府

---

① 夏秋主编：《满族民间故事·辽东卷》上卷，辽宁民族出版社 2010 年版，第35页。

上当马僮，侍候李总兵。有一天，罕给李总兵洗脚，发现李总兵脚心有三个大红痦子，就问：'大人，你脚心怎么长三个大痦子呢？'李总兵不在意地说：'我就靠这三个大红痦子才当的总兵。'罕说：'那我脚心有七个大痦子，也能当总兵吗？'李总兵听后，吓得脑袋有多大，差一点没从椅子上掉下来，可他表面上装作没事似地说：'是吗？我看看。'他嘴上这样说，但心里想：'原来，观星台看出的"篡朝龙"就是小罕子呀！将来的天下不能让他得去。'于是就动了杀机。当天夜里，李总兵到紫微（李总兵的小老婆）房中睡觉，无意中把这事跟紫微说了。紫微原来是一个乡村民女，只因她生得姿色超群，才被李总兵抓到府上当了小老婆。紫微不但长得美，心也很善良。她听总兵又要害人，当晚趁着李总兵睡熟时，逃出屋内来到了罕的住处，叫醒小罕，把李总兵怎么要害死他的事一一说了。罕听后说：'那怎么办呀！'紫微说：'好办，现在时间还赶趟，咱俩赶快到马棚，备上大青马和二青马趁天亮前逃跑。'两人骑上了大青、二青逃出了李府，向北跑去，跑呀跑呀，一直跑了几十里山路，天渐渐也亮了，二青马因跑得过猛累了。这时，后面的官兵已经逼近，紫微说：'罕，将来你要主掌天下大业，千万不要忘了贫苦百姓，别忘了那些好人，好好治理国家，现在你赶快骑上大青马跑吧！不然咱俩都活不成。'罕流着眼泪，双膝跪地向紫微磕了三个头说：'我一辈子也忘不了你。'然后骑着大青马就跑了。又跑了几十里路，大青马因临走前没有饮水加上跑得过猛，也累死了。小罕看前面山峰连绵，树木丛生，就向森林跑去。后来，紫微被李总兵抓回，用酷刑折磨至死。罕几经周折跑上长白山。几年后，坐了皇位。罕为了纪念大青马、二青马而立国号为'大清'，罕就是清朝的第一任皇上——努尔哈赤。"[1]

在这个传说中有许多真实的因素，《太祖本纪》记载："太祖仪表雄伟，志意阔大，沈几内蕴，发声若钟，睹记不忘，延揽大度。邻部古勒城主阿太为明总兵李成梁所攻，阿太，王杲之子，礼敦之女夫也。景祖挈子若孙往

---

① 那国学主编：《满族民间文学集》，北方文艺出版社 2004 年版，第 29 页。

视。有尼堪外兰者，诱阿太开城，明兵入歼之，二祖皆及于难。太祖及弟舒尔哈齐没于兵间，成梁妻奇其貌，阴纵之归。"（《清史·太祖本纪》）明万历十一年（1583），李成梁攻打古勒寨。觉昌安、塔克世进城去劝降，因战事紧急被围在寨内。建州女真苏克素浒河部图伦城的城主尼堪外兰在李成梁的指挥下诱阿台开城，攻破古勒寨之后屠城，觉昌安、塔克世也未能幸免，家中只剩努尔哈赤一人幸存，从此立下复仇誓言：杀死尼堪外兰。努尔哈赤和他的弟弟舒尔哈齐在败军之中，因仪表不凡，被李成梁的妻子放走。努尔哈赤归途中遇到额亦都等人拥戴，用祖、父所遗的十三副甲胄起兵，开始统一建州女真各部的战争。他回到建州之后，派人质问明朝为什么杀害其祖父、父亲。明朝归还努尔哈赤祖、父遗体，并给他敕书三十道，马三十匹，封龙虎将军，复给都督敕书。在传说《大清国号的由来》中，努尔哈赤善于骑射，和李总兵有过接触，被李总兵妻子放走，在辽东生活过，建立大清朝，这些都和史书记载是一致的。大清国的建立是满族历史上的重要事件，其传说有可信的真实内容。

三　风物传说

传说主要记述名山大川、名胜古迹、地方特产、民俗风情等。"所谓'风物传说'主要是指那些跟当地自然物（从山川、岩洞到各种特殊的动植物）和人工物（庙宇、楼台、街道、坟墓、碑碣等）有关的传说。……除了自然物、人工物外，还有一些关于人事的，如关于某种风俗习尚的起源等。这些传说，也应当包括在内。"① 如《罕王风物传说》《满族娶媳妇为啥跨马鞍》《将军坟》《帽山名称的由来》《卧龙石的由来》《蜘蛛石的传说》《老道沟的传说》《黑龙江的传说》等都是关于地方风物的传说记载。

---

① 屈育德：《神话·传说·民俗》，中国文联出版公司1988年版，第97页。

表 2—2	风物传说示例
名山大川传说	《马鞍山的传说》《半拉山子的传说》《兀术母顶山的来历》《响水》
名胜古迹传说	《双石碑的传说》《黑龙江的传说》《磨压坟的传说》
地方特产传说	《百味斋》《金高粱》《"烧麦"与"都一处"》《荞麦的来历》
民俗风情传说	《出天花与戴红布条》

第三节　满族传说的传承与演变

满族传说一开始是与满族神话混为一体的。以后，随着生产力的提高、神话的消失，传说逐渐独立出来。但满族传说与神话还是有区别的。

一　满族传说与神话的区别

第一，神话与传说产生的时间不同，神话比传说产生的时间要早。神话只是产生在"人类的童年时代"，而传说可以在人类历史的各个阶段产生，传说与人类历史伴随始终。"神话与传说最大的差别是描绘的时间：神话描写太古开天辟地时，即史前时代，传说描写历史时代，大部分是历史人物。"[1] 也就是说，传说比神话产生的时间晚。

神话的内容笼统，一般没有具体的时间、地点等细节描述，传说往往有具体的事件的细节描述。神话涉及的时间往往是史前社会，没有文字可考，因而

---

① 李清福：《〈西游记〉与民间传说》，《古典小说与传说》，中华书局 2003 年版，第 209 页。

没有具体的时间、地点。而传说就不一样了，传说的内容有特指性，往往指特定的人物、事件、时间、地点等，这些都是历史上真实存在过的。如努尔哈赤的传说中，时间、地点都写得非常详细。

第二，神话内容多是宏观的，传说内容多是微观的。"神话的功能是解释最基本的概念和万物的来源。如宇宙、太阳、人类起源。传说也有解释的功能，但大多不是解释基本的东西，内容不是全世界、全人类性的，而是次要的、地方性的。如地名的来源，植物或动物特征的来源，等等。传说常常把这些特征与历史人物的活动联系起来。"① 神话讲述的往往是人类的起源、族群的起源、洪水的泛滥等，如《人的来历》就属于人类起源的神话。

第三，神话具有普范式的模式，神话中神的斗争对象往往是大自然，尤其是自然灾害，而且还把自然灾害进行拟人化，如神话中神与洪水的斗争、与干旱天气的斗争等，全世界各地都有这些神话，神话具有了一种内容模式。传说中人的斗争对象往往是人和兽，传说往往是特指的，没有普范的模式。传说因人、因事、因地、因时而异。

第四，传说比神话具有更多的细节。神话往往是梗概，而缺少细节。传说比神话有更多的细节描写，甚至有更多心理描写。

第五，神话的表现技巧相对单一，神话的突出特征是大胆的幻想、离奇的情节。而传说的表现技巧则是多种多样的，或是记人，或是叙事，或是抒情，总之传说没有固定的写作模式。

二　满族传说与故事的区别

满族传说与满族故事的目的不同。满族传说的目的在于追述历史，满族故事的目的在于欢乐地叙事。满族传说的真实因素多一些，满族故事的虚构因素多一些，传说流传的时间越久远，越和故事相像，因此二者是容易混淆的。

---

① 李清福：《〈西游记〉与民间传说》，《古典小说与传说》，中华书局 2003 年版，第 209 页。

传说在古时常被称为"逸闻""传闻""趣闻",不管怎样,其中心词都是"闻"。闻的意思是听见,听见的事情和用鼻子嗅气味,都有亲身经历的意思。因此传说必有其真实可信的因素。"说"是真实的,但如何"传",要看其流传的时间、范围、传者的主观情感如何。在传说中,无论怎样传承,必有历史实物存在。也就是在传说中,总能从中找到或是真实的人物,或是真实的地点,或是真实的事件,或是真实的习俗。"传说与当地历史文化的关系密切,传说的中心必有纪念物的存在。"①

"传说和民间故事有何区别?若要回答此问,民间故事宛如动物,传说类似植物。民间故事奔走于四方,因而无论到何处,都能窥见其相同的姿态;传说扎根于某一土地,并不断成长壮大。雀、鸥之类均长着同一脸颊,但梅、山茶等的每一株却是枝势迥异,容易识别。可爱的民间故事的小鸟,多数在传说的森林中建巢,同时,把芳香的各类传说的种子和花粉搬运到远方的也正是它们。"② 从这段比喻论述中可以看出,传说类似植物,无论在哪里扎根,都是同样的种子、同样的植物,其核心真实内容是不会变的,传说扎根于现实的土壤,必有其现实的根基。传说由于包含不同的地域民俗文化,所以不同地域的传说可以风姿各异、各具特色。而故事如同动物,自由行动,不必依附于一定的地域,传播空间更加自由灵活。民间故事可以存在于传说当中,传说是民间故事的一种,民间故事可以是传说的载体,把传说以民间故事的形式传到远方。在流传过程中,传说失去了真实的依据,可以转变为民间故事。传说在流传过程中,真实因素越来越少,失去了历史事实的依据,就变成了民间故事。"传说本身没有向历史靠近,相反,传说在流传过程中,会出现逐渐与历史事实越来越远的倾向,而不是更加接近。"③

在满族民间文学中,传说常常和故事混淆在一起,这是因为"传说也是故

---

① 于东新、王金双编著:《民间文学理论基础》,内蒙古人民出版社 2008 年版,第 124 页,转引自﹝日﹞野本宽一《来自传说的环境论》,许琳玲译,《民俗学刊》第六辑,第 58 页。

② 同上书,第 124 页。

③ ﹝日﹞柳田国男:《传说论》,连湘译,紫晨校,中国民间文艺出版社 1985 年版,第 26—28 页。

事，只不过是关于特定的人、地、事、物的口头故事"①。

传说和故事在一定条件下也可以互相转化。传说流传的时间越久远，流传的范围越广，真实的成分越少，越容易变成故事。

三 清代以后，满族人物的传说明显减少

满族历史越久远，人物传说越多，越到后期，满族的人物传说越少，风物传说越多。满族的人物传说往往是关于早期的历史人物的传说。

在满族的传说中，氏族、部落时期、渤海时期、女真时期、清代时期的人物传说比较丰富。像红罗女、完颜阿骨打、金兀术、努尔哈赤、乾隆、康熙、萨布素等都是早期的历史人物，清朝以后，尤其是新中国成立后，人物传说少之又少。由于满族后期的历史名人越来越少，所以满族较晚搜集的风物传说占了满族传说的绝大部分内容。到了 21 世纪，满族人物传说中的满族人只有几个。

四 越到后期，满族民间流传的人物传说中的主人公大多是汉族人，满族人的人物传说寥寥无几

如 1987 年搜集的《新宾资料本二》所收人物传说中仅有几篇是关于满族人的人物传说，其余的人物传说都是记载汉族历史人物的传说，主要人物有吕洞宾、包公、孔子、三国刘关张、赵匡胤、岳飞、姜子牙、老子、曾子、孙思邈等人物，可见满族人民与汉族人民高度融合，其习俗文化与汉族有许多一致的地方。

以 2005 年印制的《喇叭沟门满族民间故事集》为例，这本故事集是宋庆丰应喇叭沟门满族乡人民政府之邀，用了 8 个月的时间搜集整理而成，共收录

---

① 于东新、王金双编著：《民间文学理论基础》，内蒙古人民出版社 2008 年版，第 124 页。

满族民间传说80篇，涉及历史人物的传说仅有16篇，占故事集的20％。故事集的绝大部分内容都是关于本乡本土的景物、村名、神怪的传说。

2010年9月出版的《本溪满族民间故事·神话与传说卷》中人物传说有30篇，其中绝大部分是汉族历史文化名人，人物传说中的人物主要有李长庚、太子丹、刘邦、曹操、诸葛亮、关老爷、赵子龙、罗成、程咬金、薛仁贵、薛礼、赵匡胤、萧太后、包公、朱元璋、施耐庵、郭守贞、王尔烈、白尚纯、魏运衡、马占山、崔娘娘，其中人物传说中的满族人只有老罕王、慈禧、萨哈廉、邓铁梅。

表 2—3 满族传说示例

传说作品	出版时间	人物传说	其他传说
《新宾资料本二》	1987 年	24	61
《喇叭沟门满族民间故事集》	2005 年	16	64
《本溪满族民间故事·神话与传说卷》	2010 年 9 月	30	75

第三章　民间故事

民间故事是人们口头创作的不押韵的叙事类作品的总称。民间故事总体特点是故事篇幅不长，单线索发展，故事情节完整，情节生动吸引人，并在情节中伴有附会传说等虚构成分，表达了劳动人民的生活习俗和理想愿望。

满族民间盛行讲故事，俗称"讲古"或"讲瞎话"。满族民间故事反映了满族的风俗习惯、审美理想、生活态度。满族民间故事主要包括幻想故事、生活故事、动植物故事、智人故事等。满族民间故事表现了满族对真善美的追求，对智慧的热爱。

民间故事有自己独特的内在规律，民间故事主要具有双重性的特点。"它本身既蕴含集体的因素，也有个人的因素；既有传统的因素，也有即兴的因素；既有古代的因素，也有现实的因素；既有民族的因素，也有世界的因素，等等。"①

满族生活故事立足于现实，直接反映现实生活，表现了满族民众的生活百态和日常生活中的喜怒哀乐之情。这类故事内容较多地表现了家庭成员的关系、家庭生活、爱情生活、学习技能手艺、风土人情、地方特产等。

满族动植物故事是富有满族特色的故事，源于满族的渔猎文化生活，在满族的渔猎文化和采集经济中，动物、植物是满族生活的主要来源，表现了满族人民与动植物密不可分的关系。由于对动物、植物的热爱，有许多满族民间故

---

① 李惠芳：《中国民间文学》，武汉大学出版社 1999 年版，第 129 页。

事表现了满族人与动物、植物婚配的故事。

满族民间故事总体上属于欢乐地叙事。"在农耕出现之前，主要依靠狩猎来争取生存的部族，他们的生活是极端困苦的。"① 满族民众尽管生活艰苦，身处底层，但是他们积极乐观，不怕吃苦，敢于抗争。满族智人故事是描述满族优秀人物的机智、幽默的故事。故事表现了满族人怎样用智慧战胜丑恶现象和贪婪自私的人，表现了满族人积极乐观的生活态度。满族人民正是依靠聪明智慧才战胜了生活困难，开创了美好的生活。

第一节　满族民间故事的特点

满族民间故事记载了满族劳动人民的日常民俗生活。既有他们对生活的热爱，不畏艰苦的生活，又有对美好感情的追求和向往。民间故事内容记载的满族人民日常生产劳动中的狩猎采集的故事最多，其次是记载满族民间风俗习惯，包括特产、饮食、服饰等。

一　满族民间故事的瑰丽幻想

幻想是民间故事的一个共同特点，这类故事总体上属于神奇故事。"幻想，在民间故事中占着很重要的地位。神话、传说、童话中有很浓厚的幻想自不必说，就是在寓言、笑话以及生活故事中，也同样存在着幻想的成分。可以说，没有幻想，也就没有民间故事，幻想，是民间故事的生命。"②

满族民间故事之所以充满瑰丽的幻想其实质是现实生活的艰苦恶劣，是民众产生对理想生活状态的想象。满族幻想故事是由于满族民众为了弥补现实生

---

① 朱狄：《艺术的起源》，中国社会科学出版社 1982 年版，第 147 页。
② 李惠芳：《中国民间文学》，武汉大学出版社 1999 年版，第 133 页。

活中的不足，摆脱贫困的处境而幻想出来的故事，实现美好善良的愿望。

幻想故事充满了大胆的想象，富有传奇的色彩，是现实生活中不存在的。民间故事的幻想尽管与神话故事类似，但满族民间故事的幻想是立足于人间，立足于现实生活，表现的是人间的悲欢离合，其主人公是平民百姓。神话则是以神仙为主人公。因此，民间故事的幻想与神话的幻想还是有区别的。

满族民间故事之所以充满想象，原因如下。

第一，满族先民是渔猎民族，其生产环境极其艰险恶劣，满族先民幻想着战胜自然、掌控自然。因为渔猎生产本身就充满了对生命的威胁，打猎本身就是与凶猛的野兽搏斗，拼个你死我活，战胜不了凶猛的野兽，就会被野兽吃掉。恶劣奇寒的生活环境也给人们带来了重重困难，随时都有被冻死的危险。人们战胜不了自然，就需要借助超自然的力量，借助于神仙、魔法、宝物等赋予人类超自然的力量，实现精神上的满足，获得主观身心的愉悦快乐，增强生活的信心。

第二，满族民间故事对于尊敬的祖先、英雄，都要赋予想象，融入神秘因素，凸显他们不同于常人之处，增加对祖先、英雄的敬仰之情。例如，罕王出生就不寻常。"单说老龙岗山下住着一户善良的老两口，都五十多岁没儿没女。这一天老头出去借粮，遇见官兵，被抓去给围山的官兵送饭。老头年纪大了，再加上饭挑子又沉，走得又太急，腿脚不听使唤，到了山根底下，一不小心摔倒了，饭挑子也洒了，押送的官兵踢了老头两脚，老头忙爬起来把饭菜搂起来。官兵饿了，把饭吃了，豆腐沾的泥太多，不能吃。下晚儿，老头回到村里，偷偷地把埋汰豆腐包了些拿回家，老两口吃了一顿好菜。谁知到了半夜，老太太肚子疼了起来。原来老太太三年前肚子疼了一回，后来就大了，时常疼一阵，老两口也没在乎，以为是得了肚疼病。可今个疼得邪门，越疼越厉害，老头有点害怕，正要去找人，老太太突然生了个大胖小子，老两口乐坏了。"①可见，罕王出世是与常人不同的，常人怀胎 9 个月，罕王的母亲怀胎三年，这

---

① 孟庆宇、柳永民等编：《新宾满族故事》，新宾满族自治县文化局 2009 年 11 月印，第 12 页。

也决定了罕王日后的过人之处。罕王脚心长有七个红瘩子，二青马、黄狗、喜鹊、乌鸦都纷纷救罕王，罕王从小就敢玩老虎，这都是不同于常人的经历。罕王的身世传说和有关罕王的风物传说内容几乎占据了新宾满族民间故事集的一半。

第三，幻想故事可以弥补现实生活的不足，给民众带来精神的快慰和生活的信心，表现了满族民众乐观的生活态度以及对理想生活的追求。幻想故事实际上表现的是民众对现实生活的理想愿望和变通实现的方式。在努尔哈赤作战不利时，就幻想神仙前来助战。"佛陀老母把婴儿交给亲兵抱回去，又亲手把她的拂尘插在佛三娘的坟上作为纪念。佛陀老母望空中拜了三拜，说了声：'我今天要开杀戒了。'手中宝剑向空中一指，念动真言，口内吐出神火，就见呼呼浓烟突起，唰唰烈焰腾空，眨眼工夫条条金蛇狂舞，团团火球飞向官军烧去。罕王马上下令点火炮，晴空里响起五声霹雷，一下子天昏地暗，风火大作，呼噜噜轰隆隆，飞沙走石；淅沥沥哗啦啦，山水爆发。大火烧得狼和獐子满山乱跑，大水冲得官兵人仰马翻，呼天喊地鬼哭狼嚎。主帅李中烧得焦头烂额，被罕王连人带马一刀砍为两段。官军失去主帅，全军大乱，纷纷跪下投降。罕王收降官军不下七八万人。"① 这个片段显然是幻想的结果，把现实和想象结合一体，这是满族民间故事用的一种情节处理方式。当罕王缺少军饷时，在努尔哈赤的帐篷里，癞蛤蟆变成了一块一块的银子，长虫变成了一根一根的金条，使八旗兵有了军饷。王老汉种的稻子只收了十八捆，于是就想象通过高人指点十八捆稻子能打十八石。"打场的时候，王老汉在石磙子上摔稻子，摔了一天一宿，到了第二天的中午也没摔完，黄澄澄的水稻摔了一堆又一堆，累得王老汉汗珠像断了线的珠子往下滚，老头也不嫌累，继续在摔。"② 这段情节的描写很显然是想象的虚构情节，十八捆稻子不可能打十八石，这是人们渴望的，是现实生活中不可能出现的，只能存在于人们的想象中，以此慰藉人们贫瘠的生活。

---

① 孟庆宇、柳永民等编：《新宾满族故事》，新宾满族自治县文化局 2009 年 11 月印，第 42 页。
② 同上书，第 175 页。

满族民间故事《黄土变成金》中，张员外家遭遇了一场大火，穷得揭不开锅，靠着勤劳，变得富裕，他家田地里的黄土变成了黄金，这也是民间百姓对富足生活渴望想象的结果。

二 北方高寒地域特征明显

满族民间故事之所以具有北方高寒地域的特征，主要是由于满族的居住地主要位于北方的高寒地区。满族聚居地主要位于黑龙江、吉林、辽宁等地，这些地区冬季寒冷漫长，冰天雪地，气候寒冷，这些气候特征在满族民间故事中都有大量的表现。东北地区处在中纬度，几乎全在北温带范围内，而且处在大陆的东北角。气候为典型的大陆性季风气候，冬季从西伯利亚吹来的空气寒冷干燥。春秋从西南内陆吹来的大风依然干燥，初春有沙尘天气。因东北地区湿度较低，太阳辐射较强，所以夏季是高温天气。东北地区冬季寒冷漫长，气温极低，山区可达零下40多度。"传说很古的时候，有座不咸山，它是由十六座山峰围合而成的，中间是一潭蓝瓦瓦的池水。冬天，不咸山蒙上一层戎毡似的厚雪，白茫茫的，阳光一照，银光闪闪，十分耀眼。"[1] "相传老古时候，那神奇的长白山是天神亲自管辖的仙境，长白山上终年积雪，银装玉砌一般，在那茫茫林海，皑皑雪原上，一年四季盛开着一种红彤彤香喷喷的长寿花。"[2]

千里不同风，万里不同俗，一方水土养一方人。满族民间故事乡土气息浓厚，具有鲜明的地方特色。满族生活在高寒的北方，对北方的地理条件、气候特点、自然环境、生产条件等方面都有大量的描写。满族民间故事都是流传在东北三省地区，因此，表现的内容具有浓厚的东北地域的特点。如满族民间故事《牡丹江的传说》《尼雅岛》《海兰泡和大将军》《关门山与喜鹊岭》《虎洞沟》《天女浴躬池》《冰灯的来历》《冰滑子》等都是在北方地域才能发生的故

① 中国民间文艺研究会辽宁、吉林、黑龙江、河北四省分会编：《满族民间故事》第二集，春风文艺出版社1983年版，第9页。

② 佟靖仁：《呼和浩特满族民间故事选》，内蒙古大学出版社1989年版，第18页。

事。《冰滑子》中描述了这样的北国风光："转眼到了冬天，大雪飘飘，寒风刺骨，江河都封严了。"①

满族民间故事中的人物情节往往和北方高寒地域特征有关。"刚强、正义、善良的白云格格，一心想到搭救地上的生灵。她宁可尝尽苦寒，也不认错。大雪越下越猛，白云格格在冰雪瓮子里冻着，她把自己的银光衫裹了一层又一层，绕了一圈又一圈，冻呀，冻呀，最后变成一棵身穿白纱，木质洁白的树，永世长存在大地上了。后人都管它叫白桦树。至今，兴安岭年年风雪不断。你若是在暴风雪中，侧耳细听，从白桦树林里还传出'不回喀！不回喀！'的回声哩。"②

三　以渔猎采集和农业为主的生产方式

越是早期的满族民间故事，记载渔猎采集的生产方式的内容越多。满族民间故事中最直接的内容就是表现满族民众的传统生活，最主要的是生产劳动、民俗及生活方式。关于猎取动物、采集人参、捕捞珍珠、捕捞马哈鱼的故事都很突出。满族的渔猎采集特产主要有人参、蚕、柳树、靰鞡、玉石、桦皮等，这些都成为民间故事的主要题材。

在满族的渔猎生产方式中，捕鱼是满族民间故事中最常见的内容，因为，满族人的居住地适合渔猎。这类作品很多，如《塔娜格格》《鲫鱼贝子》《朱舍里格格》等都是这类故事。"很久以前，在美丽的布尔哈图河栖息着许多千年大蚌，身带斑点的七星蚌、碧如翡翠的额其塔蚌、金黄耀眼的盘龙蚌……都怀藏价值连城的东珠。江上，招来成群成群啄食蚌蛤肉的天鹅，在河岸草丛里孵蛋育雏……冬天，凿冰窟窿叉鱼；开江了，风雨再猛，白浪再高，总是驾条小威呼飘摇在漩涡激流里，叉得的大勾辛、杆条（江鱼名称），像一根根桦树轴

---

① 中国民间文艺研究会辽宁、吉林、黑龙江、河北四省分会编：《满族民间故事》第二集，春风文艺出版社 1983 年版，第 347 页。

② 同上书，第 8 页。

驴，堆满金沙滩。"① 这样的生活环境决定了满族人的生产方式是渔猎的。

在满族的采集活动中，人参是最重要的采集对象之一，每本满族民间故事集中都有关于人参的故事。《棒槌鸟和达六哥鸟》《龙参》《参女搭车》《人参泪》《姐妹参》《棒槌哈达》《人参蜜》《"鸡陵参"的传说》等满族民间故事都和采参有关，是满族人重要的生计来源。在满族民间故事中，人参无一例外地都是正面的善良的形象，人参总是给满族人带来福祉，满族人热爱人参、喜欢人参，这种对人参的深厚情感在满族民间故事中表现得非常充分。

《丧门旋与珍珠玛瑙》讲述了满族人怎样在渔猎生产中通过采集珍珠、玛瑙发家的故事。

四　满族民间故事往往是对满族民众生活经验的总结，是满族人
　　集体智慧的结晶

满族民间故事描写了许多劳动经验。采珠的经验是这样的："河水浮着白云彩，水下准有呼其塔蚌。传说呼其塔蚌，是千年宝。一蚌有三颗珍珠，素称'怀捧三星'。'呼其塔'，满语'呼涂里'的转音，是'鬼'的意思，能变人形，有它的地方总有大雾和白云护卫。"②

满族民间故事主人公是人，写满族民众在日常生活中的喜怒哀乐，因此较多地表现了满族日常的风俗习惯。《塔娜格格》中就详细地描述了清初时采珠奴采珠的过程："小西单跟着采珠奴们，套着纤绳，拉着珠轩达的轿船，朝辉发河奔去，后面跟着一大串采珠威呼，装着粮肉，采珠器具，遇到河口、高山、古树，都要鸣锣、击鼓，摆上香供，鞭炮齐鸣。因为是给皇帝采珠的，一路上是见官大一品，好个显赫威风！采珠船到了地方，先扎营盘，选好水场。船队停靠在河边，搭锅支灶。烧香磕头，祭奠河神。采珠那天，更是热闹。江

---

① 中国民间文艺研究会辽宁、吉林、黑龙江、河北四省分会编：《满族民间故事》第二集，春风文艺出版社 1983 年版，第 21 页。

② 同上书，第 65 页。

边点起大火堆。采珠奴全上采珠船，不管天多冷，赤身露体，外披毛毡，半蹲跪在船上，盯着珠把式。珠把式站立船头，船顺水直下，他仔细看水流和波纹，就能知道水下藏什么蚌和蛤。突然他把长竿子往河底一插，船马上停住，采珠奴们胯下兜一块软皮，憋足一口气，按顺序一头扎进水里，到插竿地方摸捞河蚌，得了蚌蛤后跃出砭骨的河水，烤火喝酒，取取暖再下河。抓得的河蚌，全由珠把式手持尖刀，在船上当着珠轩达面开蚌取珠。采珠奴是不准水下开蚌取珠的。"[①] 这个满族民间故事详细地记载了满族采集珍珠的辛苦艰辛的过程。

满族的采参过程在满族民间故事中有大量表现。"那棵亮着红朵子的大人参，正在蛇洞口前，随风摆动。他三步并成两步地跑到人参跟前，把索拉棍往人参跟前一插，就喊起来：'棒槌！''什么货？''……老山货！'望春是一个人放山，只好是自问自答。然后，掏出一根红绒绳拴在人参腰上，这才取出工具开始挖参。"[②] "这长寿花就是人们常说的人参。老年人敬参如神，都忌讳直呼其名，便把人参叫作棒槌、山货、根子、捻子、神仙草。上山采参人叫作'放山人'，自动编队，由大把头分配任务，分工负责。先找一棵老松树拜为老把头，挂上一块红布当作山神，摆供上香，大家伙磕头后进山找人参。在草稞里找到了花红叶绿的参花之后，先用红头绳拴住，大家边喊'棒槌'，'棒槌！'，边用手或鹿骨挖参。切忌不能叫'人参'，也不能用铁器挖参，还不能把参须弄断或把参皮擦破，否则，参浆一流，便成了不值钱的哑巴参。一人要用手轻轻地把人参完完整整地请出来，像接生小孩那样，用红布把人参包裹严实，抱着它小心翼翼地下山。在挖参的地方做个记号，当作兆头，以便今后再来挖参。人工种植人参也很不易。人参喜欢向阳坡上生长，它又怕强光，要给它搭一遮阳草棚；参生长三年之后，便要倒插到平整的土地里，浇灌与上肥都要适

---

① 中国民间文艺研究会辽宁、吉林、黑龙江、河北四省分会编：《满族民间故事》第二集，春风文艺出版社 1983 年版，第 65 页。

② 同上书，第 129 页。

时；六年之后，人参才长成小娃娃形。"① 程式化的采参过程在故事中得到详细的描写，这是对采参经验的总结。

五　满族民间故事和地域风貌特点关系密切

由于满族民间百姓生活在不同的地域，满族民间生活离不开具体的地域空间，因此，满族民间故事具有鲜明的地域特色，青山、绿水、花草、树木都能构成满族美丽的民间故事。满族民间故事的地域风貌特点主要表现为两方面。第一，满族民间故事标题也常常以地域冠名。如《青龙满族民间故事》《呼和浩特满族民间故事选》《本溪满族民间故事》《新宾满族故事》《喇叭沟门满族民间故事集》等，即使有的满族民间故事没有用地域冠名，其故事内容也会表现出不同的地域风貌。第二，满族民间故事有大量的关于地域风貌的传说和由来。如《喇叭沟门满族乡民间传说》中描写了娘娘洞庙的传说、卧龙石的由来、长仙洞的由来、河北村大柳树的传说、纱帽石的传说、老道沟的传说、双棒崖的传说等，在这部满族民间故事集中，一共有 84 个故事，其中关于地域风貌的传说就有 49 个，占全部故事的 58%，可见满族民间故事对独特的地域空间是非常重视的。因为过去满族人主要依靠渔猎采集为生，地理位置直接决定了满族人的生活品质，他们靠天吃饭，靠地为生，因此，对于生活的地理位置很重视。

满族民间故事和地理位置、地形环境有密切的关系，满族民间故事往往和地理特征有很大关系，很多都是地貌风物传说，奇景往往伴有奇妙的传说。例如，满族民间故事《青龙河的传说》中，相传明太祖朱元璋在南京登基时，问手下江山能否长久？手下刘伯温奏道："近日有一青龙正从东北向中原游来，日后吾主江山恐为此龙所夺。"朱元璋派魏国公徐达持尚方宝剑杀龙于长城之外。"第二天，徐达选兵点将，星夜向北进发。此时青龙已游至半路，它圆睁

---

① 佟靖仁：《呼和浩特满族民间故事选》，内蒙古大学出版社 1989 年版，第 18 页。

闪电般二目，只见一彪人马哒哒而来，尚方宝剑寒光逼人，不禁毛骨悚然。转而一想，打破隔城而治，统一天下，乃我之夙愿，焉能被小小宝剑挡住去路，便和雷公电母下起滂沱大雨，想将徐达人马阻于半路，徐达知兵贵神速，仍率军冒雨疾驰。青龙见一计不成又生一计，召来虾兵蟹将发起洪水。徐达见巨浪滔天，再往前走，恐全军覆没，只得将人马驻扎在路旁一个小村里。第二天，雨过天晴，洪峰顿减，徐达率军继续北征，渐渐平原转少，山峦渐多，长城战台依稀可见，众将顿时兴奋起来，一个个快马加鞭，疾驰如飞。谁知来到边塞一看，莽莽燕山被划开一道峡谷，巍巍长城被冲开一个缺口，青龙早已进入中原。想到大明天下，徐达老泪纵横，仰天长叹。二百余年后，果然东北清兵入关，推翻明朝统治，使长城内外成为一家，人们都说这条青龙就是后来的爱新觉罗。"① 满族人生活地区的一山一水、一物一景大都有美丽的附会和传说，也有真实的成分，是现实与想象的结合。

有些满族民间故事只能在一个地方产生，这就是民间故事的地域性特征。新宾是满族的发祥地，努尔哈赤正是在新宾起家的，因此，新宾满族故事关于努尔哈赤的传说故事较多、较集中，而其他地区的关于努尔哈赤的传说故事就比较少。不同的地域有不同的故事，新宾的故事资源是其他地域所没有的。岫岩产玉，所以，岫岩满族民间故事中关于玉石的故事就比其他地区的多。岫岩地区的满族民间故事《细玉沟的传说》《凤丹与石人》《泪点玉杯》《玉杯的故事》都是关于玉石的。

这类满族民间故事不完全采用现实主义的创作方法，一部分是写实的，还有一部分是在写实的基础上融入了神奇、大胆、瑰丽的想象。满族民间故事《老李洞和卧龙池》讲述了黑龙江、卧龙池、老李洞名字的来历，和老李家李秋、芸娘夫妇生的黑龙有关。黑龙占据的江叫黑龙江，黑龙以前养伤的水池叫卧龙池，黑龙幼时栖身的古洞叫老李洞。《老李洞和卧龙池》中的生活场景是写实的，如作品中人物的感情、生活环境的恶劣、对于异己黑龙的恐惧、乡亲

---

① 中共青龙满族自治县县委宣传部：《青龙满族民间故事》，1987 年 4 月印，第 8—9 页。

们的感恩之心都写得真实生动，但老李家李秋、芸娘夫妇俩生了一条黑龙却是大胆想象的结果。

六　满族民间故事善于讲述名人轶事

由于满族敬祖，满族民间故事对于皇帝、祖先、功臣、英雄的言行举止进行了合理的描述。这类人物形象写实的成分多一些，虚构幻想的成分少一些，往往是正面人物。

在《新宾满族故事》中有大量的关于罕王、顺治、康熙、乾隆、刘墉的传说，其中关于罕王的传说数量最多，《新宾满族故事》的一半内容都和罕王有关。如《罕王出世》《罕王脱险》《小罕玩虎》《小罕打虎》《小罕学艺》《罕王断案》《罕王问路》《五副铠甲的故事》《罕王送酒》《罕王求贤》《地蝼蛄救小罕》《罕王封树》等，记载了罕王的生平事迹。由于新宾是满族的发祥地，努尔哈赤就是从新宾起家的，所以新宾满族故事中，关于罕王的故事非常丰富。小罕脚底下长有七个痦子的故事更是广为流传："这天李总兵洗脚，脚心有三个红痦子。小罕子说：'你脚心还有三个红痦子呢。'李总兵说：'我这是三星照命，顶星辰下界的，你不用多，要有一个就不用受我支使了。'小罕说：'我七个痦子还伺候你呢？''真的吗？''不信你看。'小罕脱去鞋，果然左脚心四个红痦子，右脚心三个红痦子。李总兵的小女人喜兰，就在炕上瞪小罕子一眼。李总兵看后果然不差，怪不得京城里下来告示各处张贴，说出来浑龙了，我若是知情不办，罪加三等。这么办吧，明天我上北京，我走小罕就得跟我走，也不用绑也不用捆，还省得兴师动众的，到了北京交给皇上就得了。"[①]这个故事说明了君王天授、不同常人的道理。在《满族民间故事选》中，也有名人轶事，如《康熙和典吏》《萨布素与巴尔图》《苏穆夫人的故事》《乾隆夜巡》《嘉庆之死》《慈禧挖龙脉》《慈禧卖荒》等，对于满族名人轶事的描写是

---

① 孟庆宇、柳永民等编：《新宾满族故事》，新宾满族自治县文化局 2009 年 11 月印，第 17—18 页。

满族故事不可缺少的内容。

在满族民间故事集《青龙满族民间故事》中，记载的多是康熙皇帝的故事。如在满族民间故事《前擦岭的传说》中，康熙帝微服私访，展现了一个善于吃苦、体察民情、和蔼可亲的帝王形象。在《景进士的惠遇》中，描写了康熙皇帝礼遇小学生、爱惜人才、恩惠景进士的故事。《打虎店的传说》描写了康熙率文武百官狩猎打虎的故事，康熙帝勇敢无畏，打虎冲在前。"只见那只被赶的吊睛白额斑斓猛虎正'咔嚓''咔嚓'地踩着积雪，焦急地徘徊于山谷尽头。它猛然回首，见退路受阻，大概是想绝处逢生，它倒竖虎尾，掉转身来，张开血盆大口。长啸一声，伴着狂风箭一般向康熙扑来。御林军见势不妙，急忙跨前数步，举叉叉住猛虎脖子。康熙趁机张弓搭箭，'嗖'地射中猛虎咽喉。猛虎疼痛难当，在钢叉上拼命挣扎，康熙催马向前，连搠数枪，猛虎才'卜通'一声倒在地上，铁棒般的虎尾摆了两摆，不动了。"① 康熙的英勇无畏表现无遗。

由中国民间文艺研究会，辽宁、吉林、黑龙江、河北四省分会编写的《满族民间故事》第二集中关于名人轶事的记载主要是完颜阿骨打、金兀术的故事。其中《黑水姑娘》描述了完颜阿骨打如何在春儿、大武、成大等民众的帮助下创业的故事。《双刀山》讲述了阿骨打如何离家三年，和白山老祖学习武艺，回到家乡，用师傅赠送的双刀勇战牤牛精，最后双刀变成了两个山峰。由此，完颜部的诸申们都佩服完颜阿骨打的胆量和勇气，完颜阿骨打被推举当了大元帅，建起了大金国，当了开国皇帝。《花莫利》描述了完颜阿骨打在创业的过程中，得到宝马花莫利的帮助，这匹宝马就像是上天派给完颜阿骨打的。"领头的是一匹又高又大的花莫利，一抹青色，脊梁骨上带些白花点子，长长的鬃毛，一直披到脖子下。说来也怪，那花莫利一见阿骨打，就像早就认识似的，几步跑到阿骨打跟前，扬脖长嘶三声。阿骨打一见也挺喜欢，抓住马鬃就想往上骑，那领头的吉里迷人忙制止说：'大人！这是我们在黑都山套住的野

---

① 中共青龙满族自治县县委宣传部：《青龙满族民间故事》，1987年4月印，第18—19页。

马中的头马，性子很暴烈，多少好骑手都想驯服它，都被它给摔得鼻青脸肿，你还是驯一驯再骑吧。'那马好像听懂了他们说的话似的，抬起头向那个吉里迷人瞅了一眼，又向阿骨打点了三下头。阿骨打笑了笑说：'不要紧，我试试看吧。'说着轻轻翻身上马。一骑上，就觉得比坐在鞍子上还舒服，那马放开步，又快又稳，阿骨打一拽马鬃，那马撒开四蹄，飞也似的跑起来，只听耳边风声，呜呜作响，跑了一阵，那马停了下来，阿骨打仔细一看，已经飞过断桥，越过山涧啦。"[①] 这匹宝马成为完颜阿骨打成就大业的有力帮手。《嘎拉哈》讲述了金兀术离开父母，学习武艺，拜武艺高强的老妈妈为师，老妈妈让金兀术弄到狍子的嘎拉哈、野猪的嘎拉哈、黑瞎子的嘎拉哈，由此，金兀术开始学习怎么样打到狍子、野猪、黑瞎子，最后练就了一身高强的武艺，成为女真人最能征善战的元帅。《七星泡》讲述了努尔哈赤救出了跌进湖里的老人，得到了老人送给他的星星一样的七颗夜明珠。努尔哈赤把七颗夜明珠借给淘金人，有人想抢夺夜明珠，努尔哈赤不小心把七颗夜明珠踩进了脚心，成就了帝王之命。

表 3—1　　　　　　　满族民间故事叙述历史名人故事示例

满族民间故事名称	故事名	叙述历史人物
《满族民间故事选》（第二集）	黑水姑娘	完颜阿骨打
《满族民间故事选》（第二集）	双刀山	完颜阿骨打
《满族民间故事选》（第二集）	花莫利	完颜阿骨打
《满族民间故事选》（第二集）	鹰城与海东青	完颜阿骨打
《满族民间故事选》（第二集）	射柳	完颜阿骨打

① 中国民间文艺研究会辽宁、吉林、黑龙江、河北四省分会编：《满族民间故事》第二集，春风文艺出版社 1983 年版，第 156—157 页。

续　表

满族民间故事名称	故事名	叙述历史人物
《满族民间故事选》（第二集）	冰滑子	完颜阿骨打
《满族民间故事选》	完颜阿骨打的传说	完颜阿骨打
《满族民间故事》	高跷秧歌的由来	完颜阿骨打
《满族民间故事选》（第二集）	嘎拉哈	金兀术
《满族民间故事选》（第二集）	辽阳白塔	金世宗
《满族民间故事选》（第二集）	七星泡	努尔哈赤
《满族民间故事选》（第二集）	怒斩褚英	努尔哈赤
《满族民间故事选》（第二集）	巧取辽阳	努尔哈赤
《满族民间故事选》（第二集）	三打松山城	努尔哈赤
《满族民间故事选》（第二集）	磨旗山	努尔哈赤
《满族民间故事选》（第二集）	驸马坟的传说	努尔哈赤
《满族民间故事选》（第二集）	龙旗和八旗	努尔哈赤
《满族民间故事选》（第二集）	义犬的故事	努尔哈赤
《呼和浩特满族民间故事选》	努尔哈赤气性大	努尔哈赤
《呼和浩特满族民间故事选》	菜包饭的来历	努尔哈赤
《满族民间故事选》	努尔哈赤的传说	努尔哈赤
《满族民间故事》	努尔哈赤巧取辽阳	努尔哈赤

续　表

满族民间故事名称	故事名	叙述历史人物
《满族民间故事》	努尔哈赤迁都沈阳	努尔哈赤
《满族民间故事》	老罕王名字的来历	努尔哈赤
《满族民间故事》	太子河的传说	努尔哈赤
《满族民间故事》	老罕王登点将台	努尔哈赤
《新宾满族故事》	罕王身世传说	努尔哈赤
《新宾满族故事》	罕王风物传说	努尔哈赤
《满族民间故事》	皇太极继位	皇太极
《满族民间故事》	东陵的传说	皇太极
《满族民间故事》	四塔镇纸妖	皇太极
《满族民间故事》	狗儿汤的传说	皇太极
《满族民间故事·辽东卷》	北陵的传说	皇太极
《满族民间故事选》	顺治出生和出家的传说	顺治
《满族民间故事》	顺治与修鞋匠	顺治
《新宾满族故事》	顺治济贫	顺治
《满族民间故事选》（第二集）	合欢路	康熙
《满族民间故事选》（第二集）	一罐唐谷	康熙
《满族民间故事选》（第二集）	康熙和典吏	康熙

续　表

满族民间故事名称	故事名	叙述历史人物
《满族民间故事选》（第二集）	皇姑屯	康　熙
《呼和浩特满族民间故事选》	康熙的功劳如同"顺毕牙伍气哈"一样	康　熙
《呼和浩特满族民间故事选》	右玉八旗领双饷	康　熙
《呼和浩特满族民间故事选》	康熙私访月明楼	康　熙
《呼和浩特满族民间故事选》	话说公主府	康　熙
《呼和浩特满族民间故事选》	小召的晾甲日	康　熙
《呼和浩特满族民间故事选》	清真寺里的康熙匾	康　熙
《青龙满族民间故事》	康熙比胡子	康　熙
《新宾满族故事》	康熙送袈裟	康　熙
《满族民间故事·辽东卷》	康熙寻父	康　熙
《满族民间故事选》（第二集）	沙家人	乾　隆
《满族民间故事选》（第二集）	乾隆夜巡	乾　隆
《满族民间故事选》（第二集）	翠裘楼与流霞亭	乾　隆
《满族民间故事选》（第二集）	"东西"的传说	乾　隆
《满族民间故事选》（第二集）	鹿叼银牌	乾　隆

满族民间故事名称	故事名	叙述历史人物
《呼和浩特满族民间故事选》	乾隆八十九，天子实难有	乾　隆
《呼和浩特满族民间故事选》	右卫的甜水井	乾　隆
《满族民间故事选》	乾隆和刘墉的传说	乾　隆
《满族民间故事》	皇姑屯的传说	乾　隆
《新宾满族故事》	乾隆吃雪花菜	乾　隆
《新宾满族故事》	乾隆写春联	乾　隆
《满族民间故事选》（第二集）	嘉庆之死	嘉　庆
《满族民间故事·辽东卷》	道光帝选妃	道　光
《满族民间故事·辽东卷》	溥仪封官	宣　统
《满族民间故事选》（第二集）	慈禧挖龙脉	慈　禧
《满族民间故事选》（第二集）	慈禧卖荒	慈　禧
《呼和浩特满族民间故事选》	慈禧为什么也称"老佛爷"	慈　禧
《呼和浩特满族民间故事选》	西太后与东落凤街	慈　禧
《满族民间故事选》（第二集）	萨布素和巴尔图	萨布素
《满族民间故事选》（第二集）	苏穆夫人的故事	苏穆夫人

七　满族民间故事有较强的功利性

满族民间故事的功利性主要表现为：对人类有益的都是正面形象，对人类无益的都是反面形象。对人类既有益又有害的形象则是复杂的，这几乎成为满族民间故事的一个创作模式。

在满族民间故事中，有一些对人有益的动物、植物一直是正面形象。天鹅、鹿、人参、柳、狗、喜鹊等动植物都对满族人有益，因此，成为满族民间故事中的正面形象。《白鹿额娘》《达布苏与梅花鹿姑娘》《义犬的故事》《鹿叼银牌》《织布格格》都属于这类故事。在《白鹿额娘》中，白鹿成为老猎手的妻子，白鹿用自己的奶水把老猎手的儿子哺育成人。白鹿额娘只求奉献不求回报，得到了儿子的爱戴。在《达布苏与梅花鹿姑娘》中，达布苏由于救了梅花山的鹿仙，鹿仙变成姑娘，报答达布苏，与达布苏结为夫妻。

有的动物既对人类有益又对人类有害，这类动物在满族民间故事中既是正面形象又是反面形象。蛇既会害人又能救人。蛇毒本身可以杀人，但同时蛇毒又是很好的药物，可以治病救人，所以蛇的形象在满族民间故事中既是反面形象又是正面形象。《大黑虎与小花蛇》中，小花蛇就是治病救人的正面形象。河西岸高岗上住着博尔浑一家人，大水过后闹起了瘟疫，老两口也得了病，病一天比一天重，眼看不行了，"就在这时，忽然从外面进来一位年轻的小阿哥，高高的个子，穿一身白地儿黑花的衣裳，满头大汗，气喘吁吁地进了屋。二话没说，走到二位老人跟前，弯下腰，嘴对嘴，吐出一股股红色汁液，灌到老人嘴里。说也真灵，不一会两位老人好了。这可乐坏了满苏姑娘和前来看望的人，都深深地给小阿哥请安道谢，感激救命之恩，并问贵姓大名，家住哪里。小阿哥赶忙还礼，和大家说：'我是前些日子被老玛法救活的那条小花蛇。住在长白山根，因为大水把我冲到这里。从打二位老人得病之后，心里急的了不得。忽然想到长白山上有一位圣母叫佛古伦妈妈，神通广大，有求必应。我星夜上了长白山。老圣母大发慈悲，教会我口吐药水的能耐。还说我有……'小花蛇没往下说。大家有点不相信，小花蛇笑着：'你们不相信？'说完往地上一打滚，一抖身子，真变成一条小蛇。摇摇头，挺挺腰，打个滚，又变了回来"①。在这个故事中，蛇是个治病救人的正面形象。

第一，在满族民间故事中，有一个创作模式，即善有善报，恶有恶报，做亏心事的人理亏。在满族民间故事中，善良忠厚的人尽管经历了种种磨难，但最后都有好的结局。这类故事表现出了很明显的道德伦理价值观念，具有鲜明的道德价值判断取向。即使主人公再老实、再贫穷，只要做善事，最后都会有好的结局，无论什么人，只要做恶事，最后都不会有好下场。

表 3—2　　　　　　　　善有善报，恶有恶报故事示例

故事名称	主人公	善事或恶事	结　局
细玉棍	老　三	救活不相识的老头	得到宝物细玉棍，生活富足
蚕姑姑	猪　妞	猪妞灭火救了金钱蛾的家	金钱蛾教猪妞熬茧搅丝、织纱缎
靰鞡草	贲　海	贲海背跌伤腿的老太太回家	老太太帮贲海找到靰鞡草
鹁鸽砬子	关大宝	关大宝救幼小的鹁鸽	鹁鸽帮助关大宝为民除害
老穆昆达和小蛤蟆	老穆昆达	从毒蛇那救出小蛤蟆	小蛤蟆给部落送粮、治病、救人、杀强盗
上马石	寡　妇	帮老虎接生虎崽	老虎送寡妇金豆子，再不愁吃穿
放牛沟	小牛倌	用富人家牛帮助穷人干活	得到能治百病的神牛尾巴毛

---

① 中国民间文艺研究会辽宁、吉林、黑龙江、河北四省分会编：《满族民间故事》第二集，春风文艺出版社 1983 年版，第 138 页。

续　表

故事名称	主人公	善事或恶事	结　局
猪山与半拉山	布特哈捏玛	王八精骗布特哈捏玛的夜明珠	王八精为死去的英雄驮石碑
人参蜜	小格路	善待、保护小蜜蜂	小蜜蜂为小格路提供人参蜜，用蜜治病，生活富足
"鸡陵参"的传说	"图呼赖"	老实厚道，不慕金钱富贵，挨欺负	人参娃给他千年宝参，改变他命运
八王寺井水的传说	莲花姑娘	帮助要饭老太太	要饭老太太帮助莲花姑娘和大家找到甜水井
石头人的传说	英翅窝	老实勤劳，孝顺母亲	得到石头人送的金子，过上好生活
朱图阿哥	朱　图	救助生病的老人	老人教朱图炼铁
三格格	三格格	面丑善良，吃苦能干	与柳树神结婚，生活幸福
赛因伊尔哈	伊尔哈	为给别人治病，冒着生命危险学医，牺牲自己	部落里家家户户都想念她、纪念她
牛拱塔	小牛倌	财主克扣小牛倌工钱	大犍牛替小牛倌报仇
鸡蛋石沟	山　音	山音在经济上帮小猪倌	小猪倌发财娶了山音
桦皮篓	小哥俩	自己挨饿却把自己的干粮给陌生老人	老人送小哥俩桦皮篓，从此有饭吃
圣草仙子	弟弟石宝	帮助天上圣草仙子复活	圣草仙子送给弟弟宝石和宝贵的药材

续　表

故事名称	主人公	善事或恶事	结　　局
小铜锣	苦　牛	孝敬老娘	得到宝物小铜锣，过上好生活
三个瞎姑娘	老　三	受累挨欺负	一家人团圆
背河老人	背河老人	背河老人为大家修桥	梅花鹿姑娘帮老人筹钱修完桥
金斧银斧	哈达阿林	孝顺、诚实、不贪婪	得到宝斧，生活变富裕
亲　家	德溪	善良、热心助人	得到宝参
因德布巴彦	因德布	忘恩负义，贪婪狠毒	财产散尽，家破人亡
柳树的故事	柳　树	搬弄是非	引火烧身
人参和松树	松　树	松树出卖朋友人参	松树最后被剥了皮
人不可太贪心	王　小	贪婪无度	命丧大蟒肚子中
但行好事莫问前程	那　小	一心只想帮助别人	娶妻过上好生活
风刮孝衫	黄玉儿	与人通奸，谋害亲夫	被抓捕，待斩
图小利，大事不成	老　大	贪婪无度	失去一切财产
妯娌俩救燕子	老二媳妇	救燕子	燕子回报老二媳妇金子
布哈里捡银子	布哈里	捡三十两银子，送还失主	得到三十两银子的奖赏
不孝的报应	儿媳妇	欺骗婆婆	儿媳妇变成狗

第二，在满族民间故事中，有一种创作模式，即人帮助神仙，神仙报恩。大概情节就是主人公帮助化作动物的神仙，一旦有主人公的危急时刻，就会发生转机，出现神仙、宝物等，帮主人公化解危机。在满族民间故事中，通过神仙宝物战胜难关的情节很常见，这正是能力有限的处于困境中的满族人对于现实生活的幻想，对于理想生活状态的渴望，对于现实美好生活的功利性需求。

神仙、宝物能满足人的一切愿望。在《织布格格》中，善良的老太太得到鹊仙的帮助，只要把喜鹊的三撮羽毛都绑在织布机的绳子上，再用喜鹊织的布把三撮羽毛盖上，就能每三天织出一匹布。三撮羽毛成为帮助老太太得到布匹的宝物。在《细玉棍》中，当老三走投无路，又冷又饿，在北风中挨冻时，他摸着细玉棍说话，结果，奇迹出现了："这话本是老三走投无路，顺便说说。谁知话音刚落，地上突然冒出座青堂瓦舍的四合院。老三两口子乐呆了，进屋一瞧，屋里明晃晃的像水晶宫一样：地上镶着透明的绿玉，炕上铺着比缎子还柔软的红玉。炕中间放着一个火盆，火盆上坐着小锅，锅里的饭菜热气腾腾；火盆边上放的筷子、小碟、碗，样样都是精致的白玉。"[①] 这是典型的宝物帮助善良的人战胜困难的故事。在《塔娜格格》中，贫苦的小西单为了生计寻找宝珠，没有找到，得到格格的帮助，格格赠送给小西单一件黑缎小坎肩——避水衣，凭着这个宝衣找到了宝珠。《朱舍里格格》中的宝物是四颗榛子，朱舍里格格用四颗榛子整治了恶狼。

表 3—3　　　　　　　　　人帮助神仙，神仙报恩故事示例

故事名称	神　仙	主人公	救　助	报　恩
天鹅的故事	天　鹅	阔尔什	救出被蛇缠住的母天鹅	天鹅赠送阔尔什珠子，使他过上富贵生活

---

① 中国民间文艺研究会辽宁、吉林、黑龙江、河北四省分会编：《满族民间故事》第二集，春风文艺出版社 1983 年版，第 60 页。

续 表

故事名称	神 仙	主人公	救 助	报 恩
老穆昆达和小蛤蟆	小蛤蟆	老穆昆达	老穆昆达从毒蛇口边救出小蛤蟆	小蛤蟆帮老穆昆达解决天灾、瘟疫
织布格格	喜 鹊	老太太	给喜鹊喂食	喜鹊帮助老太太织布
白鹿额娘	白 鹿	老猎手	老猎手救助后腿受伤的白鹿	白鹿帮助老猎手喂养儿子长大成人
金马驹	金马驹	猎 人	帮助触犯天规的金马驹免除苦刑	金马驹帮恩人过上好生活
松阿里与小青蛙	小青蛙	松阿里	救出被蛇撵的小青蛙	小青蛙帮松阿里救出媳妇
泼雪泉	喜 鹊	吴龙阿	保护小喜鹊	小喜鹊为吴龙阿送粮做饭
巴虎岭的传说	黑狸虎	小伙子	帮助黑狸虎杀死蟒蛇	黑狸虎帮小伙子做媒找到媳妇

第三，满族民间故事还有一种创作模式，即满族人与具有超凡能力的神仙、动植物等宝物结婚，实现如意的生活，有一些故事的结尾是：具有超凡能力的神仙、动植物等宝物又回归到来处，形成爱情悲剧。以悲剧为结局的这类故事暗含一个道理，即如意的生活是短暂的，不劳而获的、靠着别人帮助得来的幸福生活是靠不住的。这类故事间接地表现了满族人的生活艰辛、求偶不易、子嗣难续的困难处境，用人神结合的模式赋予满族人贫困生活一种理想的色彩。

在满族民间故事《鲫鱼贝子》中，穷苦的老渔人纳布昆和女儿相依为命。由于纳布昆善待小鲫鱼，小鲫鱼变成小阿哥，为纳布昆治好了病，为纳布昆父女带来了衣食无忧的生活。后来，鲫鱼贝子和纳布昆的女儿成了亲。"鲫鱼贝子成亲后，不能回镜泊湖水府了。这时候，镜泊湖水府的老鲫鱼贝勒，知道儿子和纳布昆的姑娘成了亲，十分恼怒。他带领水府兵将，来到纳布昆家，没容分说就把鲫鱼贝子抓了回去，押在水牢里。姑娘天天到湖沿儿上去等鲫鱼贝子。鲫鱼贝子在水牢里，也是一直想念姑娘。他心里叨咕着：'安班玛尼呀，你要是有灵有神通，你就来帮助我离开这个水牢吧！'小鲫鱼贝子一连叨咕了三天三夜。到第四天头上，就听有人在空中说：'你在水牢里要做几样事儿，你才能离开水牢。'鲫鱼贝子忙问：'做哪几件事呢？'那人说：'第一件事儿，今年湖岸上要大旱，你能不能让你的阿玛多发点水，让它湖泅四十，露打三寸。'"① 最后，纳布昆的姑娘和小鲫鱼贝子都变成了青蛙，双双跳到湖里去了。可见，这类故事往往以悲剧收场，很少有大团圆的结局。

《核桃格格》中，老额娘和顺多西哈相依为命，顺多西哈种了棵核桃树，核桃树长出了核桃格格，核桃格格每天为娘俩起早做饭，顺多西哈不知道是谁做的饭，"有心眼的顺多西哈，这天晚上回来，故意假装睡，看看到底是谁做的饭。在四更天时分，忽听桌子上咔碴一声，小伙子偷眼一看，只见那个核桃一裂两半，从里面出来一个小人，跳到地下，一转身变成一个漂漂亮亮的大姑娘。到厨房不一会儿工夫就做好了饭，马上又回到核桃里"②。核桃格格和顺多西哈在一起过了五年的幸福生活，最后，核桃格格浑身长出大泡，流脓淌水，起不了炕，凄惨死去。

---

① 中国民间文艺研究会辽宁、吉林、黑龙江、河北四省分会编：《满族民间故事》第二集，春风文艺出版社 1983 年版，第 77 页。

② 同上书，第 99 页。

表 3—4　　　　　　人救助神，神爱上人，人神恋爱结婚故事示例

故事名称	男主人公	女主人公	婚姻状况	结 局
达布苏与梅花鹿姑娘	达布苏	梅花鹿姑娘	结 婚	团 圆
鲫鱼贝子	鲫鱼贝子	纳布昆女儿	结 婚	双双变成青蛙
核桃格格	顺多西哈	核桃格格	有后代	核桃格格死去
彩 云	金翅鲤	三音甘珠	结 婚	三音甘珠变彩虹，金翅鲤变成晚霞
三格格	柳 树	三格格	有后代	幸福生活
菱角花	小 鹿	菱角花	有后代	小鹿和菱角花先后失踪
大黑虎与小花蛇	小花蛇	满苏姑娘	有后代	幸福生活
棒槌哈达	那哲里	红红格格	结 婚	幸福生活
塔娜格格	阿斯哈	塔娜格格	有后代	幸福生活
恰喀拉的巴图鲁	巴卢斯乌鲁	紫貂神阿库密	结 婚	恩爱夫妻
尼雅岛	小伙子	尼雅（大雁）	结 婚	尼雅死去
三砬子峰	小伙子	人参姑娘	结 婚	幸福生活
珍珠门	苏东阿	珍珠（蛤蜊精）	结 婚	珍珠死去

续　表

故事名称	男主人公	女主人公	婚姻状况	结　局
水仙格格	恩　哥	水仙格格	结　婚	水仙格格死去
扇子参	郎傻子	人参格格	有后代	劫后团圆
棒槌鸟	二　柱	人参姑娘	结　婚	人参姑娘回到天界，二柱死去
美人图	于　福	画中姑娘	有后代	恩爱生活
达布苏与梅花鹿姑娘	达布苏	梅花鹿姑娘	结　婚	被国王分开
年息花	唐阿里	年息姑娘	结　婚	双双死去
小马倌与敖赫达	小马倌	敖赫达（人参姑娘）	结　婚	幸福生活

第四，满族民间故事第四种创作模式，即寻求宝物，战胜困难。在满族民间故事中，民间百姓一旦遇到解决不了的困难时，就幻想有超能力的宝物，帮助人们战胜困难。宝物可以千变万化，具有超常的能量，帮助人们战胜困难。

表 3-5　　　　　　　　得到宝物，战胜困难故事示例

故事名称	主人公	宝物	结局
朱舍里格格	朱舍里格格	四颗榛子粒	惩治害人的狼精、毒马蜂、狼毒草、尖椎石，化成清风
鸡尾翎	库达里	鸡尾翎	用鸡尾翎治病救灾
手鼓的传说	达木鲁	多伦玛发	得到柳枝和神鼓，战胜干旱

续　表

故事名称	主人公	宝物	结局
冰灯的来历	巴图鲁	天落石	战胜九头鸟
海清和芦茨	老海青	三种桦木剑	战胜鱼龙，拯救镜泊湖
红蛤蜊	音达	红蛤蜊	帮大家取暖，让恶人遭殃
采珍珠	小伙子	一根簪子	完成官差贡品，惩治恶官
萨满捉参	关强	人参姑娘给的药	母亲病治好

第五，满族民间故事第五种创作模式，即勇敢者胜。满族尚武好勇，这是由渔猎文化决定的。满族的渔猎生产本身就是充满危险的搏斗，他们用简单的刀、弓箭、石头，甚至赤手空拳和猛兽虎、熊、野猪、狼等搏斗，还要在惊涛骇浪中划船，在深水中寻找宝珠，没有非凡的勇气是无法从事渔猎生产的。因此，满族民间故事对勇敢者情有独钟。满族民间故事几乎每个故事都或多或少地歌颂勇敢者，有的故事就是单纯歌颂勇敢者，勇敢的人能得到爱情。在满族民间故事中，能够赢得美丽姑娘爱情的人都是高大魁梧、身强力壮、武艺高强、心地善良的猎人小伙子，即使小伙子非常贫穷，也会有满族姑娘喜欢嫁给他。反之，即使再有钱、官再大，也不会有满族姑娘爱上他，这种情节在满族民间故事中已经成为一种模式。

表3—6　　　　　　　　勇敢者被歌颂，能得到爱情的故事示例

故事名称	女主人公	男主人公	勇敢行为	结　局
镜泊公主	镜泊公主	猎　人	猎人勇敢能打猛虎	镜泊公主爱上猎人
山铃铛	铃铛姑娘	托托里	托托里是神箭手，能打猛虎	铃铛姑娘爱上托托里

续 表

故事名称	女主人公	男主人公	勇敢行为	结　　局
姐妹参	杏花姑娘	望　春	敢于到悬崖峭壁的险峰采参	杏花姑娘爱上望春
驸马坟的传说	固伦公主	莫博季里	骑烈马，斗猛兽，一身好武艺	公主嫁给莫博季里
鹰嘴峰		灰兔王	灰兔王带领全族打败了鹰	灰兔王全族自由自在地生活
黑虎精	姐　姐	弟　弟	弟弟勇敢地领人打死黑虎精	姐姐得救
棒槌哈达		那哲里	勇敢善良	与天神第十八代玄孙女成婚

第六，满族民间故事第六种创作模式，即用智慧战胜坏人或者巧解刁难人的难题。满族人民把劳动智慧看得很高，对待坏人，并不是一味地蛮干，而是智取。越到后期，即农业文化时期，满族民间的讴歌智慧的故事越多，这时期，一味地靠体力勇气是明显不能解决问题的，用智慧战胜邪恶是一种更高级的形态。渔猎文化时期，满族人最崇尚的是武艺，农业文化时期，满族人最崇尚的是智慧，如《聪明的萨满》《聪明的达海》《二拐子的故事》等都是讲述聪明人的，表现了满族人对智慧的渴望与崇拜。

表 3—7　　　　　　　　　　　智斗故事示例

故事名称	主人公	智斗原因	智斗技巧
绣花女	绣花女	老王爷选绣花女为福晋	设计让媒婆坐花轿躲婚
凤根儿和话把儿	三儿媳妇	智解难题	用计谋让老爷子信服喜欢

故事名称	主人公	智斗原因	智斗技巧
"老实人"的故事	"老实人"	用智慧取得敌人的信任	用计谋打败敌人
都力金与撒马罕	撒马罕	用智谋斗败赖工钱不给的财主都力金	夺回了自己应有的报酬
聪明的媳妇	汪富媳妇	用智慧巧斗好色使坏的少东家	为民除害
三媳妇	老三媳妇	用智慧巧解公爹的刁钻难题	公爹再也不敢出熊道眼坑人了
不叫玛玛的儿媳妇	妮　阿	用智慧不承认也不称呼公爹	赢得了自己真正的爱情
考媳妇	三媳妇	巧解公爹难题	三媳妇成为户主，当了家
说话算数	小伙子	用智慧巧斗刻薄财主"不算数"	巧得应得的工钱
老二买布	汉　子	汉子挨势利眼掌柜的骂	掌柜再也不敢骂老二了

总之，在满族民间故事中，以人类善待动物、植物为前提，在人类遇到困难时，帮助人的往往是动物、植物。如《松阿里与小青蛙》中，松阿里由于解救了小青蛙，小青蛙反过来帮松阿里解救被抢走的漂亮媳妇妮嫚。"青蛙得救了，在松阿里脚前脚后欢蹦乱跳。松阿里唉声叹道：'青蛙啊，我救了你，可谁能帮我除掉那万恶的额真老爷，救出可怜的妮嫚呢？'小青蛙挺着头，眼睛瞧着松阿里说道：'好心的松阿里，不用愁，我会帮忙的！'松阿里见青蛙会说话，大吃一惊，知道这个青蛙很不一般，就把事情的经过全部说了出来。小青

蛙听完，指着身旁一棵松木橛子说：'这么办吧，就让它来帮帮我们。你去弄一辆带篷的送亲车，再把妮嫚准备成亲的新衣裳也拿出来，我自有解救的办法。快去吧！'松阿里赶来送亲车，按着小青蛙的吩咐，把新衣裳给松木橛子穿上。青蛙对着松木橛子说：'姑娘，嫁衣已替你穿好，请上车吧！'话音刚落，那松木橛子忽地站起身来，迈着小步，轻轻盈盈地走进车篷，端端正正坐好，真像一个含羞出嫁的新娘。接着，小青蛙又张开嘴对松阿里吹了口气，顿时松阿里变成一个非常丑的小伙子。小青蛙见一切准备就绪，自己跳进车里，说道：'赶车吧！'松阿里拿起鞭子一边赶一边喊：'换媳妇，换媳妇啦！'"①这种创作模式在满族民间故事中非常普遍，其情节具有童话因素，自然清新，想象奇特，其结局往往是大团圆，使人苦难的心灵得到慰藉。

八　满族的风俗习惯

满族民间故事表现了满族特有的风俗习惯，包括满族的饮食、服饰、节日习俗、婚丧嫁娶习俗等，具有鲜明的满族特色。满族民间故事描写的满族风俗习惯主要包括以下几点。

第一，满族民间故事涉及满族饮食习俗的非常多，满族人喜欢吃黏食，消化时间长，不容易挨饿，有利于长时间渔猎。满族饮食习俗和满族传统的渔猎文化有着密切的关系。如《黏火烧的来历》《满族人为什么不吃狗肉？》《菜包饭的来历》《沙琪玛的传说》《粘耗子》《酸汤子的来历》《白肉血肠的传说》《黄金与黄米饭》《荞麦的来历》等都是描写满族饮食习俗的作品。"在旗人家种糜子、粘谷、粘包米、粘高粱，除做粘米饭外，还做成粘饽饽。粘饽饽种类繁多，各地也不同。最普遍的有粘糕、油炸糕、黄米面豆包、黄面饼、'驴打

---

① 中国民间文艺研究会辽宁、吉林、黑龙江、河北四省分会编：《满族民间故事》第二集，春风文艺出版社 1983 年版，第 52 页。

滚儿'等。还有一种叫'粘耗子'。粘耗子又称苏叶饽饽,这种饽饽有个来历。"①

第二,写满族服饰的如《旗袍的来历》《高底木鞋的来历》《顶戴花翎的来历》《金质九环凤头钗》《靰鞡草》等。满族人穿高底木鞋和采集、作战有关。"从树林里砍来不少树杈,登在脚下,到塔头泥里插呀,试呀,果然不沉。于是,多罗甘珠让逃来的所有男女老少,每人都用树枝杈做白鹤脚。多罗甘珠亲自率领兵卒和难民,连夜身披绿草,脚踩高脚木鞋,冲到了阿克敦城。哈斯古罕做梦也想不到从草甸子飞过人来,兵马毫无防备,早就乱成一团,哈斯古罕没跑过虎尔哈河,就让乱箭射死了。""从此,妇女们上山采蘑菇、采榛子,防备踩着毒蛇,都喜欢在脚上套上这种木底鞋,世代相传。后来越改越精致,便成了高底木鞋。"②

第三,满族节日有自己的特色,尽管满族也过大年三十,但过节习俗和其他民族还是有差别的。"每逢大年三十儿晚上,关东山老百姓有个风俗,在亥时将尽,子时将临之际,家家院内摆上香斗,点燃蜡烛和彩色灯笼,满斗焚香,焚纸,奠酒,磕头,放鞭炮,供宗谱,迎接财神,这叫'接神'。"③写满族节日习俗的作品主要有:《过年说吉利话的来历》《房门为啥挂镜子》。

第四,写满族婚丧嫁娶习俗的有:《满族坟上为什么没有树?》《新媳妇为什么要跨马鞍子?》《满族娶媳妇为啥跨马鞍》《旗人成亲坐帐的来历》《结婚为什么放鞭炮》等。《松阿里与小青蛙》中:"妮嫚和松阿里伏在讷讷身上哭了三天三夜,然后拿出松阿里阿玛死时留下的红幡,送讷讷到了坟茔地,安葬在风景秀丽的池塘旁边。"④用红色进行丧葬,是满族特有的习俗。《满族坟上为什么没有树?》就详细地描写了满族的丧葬习俗,包括报丧、入殓、守灵、出殡、

---

① 乌丙安、李文刚、俞智先、金天一编:《满族民间故事选》,上海文艺出版社 1983 年版,第235 页。

② 同上书,第 234 页。

③ 夏秋主编:《满族民间故事》,辽宁民族出版社 2012 年版,第 84 页。

④ 中国民间文艺研究会辽宁、吉林、黑龙江、河北四省分会编:《满族民间故事》第二集,春风文艺出版社 1983 年版,第 51 页。

祭奠、圆坟、"送花篮""过百天""过三周年"等过程。

满族民间爱情婚姻习俗故事有一种模式：满族青年男女自由恋爱，自由结合，而汉族民间爱情故事往往是父母包办，媒妁之言。满族民间故事《彩云》中，满族姑娘三音甘珠自己做主，和鲤鱼变成的小伙子谈恋爱了。"有一天，三音甘珠正在作画，忽然从外面进来一个小伙子，长得浓眉大眼，白里透红的脸膛，不高不矮的身量，又穿着金翅金鳞的衣服，更显得与众不同。"① "打这以后，两个人有时相会在河边，有时聚首在姑娘家。小伙子手把手教姑娘作画，姑娘认真学、认真练。一来二去，姑娘的画已经是神品了。天长地久，两个人也产生了爱情。他们在一个百花盛开的日子里，结成了夫妻。两个人恩恩爱爱、和和气气地过着幸福的日子。姑娘的画更是名闻天下了。他俩除了作画外，金翅鲤还教三音甘珠游泳戏水，姑娘也教金翅鲤上山打猎。"② 满族民间故事中凡是涉及男女青年恋爱结婚内容的，都是自由恋爱结合，没有封建道德礼法的约束。

满族先民女真人求婚的方式是往姑娘头上插羽毛翎。"他俩正在发愣，就见远处飞来一只喜鹊，飞到他俩跟前，把一根羽毛翎扔到他俩面前，然后围着他俩不停地叫着。他俩明白了，原来这位老太太是萨克萨妈妈。贲海拣起了羽毛翎，姑娘红着脸把头歪了过来，他把羽毛翎插在了姑娘的头上。他们就在这山屋里成了亲。男的打猎，女的放蚕，过起了幸福美满的生活。"③

第五，写渔猎习俗的满族民间故事。满族民间故事对满族渔猎风俗习惯有较详细的描写，如《棒槌哈达》《塔娜格格》《采珍珠》《黑虎精》等都属于这类作品，这类作品在早期满族民间故事中俯拾即是。

在满族的渔猎习俗描写中，打猎的猎物写得最多的是老虎、熊、野猪，如《黑虎精》《老虎做媒》《弟弟变虎报兄仇》《伊林阿打老虎》《铲除猪精怪》《和

---

① 中国民间文艺研究会辽宁、吉林、黑龙江、河北四省分会编：《满族民间故事》第二集，春风文艺出版社 1983 年版，第 104 页。

② 同上书，第 106 页。

③ 同上书，第 279 页。

黑熊做朋友》等。据说，努尔哈赤就是出生落在野猪皮上，所以起名叫"努尔哈赤"，满语就是野猪皮的意思。努尔哈赤刚出生，就喝了老虎的奶水。几乎每一个满族英雄都和打虎有关，满族民间故事或多或少地总要有一些关于老虎、熊、野猪等动物的内容。努尔哈赤刚出生时，遇到老虎不但没有吃他，老虎还给他喂奶。

打鱼捕捞习俗中描写最多的是珍珠，如《红蛤蜊》《采珍珠》《塔娜格格》《天鹅的故事》《蛤蜊三姐妹》，这和满族居住的地区盛产东珠有关。

在进山采集习俗中描写最多的是人参、蘑菇、蚕。关于人参的故事如《人参仙女额莫齐》《棒槌鸟》《罕王赏参》《扇子参》《棒槌孩》《萨满捉参》《人参和松树》《棒槌鸟和达六哥鸟》《龙参》《参女搭车》《人参泪》《姐妹参》《棒槌哈达》《人参蜜》《"鸡陵参"的传说》《人参娃》《人参鸟》《挖棒槌精》《做饭的与蛤蟆参》《荷花棒槌》等。人参的形象中最多的是白胖的小男孩，人参娃戴个红兜兜儿，顶个红缨儿。人参还能变成白嫩的大姑娘，穿着红肚兜儿。只有要成精的老人参能变成须眉多多的老头。人参最怕红线，只要一被红线绑上，被喊"棒槌"，人参就被定住了，奈何人参有天大的本事，也逃脱不了红线的束缚，只能束手就擒，这和满族长期形成的采参套路动作有关。

满族民间故事中关于蚕的故事较多，如《蚕姑娘》《蚕姑姑》《柞蚕的故事》《织布格格》《放蚕姑娘》等。蚕的形象往往是蚕姑姑、蚕娘娘、织布格格，总之，蚕的形象都是女性，没有男性，这是因为蚕与纺织有关，而纺织是女人的劳作。

《珍珠门》中对满族祭山有较详细的描写："人们在棒槌哈达下设了祭坛，宰杀了整猪整羊，斟点了上百年的陈酿老酒，为小伙子祝福。那哲里喝了乡亲们敬的三碗醇酒，吃了黄粟粘团，脖颈套上艾叶圈，每个人都吻了一下他的额头为他送行。"① 射柳是满族的一个风俗习惯。满族民间故事对射柳就有详细的记载："射柳，就是把半人来高，削去一块皮的柳枝，插在地上，参加比赛

---

① 中国民间文艺研究会辽宁、吉林、黑龙江、河北四省分会编：《满族民间故事》第二集，春风文艺出版社 1983 年版，第 273 页。

的人，骑着马，用平头箭射削去皮的白点处，然后在柳枝刚断的刹那间，以飞马拾起者为胜。这个风俗，相传是完颜阿骨打留下的。"① 满族民间故事就对完颜阿骨打射柳有详细的描述。猎人在比赛箭法时，不分胜负，完颜阿骨打想出了用射柳决出胜负的方法，从此，满族人开始练习射柳，以此提高箭法。

第二节　满族民间故事举要

《满族民间故事选》是由乌丙安、李文刚、俞智先、金天一编写的，由上海文艺出版社于 1983 年 12 月出版。所搜集的故事年代比较久远，满族先民的生活记载丰富，渔猎文化生活鲜明。第一，由于这本故事选搜集时间较早，创世故事、族源故事内容比其他版本的满族民间故事要多，《天神创世》《太阳和月亮的传说》《白云格格》《月亮阿沙》《北极星》《天池》《女真定水》《完颜部的来历》都属于这类故事。第二，满族具有尚武习俗，其中《勇敢的阿浑德》《真假巴图鲁》《拜满章京的孙子》《珠浑哈达的故事》《乌古乃找媳妇》《嘎拉哈》集中表现了满族崇尚武艺高强之人，不仅满族男人需要武艺高强，满族女人也需要武艺高强。第三，地域特征十分明显。这本故事选中岫岩地域特征明显，主要记载了黑龙江和辽宁的满族民间故事。如《汤池的来历》《桂花岭的传说》《巴虎岭的传说》《三砬子峰》等都记载了岫岩地域的满族民间故事。

《七彩神火——满族民间传说故事》，育光搜集整理，吉林人民出版社1984 年 2 月版。这本书主要记载了吉林民间传说故事。由于在吉林安家落户，因此对吉林的满族风土人情描写得较多。故事大致有山区与平原的区别，故事类型主要包括四种。

(1) 主要流传在山区和周边一带的渔猎故事。《勇敢的阿浑德》《白云格

---

① 中国民间文艺研究会辽宁、吉林、黑龙江、河北四省分会编：《满族民间故事》第二集，春风文艺出版社 1983 年版，第 341 页。

格》《阿尔达巴图鲁罕》《水仙格格》等都是讲述有关山区和山脚下的故事。《勇敢的阿浑德》讲述了西伦妈妈带领部落寻找家园，得到天神的帮助。天神派来的两个兄弟都为了帮助满族部落牺牲了，一个兄弟变成了松花江，另一个兄弟变成了嫩江，人们从此有了水源，过上了富足的生活。《白云格格》讲述了兴安岭的白桦树是由于天神的女儿白云格格为了拯救众生而变成了白桦树。

（2）满族民间故事以动物为题材的作品极其丰富，动物既是满族人朝夕相伴的有力帮手，又是满族人的衣食来源。《白喜鹊》《塔娜格格》《红蛤蜊》《天鹅的故事》《神鹿》《貉子和獾》等都是这类故事。《白喜鹊》中，石神妈妈的一百个儿女中，男孩都用各种野兽的名字取名，女孩都用各种鸟的名字取名。白喜鹊是石神妈妈最小的女儿，她帮人们找到了银子。《蚕姑娘》描述了受气的猪妞教会人们用蚕丝织锦缎，最后变成了蚕神的故事。《塔娜格格》讲述了满族采珠人的艰辛生活。

（3）讲述满族土特产的来历和形成，满族的特产和满族的地理气候、生活习俗有着密切的关系，如对银子、玛瑙、珍珠、凤仙花、红蛤蜊都有介绍。《古拉玛珲宝石》《同心饽饽》《冰灯的来历》《神石》《白肉血肠的典故》《"鸡林参"的传说》等都是讲述满族特产的故事。《神石》讲述了满族那木都鲁哈拉怎样靠石头谋生的故事。《古拉玛珲宝石》讲述了嫩江玛瑙的来历。

（4）满族后期民间故事作品描述了穷人和富人的斗争，具有了不自觉的阶级斗争色彩。如主要流传在吉林平原地区的满族长工斗地主的故事，揭露了地主的贪婪，讴歌了劳动人民的勤劳勇敢。《多罗甘珠》《佛尔赫》《多霍伦》《财神姑爷》《巴柱耍弄财主》《因德布巴彦》《蓝衫泪》等都是这类故事。《多罗甘珠》《小铜锣》讲述了美丽聪明的多罗甘珠智斗哈斯古罕的故事，为战胜敌人，发明了高底木鞋。

《满族三老人故事集》是由张其卓、董明用近六年的时间采录搜集整理，中国民间文艺研究会辽宁分会编，春风文艺出版社于1984年12月出版。三老人故事集是指辽宁岫岩三位老人李成明、李马氏、佟凤乙所讲述的故事，三位老人没念过书，都不识字，但记忆力惊人，他们从前人口中听来的故事过

"耳"不忘，不断积累。其中李成明的故事有 46 篇，李马氏的故事有 22 篇，佟凤乙的故事有 52 篇。《满族三老人故事集》是由三位老人口头传承的民间流传的故事，被整理者忠实记录，慎重整理，力求保持原汁原味的口头文学特点。它富有浓郁的满族山乡泥土气息和瑰丽的民族口头艺术色彩。故事内容大多与满族农业文化有关，涉及渔猎文化的内容较少。主要包括以下方面。第一，表现满族风俗传说的故事。如《神农婆与百谷仙姑》《太阳和月亮的来历》《海伦格格补天》《天鹅仙女》《三仙女》《柳树讷讷》《萨满借鼓》。第二，表现满族的采集经济，最突出的是人参种植，如《荷花棒槌》《三放人花》《棒槌姑娘》《棒槌孩》《放蚕姑娘》。第三，讴歌善良和正义，赞美勇敢和勤劳，颂扬美好心灵，同情被压迫的弱小者。如《枕头姑娘》《金鱼姑娘》等。第四，揭露邪恶和残暴，鞭挞怯懦和懒惰，嘲讽贪吝的私心，痛斥一切压迫者。如《金鱼姑娘》《狐狸姑娘》《哭儿石》《豆苍子花》《三姑娘》《刻薄财主》等都是这类作品。

《呼和浩特满族民间故事选》由佟靖仁著，内蒙古大学出版社于 1989 年 12 月出版。故事内容比较久远，地方色彩浓郁，主要记载的历史人物有努尔哈赤、康熙、乾隆等。第一，故事集的大部分内容记载了呼和浩特建筑、地名、小吃的由来成因，间接地描述了地方的风物人情。如《杀虎口的来历》《归化城的"捎卖"》《话说公主府》《大盛魁过大年只能喝稀粥》《右卫的甜水井》《大召里为什么没有活佛？》《小召的晾甲日》《呼和浩特号称"召城"》《大明寺的小白塔》《人民公园过去叫"卧龙岗"》《哈拉沁沟的跌水崖儿》《五塔寺为什么又称"慈灯寺"？》《新城为啥只有九里十三步？》《新城的"四翼八旗"》《南门外的关帝庙》《桥靠的龙王》《新城鼓楼的传说》等，这些故事对呼和浩特的历史文化有大量生动的描写。第二，故事集对呼和浩特地区的满族风俗有大量的介绍。如《满族有哪些讲究和忌讳？》《满族人为什么不吃狗肉》《索罗杆儿的由来》《满族人的萨满教》《满族坟上为什么没有树？》《满族小孩爱玩"嘎拉哈"》《满族人为什么称母亲为额娘？》《满洲"叶勒玛"的三件宝》《满族族名的由来》《满族对祖国的主要贡献》《旗袍的来历》《新媳妇为什么要跨马鞍子?》等，这些故事对了解满族的风俗习惯有很大的帮助。第三，呼和浩特满族民间故事的语言具有鲜明的民族特色，满族语言的译音比较多，几乎每个满族民间故事中都会有满语的译音出现。如"阿莫"指父亲，"额娘"指母亲，"额真"指主人，"嘎什哈"指亲兵，"莫林"指马，"伊罕"指牛，"猫腻"指猴，"堆汛"指哨位，"啊哈"指奴隶，"赛音阿哥"指好小伙子，"费扬古"指老儿子，"乌朱"指脑袋，"音达浑"指狗，"布扯勒"指死去。类似的满语随处可见，这使得呼和浩特的满族民间故事保留了原生态的满族民间特色，给人一种新鲜的审美感受。第四，历史故事占一定的比例。在《呼和浩特满族民间故事选》中，有些故事几乎没有想象的成分，有真实的数据和史实，具有珍贵的史料价值，使人们对当时的历史窥见一斑。如《呼和浩特的"三学并立"与"三庙共存"》《满族族名的由来》《满族对祖国的主要贡献》《严格的八旗制度》《乾隆八十九，天子实难有》《清朝的童生试》《解放前，满族人少的可怜》《有些满语词汇还保留在蒙汉语中》《满文是借用蒙文字母的》《满族有哪些讲究和忌讳?》《满族人的萨满教》《满汉通婚是打什么时候开始的?》《满族同回族是结拜亲》《满族同汉族是两姨亲》《满族与蒙古族是姑舅亲》。

《满族民间文学集》由那国学主编，北方文艺出版社于 2004 年 6 月出版。其中包括满族传说、满族神话、满族故事、满族诗词、满族歌谣几部分。其中满族故事 53 篇。故事内容主要描写满族在清代的民间故事，其中"萨布素买军草""纪晓岚巧对乾隆""乾隆皇帝写对联""皇帝当主考""康熙和蚌山老祖"等都具有鲜明的时代特征。由于表现的是满族处于采集经济农业文化阶段的故事，所以故事集中有关动物的故事明显减少，关于植物特别是人参的故事相对较多。人物故事主要是人物与人物之间由于道德观念的差异产生的矛盾冲突。

《喇叭沟门满族民间故事集》是由中共喇叭沟门满族乡委员会喇叭沟门满族乡人民政府编辑，2005 年 6 月出版。故事内容主要以各种传说为主，包括景物传说、村名传说、民间传说、神怪传说。故事内容紧紧围绕地名、村名、人物片段故事、神怪而展开。故事内容简短，没有复杂的情节，情节线索简单。故事内容比较晚，有些内容是抗日战争时期的内容。

《新宾满族故事》，主编孟庆宇，副主编柳永民，由新宾满族自治县文化局于2009年11月编写。14世纪中叶，清太祖努尔哈赤的祖先"建州女真"从松花江与牡丹江汇流处迁徙至辽东的苏子河畔。1616年，清太祖努尔哈赤在新宾赫图阿拉城称汗，建立后金政权，奠定了清王朝268年的基业。新宾是满族的发源地，是清太祖努尔哈赤生长的地方。新宾永陵是清王朝的祖陵，在陵内埋葬着努尔哈赤的六世祖、曾祖、祖父、父亲及他的伯父和叔父，辈分位居关外三陵之首，已列入世界文化遗产。因此《新宾满族故事》关于罕王努尔哈赤的身世传说、罕王风物传说比其他地区多。故事集收集45篇民间故事，其中罕王身世传说15篇，罕王风物传说20篇。故事集主要描写了罕王离奇的出世、成长经历、脱险经历，以及罕王学艺、打虎的经历，故事情节形象而生动。

《满族民间故事》由夏秋主编，辽宁民族出版社于2012年9月出版。这本故事集主要搜集的是辽宁地区的满族民间故事。因此，关于辽宁地名的由来和传说相对较多，如《东陵的传说》《太子河的传说》《棋盘山的传说》《柳条河的传说》《皇姑屯的传说》等。由于辽宁是努尔哈赤起家的地方，因此，关于努尔哈赤的历史人物故事比其他历史人物故事要多。这本故事集中的渔猎文化的色彩明显减弱，农业文化的色彩较强，故事的后半部分都与农业文化有关，与农业文化相伴的伦理道德意味增多，如《黄金与黄米饭》《人不可太贪心》《遇事要忍》《风刮孝衫》《月下老人配夫妻》《人为财死，鸟为食亡》《冤冤相报》《今世不欠来世债》《循环报》《自作自受的两口子》《两吊钱》《金质九环凤头钗》等因果轮回、善恶报应的故事比以往明显增多了，这个故事集具有明显的道德教育意味。

《满族民间故事·辽东卷》由夏秋主编，由辽宁民族出版社于2010年12月出版，主要搜集了辽东地区的满族民间故事。此故事集卷帙浩繁，多达120万字，是近期集辽东满族民间故事集大成者。参与人数多，学者层次高，深入实地采访，田野调查，积极整理挖掘散落于辽东的满族民间故事，寻访满族民间故事的传承人，这也是拯救国家级非物质文化遗产的一项有意义的活动。之所以说是辽东满族民间故事之集大成者，是因为这个故事集把以往发表过的满族民间故事都收入其中，而且加入了新的故事，让人既熟悉又陌生，既有脍炙人口的传统故事，还有富有启迪的新鲜故事，从中可以清晰看到满族民间故事发展的轨迹，从渔猎文化到农业文化，从满族的地域特点到满族的共性特点，从好勇尚武到智慧幽默，一览无余。故事安排基本是按照时间的顺序展开，既有美妙的回忆，又有新鲜的感悟，可圈可点，可惊可叹。故事内容大多是农业文化时期、新中国成立前满族人民的生活写照。

第三节　满族民间故事的传承与演变

满族民间故事往往是口头传承的，后来，由于满族民间故事受到重视，人们开始有意识地进行搜集、整理。因此，满族民间故事往往有讲述人、整理人等。

满族民间故事具有鲜明的时代性。从满族民间故事来看，越是较早的民间故事，满族音译满语越多，人名、称呼、地名、日常用品等很多都是把满语音译成汉语了。时间较晚的满族民间故事中夹杂的满语译音明显减少，满族的渔猎文化也向农业文化转变，这点在故事内容中表现得很明显。

满族民众战胜困难、征服自然，追求精神上的理想生活往往是通过获得宝物而实现的。满族民间百姓在生活中缺少什么，就会想象生活中有什么，通过想象弥补现实生活中的不足。

满族民间故事的传承和传承人有很大的关系。"有的学者提出，故事传播像水的波浪那样，向邻近地区一步一步地传开；但故事并不都这样有秩序地传播，更多的情况是散漫自发地进行，有时也会超越一些中间地带，在更远的地区传播，这大多是受故事携带者远距离移民或旅行的影响。书面文献的传播也常超越一些地区，跳跃到更远的地方。"① 故事的传承之所以能够"超越一些中间地带"，就是因为传承者超越了中间地带，把故事携带到远方。满族民间故事主要在东北流传，随着传承人驻军、移居到四川、广州等地，这些地区也有了满族民间故事等民间艺术。

随着不同传承人的艺术再创造，满族民间故事会有较大的差异，有时一个故事会出现不同的版本，如《罕王出世》《三仙女》的故事。有时一个满族民间故事会分裂出几个故事。如红罗女的故事就裂变出了勇敢的女英雄和漂亮的渔家女的故事。有时传承人会把几个故事连成一个故事。有时为了使故事适应新的环境，便把新环境中人们不熟悉的东西替换成熟悉的东西，以增加故事的可信性和良好的传承效果。民间故事也会随着社会的发展而不断地变化内容。"民间故事讲述家在故事发展上所起的作用，约略讲来，可分三点。第一，他们每个人都是一个故事的集散点。他们从家族成员或在社会活动中听来许多故事，又不断地把这些故事传讲出去。在故事纵向传承与横向传播的链条上，他们是重要的一个环节，并为集中保存故事遗产作出贡献。第二，他们对故事稳定性和完整性的形成与保持起着重要作用。故事家多次听别人讲述，大量故事积聚在他们的头脑中，他们自然会自觉不自觉地修正某些粗心讲述者讲述中的差错，或补充其遗漏，在不同的细节中选取最适宜的说法等等，使故事在不断讲述中形成相对稳定的格局，具有逻辑的和审美的一致性。有的学者把善讲故事者的这种作用称为故事'自我修正法则'。第三，某些故事家在讲述中还常对原故事有所补充，或自觉做一些必要的强调与改动，或有特殊的传承来源，从而对故事传统的更新与发展也起着一定的作用。"②

满族民间故事传承演变的规律。第一，越是早期的满族民间故事，生产力越是低下，宝物故事越多；反之，越是晚期满族民间故事，宝物故事越少。19世纪80年代搜集整理的满族民间故事中得宝的故事比比皆是，到了20世纪满族民间故事中得宝的故事明显少了，甚至有些满族民间故事集已经没有了得宝

---

① 钟敬文主编：《民俗学概论》，高等教育出版社2010年版，第197页。
② 同上书，第203页。

的故事。在满族民间故事中，往往是自然界中的动物、植物帮助人们获得宝物，大自然具有绝对的权威性，自然界具有神秘的力量。满族民间故事中的宝物往往都是在满族百姓日常生活中帮助极大的用品，和人们的衣食住行有关，这些宝物可以是核桃、细玉棍、蚌、鲫鱼、鲤鱼、鸡尾翎、白羽翎、榛子、褡裢袋、金镜子、老虎须、喜鹊等。早期满族人缺少衣物，满族民间故事《织布格格》中喜鹊就变成了会织布的格格。"两个姑娘说：'我们俩会织布，织出来的布，除了咱们穿的，还可以到街上去卖。'老太太说：'我听说人家汉人都穿布，我们不会织布，就知道穿皮。'老太太就给两个姑娘单收拾了一个屋，让她们织布。姑娘跟老太太说：'我们俩就要织布了，可有一样，我们俩织布的时候，你老可别看。我们好好织，织完了，你就去换钱去。'老太太说：'好，我不看。'"① 两个喜鹊变成格格织布供给恩人穿用，还可以拿到街上去卖布。《松阿里与小青蛙》中，猎人松阿里从毒蛇的口中救出了小青蛙，小青蛙成为松阿里的宝物，帮助松阿里解救出了自己的媳妇。

　　《细玉棍》中，心地善良、秉性憨厚的老三得到了宝物细玉棍，摆脱了贫困的生活，过上了富裕的生活。"往哪儿去呢？腰里没有一文钱，肚子饿得咕咕叫，他两口子走出村口，这时北风猛劲地吹，冻得他们身上直打哆嗦。老三摸着细玉棍，说：'细玉棍啊细玉棍，想当初细玉爷爷叫我有难的时候跟你说，如今我连个落脚之处都没有，你能给我来一处房子吗？'这话本是老三走投无路，顺便说说。谁知话音刚落，地上突然冒出座青堂瓦舍的四合院。老三两口子乐呆了，进屋一瞧，屋里明晃晃的像水晶宫一样：地上镶着透明的绿玉，炕上铺着比缎子还柔软的红玉。炕中间放着一个火盆，火盆上坐着小锅，锅里的饭菜热气腾腾；火盆边上放的筷子、小碟、碗，样样都是精致的白玉。这是怎么回事？老三把细玉爷爷的话和媳妇说了，媳妇也很高兴，两口子就在这里安上家了。"② 《织布格格》中的宝物是能织布的三撮羽毛："姑娘将养了三天，

---

　　① 中国民间文艺研究会辽宁、吉林、黑龙江、河北四省分会编：《满族民间故事》第二集，春风文艺出版社1983年版，第23页。

　　② 同上书，第60页。

到三天头上，她们的老额娘来看她们来了。额娘一见两个姑娘这样，哭着说：'是我害了你俩了！'姑娘说：'老额娘啊，你不用哭了，我们俩不能老待在这儿，我们就要走了。我们没什么给你，请你到织布那屋去，那儿有三撮羽毛，你把那三撮羽毛拿回家。把这三撮羽毛盖上，管保每三天给你出一匹布。老额娘啊，你别管我俩了，我俩是不行了！'老太太拽着两个姑娘哭得泪人似的，说不出一句话来。"①

在满族宝物故事中，最典型的故事是宝物变成年轻姑娘，成为年轻的穷小伙子的妻子，有时，这个宝物变成的妻子不能留在丈夫身边，离开了丈夫。满族民间故事《达布苏与梅花鹿姑娘》中，猎人达布苏从虎口中救出了小梅花鹿，小梅花鹿为了报答达布苏，变成梅花鹿姑娘，每天给达布苏做热乎乎的饭菜，两人结成夫妻。"从此达布苏每天都能吃到热乎乎的饭菜。可他心里很不踏实，暗想：这姑娘怎么会走进这无边无际的深山老林里呢？这天他拿着弓箭假装出去打猎，走了一会儿又偷偷绕回来，扒着后窗缝往屋里瞧。瞅了一会儿，屋里没人。正发愣，突然，见那天被他救的小鹿从门外跑进来，然后在地当间打了个滚，脱下一张鹿皮，变成那个给他做饭的姑娘。"② 这是典型的满族民间故事的一种创作模式。

汉族早期民间故事，生产力低下，幻想的因素也多，但不借助宝物，而是借助于简陋的生产工具，亲力亲为，征服自然。《精卫填海》中战胜自然的生产工具不过是小石子。《女娲补天》是女娲用石头把天补上。《后羿射日》中战胜自然的生产工具不过是弓箭。这些战胜自然的工具都不是具有神奇能力的、变幻莫测的宝物，而是实实在在的现实生活中的生产工具。

第二，越是早期的满族民间故事，生产力越是低下，故事中动物、植物作为主要角色的越多。因为，满族先民以渔猎为主，整天打交道的对象就是各种动物、植物，人与动物、植物的接触被赋予丰富的想象，因此，就有了人与动

---

① 中国民间文艺研究会辽宁、吉林、黑龙江、河北四省分会编：《满族民间故事》第二集，春风文艺出版社 1983 年版，第 30 页。

② 同上书，第 39 页。

物、植物的各种故事。

满族民间故事和汉族民间故事的差别主要在于满族民间故事中，人的交流对象主要是动物、植物，而汉族民间故事，人的主要交流对象是人。

第三，满族民间故事无论怎样传承，各地区都会有一些共同的经典的民间故事得以保留。如《额娘的由来》（《天鹅仙女》）、《布库里雍顺》、《白云格格》、《细玉棍》、《镜泊公主》、《靰鞡草》、《射柳》，这些在各个满族民间故事集中几乎都往往是和族源有关，和传统的风俗习惯有关的。这是由于满族不忘祖先、尊重祖宗，风俗习惯代代相传，因此，总有一些民间故事被迁居各地的满族民众保留。

满族民间故事随着故事传承人的地域变迁，有的地区的故事有交叉重复的现象，只是略有差异。《满族三老人故事集》和《满族民间故事选》都有《蛤蟆儿子》的故事，一个是辽宁岫岩李成明讲述的，一个是辽宁岫岩陈淑珍讲述的，尽管讲述人不同，但故事内容有相似之处，故事的总体脉络是一样的。

第四，满族民间故事有一个发展趋向，就是越到后期，满族民间故事中的智斗故事越多，越是早期，满族民间故事中的渔猎文化的内容越多。满族经历了从渔猎文化向农业文化的过渡和转型，在农业文化中，智斗故事明显增多。在渔猎文化中，崇尚的是骑马射箭的武艺、非凡的勇气和体力，而在农业文化中，崇尚的是知识、智慧、技巧，因此，满族民间故事的内容也有了变化。

满族民间故事由渔猎文化向农业文化，由地域风俗、特产传说向人物故事转变。时间越早，满族渔猎文化特征越明显，时间越往后，满族文化与汉族文化融合的特点越明显，满族渔猎文化特征越不明显。从2010年的《本溪满族民间故事》来看，内容主要有长工与地主篇、巧女与呆子篇、爱情婚姻家庭篇、机智人物篇、寓言与笑话篇，这些故事已经没有满族早期渔猎文化的特征了，都是农业文化的特征，基本上已经分不出是满族还是汉族的民间故事了。

表 3—8 　　　　　　　　　　主要满族民间故事举要

作　者	书　名	出版社	出版时间
中国民间文艺研究会辽宁、吉林、黑龙江三省分会编	《满族民间故事选》（第一集）	春风文艺出版社	1981 年 10 月
中国民间文艺研究会辽宁、吉林、黑龙江、河北四省分会编	《满族民间故事选》（第二集）	春风文艺出版社	1983 年 11 月
乌丙安、李文刚、俞智先、金天一编	《满族民间故事选》	上海文艺出版社	1983 年 12 月
育光搜集整理	《七彩神火》	吉林人民出版社	1984 年 2 月
张其卓、董明整理，中国民间文艺研究会辽宁分会编	《满族三老人故事集》	春风文艺出版社	1984 年 12 月
新宾满族自治县民间文学集成领导小组编	《新宾资料本二》（百则、五十则传承人故事选）	新宾满族自治县民间文学集成领导小组编	1987 年 3 月
中共青龙满族自治县县委宣传部	青龙满族民间故事	中共青龙满族自治县县委宣传部	1987 年 4 月
佟靖仁	《呼和浩特满族民间故事选》	内蒙古大学出版社	1989 年 12 月
那国学主编	《满族民间文学集》	北方文艺出版社	2004 年 6 月

续　表

作　者	书　名	出版社	出版时间
中共喇叭沟门满族乡委员会喇叭沟门满族乡人民政府编	《喇叭沟门满族民间故事集》	中共喇叭沟门满族乡委员会、喇叭沟门满族乡人民政府	2005 年 6 月
孟庆宇主编，柳永民副主编	《新宾满族故事》	新宾满族自治县文化局	2009 年 11 月
本溪满族自治县非物质文化遗产保护中心，本溪满族自治县文化局，本溪满族自治县民族宗教事务局编	《本溪满族民间故事——生活故事卷》	民族出版社	2010 年 9 月
本溪满族自治县非物质文化遗产保护中心，本溪满族自治县文化局，本溪满族自治县民族宗教事务局编	《本溪满族民间故事——幻想故事卷》	民族出版社	2010 年 9 月
夏秋主编	《满族民间故事·辽东卷》（上卷、中卷、下卷）	辽宁民族出版社	2010 年 12 月
夏秋主编	《满族民间故事》	辽宁民族出版社	2012 年 9 月

第四章　说部

　　满族信奉万物有灵论，相信祖先魂灵的存在。满族人渴慕祖先的魂灵能够保佑子孙后代，因此，满族人供奉祖宗板，竭力赞美、抚慰祖先魂灵，不忘祖宗之恩，满族由此具有"讲古""讲史""唱诵根子"的习俗，这些习俗表现在日常的演唱和流传中，于是就有了满族说部。

　　满族说部有说有唱，总体来说，满族先民的说部是唱的，越到后期，满族说部唱的成分越少。满族说部的概念大约兴起于明清时期，在《四库全书总目提要》中大量地提及了说部一词。满族说部主要在满族"讲古""说史""唱诵根子"的习俗中得以流传。《金志》中记载："贫者以女年笄行歌于途，其歌也乃自叙家世。"从这段描述中，可见满族先世说部是以唱的形式来叙述家世的。

　　满族说部是满族世代口耳相传的长篇叙事说唱艺术。以歌颂祖先和英雄人物为主要内容。满族说部往往以家族的方式传承，与家族活动关系密切。流传于黑龙江流域的满族创世神话《乌车姑乌勒本》中描述记载了300多位女神。在乌苏里江流域流传的神话《乌布西奔妈妈》描述记载了160多位女神。

　　满族说部被列入中国首批国家级非物质文化遗产名录，成为中国民族民间文化保护工程试点项目，全国艺术科学"十五"规划国家课题。满族说部越来越受到重视。

　　满族说部是满族的百科全书，主要包括四种类型。

　　第一种，窝车库乌勒本（Weceku ulabun），即满族民间说的神本子。如《天宫大战》《西林安班玛发》《西林大萨满》《恩切布库》《乌布西奔妈妈》《尼山萨满》《音姜萨满》等。窝车库乌勒本由于是神本子，传播范围十分狭小，只能是历代萨满口耳相传，而且只有在重大祭祀活动中才能听到窝车库乌勒本。

在咏唱窝车库乌勒本之前，要沐浴更衣，以示对神的敬重。在讲述主体内容之前，唱一段"序歌"，以营造庄严的氛围。如不是祭祀之日咏唱窝车库乌勒本，还要焚香祷告，请求神灵的宽恕。一旦开始咏唱窝车库乌勒本，就要不停歇地咏唱到结束，以示对神灵的敬重。

富育光就回忆过童年时听窝车库乌勒本的情景："满族先世萨满创世神话《天宫大战》在族中传讲，那可是非常神圣而隆重的一桩盛事，多在氏族萨满春秋大祭后一日或萨满祭天祭星同日，增设'窝车库乌勒本'祭礼。此项祭礼就是专门颂扬氏族初兴发轫的故事，即讲唱《天空大战》。一般来说，满族诸姓平时讲唱满族传统说部'乌勒本'，可请族中妈妈、玛发或萨满色夫们讲唱，若是讲唱'窝车库乌勒本'《天空大战》则不同了，因它自始至终是在唱颂天地万物的众神谱，是讲述惠及人类的'神们的事情'。《天空大战》中大大小小原始神祇多达数百位，都是满族萨满教神系中世代崇祭之各类大神，包括开天辟地的穹宇风云女神、人类生存其间的自然界所有天禽、百兽、虫属及山川、花卉、树木众神，不是任何族人都可以不分场合随意传讲的，必须要由族中最高神职执掌者，即德高望重的安班萨满玛发（即大萨满）才有口授故事和解释故事的资格，虔诚备至。往昔，萨满咏讲《天宫大战》，俨然如同阖族举行一次萨满颂神礼。"①

第二种，包衣乌勒本（ulabun）。包衣乌勒本即家传、家史。如《萨布素将军传》（《老将军八十一件事》）、《萨大人传》《忠烈罕王遗事》《扈伦传奇》《东海沉冤录》《东海窝集传》等。

包衣乌勒本《萨布素将军传》（又名《老将军八十一件事》），描写了黑龙江首任将军萨布素的英雄业绩，由宁安著名满族文化传承人傅英仁先生，承继

---

① 高荷红：《"窝车库乌勒本"叙事特征研究》，《民族文学研究》2012 年第 4 期。

其三爷傅永利老人与家族传留下来的满族长篇说部，故事情节生动感人，在宁安各族中流传甚广，已传讲百余年，影响深远。

《萨大人传》是久居瑷珲一带萨氏后裔富察家族传世说部，与宁安满族说部《萨布素将军传》是姊妹篇。描述了萨布素奉康熙圣旨，率故乡百姓在宁古塔（宁安）、瑷珲等地戍守边疆的不平凡的一生，说部内容具有重要的史料价值，丰富了《清史稿》和近代中国北方边疆史的重要研究内容。此外，有影响的满族包衣乌勒本说部还有河北王氏家族《忠烈罕王遗事》、瑷珲江东葛氏、陈氏《雪山罕王传》、瑷珲富氏家族《顺康秘录》与《东海沉冤传》、宁安傅氏家族《东海窝集部传》、成都已故著名文士刘显之先生《成都满蒙八旗史传》，等等。

第三种，巴图鲁乌勒本（ulabun）。巴图鲁是满语英雄的意思，巴图鲁乌勒本就是英雄传的意思。满族巴图鲁乌勒本中不止有男巴图鲁，还有女巴图鲁，如《金兀术传》中有男巴图鲁，《红罗女》中有女巴图鲁，等等。

《两世罕王传》（又名《漠北精英传》），记王杲与努尔哈赤的兴起，为河北京畿陈氏说部。《红罗女》为宁安傅氏家族说部，有多个版本流传，依兰、珲春、永吉、牡丹江亦有残传。《比剑联姻》《红罗女三打契丹》《金兀术传》为宁安傅氏与关氏说部。已故关墨卿老人为上述说部重要搜集整理者和传承人之一。《双钩记》（又名《窦氏家传》）、《飞啸三巧传奇》《黑水英豪传》为瑷珲富氏、穆氏、杨氏三族长篇英雄说部，已故杨青山为说部重要完成者和传承人。《松水凤楼传》《姻缘传》为永吉的徐明达先生的家传满族说部，他已是三代传人了。《雪妃娘娘和包鲁嘎汗》讲述的是16世纪末至17世纪中叶努尔哈赤父子开基创业并与蒙古科尔沁部联姻的历史故事，传承人为富育光。

第四种，给孙乌春乌勒本（gisun ucun ulabun）。给孙乌春乌勒本即讲唱故事，以唱为主。给孙乌春乌勒本主要歌颂各氏族流传已久的历史传说中的英雄人物，如渤海时期的《红罗女》《比剑联姻》，明代的《白花公主传》，以及民间说唱故事《姻缘传》《依尔哈木克》《苏木妈妈》等。如《苏木妈妈》就属于满族说部中的"给孙乌春乌勒本"，它有着简短的句式和完整的说唱形式，歌颂完颜阿骨打的大夫人苏木帮助完颜阿骨打灭辽兴金建立英雄业绩的传奇一生。

给孙乌春乌勒本和巴图鲁乌勒本有重合的部分。

第一节　满族说部的特点

满族说部在满族人看来是神秘、肃穆、崇高的，满族说部被视为神训神书。在讲满族说部之前，咏唱者要事先焚香、祭拜、梳头、洗手、漱口、沐浴、更衣；听讲者要按照辈分的大小有秩序地坐好。

一　说唱形式

满族说部是以说为主，以讲唱结合的形式传承。满族说部都是口耳相传、代代承袭。满族说部"据老人讲，最早讲唱完全是满语满歌，而且有优美高亢的声腔曲调。正因独具这一艺术特点和魅力，使其在族众中产生强烈的影响，便于记忆和传播，为广大族众所接受，成为满族及其相邻民族如鄂伦春、鄂温克、赫哲、达斡尔等须臾难以离弃的生活余兴"[1]。

（一）讲唱和伴奏

满族说部在说唱时是有伴奏的，伴奏的器具和形式是多样的，有琴、有抓鼓、有小扎板，还可以用手拍双膝等。

如黑龙江省四季屯满族农民白蒙元除了必要的劳动休息时间外，他都在演唱满族说部。在演唱时，他弹的乐器是桦木和狍筋做的琴。

---

[1] 谷长春主编，富育光讲述，王惠新整理：《恩切布库·〈恩切布库〉传承概述》，吉林人民出版社 2009 年版，第 2 页。

谷长春描述了满族说部咏唱情形和伴奏的器具："从《萨大人传》和《飞啸三巧传奇》中我们可以看出，有说有唱，甚至还记录了讲唱的曲谱。讲唱说部关键在于说，说讲究真、细、险、趣四个字。真，即真实，故事情节合情入理，真实可信；细，即细腻，绘声绘色，细致入微；险，即惊险，突出关键的地方，有悬念，有艺术魅力；趣，即语言要风趣幽默，使人发笑。说唱时多喜用满族传统的以蛇、鸟、鱼、狍等皮革蒙制的小花抓鼓和小扎板伴奏，情绪高昂时听众也跟着呼应，击双膝伴唱，构成跌宕氛围，引人入胜。"①

有时，满族说部在被传唱时还有伴舞。在富育光的记忆里，"当时讲唱《恩切布库》的是氏族德高望重的萨满或氏族众位奶奶和玛发，并有七八位年轻美貌的萨里甘居，脚蹬金丝白底寸子鞋，身穿彩蝶翩飞的红绸旗袍，脖围白绢丝长彩带，手拿小花香扇，头戴镶有金色菊花、缀有红绒长珠穗的京头，翩翩伴舞，倍增《恩切布库》之诱人美妙之处，使人陶醉"②。

（二）讲唱的结构

传统满族说部往往有固定的结构模式，包括引歌、头歌、尾歌和伴声等咏唱形式。其中满族说部《乌布西奔妈妈》最为古老、完整、系统。如《乌布西奔妈妈》开头的引曲（引歌）以激昂悦耳的长调为主旋律，起到调动情绪、收拢众心的效果：

> 德乌勒勒，哲乌勒勒，
> 德乌咧哩，哲咧！
> 巴那衣舜奥莫罗，
> 巴那衣舜奥莫罗，
> 沃拉顿恩哥，沃拉顿恩哥，

---

① 鲁连坤讲述，富育光译注整理：《乌布西奔妈妈·序》，吉林人民出版社 2007 年版，第 8 页。
② 谷长春主编，富育光讲述，王惠新整理：《恩切布库》，吉林人民出版社 2009 年版，第 1 页。

恩都里嘎思哈沃拉顿恩比，

恩都里嘎思哈沃拉顿恩比，

沙音沃尔顿，

沃尔顿巴那，

乌布西奔妈妈布离。①

这段引曲汉语的大意是：大地上太阳的子孙，大地上太阳的子孙，光辉呵，光辉呵，神雀送来光辉，神雀送来光辉，美好清晨，清晨大地，乌布西奔妈妈所赐予。

满族说部的引曲也叫引子、楔子、引曲、引歌，其目的在于引起受众的注意，集中精力来听满族说部的咏唱。《乌布西奔妈妈》共 6213 行，有"引曲"（10 行）、"头歌"（113 行）、"尾歌"（10 行），其余八个部分为主要内容，这是满族女真古歌特有的结构形式。其他满族说部如《恩切布库》《西林安班玛发》《飞啸三巧传奇》《东海沉冤录》《雪妃娘娘和包鲁嘎汗》《萨布素将军传》《萨大人传》等，满族说部开头都有引歌。

每个段落的开头都用固定的诗句起兴，先言他物，以引起所咏之词。如满族说部叙事长诗《恩切布库》采用诗歌的体式，每段的开头都有"德乌咧——，德乌咧——"，仍保留说唱时的满语长调。这种长调、长滑调是许多少数民族古歌特有的歌唱形式，用于讲唱内容之前，有起兴的作用，可使听者精神振奋、集中精力、展开想象、激发情感，从而营造庄严肃穆的氛围。"德乌咧"，是衬词，有点类似汉语的"呼儿咳"。每段开头的衬词"德乌咧"可以形成全文节奏鲜明、回旋往复、抑扬顿挫、跌宕震撼的韵体诗文效果。

德乌咧——

我的神歌神话

来自哪里？

---

① 鲁连坤讲述，富育光译注整理：《乌布西奔妈妈》，吉林人民出版社 2007 年版，第 1 页。

它来自东海堪扎阿林火山的最底层。

德乌咧——

我的神歌神话

是谁传诵?

它发自东海堪扎阿林火山地母神的心声。

德乌咧——

我的神歌神话

是谁传授?

催动我的酣梦,

令我睿智聪明。①

每部满族说部的开头起兴的衬词并不完全一样。如满族说部叙事长诗《苏木妈妈》每段的开头都有起兴诗句:"唐古里,哈里里,哈嘎勒哈里里——"

唐古里,哈里里,

哈嘎勒哈里里——

唐古里,哈里里,

哈嘎勒哈里里——

松阿里草原在欢腾,

松阿里流水在欢歌,

这是最喜庆的日子啊,

唐阔罗哈喇

选举猎达的日子,

唐古里,哈里里,

哈嘎勒哈里里——

唐古里,哈里里,

---

① 富育光讲述,王慧新整理:《恩切布库》,吉林人民出版社 2009 年版,第 2 页。

哈嘎勒哈里里——

松阿里草原在欢腾，

松阿里流水在欢歌，

这是最喜庆的日子啊，

唐阔罗哈喇

选举猎达的日子

……

唐古里，哈里里，

哈嘎勒哈里里——

唐古里，哈里里，

哈嘎勒哈里里——

"勒勒色珍"三百辆，

"铁骊毛林"三百匹，

远征的尼雅玛

——莎彦哈哈，

个个披着

熊皮斗篷，

有的还戴着木枷，

有的脚上拴着

擒狗的铁链，

这群不是囚徒的囚徒，

这是大辽"蒲鲁蒲"，

——诸神们的"额合旦……"

满族说部的衬词位置不固定，有时在前，有时在后。如尼山萨满中有一段
描写：

猎到大量野兽，库乐、耶库乐，

因为名声远扬，库乐、耶库乐，

阎王爷看着眼红，库乐、耶库乐，

派蒙果尔迪鬼，库乐、耶库乐，

抓走了他们的灵魂，库乐、耶库乐，

……①

这种句式中，衬词在后面，显得节奏有力、韵律整齐、朗朗上口。

二　满族说部独特的传承

满族说部是满族以家族的形式世代传承。满族民间说唱艺术尽管和汉族民间说唱艺术都是民间群体创作的结果，但满族民间说唱艺术与汉族民间说唱艺术又有所不同。满族民间说唱艺术的形成，它的酝酿、萌生发展，饱含满族不同姓氏的家族，不同时代的满族人长期的口耳传承、认同、理解，最后，满族民间说唱艺术从独特的民俗形态升华为独立的艺术形式。

"满族说部，满语称'乌勒本'，汉译为'传'或'传记'，是满族人的一种长篇说唱艺术。特点是神圣和隆重，它的讲述人多是族中长者，在焚香、漱口、祭拜神灵后选讲族藏说部，再配以铃鼓扎板，夹叙夹唱，意在说'根子'、敬祖先、颂先烈，听者谦恭有序，倍显肃穆。说唱说部并不只是消遣和娱乐，而被全族视为一种族规祖训，一般情况下，说部要每个晚上或选个固定时辰连续讲上十余天，多则数十日，甚至月余。国内目前能够用满语讲述说部的人不超过十名。"②

满族沈阳甘氏家谱中写道："人之有祖宗，犹水之有源泉，木之有根本。源泉深而流派长，根本固而枝叶茂。故为子孙者，不可不知祖宗所自来，尊祖敬宗所以崇源而报本也。"这是满族家谱中普遍具有的一种心态，很恰当地说

---

① 谷长春主编：《尼山萨满传》（上），吉林人民出版社 2007 年版，第 57 页。
② 《新文化报》，2005 年 10 月 6 日。

出了满族认祖追宗的原因。据《爱辉十里长江俗记》中记载："满洲众姓唱诵祖德至诚，有竞歌于野者，有设棚聚友者。此风据传康熙年间来自宁古塔，成居爱辉沿城一景焉。"[①]

（一）家族传承

满族民间说唱艺术往往是以家族家谱的形式传承，这是满族说部最主要的传承方式。

满族家族喜欢认祖归宗，追本溯源，喜唱"颂根子"。"唱诵祖德"正是满族不同姓氏的家族以唱"颂根子"的形式传承着满族民间说唱艺术。满族说部的家族传承包括师传和嫡系血缘关系的传承。

谷长春曾经描述过：满族说部"虽有师传，但多半是血缘承袭，祖传父，父传子，子子孙孙，承继不渝，从而保持了说部传承的单一性与承继性。《萨大人传》是富察氏家族的祖传珍藏本，其传承顺序是：富察氏家族第十一世祖、清道光朝武将发福凌阿传给长子、瑷珲副都统衙门委哨官伊郎阿将军；伊郎阿又传给长子富察德连；富察德连又传给其子富希陆和其侄富安禄、富荣禄；富希陆又传给长子富育光。一般来说，讲唱人大都与说部所宣扬的事件及其主人公有直系血缘关系，他们既对本氏族历史文化有一定的素养，又谙熟说部内容，并有组成说部题材结构的卓越能力和创作才华。《恩伦传奇》的传承就是很好的证明，其最早的传承人乌隆阿，纳喇氏第十一代，他把家史传给曾孙德明（五品官，通今博古），德明经过梳理后传给其侄十六辈霍隆阿（笔帖式），再传给十七辈双庆（五品官，精通满汉文），下传伊子崇禄（八品委官），二十辈的赵东升继承祖父崇禄先生，对家史进行整理。这些传承人都有高深的文化和创作才能。他们把记忆和传讲自己的族史视为己任，当作崇高而神圣的事情，世代不渝。他们在氏族中自行遴选弟子或由自己的后裔承继传诵[②]。

别人问鲁连坤《乌布西奔妈妈》是怎么传下来的，鲁老回答说："反正我

---

① 谷长春主编：《八旗子弟传闻录》，吉林人民出版社 2009 年版，第 5 页。

② 鲁连坤讲述，富育光译注整理：《乌布西奔妈妈·总序》，吉林人民出版社 2007 年版，第 9 页。

知道，我是打小跟我阿玛学的。阿玛好讲好唱，我打小听习惯了也就慢慢熏会了。阿玛是跟奶奶学的，就是我的太奶奶。太奶奶娘家东海库雅喇人氏，姓孔，东海部的人。前清初年，跟老罕王努尔哈赤进关，后来有一支奉调回宁古塔副都统衙门听差。咸丰朝后有人驻到海参崴做俄罗斯国通事。乌布西奔妈妈就是这些前辈从当地土著人口中采集得来的。"①

《恩切布库》就是富育光先生听奶奶郭霍洛·美容、母亲郭霍洛·景霞给他的弟弟妹妹们讲的。1966 年春天，富育光先生的父亲富希陆老人从黑龙江来看望富育光，应朋友邀请，讲唱了《恩切布库》。在富育光的记忆中，在讲唱《恩切布库》时，还有美丽的满族姑娘穿着传统艳丽的满族服饰伴舞。

满族民间说唱艺术是家族以"笔帖式"流传，并逐步完善形成的。满族民间说唱艺术在以家族的形式传承的时候，被不断丰富、衍生、润色、神化，最后有的说部还被赋予了神话色彩。如萨布素将军从吉林回来，在山洞里得到一个神杆，说上面的神鹰能飞出一百步远，能把敌人的眼睛叨瞎。萨布素将军一招手，神鹰就能回来，别人谁招呼都不好使。这个情节显然是傅氏家族的后代对萨布素将军神化的结果。

满族说部《元妃佟春秀传奇》是抚顺佟氏家族的人在安东（丹东）市郊和辽阳市郊的车马大店里，在晚饭后，给客人讲述抚顺佟氏高祖姑奶奶佟春秀的传奇故事。张立忠老人去这两个市交换货物，住大车店，听到了佟春秀的传奇故事，并靠着博闻强记，在晚年把故事讲述了出来。

傅英仁讲过满族说部《萨布素将军传》的创作意图："萨布素将军的故事主要是给我们傅氏家族讲的，他是我们家族的祖先，他的功绩，他的事迹主要是给本族子孙讲的，就像家训似的。"②

由于满族说部在不同的家族传承，在传承过程中产生了差异。《西林安班玛发》在富育光的家族中，西林安班玛发被称为"西林色夫"，是满族神话中

① 鲁连坤讲述，富育光译注整理：《乌布西奔妈妈·总序》，吉林人民出版社 2007 年版，第 8 页。
② 谷长春主编：《满族口头遗产传统说部丛书——萨布素将军传》，吉林人民出版社 2007 年版，第 7 页。

的技艺神、文化神、医药神、工艺神。在臧姓家族的萨满祭祀中，西林安班玛发被称为"西伦马沃"。在吴姓家族的萨满祭祀中，西林安班玛发被称为"西伦贝色"。在郭霍洛家族中，西林安班玛发被称为"西伦贝色"或"西林安班玛发"。

（二）氏族传承

满族说部在满族氏族中广泛流传。有时氏族人由于搬迁异地，思念家乡，就成群唱满族说部，以缓解思乡之情。鲁连坤说："《妈妈坟的传说》，也就是《白姑姑》或叫《乌布西奔妈妈》，都是祖上早些年从'东荒片子'带过来的。俗语说得好，故土难离啊！长辈们一腔思乡离怨，常好三五成群凑到一块儿，没早没晚地唱着跳着《乌布西奔妈妈》中的歌舞，才感到安慰舒畅。时光如梭，后代人耳濡目染，也能跟随大人们顺口讲上几段儿。现在几代人过去了，《乌布西奔妈妈》也传开了。在绥芬河、东宁、穆陵、珲春一带满汉老户人家，都知道乌布西奔妈妈，很敬重她。早年在萨满祭祀、婚寿、节庆时，偶尔有老辈人给讲唱。"[①]

《恩切布库》在其家乡黑龙江省孙吴县四季屯、霍尔莫津、大桦树林子、小桦树林子等满族聚集地流传，讲唱《恩切布库》是由氏族里的德高望重的萨满或氏族里的众位奶奶和玛发讲唱，也就是说，在氏族内部传承。

"满族说部的承继源流，主要是氏族中的一支或家族内直系传承为主，虽有师传，但主要是血缘承袭，从而保持了说部的单一性与承继性。一般情况，讲唱人家族多与说部宣扬传颂的主人公有直系血缘关系，在民族文化方面既有一定素养，又谙熟说部内容，并有组成说部题材结构的创作才华和能力。此外，在调查中我们还发现一些'残本'，80年代中叶在依兰政协委员满族名士李克忠先生处搜集《三国演义》中《关玛发传奇》，在依兰满族中流传百余年，关羽被塑造成满族性格与生活习性，扫匪，帮助北海捕貂，颇有情趣，可惜结

---

① 谷长春主编：《满族口头遗产传统说部丛书——萨布素将军传·序》，吉林人民出版社2007年版，第7页。

尾部分丢失无法续接，对研究满族对关羽的崇拜演变过程很有意义。亦有只留存说部名目，如《秋亭大人归葬记》（《金镛遗闻》）、《鳇贡记》《北海寻亲记》《鄂霍茨克海祭》）等，内容已无从深考。从这些说部题目观之，对研究清代历史必是难得的第一手资料。"①

（三）讲古

讲古是满族民间的一种习俗。满族人通过慎终追远、寻根问祖，使满族的民族记忆，如族源传说、家族历史、民族神话、萨满故事等变成满族说部。并不是什么人都可以讲古，讲古之人必须是族长、萨满或德高望重的老人。

讲古的习俗自女真时就已经有之。"女真人留下'讲古述祖'的古俗成了满族人的主要文化活动，在漫长的冬季，族人们围炕而坐，边搓苞米边讲'古趣儿'。在这样的环境下，少年马亚川成为一个故事迷，常常听到半夜也不肯睡觉。民间文学、民族文化的乳汁滋育他幼小的心灵，给他上了人生的第一课。天长日久，他也成为一个小小的故事家，讲故事成了他家经久不衰的家风。"②

"满族人爱讲故事，也爱听故事。不论穷富，把讲故事、听故事视为如同天天要吃饭一般，是日常生活中不可缺少的精神食粮。铲地时边铲边讲，其他劳动歇气儿就讲。冬天夜长，晚上搓苞米、编席子或闲坐，便围在一起，主要用讲故事消磨时间。特别是春节期间，老年人在一起'叙祖'，实则就是讲民族的历史故事。在'叙祖'时，长辈老年人在炕上围坐一起，下辈人在地下坐在长条板凳上或站着静听，通过这种形式将本民族的历史传说，用口头一代一代流传下来。越传内容越广泛、越丰富，但有的也越传越玄虚。"③

满族民间说唱艺术是以"口传心授"的形式，以"说古"的民俗形态在家

---

① 富育光：《满族传统说部艺术——"乌勒本"研考》，《北方民族》1999 年第 1 期。
② 马亚川讲述，王宏刚、程迅记录整理：《女真谱评（上）·序言》，吉林人民出版社 2009 年版，第 2 页。
③ 马亚川讲述，王宏刚、程迅记录整理：《女真谱评（下）·序言》，吉林人民出版社 2009 年版，第 717 页。

族中传承下来的。"在祭祀的时候,节庆喜日全族的人聚集在一起,心情挺高兴,也有点闲工夫,一讲就好几天。前面我提到的三爷,他除了在本族讲以外,还到族外讲,根据地是缸窑沟……我三爷有时就一冬一冬讲,当然不是天天讲,我估计他安下心来能讲三个月,一下晚讲三个小时,讲三个月,当然也有停顿。"① 这种讲古的习俗正是东北的二十大怪之一"冬包豆包讲鬼怪"。

传唱《恩切布库》的白蒙元由于只要有时间就"讲古",所以不少人叫他"白蒙古""疯阿古"。"他一生中除了在田间劳作或有病卧炕不起之外,剩下的所有时间都在自己的茅草房中、黑龙江边、兴安岭密林中,边喝酒,边烧烤鱼干、兔肉、野鸡、鹌鹑等,弹着自己用桦树木和狍筋做的琴,边喝边唱。"②

三 满族说部主人公以女性居多

在已出版的满族说部中,以女性形象居多。《恩切布库》《尼山萨满》《乌布西奔妈妈》等都是以女性冠名的说部。女性形象构成了满族说部的主体。尽管满族说部有很多萨满、女神、英雄等形象,但他们经历、性格各不相同,因而作品并没有雷同化,没有千人一面。满族说部中的女性形象有着不同于汉族女子的独特风姿,满族女子骑马射箭,武艺高强。满族女子形象丝毫不逊于男子,大量的女英雄、女萨满、女神构成了满族说部独特的人物画廊。

满族生活的奇寒恶劣的生活环境塑造了女性的刚强。"满族世代居住于气候恶劣、自然条件艰苦的白山黑水间,以狩猎为生,受落后低下的社会经济制约,满族妇女必须与男子一样参加生产劳动,于是,她们不缠足、着长袍、执鞭骑射技术并不亚于男子,在家庭经济中与男子一样占有重要位置。同时,满族原先信奉萨满教,它是产生在母系氏族社会的一种原始宗教,所崇拜的神祇

---

① 谷长春主编:《满族口头遗产传统说部丛书——萨布素将军传》,吉林人民出版社 2007 年版,第 7 页。

② 富育光讲述,王慧新整理:《恩切布库》,吉林人民出版社 2009 年版,第 2 页。

多为女性，主持宗教活动者也多为女萨满。"①

历史上，满族妇女和汉族妇女的家庭地位是有差别的。"女真妇女与汉族妇女同在操持家务中却存在着差别……在持家的作派与风格方面，女真妇女是令人羡慕的。由于她们在礼教观念方面的束缚比汉族妇女少得多，所以主观能动性发挥比较大，在家庭中的作用很突出。八旗兵士征战、戍守长年不断，几乎无暇顾及家庭，家中诸多事务全赖主妇们。况且她们当家主事是传统性的。她们从来没有把自己仅仅委身在丈夫的怀抱中，而是与丈夫一起创造生活，建设家庭。在这方面比汉族妇女更具备敢说敢作敢当的气魄。正由于她们在家庭中的作用是不可替代的，所以戎马征战的丈夫对她们充满信任和依赖。"②

女性崇拜是满族母系氏族社会的产物。据《后汉书·东夷列传》等史料记载，满族在商、周、秦汉时期，还处于母系氏族社会向父系氏族社会过渡阶段。满族的民俗"绕帐求宿"就是满族母系氏族社会在满族民俗生活中的遗存，是满族母系氏族社会时代男子走访婚的遗风。满族女性的崇高地位一直对后世有深远的影响。

满族萨满最初也是以女萨满居多，男性当上萨满，也要装扮成女萨满模样，从头饰、服装、声音上都要模仿女性。传统的习俗认为，只有女性萨满才是正宗的法力巨大的萨满。

满族说唱艺术中女性形象的彰显主要表现在以下几个方面。

（一）满族女性有着至高无上的地位

满族有女性崇拜的习俗。满族神话中的女神之多、地位之高，令人惊叹。满族女性具有至高无上的地位主要是由于满族母系氏族社会遗存的影响，在满族初民的观念中，女性具有神力。在萨满教形成的年代，满族女性的地位是崇高的。满族的萨满最初都是女性，即使是满族的男萨满，在祭祀时也必须身穿女性的裙装，模仿女性的声音和舞姿，甚至有的男萨满胸前挂两个类似乳房的

---

① 张菊玲：《清代满族作家文学概论》，中央民族学院出版社 1990 年版，第 111 页。
② 王冬芳：《满族崛起中的女性》，辽宁民族出版社 1996 年版，第 88—89 页。

东西。女性在满族神话中有至尊的地位。满族地位最崇高的神往往都是女神，掌管着人类的命运。即使男萨满也要模仿女性，穿女人的衣裙，带女人的发套，学女人的步态语气。掌管满族人口的女神是佛陀妈妈，又叫子孙娘娘。满族敬柳树为神，因为柳树繁殖能力极强，被称为"柳树妈妈"。

满族女性的至高无上的权力往往在神话传说中得以表现，其中很多神话是对满族母系氏族社会的间接反映。马克思认为："女神的地位，乃是关于妇女以前更自由和更有势力和地位的回忆。"① 满族萨满教创世神话《天宫大战》中讲述了男人为浊物的由来。"巴那姆赫赫身边有个捣乱的敖钦女神不得酣睡，姐妹又在催促快造男人，她忙三迭四不耐烦地顺手抓下肩胛骨和腋毛，和姐妹的慈肉、烈肉，搓成了一个男人，所以男人性烈、心慈，还比女人身强力壮，因是骨头做的，不过是肩骨和腋毛合成的，所以男人身上比女人须发髯毛多。肩胛骨常让巴那姆赫赫躺卧压在身下，肩胛骨有泥，所以男人比女人浊泥多，心术比女人叵测。"②

《红楼梦》对于满族萨满教中男人是浊物的描写有了继承和进一步的发挥。《红楼梦》不同于以往封建社会对于女性的描写，把女性置于至高无上的地位，独放异彩。用贾宝玉的话说就是："女儿是水做的骨肉，男子是泥做的骨肉，我见了女儿便清爽，见了男人便觉浊臭逼人！……这'女儿'两个字极尊贵极清净的，比那瑞兽珍禽、奇花异草更觉稀罕尊贵呢！"③ 宝玉认为"天地间灵淑之气，只钟于女子，男儿们不过是些渣滓浊沫而已。因此把一切男子都看成浊物，可有可无"④。当鸳鸯因为贾母死而自尽后，宝玉再次想："实在天地间的灵气，独钟在这些女子身上了！他算得了死所。我们究竟是一件浊物，还是老太太的儿孙，谁能赶得上他？"⑤ 第一百十五回中，贾宝玉见了甄宝玉后认为："这个人果然同我的心一样，但是你我都是男人，不比那女孩儿们清洁，

---

① ［德］马克思：《摩尔根〈古代社会〉一书摘要》，人民出版社1965年版，第39页。
② 王宏刚：《满族与萨满教》，中央民族大学出版社2002年版，第28页。
③ 《红楼梦》，人民文学出版社1980年版，第19—21页。
④ 同上书，第235页。
⑤ 同上书，第1426页。

怎么他拿我当作女孩儿看待起来?"① 这些话在封建社会可谓惊世骇俗,独树一帜,这和汉族的重男轻女观是格格不入的。大观园中有灵异的一株"女儿棠",俗传又叫"女儿国",开得繁盛。《红楼梦》和满族神话中的女子有很多相似之处,她们都有崇高的威望,至高无上的地位,都精明能干,善于持家理财。

满族与汉族的女神是有区别的。汉族神话中也有女神,但汉族的女神多数为男性的家眷,不能与男性神地位等同,也不能与男性神同司一职。满族脱离母系氏族社会的时间比汉族要晚。汉族早已脱离了母系氏族社会,汉族妇女的附庸地位已经在意识形态中得到反映。满族由氏族社会向封建社会转变的时间非常短,尽管妇女地位急剧下滑,但还没有在意识形态中得到及时反映,因此,在满族民间说唱艺术中,妇女的地位仍然是至高无上的。

(二) 满族女性有着超出常人的本领

满族妇女和男人一样英勇作战、武艺高强。满族女子比其他民族的女子更加刚烈勇猛,她们不仅可以绣花种地,也可以和男人一样纵马挎箭、打猎征战。由于特定的历史条件,相互残杀、盗贼充斥、豺狼遍野,所以满族无论男人女人必须具有武力自卫的能力。

历史上有大量的史实证明了满族女性的超常本领。《清史稿·扬古利传》中,记载了扬古利的母亲是一位力战群敌的女英雄。"其妻褓负幼子纳穆泰于背,属鞬佩刀,左右射,夺门出,以其族来归。部人寻亦附太祖。"(《清史稿》卷 226《扬古利传》)扬古利家原住在珲春,扬古利的父亲郎柱是库尔喀部酋长。由于内乱,众族人包围了郎柱的住宅,郎柱寡不敌众被杀害。宅内还有郎柱的妻子和幼子纳穆泰。紧急关头,郎柱妻子不慌不忙,背负幼子拉开弓箭射向敌人,独自杀出重围,夺门而出。这本是满族妇女普通的一件事,由于其子日后立功,母亲的事迹被载入了史册。与之形成鲜明对比的是汉族妇女。② 据

---

① 《红楼梦》,人民文学出版社 1980 年版,第 1472 页。
② 王冬芳:《满族崛起中的女性》,辽宁民族出版社 1996 年版,第 236 页。

史料记载，明代镇静堡遭蒙古兵围攻，城池行将沦陷，守备赵忠之妻左氏害怕城堡被破，遭受侮辱，左氏说："此堡旦夕必破，则吾宁死不受辱，遂与母及三女皆自缢死。"（《明英宗实录》卷180）左氏和婆母及三个女儿都上吊而死。后来赵忠率领将士保全了城堡，可惜妻儿老小死得太早了。关于这件事，杨丰陌认为若是满族妇女绝不会首先自尽，白白送死，而是会冲上去协助丈夫作战。[①] 努尔哈赤修纂的《满文老档》记载了三位八旗女眷击退三百明军的故事。由此可见满族女性的本领非同一般。当年，努尔哈赤笼络何和礼的联姻手段成功后，何和礼的结发妻子异常愤怒，怨恨丈夫无情无义娶了努尔哈赤的长女为妻。她纠集起留居在故地的族众，带上武器，杀到了佛阿拉城，准备与丈夫杀个你死我活。何和礼的结发妻子是能征善战的巾帼英雄，手持铁锤在城门外叫阵，以致何和礼不敢出城和妻子见面。没有非凡的臂力是不能用铁锤作为作战武器的，可见满族女性的勇猛善战。

在满族民间说唱艺术中，满族女子往往武艺高强，丝毫不让须眉。满族说部《萨布素将军传》描写了萨布素的妻子出嫁前的箭术："格格淡淡一笑，一抿嘴，张弓搭箭，一连三箭。射完后，又对萨布素抿嘴一笑，跑到老协领身后。萨布素定睛一看，靶上仍只有自己射的那三支箭，那格格射的三支箭哪去了。萨布素心里纳闷。老协领对他说：'你去看看靶吧。'萨布素应了一声，快步前去，到了靶前，萨布素一下子惊得眼睛睁得像铜铃一般，原来，格格的三支箭射在萨布素的三支箭尾上，一支咬一支，连成一支箭啦！"[②] 萨满神曲中的奥都妈妈"身居兵营，双骥胯下骑。日行千里，夜行八百，来去如飞，紧急而行。战骑英俊强壮，驰骋沃野，各处太平吉祥"[③]。奥都妈妈是一位战斗中的女英雄。奥都妈妈的偶体是一位木刻女神像，骑着两匹马，是满族普遍祭祀的女神。神位在房屋的东北角上，供品与佛多妈妈相同。宁古塔地区满族郭合

---

① 杨丰陌：《御路歌谣——满族民俗传说》，辽宁民族出版社2005年版，第225页。
② 谷长春主编：《满族口头遗产传统说部丛书——萨布素将军传》，吉林人民出版社2007年版，第24页。
③ 宋和平译注：《满族萨满神歌译著》，社会科学文献出版社1993年版，第267页。

乐哈拉的奉祀中，有位女神叫拉伊罕妈妈。她原是老渔人费扬古的女儿，被大风刮走后十几年没有音信，待她回来时已变得超乎常人。她的神力赛过一手能举起大熊的大力神纳尔汉，她的智慧战胜了狡诈的老狼精。她使周围48个部落化仇为友，成为各部落的联合酋长。

早期，满族妇女和男人一样，骑马练武、征战沙场。《苏木妈妈》中记载："在沙场上不分兄弟，不分男女，兄弟对决，男女对决，优胜方为人中杰。族中岁岁选猎达，威名盛比勃吉列，氏族生计系一身，虎狼袭来冲前列。"[①] 苏木妈妈从五岁时就开始骑马习武，"再烈性的骏马，在她的胯下，都像麋鹿一样老实、听话。她的箭法神奇，百步外能射落'车其克'（满语，小雀）。她的水性像天鹅，潜游水底，能捕捉鱼蟹"[②]。"苏木不但武功好、马术高强，而且干活也出类拔萃。自己上山采槐木桩，自己动手制作，削出木钉、木板、木条，自己做出纺织机，比中原的纺织机还雅观、耐用。"[③] 苏木妈妈正是在打擂比武中，战胜了众多强劲的男对手，被选为猎达，后来又成为萨满。苏木妈妈嫁给完颜阿骨打后，在作战中，她为先锋，完颜阿骨打为后军。

满族妇女具有超常的本领是由于满族的渔猎习俗造成的。满族的渔猎生产方式本身就是具有生命危险的战斗过程，满族渔猎生产本身就需要胆量和武器。在满族的渔猎生活中，深山密林、激流险滩、毒蛇肆虐、虎熊出没、豺狼遍野、盗贼充斥、群雄相残。在这样的凶险环境中，满族无论男女为了保全生命、保护财产，都必须具备武艺和胆量。如果没有武力和自卫能力，随时都有被杀害的可能。妇女同男人一样可以挥刀射箭。满族妇女不是男人的保护对象，而是与男人一道狩猎杀敌。勇敢已经成为满族的文化基因和潜意识中的最基本情结。满族妇女若没有超常的本领就无法生存，历史环境促使她们必须武艺超群。

---

① 富育光讲述，荆文礼整理：《苏木妈妈，创世神话与传说》，吉林人民出版社2009年版，第6—7页。

② 同上书，第29页。

③ 同上书，第76—77页。

正因为满族妇女早已习惯了狩猎骑射，行军打仗，所以满族妇女和汉族妇女对待行军打仗有着截然不同的态度。满族妇女对待行军打仗的态度是积极的，汉族妇女对待行军打仗的态度是消极的。《建州闻见录》记载：满族"出兵之时，无不欢跃，其妻子亦皆喜乐"①。满族歌谣《青石板》写了满族妇女对作战的乐观态度："青石板，石板青，青石板上挂糠灯。糠灯照亮羊肠道，我送阿哥去出征。去出征，好威风，左肩挎着雕翎箭，右肩背着宝雕弓，白马银枪挑红樱，腰间荷包交给你，盼望阿哥早立功。"《出征歌》中唱到："八角鼓，响叮当，八面大旗插四方。大旗下，兵成行，我的丈夫在正黄。黄鞍黄马黄铃铛，出征一定打胜仗，打了胜仗回家乡。"② 可以看出，满族妇女对待行军打仗的态度是积极的。再看一下汉族杜甫的《兵车行》："车辚辚，马萧萧，行人弓箭各在腰。爷娘妻子走相送（也作'耶娘'，大众翻译为前），尘埃不见咸阳桥。牵衣顿足拦道哭，哭声直上干云霄。道旁过者问行人，行人但云点行频。或从十五北防河，便至四十西营田。去时里正与裹头，归来头白还戍边。边庭流血成海水，武皇开边意未已。君不闻汉家山东二百州，千村万落生荆杞。纵有健妇把锄犁，禾生陇亩无东西。况复秦兵耐苦战，被驱不异犬与鸡。长者虽有问，役夫敢伸恨？且如今年冬，未休关西卒。县官急索租，租税从何出？信知生男恶，反是生女好。生女犹得嫁比邻，生男埋没随百草。君不见青海头，古来白骨无人收。新鬼烦冤旧鬼哭，天阴雨湿声啾啾。"汉族妇女的"牵衣顿足拦道哭"体现了她们的痛苦和不舍。这其实是渔猎文化和农业文化中人们不同的心态，满族的尚武精神形成了满族女性的英雄气质。

满族妇女崇尚天足，这和汉族妇女是不同的。汉族妇女要缠足，因此，她们大门不出二门不迈，只能围着锅台转。有个解放初期的纪录片，记录了汉族妇女到田地里干活，由于裹小脚，只能在田地里跪着抬土篮子，看得令人心酸。满族妇女不缠足，天生大脚。关东二十大怪中就有"媳妇穿错公公鞋"一说。因此满族妇女行走自如，可以像男人一样干活。这是满族妇女具有超人本领的前提。

---

① 王冬芳：《满族崛起中的女性》，辽宁民族出版社 1996 年版，第 235 页。
② 杨锡春：《满族风俗考》，黑龙江人民出版社 1988 年版，第 202—203 页。

（三）满族女性构成了满族英雄群像

在满族的民间说唱艺术中，女性英雄构成了一个群体，数量众多，形成了满族女英雄人物群像，这一点在其他民族中是少见的。满族女英雄在满族说部中尤为众多。关于满族女神的神话传说故事不胜枚举。如《乌布西奔妈妈》《红罗女》《她拉伊罕妈妈》《多龙格格》《抓罗妈妈》《东海沉冤录》等都是关于女神的神话传说。

满族的女英雄往往也是满族女神。满族有众多的女神形象，几乎生活的每一个领域都有女神存在。如畜牧女神、缝织女神、渍菜女神、歌舞女神、百花女神等。满族的始母神是佛陀妈妈和天女佛库伦。满族萨满教创世神话《天宫大战》中的古代女神有天地神、生命神、太阳神、月亮神、百草神、花神、护眼神、迎日神、登高神、大力神、西方神、东方神、北方神、南方神、中位神、门神等众多女神，共有300位女神。"天地三姊妹尊神阿布卡赫赫、巴那姆赫赫、卧勒多赫赫；生命女神多喀堆；突姆火神；太阳女神顺；月亮女神比牙；百草女神雅格哈；花神依尔哈；护眼女神者固鲁；迎日女神兴恶里；登高女神德登；大力女神福特锦；九彩神乌昆哲勒；大鹰星嘎思哈；西方女神洼勒格；东方女神德立格；北方女神阿玛勒格；南方女神朱勒格；中位女神都伦巴；女门神都凯；计时女神塔其妈妈；鱼星神西离妈妈；天母侍女白腹号鸟、白脖厚嘴号鸟；九色花翅大嘴巨鸭；人类始母神女大萨满；盗火女神其其旦。"① 可见，满族女神分工是相当细的。

满族萨满神话《乌布西奔妈妈》中保留了古代300位女神的神话。《乌布西奔妈妈》中同样讲述了300位女神的神位、神讳。满族神话《天宫大战》中记载了300多位女神。在乌苏里江流域流传的神话《乌布西奔妈妈》中，300多位女神得到了印证。《东海沉冤录》或详或略地描述记载了150多位萨满教女神。

---

① 王宏刚：《满族与萨满教》，中央民族大学出版社2002年版，第22—23页。

满族神话传说中女神数量多、谱系庞大的特点十分突出，而且满族女神力量过人，本领超群。"满族崇拜祭祀的女神很多，几乎形成系列组成集团。有保护人类驱走魔鬼邪恶的英雄神系列，有鹿神、蚕神、畜牧神、百花神、猎神等，一大批生产创业女神。在集团神中有宇宙三姐妹，大姐是天母女神阿布卡赫赫，二姐是地母神巴那额姆。"①

满族女神与汉族女神的不同之处在于以下四点。第一，满族女神往往是力量的象征。满族女神武艺超群、力大无穷。满族女神往往有一种英武之气。多龙格格"长相虎势"，抓罗妈妈"长得虎头虎脑"，这些肖像描写是独特的。汉族女神没有英武之气，汉族女神往往美丽贤惠、心灵手巧。第二，满族女神之所以成为女神，其中必备的条件之一是满族女神拯救了整个部落，百年之后，才有可能成为女神。如乌布西奔妈妈就是这样的女神。而汉族的女神往往是为了爱情而从天界下凡，嫁给心仪的男子。第三，满族女神的数量之多是其他民族所没有的，汉族的女神少之又少。第四，满族女神一般是对母系氏族社会的反映，汉族女神对母系氏族社会的反映很少。

满族还有许多各个独立的女英雄，也构成了满族女英雄群像。如《红罗女》就是满族传说中的女英雄。红罗女是武艺高强的渔家女儿，为家乡的平安屡建功绩，也是拯救国家于危难中的巾帼英雄。不少姓氏的满族老人每当有灾有病时，都要在神树下向红罗女祈愿。

四 满族说部中自然环境对人产生的重要影响

环境对满族说部产生了重要影响。满族说部产生在寒冷的北方。在满族说部中，无一例外地描写了高寒的生活环境。满族先民的生活环境是冰天雪地的，冰雪是满族说部中最常见的景物。

满族说部中的自然环境对满族说部的内容创作产生了重要的影响。高寒的

---

① 王冬芳：《满族崛起中的女性》，辽宁民族出版社 1996 年版，第 206—207 页。

生活环境决定了满族说部中的人物居住建筑、衣着服饰、人物行为、生活习俗。满族说部《红罗女》中，就是因为地处高寒的生活环境，红罗女派人一次次出海远行，带领族众寻找温暖的太阳故土，这成为《红罗女》的一条主要线索，红罗女本人也是不顾身体有病，在出海寻找太阳故土的过程中牺牲了自己。

"我们这样勾画出了种族的内部结构之后，必须考察种族生存于其中的环境。因为人在世界上不是孤立的；自然界环绕着他，人类环绕着他；偶然性的和第二性的倾向掩盖了他的原始的倾向，并且物质环境或社会环境在影响事物的本质时，起了干扰或凝固的作用。有时，气候产生过影响。虽然我们只能模糊地追溯，阿利安人如何从他们共同的故乡到达他们最终分别定居的地方，但是我们却能断言，以日耳曼民族为一方面和以希腊民族与拉丁民族为一方面，二者之间所显出的深刻差异，主要是由于他们所居住的国家之间的差异：有的住在寒冷潮湿的地带，深入崎岖卑湿的森林或濒临惊涛骇浪的海岸，为忧郁或过激的感觉所缠绕，倾向于狂醉和贪食，喜欢战斗流血的生活；其他的却住在可爱的风景区，站在光明愉快的海岸上，向往于航海或商业，并没有强大的胃欲，一开始就倾向于社会的事物，固定的国家组织，以及属于感情和气质方面的发展雄辩术、鉴赏力、科学发明、文学、艺术等。"[1]

表 4-1　　　　　　　　　　　　　满族说部示例

作　者	故事时间	书　名	出版社	出版时间
马亚川讲述，王宏刚、程迅记录整理	辽金时期	《女真谱评》	吉林人民出版社	2009 年 4 月
富育光讲述，荆文礼整理	辽金时期	《苏木妈妈》	吉林人民出版社	2009 年 4 月

---

① ［法］泰纳：《〈英国文学史〉序言》，《西方文论选》下卷，上海译文出版社 1979 年版，第 237—238 页。

续 表

作 者	故事时间	书 名	出版社	出版时间
马亚川讲述，王宏刚整理	金 代	《阿骨打传奇》	吉林人民出版社	2009 年 4 月
傅英仁讲述，王松林记录整理	金 代	《金世宗走国》	吉林人民出版社	2009 年 4 月
马亚川讲述，王松林整理	金 代	《瑞白传》	吉林人民出版社	2009 年 4 月
傅英仁讲述，宋和平、王松林记录整理	明 代	《东海窝集传》	吉林人民出版社	2007 年 12 月
富育光讲述，于敏记录整理	明 代	《东海沉冤录》	吉林人民出版社	2007 年 12 月
呼伦纳兰氏秘传，赵东升整理	明 代	《扈伦传奇》	吉林人民出版社	2007 年 12 月
张立忠讲述，张德玉、张春光、赵岩记录整理	明 代	《元妃佟春秀传奇》	吉林人民出版社	2009 年 4 月
富育光讲述，王慧新记录整理	明 代	《雪妃娘娘与包鲁噶汗》	吉林人民出版社	2007 年 12 月
孟阳讲述，于敏整理	清 代	《木兰围场传奇》	吉林人民出版社	2009 年 4 月
富育光讲述，于敏记录整理	清 代	《萨大人传》	吉林人民出版社	2007 年 12 月

作　者	故事时间	书　名	出版社	出版时间
傅英仁讲述，程迅、王宏刚记录整理	清　代	《萨布素将军传》	吉林人民出版社	2007 年 12 月
关墨卿讲述，于敏整理	清　代	《萨布素外传　绿罗秀演义》	吉林人民出版社	2007 年 12 月
富育光讲述，荆文礼记录整理	清　代	《飞啸三巧传奇》	吉林人民出版社	2007 年 12 月
崇禄讲述，赵东升整理	清　代	《碧血龙江传》	吉林人民出版社	2009 年 4 月
张立忠讲述，张德玉、张一、赵岩整理	清　代	《平民三皇姑》	吉林人民出版社	2009 年 4 月

吉林人民出版社于 2007 年 12 月出版了第一批满族口头遗产传统说部丛书，有 10 本，包括《雪妃娘娘和包鲁嘎汗》《东海窝集传》《飞啸三巧传奇》《扈伦传奇》《萨大人传（上）》《萨布素外传 绿罗秀演义》《萨布素将军传》《乌布西奔妈妈》《尼山萨满传（上）》。

吉林人民出版社于 2009 年 4 月出版了第二批满族口头遗产传统说部丛书，有 15 部之多，包括《碧血龙江传》《比剑联姻》《女真谱评》《阿骨打传奇》《恩切布库》《平民三皇姑》《木兰围场传奇》《金世宗走国》《红罗女三打契丹》《元妃佟春秀传奇》《伊通州传奇》《天宫大战　西林安班玛发》《苏木妈妈　创世神话与传说》《瑞百传》《八旗子弟传闻录》。

第二节　满族说部的传承与演变

学术界认为满族说部总体上的传承与演变是按照家族口头传承、氏族内部口头传承、氏族外部口头传承、地域内口头传承、文人纸质文本传承的轨迹进行的。满族说部传承的文本具有很大的变化。满族说部地域内口头传承过程中，有许多传承人，如"小雷公""扇子刘""小彩凤"等。文人纸质文本传承中，传承人往往是有知识有文化的人，如富育光、赵东升、张德玉等都属于知识型的传承人，都被聘为大学客座教授。

一　文本的演变

（一）绳骨石革

"说部是以口头形式产生和传承的，讲唱内容全凭记忆。最初记述手段，用一缕缕棕绳的纽结、一块块骨石的凹凸，一片片兽革的裂隙，刻述祖先的坎坷历程。这便是说部的最古老的形态，也叫'古本''原本''妈妈本'。满族人将这种'妈妈本'尊称'乌勒本'特曷。古人就是通过望图生意，看物想事，唱事讲古的。"[1]"往昔，乌布逊等各部众，素无文字，以言达情。日久无证可辨，世事不能传真。女罕为便利交往，记忆常存，以会意述状或纳世间物象，创下图符百形。砍凿于林莽聚会通渠，间以折枝伴用。乌布林普享天聪，记事辨识井然不争，俗称'东海窝稽幢'，经年日久，世代永铭。"[2]

辽金时期，人们用绳扣记事。《女真谱评（上）》中描写完颜阿骨打夜访石

---

[1]　鲁连坤讲述，富育光译注整理：《乌布西奔妈妈·序》，吉林人民出版社 2007 年版，第 6 页。
[2]　同上书，第 117 页。

头，发现绳团："阿骨打又将绳团打开，用手一摸绳扣儿，当时惊得他面色煞白，倒吸一口凉气。你道绳扣何意？原来记载着：欢撒勾结麻产，在涞流水牧马，窃机巧取完颜部。阿骨打急忙将这团绳扣记事攥在手中……"护卫从欢撒腰中搜出绳扣儿，"阿骨打接过绳扣，用手一摸，绳结意思是：'阿骨打兵不足十，速来，里应外合，一击便破'"。[①] 可见，辽金时期女真人用绳扣记事。完颜阿骨打就是用活垓遗留的药方和结扣为字的凭证，破了欢撒的杀人案。

《乌布西奔妈妈》的传承文本最开始就属于绳骨石革类，是一种原始洞穴岩画，即刻在洞窟岩石上的符号图案。"《乌布西奔妈妈》传承形式富有传奇性。民间和本诗中均有传讲，全诗并不以文字形态流存于世。当地土人是以独特的象形符号，如虫蠕鸟啄，刻痕深浅不一，大小不等，由上而下，螺旋式镌刻在锡霍特山神秘洞窟之中。符号图画便是长诗故事的主要提示。东海众氏族萨满们，只要依图循讲，便可讲唱起来。随着部落人口日增，产生氏族分支，咏颂祭奠仪礼传袭不衰。"[②] "乌布西奔女罕为广谕东海，以自创凿木刻记法传令。凡事小刻记浅纹，凡事大刻记深纹。事事各有刻记符标，愚氓野民睹板悉明。"[③]

据富希陆回忆，"满族萨满居室的墙壁上凹陷许多处，在这些窟窿中摆放着大小、形状、数目不一的石头，无论祭祀时还是平时向他秘密讲授，总是要摆弄石头，每一窟眼中的石头都代表着一段宗教故事或规法，这些只有老萨满自己清楚。他摆一堆石头，讲一套故事，有长有短，至死还有一些石头没摆，自然它们包含的故事等也被带走了。富希陆曾表示要将他讲的东西记下来，萨满不准，他认为口传是古法，是神规，神知道被人笔录是要犯怒的。该萨满去世前将所有石头送到了河里。在满族，只有最神圣的神器、神品、神具才可享用这种仪式，可见这些石头多么神圣"[④]。

最初满族先民之所以用绳、骨、石革记事，是因为满族先民没有语言。

---

① 马亚川讲述，王宏刚、程迅记录整理：《女真谱评（上）》，吉林人民出版社 2009 年版，第275 页。

② 鲁连坤讲述，富育光译注整理：《乌布西奔妈妈·总序》，吉林人民出版社 2007 年版，第 11 页。

③ 同上书，第 185—186 页。

④ 富育光、孟慧英：《满族萨满教研究》，北京大学出版社 1991 年版，第 133—134 页。

"东海自古哑语,举世闻名。各岛相逢相争,以哑舞传心,以呼号达情,以长吟长调撼人。"①

（二）口耳相传

满族说部在传承时全凭记忆,口耳相传,属于口碑文学。满族说部时间越久远,内容越神奇,时间越近,内容越写实。

由于满族说部往往是口头传承,因而满族说部会带有传承人的主观因素。"口述的表达方式是一样的,都具有叙述性,但它的记载、保留和再现的方式差异越来越大。古老的年代,人们仅用大脑记忆、传播、再现历史的方式是口头传承,上一代传给下一代,例如民间文学。"②

古代东海女真人的习俗:"东海男人自古兴文俗,褐泥、硅土涂身,骨刀刺肤,文留花鸟兽装。除双眼,全身以文饰为衣,远观,宛如穿多彩贵服花裳。各岛野民相逢、相联、相争、相抗,以文图、哑舞言讲。若逢病祸杀掠,更以呼号高扬,长歌长调撼山冈,忽而攀树,忽而跃海,拜天叩地,声动疯狂……若群氓失主,啼号哀伤,篝火葬尸,骤聚饥狼。"③

谷长春描述满族说部传承是口耳相传:"这些传承人都有高深的文化和创作才能。他们把记忆和传讲自己的族史视为己任,当作崇高而神圣的事情,世代不渝。他们在氏族中自行遴选弟子或由自己的后裔承继传诵。传承的方法是口耳相传,心领神会。"④

（三）纸质文本

随着时代的变迁,科学技术的发展,"满族说部的'妈妈本'逐渐用满文、汉文或汉文标音满文来简写提纲和萨满祭祀时赞颂祖先业绩的'神本子'。讲

---

① 鲁连坤讲述,富育光译注整理:《乌布西奔妈妈·序》,吉林人民出版社 2007 年版,第 155 页。
② 江帆、王志勇、宋有涛主编:《山林·人·文化——辽北山区生态民俗与可持续发展研究》,辽宁教育出版社 2008 年版,第 149 页。
③ 鲁连坤讲述,富育光译注整理:《乌布西奔妈妈·总序》,吉林人民出版社 2007 年版,第 15 页。
④ 同上书,第 9 页。

述人凭着提纲和记忆，发挥讲唱天赋，形成洋洋巨篇"①。

与绳、骨、石、革记事相比，纸质文本具体生动，可以深入人物的内心世界，可以把故事内容具体化，而绳、骨、石、革记事简单模糊、不详细，无法深入人物的内心世界。

尤其是 21 世纪，为了保留满族说部，吉林人民出版社对满族说部进行抢救性的整理，出版的满族口头遗产传统说部丛书，达数十本之多，都是纸质版的，几乎没有曲谱的记载。纸质文本与口耳相传的满族说部相比，纸质文本可以把满族说部物质化，把内容如实地记录、固定下来，更有利于保留和传承，而口耳相传的满族说部有很大的局限性，需要依附传承人，随着传承人的过世，满族说部随之而消失。

二　传承的变异

满族说部以口述的形式传承，由于口述主体的不同而存在主观差异，因而满族说部在传播过程中就有了变异。由于氏族的繁荣，家族的扩大，氏族的支系越来越多，不同的支系有不同的传承人，每个传承人的主客观条件不同，所以不同的传承人在传承满族说部时，会加入自己的艺术再创造，因此满族说部在传承时出现了不同的传本。"《恩切布库》说部故事最初的传播发源地是在萨哈连乌拉（黑龙江）以北精奇里江（俄国结雅河）一带，至今已有数百年的传承历史，可能远传自辽金时代，并在女真后裔即满族诸姓中传讲，并得到不断地充实、丰富、发展和完善，从而形成现在这样的文学结构形式。"②

"满族先人的故事在'讲古'中传播，在传播中又不断被加工、修改或产生新的故事。讲古不单单是本氏族内部的事，各氏族间互相比赛，场面十分热烈。据《爱辉十里长江俗记》中记载：'满洲众姓唱诵祖德至诚，有竞歌于野

---

① 鲁连坤讲述，富育光译注整理：《乌布西奔妈妈·总序》，吉林人民出版社 2007 年版，第 6—7 页。

② 富育光讲述，王惠新整理：《恩切布库》，吉林人民出版社 2009 年版，第 2 页。

者，有设棚聚友者。此风据传康熙年间来自宁古塔，戍居爱辉沿成一景焉。'由此可见，满族早年讲唱'乌勒本'，是相当活跃的，甚而搭棚竞歌，聚众观之。此景与我国南方一些民族的歌圩相类似。"①

"满族传统说部和其他口头文学一样，在流传过程中也有变异性。在传播中，传承人根据自己对讲述内容的认识和理解，不断加工、升华，从而产生新的故事纲目。特别是，随着氏族的繁荣分出各个支系，每个支系都有自己的传承人，在讲述内容和形式上也有了变化。所以在不同的支系、不同的地域出现了不同的传本，如《红罗女》在黑龙江省牡丹江一带流传《比剑联姻》《红罗女三打契丹》，而吉林省的东部就有《银鬃白马》《红罗绿罗》等不同传本，这是正常的现象。说部在传播中演变，获得新的发展，并吸收汉族的评书和明清小说章回体的特点，这正是满族传统说部具有顽强生命力的表现。"②

三 艺术符号的变化

（一）满族说部都是满语传播

《乌布西奔妈妈》就是以满语传承的满族说部。如富育光在采访鲁连坤时："鲁老尽力满足回答我要想知道的《乌布西奔妈妈》故事，讲得很细很多。我在聆听和速记鲁老唱述时，确被故事吸引了，感动了，迷醉了，改变着我的认识。很令我钦佩的是，鲁老熟记很多满语，但终因岁月久远，老人家又长年不讲，数千行的满语长歌，经反复思索回忆，仅讲《头歌》《创世歌》《哑女的歌》诸段落，其余满语歌词已追忆不清……长诗故事《乌布西奔妈妈》是在满语久被社会遗忘的状况下，难能可贵地依然保持早年的满语传承，这却是事先根本没想象到的。我从小生长在黑龙江畔满族聚居区，聆听老人们用满语讲唱《天宫大战》和《音姜萨满》（即《尼山萨满》），此刻听到情韵相似的《乌布西

---

① 鲁连坤讲述，富育光译注整理：《乌布西奔妈妈·总序》，吉林人民出版社 2007 年版，第 5 页。
② 同上书，第 9—10 页。

奔妈妈》，倍感亲切。"①

最早讲唱《恩切布库》是用满语讲唱的，声调优美高亢，成为满族民间的离不开的一种娱乐方式。

（二）满汉兼传播

（三）汉族传播

表 4—2　　　　　　　　　　　满族说部示例

作　　者	故事时间	书　名	出版社	出版时间
富育光讲述，荆文礼整理	远古时期	《天宫大战》	吉林人民出版社	2009 年 4 月
鲁连坤讲述，富育光译注整理	母系氏族时期	《乌布西奔妈妈》	吉林人民出版社	2007 年 12 月
富育光讲述，王慧新整理	母系氏族时期	《恩切布库》	吉林人民出版社	2009 年 4 月
富育光讲述，荆文礼整理	父系氏族时期	《西林安班玛发》	吉林人民出版社	2009 年 4 月
王松林、傅英仁著	渤海时期	《红罗女》	时代文艺出版社	1999 年 7 月
傅英仁、关墨卿讲述，王松林整理	渤海时期	《比剑联姻》	吉林人民出版社	2009 年 4 月

---

①　鲁连坤讲述，富育光译注整理：《乌布西奔妈妈·序》，吉林人民出版社 2007 年版，第 7 页。

作 者	故事时间	书 名	出版社	出版时间
傅英仁、王宏刚讲述，程迅著	渤海时期	《红罗女三打契丹》	吉林人民出版社	2009 年 4 月
关墨卿讲述，于敏整理	渤海时期	《绿罗秀演义（残本）》	吉林人民出版社	2007 年 12 月
马亚川讲述，王宏刚、程迅记录整理	辽金时期	《女真谱评》	吉林人民出版社	2009 年 4 月
富育光讲述，荆文礼整理	辽金时期	《苏木妈妈》	吉林人民出版社	2009 年 4 月
马亚川讲述，王宏刚整理	金 代	《阿骨打传奇》	吉林人民出版社	2009 年 4 月
傅英仁讲述，王松林记录整理	金 代	《金世宗走国》	吉林人民出版社	2009 年 4 月
马亚川讲述，王松林整理	金 代	《瑞白传》	吉林人民出版社	2009 年 4 月
傅英仁讲述，宋和平、王松林记录整理	明 代	《东海窝集传》	吉林人民出版社	2007 年 12 月
富育光讲述，于敏记录整理	明 代	《东海沉冤录》	吉林人民出版社	2007 年 12 月
呼伦纳兰氏秘传，赵东升整理	明 代	《扈伦传奇》	吉林人民出版社	2007 年 12 月

作　者	故事时间	书　名	出版社	出版时间
张立忠讲述，张德玉、张春光、赵岩记录整理	明　代	《元妃佟春秀传奇》	吉林人民出版社	2009 年 4 月
富育光讲述，王慧新记录整理	明　代	《雪妃娘娘与包鲁噶汗》	吉林人民出版社	2007 年 12 月
孟阳讲述，于敏整理	清　代	《木兰围场传奇》	吉林人民出版社	2009 年 4 月
富育光讲述，于敏记录整理	清　代	《萨大人传》	吉林人民出版社	2007 年 12 月
傅英仁讲述，程迅、王宏刚记录整理	清　代	《萨布素将军传》	吉林人民出版社	2007 年 12 月
关墨卿讲述，于敏整理	清　代	《萨布素外传》	吉林人民出版社	2007 年 12 月
富育光讲述，荆文礼记录整理	清　代	《飞啸三巧传奇》	吉林人民出版社	2007 年 12 月
崇禄讲述，赵东升整理	清　代	《碧血龙江传》	吉林人民出版社	2009 年 4 月
张立忠讲述，张德玉、张一、赵岩整理	清　代	《平民三皇姑》	吉林人民出版社	2009 年 4 月

第五章 歌谣

　　满族歌谣都是满族民众在日常生活中口头创作的篇幅短小的具有韵律的文学作品,能够最直接地表达劳动人民的呼声。由于劳动人民地位低下,往往没有话语权,歌谣成为表达满族劳动人民心声的最直接的途径。满族歌谣不分演出地点,山间河边、田间地头都可以随口而唱、随性而发。

　　满族歌谣流传广泛,主要在东北三省、河北、广东等地流传。满族人几乎人人都会唱几首满族歌谣。东北流传的满族歌谣是最丰富多彩的。满族歌谣既可以唱又可以说,可以唱的一般为歌,可以说的一般为谣。满族歌谣多以抒发主观感情为主,在满族日常生活中,只要是心中有感,都可以自由大胆地说唱。只要是主观感情,无论喜、怒、哀、乐、爱、恶、惧,都可以成为歌谣的内容。为了配合旋律的齐整,往往还用衬字调剂节奏,使得歌谣更有韵律感,更有音乐美。满族歌谣具有珍贵的史料价值和美学价值。

　　满族歌谣对于平衡内心情感世界,维护人的健康心理,提高满族民众精神生活质量具有重要的作用。"民歌,是一个民族高度文化的象征,是一个民族才艺的体现,在民族文化的交流上有着不可小视的影响。""民歌集的出版,对增进满族的民族自尊心、自信心和凝聚力,对促进民族间文化交流、互相了解、和谐发展、共同进步,提升民族的自豪感和激发年轻一代的爱国主义精神以及'资质、存史、教化'等方面,必然起到较好的积极作用。"[①]

---

① 耿玉礓、宫伟主编,孟聪著:《宽甸满族歌谣》,作家出版社 2009 年版,第 3 页。

第一节　满族歌谣的特点

满族歌谣包括歌和谣。歌有配乐和曲调，节奏缓慢。谣没有配乐和曲调，用来吟诵，节奏比歌谣要快。歌和谣统称歌谣。

满族歌谣兼有叙事和抒情的特点，以满族民众生活为底蕴，满族歌谣和满族民众的生活密切相关。"感于哀乐，缘事而发。"（班固《汉书·艺文志》）"出于心性，激于真情，各具声态而纯属天然，故有'天籁'之称。"①"男女有所怨恨，相从而歌，饥者歌其食，劳者歌其事。"〔（东汉）何休《春秋公羊传解诂》卷十六〕

一　满族歌谣和渔猎文化密切相关

满族许多歌谣和满族的渔猎文化有关，其中渔猎文化的内容都在满族歌谣中有具体翔实的描写。满族在打猎捕鱼中，对于有哪些猎物，捕捞什么鱼，都有鲜活的表现。如《牧马歌》《放羊歌》《打猎歌》《网鱼歌》《挖参歌》等反映了满族的渔猎习俗。《打猎歌》中唱到："风吹号，雷打鼓，松树伴着桦树舞。哈哈带着弓和箭，打猎进山谷。哟哟呼，哟哟呼，打猎不怕苦。过雪坎，爬冰湖，躲在猛虎必经路。拉满弓来猛射箭，除掉拦路虎。哟哟呼，哟哟呼，除掉拦路虎。吃虎肉，卖虎骨，全家老少紧忙乎。熟好虎皮床上铺，真呀真舒服。哟哟呼，哟哟呼，真呀真舒服。"② 在这首打猎歌中，地貌环境、天气情况和打猎的过程都得到了完整的展现。

满族打猎的猎物以及用途在歌谣中也得到了表现。满族歌谣《大风天》中

---

① 于东新、王金双编著：《民间文学理论基础》，内蒙古人民出版社 2008 年版，第 210 页。
② 博大公、季永海、赵志忠、白立元编：《满族民歌集》，辽宁民族出版社 1989 年版，第 1 页。

唱到：“大风天，大风天，大风刮得直冒烟。刮风我去打老虎，打个老虎做衣衫。又挡风，又挡寒，还长一身老虎斑。大雪天，大雪天，大雪下了三尺三。黑貂跑进锅台后，犴子跑到房门前。抓住黑貂扒了皮，色克（满语：貂皮）正好做耳扇儿。色克耳扇色克帽儿，最好还是色克袄。坐在兴安不怕冷，躺在雪地像火烧。犴子高，犴子大，又长圆蹄又长角。骑它进山去打围，又像牛来又像马。像马四蹄跑得快，像牛它最爱顶架。宗宗样样都齐全，就是缺个长尾巴。”[①] 这首歌谣把满族打猎的猎物进行了描写，有老虎、黑貂、犴子等，使人们对满族的渔猎生产有了认识。

满族渔猎是有规律的，除了要抓时机，讲方法外，还要注意节气。什么节气动物毛儿好，什么节气动物的肉味鲜，也是不能忽略的。“歌谣中说：‘九月狐狸十月狼，立冬貉子绒毛长，小雪封地没营生，收拾压关打老黄。’老黄指的是黄鼠狼，这里是说阴历九月狐狸的毛最好，十月狼的毛最好，小雪后黄鼠狼的毛最好，这些节气是最适合打猎的节气。当然也有不适合打猎的节气，如‘打春的狍子，立夏的猫子，要吃它们的肉，不如啃棉花套子。’这言外之意告诉人们这时节动物的肉不好吃，就不要去打。说不清这时节动物的肉是真的‘不如啃棉花套子’呢，还是此时的动物正处在旺盛的繁殖期，为保护其繁延与发展所编排出的理由呢。总之，这些民谣是独具特色的。是人们劳动智慧的结晶。”[②]

二　表现了满族的日常生活习俗

由于满族歌谣是满族民众在日常生活中演唱的，所以满族歌谣的生活气息浓郁，涉及反映的生活面非常广泛。尽管早期满族人的渔猎生活是极其艰难危险的，但歌谣中表现的却是乐观的精神。“非常重要的是指出：民谣是与悲观主义完全绝缘的，虽然民谣的作者们生活得很艰苦，他们的苦痛的奴隶劳动曾

---

①　博大公、季永海、赵志忠、白立元编：《满族民歌集》，辽宁民族出版社 1989 年版，第 2—3 页。
②　杨林勃：《流传在承德的满族歌谣》，《满族研究》2001 年第 4 期，第 80 页。

经被剥削者夺去了意义，以及他们个人的生活是无权利和无保障的。但是不管这一切，这个集体可以说是特别意识到自己的不朽并且深信他们能战胜一切和他们敌对的力量的。"①

满族歌谣在满族的人体特征、饮食文化、服饰文化、婚丧嫁娶、冰上习俗等方面都有鲜明的表现。满族歌谣对于时代社会生活本质的某些揭示是通过对民俗生活进行逼真的描绘而实现的，描绘了满族的风俗画。别林斯基指出："一切这些民俗……构成一个民族的面貌，没有了它们，这民族就好比是一个没有脸的人物。"② 风俗是表达民族感情的重要途径。富于民族色彩的作品必然涉及民俗。如《上梁歌》等都表现了满族的日常生活习俗。《一走去百病》表现了满族的冰上习俗："轱辘轱辘冰，腰腿都不疼。一走去百病，是个老寿星。"③

这些歌谣具有民俗生活流程化的详细描写，接近本真的生活状态。如《上梁歌》包括上梁的一系列流程，包括《序》《供神桌》《钉八卦》《浇梁》《跑梁》《撒金钱》等，表现了生活原生态的东西。

满族习俗和满族的渔猎文化密切相关。如满族歌谣《大脚好》表现了满族崇尚天足的习俗："一乐女子乐天年，改良世代乐自然，生就天然足，何必将它缠？足下先得力，操作不犯难，幸乐时期脱苦得方便……五乐女子乐自在，天足女子开心怀。夫男常在外，无暇归家来，家中有要事，开步脚就抬，到处方便哪得不自在？"④ 由于满族渔猎文化充满了危险和变数，满族妇女一样要骑马、打猎、捕鱼，从事繁重的体力劳动，因此满族妇女不缠足。满族歌谣《姑娘要陪送》唱道："狐狸皮袄要出凤，贡貂马褂要的佛青。单夹皮面奴家全都要，要腿带，扎腿红，要花袖，红绒梗，嘚啦哎咳哟，洋金马褂要的佛

---

① ［苏］高尔基：《苏联的文学》（1934 年），孟昌等译，《文学论文选》，人民文学出版社 1958 年版，第 328 页。

② 《别林斯基全集》第一卷，上海译文出版社 1980 年版，第 239 页。

③ 博大公、季永海、赵志忠、白立元编：《满族民歌集》，辽宁民族出版社 1989 年版，第 66 页。

④ 政协丹东市学习文史委员会、政协宽甸满族自治县学习文史委员会编：《丹东满族——宽甸专辑》，辽宁民族出版社 1994 年版，第 181—183 页。

青。"① 这里的"狐狸皮袄、贡貂马褂"等都是满族的服饰。

满族的恋爱歌有《定亲饭》《等郎歌》《刮开门帘看见她》《砸锅卖铁就娶她》，这些歌谣充满了生活气息，表达了恋爱中的青年男女的真挚情感。"黄米饭，黏又黏，大芸豆，放上边，格格做的定情饭，双手递到我胸前，吃了芸豆定心丸，吃了黄米香又甜，越黏越紧永不散，你心我心成一团。"② 满族定亲饭用大黄米做。

满族的婚嫁歌如《小花姐出嫁》《恨媒婆》《哭哥嫂》《出嫁歌》都表现了满族的婚俗。"跨火盆，火力壮，日子越过越兴旺，新郎官，挑盖头，夫妻恩爱到长久。""一块檀香木，雕刻紫金鞍，新娘跨马鞍，一生保平安。"③ 满族习俗认为新娘跨铜火盆，意味着婚后生活红红火火。新娘跨马鞍意味着新娘平安过门，岁岁平安。婚俗中的"坐福""认大小""上喜牌子"等都是满族特有的婚俗，随着时代的发展，满族婚俗不断地翻新变化。

三　表现了劳动生活的经验

满族歌谣大多总结的是劳动生活经验，表达了劳动的艰辛，协调劳动的动作，描写劳动的场面，表现了满族的民俗风貌及劳动经验。

杨林勃收集的满族歌谣大多与满族生活经验有关。《牧马歌》蕴含着牧马的经验和技术："春季放马百草洼，小马吃草顺山爬，马无青草不上膘，草无露水不会发。"而《放羊歌》中告诉人们应该如何放好羊群，一年四季中，每个季节都该注意些什么。如春天："早撒晚归午不停，先阴后阳防跑青。"夏季"早牧不吃露水草，午防扎堆晚晾圈"等。孟阳与丁治安收集的《狩猎谣》中对一些野生动物的生活习性及根据不同的习性采取的不同的猎获方法，都是对生产生活实践的总结。如《猎山兔》中说："兔子转山坡，

① 耿玉礓、宫伟主编，孟聪著：《宽甸满族歌谣》，作家出版社 2009 年版，第 4 页。
② 同上书，第 1 页。
③ 同上书，第 20 页。

跑来跑去回老窝儿。"《狩猎谣》中说："袍子奔鞍儿，鹿奔尖儿，山羊起来可坡窜。"这两则歌谣是说兔子、狍子、鹿、山羊被惊起后的走向。[①] 满族歌谣，尤其是劳动号子有助于满族劳动人民齐心协力，规范动作，使得需要大伙使劲的劳动变得轻松，因此，满族歌谣成为辅助劳动的一种手段。劳动号子是起源最早的民间歌谣。如满族的渔民号子，在打鱼拉网时，单靠个人的力量是难以完成的，这时需要众人统一行动，共同努力，这样才能把丰收的渔网拉上来。如满族渔民号子《跑南海》（指图们江口至海参崴沿海一带）："东南风来哎嗨，西北浪来哎嗨，出南海呀哎嗨，过山冈啊哎嗨。红白净子来哎嗨，豹子眼来哎嗨，白汗褟呀哎嗨，大布衫啊哎嗨。扯起篷来哎嗨，抡起桨来哎嗨，肩靠肩呀哎嗨，膀靠膀呀哎嗨。获丰收来哎嗨，祭祖天来哎嗨，吉祥如意哎嗨，太平年啊哎嗨。东道走来哎嗨，西道往来哎嗨，海参崴呀哎嗨，撒大网啊哎嗨。打好鱼来哎嗨，大蛤哈来哎嗨，叉海参呀哎嗨，拧海带啊哎嗨。鹦咀靰鞡哎嗨，脚上拴来哎嗨，翻山越岭哎嗨，把家还啊哎嗨。"[②] 这里，每一句歌谣的停顿，都是一个动作的停顿，用歌谣协调动作，有利于提高劳动效率。

有些满族的劳动号子包括无词的劳动号子，在劳动过程中起到了协调动作、鼓舞干劲、抒发感情的作用。辽宁满族岫岩地区的《抬木号》唱道："哎！哎嗨哟奥，大伙儿使点儿尽，啊哎嗨哟奥，谁要是不使劲啊，不是个好爷们啊。大伙儿使点儿劲，啊哎嗨哟奥，讷讷送粘饽饽哟，吃饱了好干活哟。大伙儿使点儿尽，啊哎嗨哟奥，褟褟送烟袋锅呀，抽足了劲更多哟。"[③] 这个劳动号子起到了鼓舞劳动者干劲、调动劳动热情的作用。

满族歌谣是对劳动经验的总结，同时传授了生活知识，起到了启蒙教化的作用。

---

① 杨林勃：《流传在承德的满族歌谣》，《满族研究》2001 年第 4 期，第 80 页。
② 博大公、季永海、赵志忠、白立元编：《满族民歌集》，辽宁民族出版社 1989 年版，第 4—5 页。
③ 黄礼仪、石光伟编《满族民歌选集》，人民音乐出版社 1999 年版，第 31 页。

四 满族歌谣大胆、热烈

满族歌谣审美理想无禁区，敢于大胆表现民众的心声，尤其是敢于大胆表现真实的热烈的爱情。满族歌谣出于自发创作，敢于大胆地表达自己内心最真实的感受，语言率真自然，不卖弄，不做作，大胆表露心声，少有思想的禁区，表现了满族人的豪爽。这类文艺作品并不停留于政治层面，没有空洞的说教，而是更注重真实的人性，注重内心的真情实感，在情感的表达上，可以从政治的社会功利中超脱出来，是自由的、无拘无束的、无所顾忌、有感而发、直抒胸臆的表达。古今有大量的文论家都论述了民间歌谣大胆真实的特点。"书契以来，代有歌谣，太史所陈，并称风雅，尚矣。自楚骚唐律，争妍竞畅，而民间性情之响，遂不得列于诗坛，于是别之曰山歌，言田夫野竖矢口寄兴之所为，荐绅学士家不道也。唯诗坛不列，荐绅学士不道，而歌之权俞轻，歌者之心亦俞浅。今所盛行者，皆私情谱耳。虽然，桑间、濮上，国风刺之，尼父录焉，以是为情真而不可废也。山歌虽俚甚矣，独非郑、卫之遗欤？且今虽季世，而但有假诗文，无假山歌，则以山歌不与诗文争名，故不屑假。"① 歌谣的共同特点是直出肺肝，不加雕刻，使内心世界得到自由的抒发和宣泄，减缓生活的艰辛困顿。清代刘毓松在《古谣谚序》里说："谣谚皆天籁自鸣，直抒己志，如风行水上，自然成文，言有尽而意无穷。"②

满族有一系列表现爱情婚姻的喜歌、嫁娶歌谣。这些歌谣热烈大胆，毫无做作之态。主要有《喜歌》《婚嫁歌》《满族赞喜歌》等。在《喜歌》中："布拉利，空齐，空齐，花花喜鹊长尾巴，你我俩家结亲家。养个儿子打羊草，生

---

① ［明］冯梦龙：《序山歌》，郭绍虞、王文生主编《中国历代文论选》第3册，上海古籍出版社1980年版，第231页。

② 转引自黄涛编著《中国民间文学概论》，中国人民大学出版社2010年版，第229页。

个闺女摘豆角。"① 这首歌谣在表达感情时，大胆直白，没有顾忌，直接点出爱情的结果及其意图，朴实生动。歌谣《闹洞房》中："左甩，右甩，养孩子有奶。一倒金，二倒银，三倒骡子成了群。被窝一放，孩子一炕，一炕一炕别打仗。被窝一拎，孩子一群，一群一群别闹人。被窝一堆，孩子一堆，一堆一堆别抓灰。被头搭被头，养活孩子住高楼。被边搭被边儿，养活孩子做高官儿。"② 这些歌谣很难在官方主流话语中出现，内容生活化、口语化，直达主题，充满了乡俗俚趣。

这类歌谣由于把爱情婚嫁的一系列程序描写得详细生动，构成了一幅完整的满族风俗画，因而具有重要的史料价值。一首比较完整的满族婚嫁歌包括《拜天地》《进洞房》《拜亲友》《拜媒人》《拜公婆》《拜厨师》《闹洞房》等，把婚嫁的风俗程序描写得非常详尽。从一首喜歌的片段就可以略见一斑。"东家进前忙打千，赞喜人儿把礼还。宜室其家，钟鼓乐之，阖家欢乐，喜气又增添。新郎新娘双双进了二门，毛毡倒，步步新，撒五谷，喜庆临。一撒摇钱树，二撒聚宝盆，三撒新郎新娘多和美，四撒子孙满堂福迎临。新娘绣鞋不沾尘，盖头红下抹层粉。新郎新娘拜天地，上边供着红脸神。拜天地，拜高堂，夫妻双双入洞房。一块檀香木，雕刻一马鞍。新人往前站，步步保平安。红毡上面过马鞍，富贵荣华万万年。"③

满族歌谣对于人间的不平现象和剥削者的丑恶行径进行了大胆的揭露和讽刺，具有强烈的政治讽喻意味。《乌苏城》："乌苏城，三样宝，苏子叶，黏豆包，还有寒葱在山腰。咱们挑，咱们选，挑挑选选送皇朝。皇爷吃了乐逍遥，黎民百姓累折腰，明年还得照样交。"④ 这首歌谣从百姓的利益出发，敢于大胆揭露、批判统治阶级，表现了满族歌谣审美理想无禁区的特点。

---

① 博大公、季永海、赵志忠、白立元编：《满族民歌集》，辽宁民族出版社 1989 年版，第 20 页。
② 同上书，第 24—25 页。
③ 同上书，第 26—27 页。
④ 同上书，第 49 页。

五　满族歌谣句式短小、通俗易懂

满族歌谣在语言上，句式短小，修辞质朴，通俗易懂，朗朗上口，适于传唱，深受各个阶层人的喜爱。满族歌谣句式短小，便于演唱，便于记忆，便于理解内容。

满族民谣语言大多是非书面性语言，满族歌谣之所以通俗易懂，很大部分是由于其具有口语化的特点，口语化让百姓倍感亲切，生活气息浓郁，被百姓所喜爱，传唱不衰。正如钟敬文所说的那样："民间歌谣是劳动人民群众的口头诗歌创作，属于民间文学中可以歌唱和吟诵的韵文部分。它具有特殊的节奏、音韵、叠句和曲调等形式特征，并以短小或比较短小的篇幅和抒情的性质与史诗、民间叙事诗、民间说唱等其他民间韵文样式相区别。"① 如满族的《等郎歌》："等郎来到小河边儿，傻等等到月亮弯儿，不知这里的山低月亮上得早，还是郎那边山高月亮上得晚。哎哟哟，妈的天儿，露水珠打透了小汗衫儿。一赌气把石头踢进河当间儿，哟！踢破了脚趾尖儿。唉，都怪自己这个傻丫头，咋就这么死心眼儿。"② 这首歌谣中的"傻等""哎哟哟，妈的天儿""死心眼"等都是日常生活中的口语，非常贴近生活，具有自然亲切的审美效果。在满族歌谣《金鸡的故事》中："阿玛说：'我家三辈穷透腔，这回得了狗头金。'额娘说：'牛粪堆子会发烧，穷人坟上也会冒青气。'"③ 这种口语化的对话是非常贴近群众生活的。

因为大多数满族民众是没有念过书、不识字的，主流的书面文学和民众是没有缘分的，这决定了满族民谣必须通俗易懂。满族歌谣是"野生的"、流动的，已经成为满族民众维持生存的一种卑近而重要的表达心声的工具和娱乐的工具，因为他们没有话语权，没有发表自己心声的官方渠道，上层社会的艺术

---

① 于东新、王金双编著：《民间文学理论基础》，内蒙古人民出版社 2008 年版，第 210 页。
② 耿玉礓、宫伟主编，孟聪著：《宽甸满族歌谣》，作家出版社 2009 年版，第 1—2 页。
③ 博大公、季永海、赵志忠、白立元编：《满族民歌集》，辽宁民族出版社 1989 年版，第 59 页。

不可能为下层社会的文化代言，也不可能充满热情地去赞美下层社会的文化，因此民众只能自己为自己代言。

满族歌谣句子短小，句子一般为 3 到 9 个字，少有超过 10 个字的歌谣，便于记忆、歌唱和理解。如满族的出征歌："八角鼓，响叮当，八面大旗插四方，大旗下，兵成行，我的丈夫在当央。拍拍马，整整装，枣红大马把脖扬，咴咴叫，铃铛响，郎君上马手持枪。去出征，打胜仗，为国为民保边疆，临别话儿装心里，离开家乡把心放。出村头，上山梁，小风嗖嗖刮衣裳，绕山林，过村庄，挥鞭打马奔前方。"这首歌谣铿锵有力，表现了昂扬的斗志和妻子与丈夫的依依惜别之情。① 这首歌谣句式简短，流传甚广，很有影响。如歌谣《荷包》："小染匠，打铠铠，坐在板凳晒痒痒。东门口，西门口，烟袋荷包不离手。"②

满族歌谣喜欢押韵，朗朗上口，具有音乐美。满族歌谣具有可唱的节奏韵律美和文学美。如："木底鞋，咯登登，不怕雨，不怕风。下雨它能当小船，刮风它能当风筝。当风筝，上天空，扔下尼堪小脚登。下雨她脚插三尺泥，刮风她就倒栽葱。"③ 满族歌谣《定情饭》唱道："黄米饭，黏又黏，大芸豆，放上边，格格做的定情饭，双手递到我胸前，吃了芸豆定心丸，吃了黄米香又甜，越黏越紧永不散，你心我心成一团。"④ 满族的孩子落生后，催生婆用温水给孩子净身的歌谣是："洗洗头，做王侯，洗洗腰，辈辈高，洗洗脸儿，做知县儿，洗洗沟，做知州。"这首歌谣也是一韵到底。满族歌谣《采生》唱道："村西头，李二嫂，上园子，摘豆角，肚子疼得不得了，急急忙忙往家跑。卷席子，铺稻草，大头朝北猫下腰，一养养个大胖小，全家乐得蹦了高。"⑤ 这首采生谣描写即将临产的李二嫂不顾身体不便，还要劳动，仓促间生了个胖小子，风趣搞笑、充满喜感，其中的落草生孩子是满族特有的习俗。净身谣中的

---

① 耿玉砠、宫伟主编，孟聪著：《宽甸满族歌谣》，作家出版社 2009 年版，第 104—105 页。
② 同上书，第 79—80 页。
③ 同上书，序言第 4 页。
④ 同上书，第 1 页。
⑤ 同上书，第 40 页。

"头""侯""腰""高""沟""州"都押同一个韵。押韵的歌谣顺口顺耳，容易演唱，使满族歌谣更容易广泛流传。这些歌谣大多没有包含过多的思想内容，更多地注重形式美，注重回环复沓的音乐旋律。

俄国文艺理论家杜勃罗留波夫论述过为什么民间歌谣具有自然质朴的美："我们的民间歌谣一直没有引起人家的注意，甚至在过去一百年间，还惹起了许多人的轻视。可是，当一般的关于诗的比较正确的观念，已经渐渐在我们这里发展开来，得到了明确化以后，这时候这种反对民间歌谣的成见，就被抛弃了，大家开始来搜集它们，甚至还有向它们模仿的。然而这些模仿是彻底失败了，因为它们的作者是在做他们根本不内行的事情，而且带着预先设定的虚假的眼光来看诗。他们不想了解，诗人的价值是在于：善于捉摸并且表现存在于事物本性中的美，而不是在于：让自己来幻想出一种美丽的东。他们以为，自然还不够好，所以需要把它装饰一番。因此民间歌谣在他们看来就显得粗野而愚鲁，因为在它们里面，的确是毫无文饰地反映着平凡人物的愚鲁生活。这样一来，他们就努力抛弃一切能够使人想起现实生活的东西，也就是抛弃一切诗，而在诗的位置上，却使农民戴起诗人的卷发，穿上阔气的长外套，又使农妇带上华贵的头饰和穿上华贵的长背心，使她们变成一些多情善感的牧羊女，并且赋予了她们一些甜腻的、不自然的、从来就没有的感情。一些里面不包含什么诗意的辞藻雕琢的诗句，就是因此而产生的；可是所有这一类杜撰家却都以为，他们用这种方式来改正和装饰自然，做得很好。"① 民间歌谣由于符合生活的本真状态，没有矫揉造作的文饰，因而具有独特的自然美。

六 满族歌谣表现了民族团结、反抗侵略的愿望

满族有大量的歌谣表现了民族团结的愿望，表现了满族与其他民族和谐相处的历程。

---

① ［俄］杜勃罗留波夫：《杜勃罗留波夫选集》第 1 卷，辛未艾译，新文艺出版社 1957 年版，第 432—433 页。

满族歌谣中的爱情歌谣表达了不同民族之间也可以相亲相爱。据资料记载，康熙先后将七位公主嫁给蒙古各部王公。雍正有三个公主，乾隆有三个公主，道光、嘉庆都有两个公主嫁给蒙古王公。在流传的民谣中有不少是以满蒙和满汉团结为内容的。如丰宁满族自治县刘福民搜集的《风情谣》中就有这样的句子："和亲沟，喇嘛山，蒙满团结如泰山。天财梁，天财庙，满汉共管大寺庙。"李秀兰搜集的《和亲曲》中有"马莲花开一道，伴着公主上花轿。干啥去？和亲去，蒙满结成百年好"。

满族歌谣有很多表现满汉青年爱情婚姻的歌谣。郭传永演唱的《百灵鸟》也很有趣味。"百灵鸟呀，百灵子窝，百灵子那里叫格格，哥哥听了咯咯叫，格格笑着迎哥哥……"这里格格指皇族的女儿，这首歌谣借百灵鸟的叫声，说出皇族女儿爱上一个汉族青年的故事，巧妙地把鸟声和人声融汇一处。刘福民从一个羊倌口中采集的《闯绣房》更加绘声绘色地表现了民族不同、家境不同的两个青年男女间的爱情。《闯绣房》说的是一个穷苦的青年在皇室中做活，无意间闯进格格的绣房，见到了美丽的格格，顿生情爱，却不能说出口，就借口问有啥活儿，说："晃晃旮旯活儿吩咐吧，保证样样不乌图扎。"（乌图扎，满语：不含糊）

还有一些满族现代歌谣、革命歌谣等反映了满族特定时期的历史，满族人民巩固北部边防，声讨、抗击外来侵略，维护国家统一的愿望，描写了外来侵略带来的苦难。如满族歌谣《兵丁就像高粱楂》《竖了旗杆唱大戏》《来了一帮老妖精》《阿库里》《快关门》等都属于这类歌谣。

第二节　满族歌谣举要

满族歌谣包括民歌、民谣、儿歌和童谣。主要有以下几个类型。

满族渔猎歌谣。满族打鱼歌谣：有《跑南海》《拉大网》等。满族打猎歌有《打猎歌》《溜响鞭》《大风天》等。如《打猎歌》："风吹号，雷打鼓，松树伴着桦树舞。哈哈带着弓和箭，打猎进山谷。哟哟呼，哟哟呼，打猎不怕苦。过雪坎，爬冰湖，躲在猛虎必经路。拉满弓来猛射箭，除掉拦路虎。哟哟呼，哟哟呼，除掉拦路虎。吃虎肉，卖虎骨，全家老少紧忙乎。熟好虎皮床上铺，真呀真舒服。哟哟呼，哟哟呼，真呀真舒服。"[①] 这是早期流传在辽宁岫岩满族自治县的歌谣，写出了满族打虎的天气、地理环境、打猎过程以及如何处理猎物，现在打虎肯定违法了。这首歌谣充分表现了满族生产方式的艰苦和危险以及满族人的勤劳和勇敢。

满族劳动号子歌谣，包括《拉纤号子》《跑南海》《摇橹号子》《抬木头号子》《拉大网》等。渔民号子《跑南海》："东风来哎嗨，西北浪来哎嗨，出南海呀哎嗨，过山冈啊哎嗨。红白净子来哎嗨，豹子眼来哎嗨，白汗褡呀哎嗨，大布衫啊哎嗨。扯起篷来哎嗨，抡起桨来哎嗨，肩靠肩呀哎嗨，膀靠膀呀哎嗨。获丰收来哎嗨，祭祖天来哎嗨，吉祥如意哎嗨，太平年啊哎嗨。东道走来哎嗨，西道往来哎嗨，海参崴呀哎嗨，撒大网啊哎嗨。打好鱼来哎嗨，大蚂哈来哎嗨，叉海参呀哎嗨，拧海带啊哎嗨。鹦咀靰鞡哎嗨，脚上拴来哎嗨，翻山越岭哎嗨，把家还啊哎嗨。"[②] 劳动号子可以协调劳动动作，减轻劳动负担，发泄内心情感等。劳动号子结构没有跳跃性，语言不凝练，比较生活化，随意性强，可以根据劳动情况即兴发挥。

满族采集歌谣，《挖参歌》《挖人参》《蚕姑姑》等。"高粱红脸谷穗弯，哈哈挖参奔深山，干粮行李背在肩，腰后别个大竹签，双脚不停闲。爬过悬崖越山巅，沟沟岔岔细查看，找着一棵老山货，急忙就用红绳拴，立刻动手剜。山参捧回家里边，全家老少乐颠颠，拿到城里药铺卖，整整称了九两三，卖了八串钱。"[③]

满族山歌《跑马占山歌》《跑马占荒山》《草芽发青》《采香歌》《年喜花》

---

① 博大公、季永海、赵志忠、白立元编：《满族民歌集》，辽宁民族出版社 1989 年版，第 1 页。

② 同上书，第 4—5 页。

③ 同上书，第 9 页。

《白头山》等。古时满族人对山有特殊的感情，他们的衣食来源都要依靠山，他们把山看作财富，满族山歌表现了满族人进山劳作的情景。

反映民俗生活的有《玩嘎拉哈》《抓嘎拉哈歌》《巴音波罗》《轱辘冰》《喜歌》《一走去百病》《搬冰忙》《打冰嘎》《铺喜炕》《财礼单》等。如《一走去百病》："轱辘轱辘冰，腰腿都不疼。一走去百病，是个老寿星。"[①] 这些歌谣反映了满族在严寒的环境下创造的独特的锻炼身体、游戏玩耍的方式，反映了满族人民的智慧。再如《搬冰忙》："腊八过，搬冰忙。抬冰块，赛冰糖。树杈上，积粪场，圈窝旁，都摆上。不生瘟疫不生疮，来年粮食准满仓。"[②] 满族人在高寒的恶劣环境中，充满乐观的精神，把冰块看成是"冰糖"。还用冰块做冰灯。用自己的智慧合理地利用了自然资源冰块，把冰块作为粮食丰收的水源和预防生病的良药。

反映爱情的有《伊勒哈穆克》《红绒线》《烟荷包》《曼殊女医关大姑》《十二月》《歌儿乱我心》《手捧伊勒哈穆克》《只要他娶我就嫁》《卖光红地要娶她》《小小荷包》《绣枕头顶》等。如流传在吉林、辽宁东部的歌谣《手捧伊勒哈穆克》："手捧伊勒哈穆克，送给巴图鲁阿哥。饿了你就当饭吃，渴了你就当水喝。鲜果放着不耐搁，吃在嘴里甜心窝。阿哥问我要点啥？也要伊勒哈穆克。"[③] 满族爱情歌谣感情真挚、热烈奔放、直抒胸臆、活泼俏皮，生活气息浓郁。

反映出征作战内容的歌谣，主要有《我的爱根去出征》《八角鼓响咚咚》《我的爱根在正黄》《接爱根》《出征歌》等，如《出征歌》："八角鼓，响叮当，八面大旗插四方。大旗下，兵成行，我的爱根在当央。去出征，去打仗，离别话儿心里装。拍拍马，拽拽缰，高头大马脖子扬。咴咴叫，铃叮当，爱根回头把我望。出葛珊，上山梁，挥鞭打马奔前方。"[④] 歌谣内容表现了满族人尚武

---

① 博大公、季永海、赵志忠、白立元编：《满族民歌集》，辽宁民族出版社 1989 年版，第 66 页。
② 同上书，第 255 页。
③ 同上书，第 137 页。
④ 同上书，第 164 页。

好勇的习俗以及勇敢无畏、乐观自信的心理。

满族反映妇女生活的歌谣有《丹查拉米》《说嫂嫂》《六姐出嫁》《坐花轿》《新媳妇》《回讷讷家》《捣米谣》《做绣鞋》《再也不叫尼堪婆》《月出东》《没事儿在那立规矩》《老太太歌》《阿沙》《悠摇车》《康家姑娘过大礼》《六姐出嫁》《坐花轿》《新媳妇》等。如典型的《丹查拉米》（满语：回娘家）："小河流水哗啦啦，新娶的媳妇上河洼。走到河洼听流水，越听流水越想家。想额娘，想阿玛，还想三间破马架。想猫狗，想鸡鸭，越想眼泪越滴答。公公急得团团转，婆婆上前说了话：'是他阿莫卡不会当？是我额莫克不会待？还是爱根不可心？吃不惯婆家饭和菜？'阿莫卡慈，额莫克爱，爱根待我更不坏。媳妇只是想娘家，生来头次住在外。'好媳妇，别见外，快去梳洗把花戴。骑上毛驴回娘家，多咱住够再回来。'媳妇一听真高兴：'我给额莫克把礼行。'又摸鬓，又鞠躬，恨不得一步迈家中。"① 这首满族歌谣反映了满族新娘新婚想家的细节，生动形象，细腻感人。

儿歌有《干草垛插金刀》《风来咯》《藏猫猫》《月光光》《麻雀仔儿》《拍手歌》《鸡蛋磕磕》《上轱辘台》《百花点将》《金箍铲棒》《打火镰》《妞妞喜得人参猴》《吓跑了》《豆芽菜》《下雪了》《看窗花》《踢毽子》等。如《搽官粉》："小妞妞，上妆台，得着官粉搽起来。脸也白，鼻也白，搽完官粉上长白。长白有个白奶奶，白衣白发白眉毛，嘴里叼个白烟袋。奶奶问她来干啥？'我和奶奶比比白'。"② 《看窗花》："冰额娘，雪阿玛，给小妞妞冻窗花。玻璃上，冻些啥？天底下的东西都有了。有虎豹，有熊瞎，松树顶上结个大倭瓜。三个犴子地上跑，两个灰狗蹲树丫。有老鹰，有松鸦，梅花小鹿叼朵花。这朵小花叼给谁？'送给你妞儿找婆家'。"③ 满族儿歌从儿童特有的视角入手观察生活，构思奇特，语言活泼生动，富有童心童趣，表现了儿童的纯洁天真。

满族民谣大胆热烈，少有顾虑和限制，勇于追求自由，真实地表达自己的

---

① 博大公、季永海、赵志忠、白立元编：《满族民歌集》，辽宁民族出版社1989年版，第109页。
② 同上书，第243页。
③ 同上书，第253页。

情感，体现出了审美理想无禁区的特点。满族较早的歌谣大约是肃慎歌谣："阿穆巴摩，萨齐斐，图们，阿尼牙，德伊集密。阿穆巴博，商阿斐，阿卜开克什德班集密。译成汉语则是：既伐大木，烧亿万春，巨室成，荷天恩！"[①]这首歌谣描述了满族先民伐木建屋的情景以及对天神的感恩之心，记载了满族先民早期的生活场景，语言简洁质朴。

《丹东满族——宽甸专辑》由政协丹东市学习文史委员会，政协宽甸满族自治县学习文史委员会编写，辽宁民族出版社于 1994 年 5 月出版。书籍记载少量的满族歌谣 5 首，主要表现了抗日战争时期的满族歌谣。歌谣有《梦五更》《正月十五是灯节》《五哥牧羊》《抗日五更》《大脚好》5 首。

《满族民歌集》由博大公、季永海、赵志忠、白立元编辑，于 1989 年 10 月由辽宁民族出版社出版。主要记载了流传在辽宁、吉林、河北、广东等地的满族歌谣。编委在全国范围内征集满族歌谣，共搜集歌谣近 200 首。歌谣产生的时间有早有晚，时间跨度大，有女真时期的歌谣，也有抗日时期的歌谣，还有新中国成立时的歌谣。歌谣的内容有描写满族渔猎生活，出征打仗，日常生活习俗如婚丧嫁娶、儿女情长、冰上习俗等，作品内容涉及面广，综合性强。情感真实自然，少有文学修辞方法，语言表现通俗直白，接近原生态对话，乐观风趣。

《满族民歌选集》由黄礼仪、石光伟编，于 1999 年由人民音乐出版社出版。内容主要有劳动号子、山歌、小唱、儿歌、萨满神歌、清代宫廷饶歌，整本歌谣都配有乐谱。劳动号子主要包括抬木号、拉网调、打水歌、拉纤歌等，反映了满族劳动人民在劳动过程中唱的劳动歌谣。歌谣反映的生活内容从古代到现当代，时间跨度比较大，具有浓郁的满族民俗风情。这本民歌集搜集的民歌年代久远，从肃慎时期的民歌到唐代、金代、清代、民国时期的民歌占了绝大多数内容，具有珍贵的史料价值，原汁原味地保留了满族歌谣的特点。

《宽甸满族歌谣》是由耿玉礓、宫伟主编，孟聪著，于 2009 年 7 月由作家

---

① 博大公、季永海、赵志忠、白立元编：《满族民歌集》，辽宁民族出版社 1989 年版，第 8—9 页。

出版社出版。此书所收录的满族歌谣由后金一直到现在，伴随着社会历史的发展，打下了鲜明的时代烙印。满族是喜欢说唱的民族，满族歌谣在日常生活中随处可见，题材多样，任何一个生活事件都可以成为歌谣的演唱内容，歌谣内容主要包括：满族的青年恋爱歌谣、婚姻嫁娶歌谣、丧葬习俗歌谣、建房上梁歌谣、满族刺绣歌谣、满族出征歌、满族摇车歌谣、满族冰上习俗歌谣、满族儿童歌谣、萨满神歌、节日游戏歌谣等，富有满族的民族特色和地域特色。如满族婚俗中的新娘跨火盆、跨马鞍、坐福、认大小、采生、小喜、睡头等都是满族特有的婚俗，主要表现了辽东宽甸地区的满族生活习俗。歌谣的大部分内容比较新，大多数歌谣反映了满族人的新生活，渔猎文化的民俗生活明显减少，有些民俗内容和汉族民俗相差无几。如满族的祝寿歌和现在的汉族生活是一致的。总体上说，这是一幅完整地展现满族民俗生活的画卷。

表 5—1　　　　　　　　　　　　　满族歌谣示例

作　者	书　名	出版社	出版时间
博大公、季永海、赵志忠、白立元	《满族民歌集》	辽宁民族出版社	1989 年
政协丹东市学习文史委员会，政协宽甸满族自治县学习文史委员会编写	《丹东满族——宽甸专辑》	辽宁民族出版社	1994 年 5 月
黄礼仪、石光伟	《满族民歌选集》	人民音乐出版社	1999 年
那国学主编	《满族民间文学集》	北方文艺出版社	2004 年 6 月
孟聪著	《宽甸满族歌谣》	作家出版社	2009 年

第三节 满族歌谣的传承与演变

满族民间歌谣涉及满族民俗生活的传承与演变是相对稳定的，具有相对的独立性，在不同的时代，满族民俗歌谣变化不大。像满族的婚俗歌谣、满族神歌、冰上习俗歌等内容变化不太大。

自从康乾盛世以来，满族民间歌手进入说唱与戏曲界的人逐年增多，所以满族民歌越来越少了。满族歌谣的传承与演变有如下特点。

一 满族歌谣由简单到复杂

满族歌谣从简单的劳动号子到诗律完备的歌谣；从直白的叙述到丰富的修辞方法；从短小的句式到长篇的歌谣，满族歌谣的发展和传承经历了从简单到复杂的过程。

满族早期歌谣多是简单的劳动号子，主要是为了配合劳动生产，具有协调劳动动作、减轻劳动强度的作用。满族劳动号子主要有行船号子、捕鱼号子、拉山号子等。满族劳动号子一般曲调简单、语词质朴、音调高亢、粗犷豪放、铿锵有力、节奏鲜明，用来鼓舞力量、调节情绪、活跃气氛、振作精神，很适合伴随强体力劳动的动作。流传于黑龙江的《打水号子》："喂咿喂，好一个东园子葱来西园子蒜，喂咿喂，江南的萝卜不用看哪哎。"① 流传于辽宁岫岩满族自治县的《抬木号》（一）："大伙儿使点儿劲啊哎嗨哟噢，谁要是不使劲啊不是个好爷们啊。大伙儿使点儿劲啊哎嗨哟噢，讷讷送黏饽饽哟吃饱了好干活哟。大伙儿使点儿劲啊哎嗨哟噢，祃祃送烟袋锅呀抽足了劲更多哟。大伙儿使

---

① 黄礼仪、石光伟编：《满族民歌选集》，人民音乐出版社 1999 年版，第 34 页。

点儿劲啊哎嗨哟噢，咱拧成一股绳呀一块儿去爬坡哟。"① 《抬木号》（二）："原木粗又长"劳动号子内容比较单一，仅仅是为了配合劳动，没有更多的内涵，是一种比较直白的生活化的表现，不太注重内容的审美意义，表现了满族劳动人民顽强的精神和乐观的生活态度。满族的劳动号子的分类主要根据不同的劳动种类而定，如有抬木号子、打鱼号子等。

《满族文学史》记载了先秦以前的肃慎歌谣："阿穆巴摩，萨其斐，图们，阿尼牙，德伊集密。阿穆巴博，商阿斐，阿卜开克什德班集密。"汉语的意思就是："既伐大木，烧亿万春，巨室成，荷天恩！"② 这首歌谣写了古代满族人伐木造屋、感谢天恩的情景。歌谣句式简短、明快活泼。

民国时期，流传在海浪河、牡丹江、镜泊湖、兴凯湖上的满族歌谣拉网号子《拉网调》句意极其简单："哟哈哈，咿哈哈，哈啦母必哟哈哈。哟哈哈，咿哈哈，哈啦母必哟哈哈。哟哈哈，咿哈哈，哈啦母必哟哈哈。"③ "哟哈哈，咿哈哈"是满语中的衬词，无实际意义。"哈啦母必"为满语，要求好好干的意思。可见，早期的满族歌谣是很简单的。

后期的满族歌谣字数多、段落长，修辞方法也增加了。满族歌谣《陪送和要嫁妆》共 24 段，长达 168 行，用十二个月的形式演唱，句式押韵，朗朗上口，风趣幽默。流传于北京西郊的满族歌谣《曼殊女医关大姑》有 230 行左右，对曼殊女医关大姑的一生有完整的叙述介绍，句式押韵，善用比喻，歌颂了她坎坷奋斗、冲破重重阻力、一心为民治病的一生。

满族民间歌谣的开头往往用比兴的手法，正如朱熹在《诗集传》中写的："兴者，先言他事以引起所咏之辞也。"如满族歌谣《俺家受过皇上封》："刮呀刮刮春风，一道圣旨到家中，叫我祃进北京，走马上任受皇封。祃祃他起了程，骑雪团花一溜风，晓行夜宿八天整，四月十六到北京。北京城，人马乱，祃祃骑马满街看，进午门上金殿，皇上给他摆御宴。说他是个神箭手，能把强

---

① 黄礼仪、石光伟编：《满族民歌选集》，人民音乐出版社 1999 年版，第 31 页。
② 赵志辉、邓伟、马清福等编：《满族文学史》（一），沈阳出版社 1989 年版，第 50 页。
③ 黄礼仪、石光伟编：《满族民歌选集》，人民音乐出版社 1999 年版，第 33 页。

盗给赶走，先敬酒后封官，叫他镇守长白山。"① 歌谣开头"刮呀刮刮春风"就属于比兴的修辞，使后面的内容有了陪衬并有了起势。"春风"是个吉祥的兆头，为后面的阿玛受皇封，做了很好的铺垫。

二 满族歌谣无论怎样传承，都有族源和地源的特征

满族民间歌谣以其特质区别于其他民族和国家的歌谣，有鲜明的族源特征。《新靺鞨》作为被传入日本的渤海乐，仍有渤海乐的族源特征，容易被辨识。740 年，渤海国使者已珍蒙等在日本天皇御中宫门奏渤海乐，随后，日本派使者内雄到渤海学音乐，学成归国，自此，渤海乐传到了日本。渤海乐后被列入日本宫廷的右方乐。"《新靺鞨》作为渤海乐传入日本。1088 年正月十七和 1136 年 10 月十五，《新靺鞨》作为右方乐在日本宫廷中演出。1201 年正月二十三，在天皇朝觐见行幸时演出的舞乐中也有此曲。《乐家录》将《新靺鞨》列入番舞小曲。《新靺鞨》的曲式结构短小而规整，曲调坚定有力，有劳动号子的特点。旋律音节是以 sol、la、do 三音列为核心的五声音阶，这正是现在满族民间音乐的显著特点，如劳动号子《跑南海》。"② 可见，虽然两个曲子相隔近千年，但还是有族源、地源的关系。

三 满族民间歌谣在传承中打上了时代的烙印

满族歌谣随着历史的发展变化，不同历史时期的满族歌谣在思想内容上有了很大的变化。

古时满族歌谣尚武好勇的特征明显。早期的满族处于渔猎文化阶段，打猎捕鱼本身就是一种战斗，充满了生命危险，所以满族歌谣伴随着舞蹈，具有尚武之意。《隋书·勿吉传》记载："隋文帝时，宴勿吉于前，使者与其徒皆起

---

① 黄礼仪、石光伟编：《满族民歌选集》，人民音乐出版社 1999 年版，第 62 页。
② 同上书，第 6 页。

舞，其曲折多战斗之容。上顾谓侍臣曰：天地间乃有此物，常作用兵意，何其甚也。"① 日本人津田左右吉著的《渤海史考》中说："其歌舞有尚武的曲折，不足怪也（此歌舞之形态，或者加入萨满教之仪式，而作奋武之容耶?）"② 早期满族歌舞常模仿打猎捕鱼的动作，有"奋武之容"不足为奇。

满族入关后，歌谣的思想内容有了较大的变化。承德地区流传着大量的满族歌谣。在避暑山庄、围场及与其相邻的丰宁等满族自治县里，流传着大量的满族歌谣。康熙帝发现满族贵族出现了追求享乐的苗头，战斗力大减，康熙帝认为：兵可百年不用，不可一日不备。因此建木兰围场，用以行围习武。满族《开围歌》记载了满族开围渔猎的情景。"草没黄牛鱼满河，搭上窝铺支起锅，狼豺藏在山林里，狍鹿黄羊转山坡，白天开荒熬日头，夜夜惧听虎豹歌。"③ 这时的满族歌谣在内容上可以看出满族此时对行围渔猎已经有些不适应，害怕虎豹，这与满族早期的歌谣所表现的勇敢乐观的渔猎态度有明显的变化。

新中国成立后，满族歌谣反映了满族人民在新中国的幸福生活。如《好学生》歌谣："我能不说谎，我能不骂人，我见师长必行礼。父母话要听，钱别带在身，零星食物不沾唇。每日要起早，每日必写字，功课完毕做游戏，沐浴要殷勤，手面洗干净，人人称我好学生。"这是一首表现了满族儿童幸福地上学、争做好学生的歌谣，这是满族人新社会的一种写照。

表 5—2　　　　　　　　满族历代歌谣示例

时　代	歌谣名称
肃　慎	《肃慎歌谣》《克古调》
唐　代	《渤海乐》《新靺鞨》《小东洋调》《东海靺鞨》

①　转引自黄礼仪、石光伟编《满族民歌选集》，人民音乐出版社 1999 年版，第 9 页。
②　同上。
③　杨林勃：《流传在承德的满族歌谣》，《满族研究》2001 年第 4 期，第 78 页。

时　代	歌谣名称
肃　慎	《肃慎歌谣》《克古调》
金　代	《茶茶咳勒》《山林巴拉人》《出古城》《蓬得喇》
清　代	《跑南海》《巴图鲁歌》《长工忙》《俺家受过皇上封》《吉语衢谣》《庆隆舞》《怀念阿哥》《啊拉·满洲》《拜会》《崇祯观画》《佳人打秋千》《十二月》《破钱山》《兵丁就像高粱楂》《时气洼》《绣腰褡》
民　国	《拉网调》《劝亲人》
新中国成立前	《采生谣》
抗日战争	《卖酸丁》
新中国成立后	《好学生》《满族婚俗歌》《祝寿歌》

第六章　岔曲

　　岔曲是北方曲艺八角鼓、单弦的主要曲调，盛行于清代乾隆年间，岔曲被看成是小曲，被人看不起，每首岔曲都没有作者的名字。

　　岔曲和八角鼓一直有着纠缠不清的关系。岔曲是北京"八角鼓"曲词中的一种，是北京八角鼓的最早形式，以后岔曲不断地发展，逐渐增加了表演形式，岔曲和八角鼓才有了较大的区别。

　　"岔曲"名目繁多。岔曲包括枣核儿、腰截儿、牌子曲、单弦牌子曲等形式，乐器伴奏由一种变为多种，表演人数由一人变为多人，岔曲表演变得越来越复杂。清王廷诏《霓裳续谱》里有"平岔""慢岔""数岔""西岔""起字岔""垛字岔"等。"百本张"书目里分"长岔"和"小岔"。"长岔"俗称"赶板""赶座"。"小岔"又称"脆岔""小八句岔曲"。

　　有学者认为岔曲的始祖是文小槎。据崇彝《道咸以来朝野杂记》说："文小槎者，外火器营人。曾从征西域及大小两金川。奏凯归途，自制马上曲，即今八角鼓中所唱之单弦杂排（牌）子及岔曲之祖也。其先本曰小槎曲，减（简）称为槎曲，后讹为岔曲，又曰脆唱，皆相沿之讹也。此皆闻之老年票友所传，当大致不差也。"[①]

---

① 林虞生标点：《升平署岔曲·前言》（外二种），上海古籍出版社 1984 年版，第 1 页。

第一节　满族岔曲的特点

岔曲最初属于民间俗曲。中国学者研究民间俗曲最初只注重民间歌谣，后来开始注意对民间俗曲的搜集，但对于民间俗曲的研究成果相对是较少的。歌谣与俗曲的区别，在于有没有附带乐曲：不附乐曲的叫作歌谣；附乐曲的叫作俗曲。

一　岔曲的演唱

岔曲是曲艺的一个曲种，主要流行于北京地区。相传由流行于民间的戏曲高腔之脆白发展而成。岔曲的演唱最初没有固定的形式，可以坐着唱、站着唱、骑马唱、走路唱，随意而歌。表演方式主要为一人独唱与二人对唱两种，也有多人齐唱或轮唱的形式。以后岔曲的演唱形式在传入北京后逐渐固定下来，由一人站立，手执八角鼓弹唱，另一人坐弹三弦以伴奏。

岔曲所唱曲调种类繁多，包括小岔（即脆岔、小八句岔）、数岔、平岔、慢岔、起字岔、垛字岔、西岔等多种。其唱调也为八角鼓、单弦等曲艺形式所共有，常用作这些曲牌体唱曲形式的开头与结尾，称为"曲头"与"曲尾"。其唱词多为六句一段，句式为长短句，且多有衬字，比较灵活。

在岔曲的演唱中，字的声调包括阴平声、阳平声、上声和去声。在演唱岔曲时，要求声调准确，字正腔圆。

岔曲的演唱是"以字行腔，不像其他曲调那样因腔就字。曲词也不像诗词那样的严格，因而岔曲在曲词创作和演唱上逐渐突破了词句数目的限制，使每个岔曲的字数和句数都不尽相同，既扩大了曲词创作的空间，又丰富了岔曲的音乐和唱腔"[①]。

岔曲的演唱多用北京方言。岔曲要讲究京腔京味，也就是用北京方言创作岔曲，具有浓郁的北方特色。包括北京的儿化音、语气词、谚语、语境等。如岔曲《专搭的弓一个劲儿》："专搭的弓一个劲儿，鞋铺的刷子绷盆儿。倒坐房子真有阴儿，耍傀儡子的回家，净剩了个人儿。（过板）围着肉槽子绕磨磨儿，胡要分儿，背着箱子摇铃铛，有底子儿，酱萝卜没缨儿，阴天竖直溜没影儿，上供的羊头支着嘴儿，玩过枸杞算是知根儿，老头子宝一抢儿，缝穷的撒尿抽冷子儿，蚂蚱包扁食净是嘴儿，蚂楞垛丸子琉璃球儿，撅拆了放花没有芯儿，拽胳膊凫水，单刨儿。望乡台打能能，不知死的鬼儿，屎壳郎爬竹竿儿，过节儿；紫禁城打穿儿超一个近儿，山楂糕凿娃娃是个红人儿，堂子里的鞋没有对儿，锅炮鱼跳龙门干蹦儿；潮银子搭戥儿，黑面火烧供娘娘搪差使儿，骆驼的下颏耷拉嘴儿；小孩子拉屎得挪窝儿；乡下厨子不知什么味儿；毛儿窝踢球蔫拱儿；老太太耳朵是个虚设儿；猪八戒照镜子，里里外外不是人儿；秃子跟月亮借光儿，老太太的呷砸儿死了精儿；老虎拉车好大劲儿，拿苇帘去端豆汁儿，（卧牛）一撒一趔儿。老虎不吃没人味儿，顺着城墙要饭摸不着门儿。"[②]这首岔曲京腔京味十足，充满了北京的儿化俚语，表现了岔曲的北京方言特点。

岔曲中多有北京的俚言谚语。

二　岔曲的结构

岔曲的结构有比较固定的格式。岔曲首句为题，曲名，第一乐句。岔曲中间夹有"过板"和"卧牛"。

"过板"就是歌曲中的"过门"。过门，就是指"贯串连接曲首、曲尾和句、逗之间唱腔中段处的器乐伴奏。'过板'在岔曲中位置很重要，它正处也

---

①　金启平、章学楷编著：《北京旗人艺术岔曲》，北京师范大学出版社 2007 年版，第 9 页。
②　同上书，第 131 页。

就是在一个岔曲的前三个乐句与后三个乐句的中间，起着承上启下的作用，同时也正是演员施展自己才艺的机会。在演唱时（指第三个乐句中最后的一句曲词），前辈名家都用清脆嘹亮、高昂挺拔、气势大、难度高的大腔，来博得听众的掌声"[1]。按句式划分，"过板"位于首两句或四句（后）。中国古老剧种如昆曲均不用过门，梆子、皮黄等板式变化体剧种均用伴奏过门。过门分为起调过门、句间过门和曲尾过门。起调过门有引领唱腔，规定调高、板式、速度的功能；句间过门有陪衬唱、做，分清逗句韵协的作用；曲尾过门起补充全曲情感，连接动作与念白气势的作用。过门的艺术处理方法有：重复式、承递式、律动式、韵音式、填充式、延续式等，一般由文场伴奏乐器担任，有时也衬以锣鼓。

章学楷描述过赵俊亭前辈演唱岔曲"过板"时的情况：1951 年夏，赵俊亭曾应邀为北京园林系统职工在中山公园音乐堂唱岔曲《赞松》。当唱到过板时，原词是："碧森森，微微影动龙蛇乱，高枝长供白鹤眠。"他把"高枝长供"四个字，用了一个婉转流畅的行腔，"白"字戛调突起，高昂挺拔，音韵宽厚，"鹤"字上用了一个难度很大的双音嗖儿，清脆嘹亮，"眠"字上用一口气甩了一很长的大拖腔，当时台下数千观众掌声骤起，响彻全场。从章学楷的这段描述中，可以看到"过板"可以是演员演出的出彩处，可以看出演员的真功夫。

岔曲的"卧牛"就是停顿的意思。"卧牛"是"满语'停顿'的意思，特指岔曲基本结构［非指具体曲目］的第五句中间一字拖腔，经过一个小过门，再从此字唱起［又称软卧牛］，或从下一字唱起［又称硬卧牛］"[2]。卧牛"也指的是第五乐句和第六乐句的切分间奏过门儿，间奏前的曲词是全曲中第六句曲词的前半句，也就是把一个七字句按前四字、后三字切开，把前四字用作第五乐句中曲词的尾句，而后三字则为第六乐句中曲词的首句。演唱时，前四字的字尾应用阳平声，如果字尾不是阳平声，就把后三字的字头加一个重字当作

---

① 金启平、章学楷编著：《北京旗人艺术岔曲》，北京师范大学出版社 2007 年版，第 11 页。
② 伊增埙编著：《古调今谭　北京八角鼓岔曲研究评注》，学苑出版社 2011 年版，第 26 页。

前句的落脚字"①。唱到"卧牛"处，要重唱、要顿挫，以便引起下文。

"卧牛"处有的叠字，有的不叠字，但岔曲要有"卧牛"。如岔曲《因我的账沉》："因我的账沉，短了精神，天天发闷，夜夜揪心，穷得我不敢出门，净在家裹盆。（过板）忽听外面有人叫，只当是，要账的找上门。叫人答应问信音，原来是，模机格传我去谢恩。想来又是半年赏，乐得我也不在炕上蹲。对弄着，到了神武门，我各处留神（卧牛）见人就问，打听真，才知道，原来是年年儿展限那两个月的库银。"② 这首岔曲就是"卧牛"不叠字的岔曲。如岔曲《小孩语》："顽顽罢，踢圈儿打朵朵。咱们打夥商量，官儿官儿递手牌，一递递了个羊尾巴，家家板上有什么？一个金娃娃，银娃娃，咱们背着他。黄狗黄狗你看家，我到南园采梅花；一朵梅花无有采了，双双媒人到我家。咱们散打罢，藏闷歌要回家。耗子耗子你藏、藏、藏严着罢，提防猫儿把你拿。"③ 这首岔曲中的"藏、藏、藏"这类重叠文字，并不是多余的文字，而是曲中一种腔调，即"卧牛"，唱到此处，一字重唱，故意顿挫，以便引起下文。这是有叠字的"卧牛"。

演唱者在"卧牛"处的演唱能显示出演唱者的功力，因此在此处非常下功夫，演唱者水平的高低在此处能显示出来。如有人把此处唱成了"双葫芦腔"，有人唱成了"嗖儿腔"。

三　岔曲的格律

岔曲的体裁与词牌或曲牌相类似，岔曲又称为"六八句"或六句"脆唱"。六句是指岔曲的曲体，八句是指岔曲的词体。"岔曲的体裁近似词牌或曲牌，称为'六八句'，即一支岔曲由八个句子组成，分为六个乐句，并且有'四定

---

① 金启平、章学楷编著：《北京旗人艺术岔曲》，北京师范大学出版社 2007 年版，第 12 页。
② 同上书，第 177 页。
③ 林虞生标点：《升平署岔曲》（外二种），上海古籍出版社 1984 年版，前言第 4—5 页。

（句数、字数、四声、辙韵）'的要求。"① 岔曲在曲词的格律上相对随意，不像诗词那样严格。岔曲偏爱改编传统的汉族经典散文、诗歌，就是因为岔曲是适于演唱的。

"曲体，是岔曲的音乐结构，它是由前奏、全曲和尾声三个部分所组成。全曲又由六个乐句组成，每个乐句之间用间奏过门儿分开，全曲共有五个间奏过门儿。在五个间奏过门儿中，第三个间奏过门儿叫作'过板'。全曲以过板为中心，前边三个乐句，后边三个乐句，共六个乐句，而第五乐句和第六乐句之间的间奏过门儿称为'卧牛'。"②

岔曲的词体，基本上是用八句曲词所组成，以七字句为基础，但又没有固定字数的限制。可任意增减字数而改变句式，字数最少为三字句，也有四字句，有五字句，或十字句等。也可以在六个乐句中增加衬字和嵌句，使词体在字数上和句数上发生变化，从而形成了大、中、小岔曲之分。

在六个乐句中，八句曲词的安排是这样的："在第一乐句内包括第一、二两句曲词，第二乐句内只包括第三句曲词的前半部分；第三乐句内包括第三句曲词的后半部分和第四句曲词；第四乐句只包括第五句曲词的前半部分；第五乐句包括第五句曲词的后半部分和第六句曲词的前半部分；第六乐句包括第六句曲词的后半部分和第七、八句曲词。"③

表 6-1　　　　　　　　　岔曲六个乐句与八句曲词的对照

六个乐句	八句曲词
第一乐句	第一句曲词、第二句曲词
第二乐句	第三句曲词的前半部分

---

① 姚颖：《清代中晚期北京说唱文学与伎艺研究——以子弟书、岔曲为中心》，北京燕山出版社2008年版，第81页。

② 金启平、章学楷编著：《北京旗人艺术岔曲》，北京师范大学出版社2007年版，第8页。

③ 同上。

续 表

六个乐句	八句曲词
第三乐句	第三句曲词的后半部分、第四句曲词
第四乐句	第五句曲词的前半部分
第五乐句	第五句曲词的后半部分、第六句曲词的前半部分
第六乐句	第六句曲词的后半部分、第七句曲词、第八句曲词

岔曲的押韵没有固定的格式。有一首岔曲就是描写什么叫作会唱岔曲,名为《何为会讴歌》:"何为会讴歌,无非按曲词,安腔调要好,必须得够板合辙,随人的灵分分巧拙。一样儿面百样儿做,要好还得细揣摩。虽说是诸般事,熟能生巧,谁能够,生而知之总得学。(过板)皆因我爱弹唱讴歌,还未得窍,也不知使得使不得。少不得班门弄斧唱一个,我也在子弟们面前过过罗。常言道,鸟随鸾凤飞腾远,人傍高明巧腔儿多。这在家里唱的觉出长,非是我硬赖生讹,(卧牛)自夸奇特。就有一样由不得我,嗓子再使起飞蛾,张口常碰不够调,弦子高矮我耳音拙。你这么著否,你弹你的别管我,唱不下去许我搁车。如若岔曲儿唱的不得贺,我还能够,来段儿京韵梅花,咱们肚子里有活。"[1]

四 岔曲的唱词

岔曲唱词由于字数的不同,分小岔、中岔、大岔,字数从几十字到千余字不等。

孟聪认为满族的岔曲没有固定词,岔曲词是根据当时的生产生活、战时情

---

① 金启平、章学楷编著:《北京旗人艺术岔曲》,北京师范大学出版社 2007 年版,第 201—202 页。

况编写唱词。阿桂看见将士们思念家乡、心思重重、情绪低落，就编写岔曲词，岔曲是根据树杈的形状而取名。岔曲声调铿锵，曲词幽雅。

（一）岔曲主要内容

1. 咏景类

岔曲的内容绝大多数篇幅是写山水的。正如齐如山所说："风花雪月之词，登山临水之作蔚然并兴。"① 究其原因，是因为满族的渔猎文化与山水有着密切的依存关系。满族先民一切都取自山林湖泊，大自然的生态环境直接决定着满族人的衣食多少和生活质量。自然生态环境好，打的猎物多，采摘的果实多，捕捞的鱼类也多，因此满族人对大自然的草木环境极其熟悉和敏感，大自然的细微变化都不能逃过满族人的眼睛。满族人对于自然的景物特别地用心，在满族人的文学作品中，咏景类的作品是最多的，所占篇幅的比例最大。如《大雪飘飘》《山清水秀》《山景无边》《山景可观》《山清水秀》《夕阳江岸》《飞花一片》等，总之，咏景类岔曲非常丰富。如岔曲《云水悠悠》："云水悠悠，晚风凉，日落山头，唰啦啦乱飘红叶，冷飕飕，吹得那水面上的芦花乱点头。（过板）霞光落，暮云收，银河耿耿射斗牛，霎时间江天一色明（卧牛）明如昼，猛回头，见冷森森一轮明月滚金球。"② 这首岔曲描写了天象江水，这和满族人自古就喜欢看大自然中的天象有关。

2. 闺情类

满族闺情类岔曲往往清新大胆、生动有趣。如《姑娘怒嗔嗔儿》《姐在园中去采花》《妞儿性子急》《急出嫁》《佳人夜做鞋》《佳人夜绣莲》《佳人夜摇煤》《佳人织机》《怕到黄昏》《灯儿下卸残妆》等都属于闺情类岔曲。《妞儿性子急》《急出嫁》："妞儿性子急，她妈性子不急。妞儿长大十六七，也没见媒婆把奴家提。（过板）妞儿开言把妈妈叫，叫声妈妈你听知，奴家不论瘸子聋

---

① 齐如山：《升平署岔曲·序》，国立北平故宫博物院文献馆印行，中华民国二十四年10月版，第1页。

② 同上书，第132页。

子瞎子我全（卧牛）全跟他去，若是没有轿子将奴要，奴家生来会骑驴。"①
这个闺情类岔曲中的女主人公大胆性急，没有含蓄害羞的女儿情，让人捧腹，
这正是满族女孩大胆泼辣的性格写照。

3. 抒情类

现实生活激发出人类的各种情感，因此，人总有各种情感需要抒发，岔曲
也不例外。如《人生处世如梦幻》《可叹人生》《可喜三春》《叹浮生若梦》《叹
人迷迷迷》《冬景可爱》《饮恨含冤》等都是抒情类岔曲。如岔曲《叹浮生若
梦》："叹浮生若梦，笑痴迷不悟人情，何必向蜗牛角上，共相争，倒不如存养
先天性。啊，你若是无钱到处难行。（过板）看起来那世态炎凉，真可恼，有
那等富家翁，身穿锦绣与绸缎，食珍馐，伴翠红，驾轻裘，人人敬。无了钱，
就叫作穷，衣衫褴褛被人憎，亲戚朋友另眼看，任你有苏张之舌也不中用，只
落得能说（卧牛）不能行。看来世事皆能语，说到人情欠明。"② 这首岔曲感
叹人生如梦、世态炎凉，抒发了自己的苦恼之情。

4. 吉颂类

满族民间百姓自古就有趋吉求福的心里。在岔曲中，之所以吉颂类岔曲占
有较大篇幅，是由于以下几点。第一，皇宫贵族喜欢享受玩乐，歌舞升平以粉
饰太平，因此满族贵族找人创作了《升平署岔曲》。第二，满族民众和其他民
族民间百姓一样，希望生活幸福安康、吉祥喜庆，因而，喜欢创作吉利的喜庆
的岔曲。如《万寿无疆》《万寿亨通》《万事亨通老寿星》《万象更新》《万国咸
亨》《大清洪福现》《太平气象》《福增寿添》《福如东海》《蓬岛济州》等。如
《今日降吉祥》："今日降吉祥，祥云缥缈，缭绕华堂，堂前结彩，彩云香，香
烟篆就福寿绵长。（过板）长寿星君降下方，方引得善财童儿把吉（卧牛）吉
言降。唱的是：喜筵喜酒摆喜堂，喜亲喜友喜非长。喜报三元多喜庆，庆贺新
郎龙凤呈祥。"③ 这首岔曲写的都是吉祥话，表现了民间祈望吉祥平安的心理。

---

① 金启平、章学楷编著：《北京旗人艺术岔曲》，北京师范大学出版社 2007 年版，第 206 页。
② 同上书，第 163 页。
③ 同上书，第 141 页。

5. 民俗类

由于满族有自己的民俗习惯，在岔曲中总会有相应的表现。这些岔曲大多描述日常生活、风俗习惯、民族服饰、饮食习惯等内容。如《炒肉炖肉》（荤菜名儿）、《炝虾争窝》（鱼名儿）、《时逢一四七》（灯谜会）、《两口子变脸儿》《两口子闹毛包》（两口子对簿）、《好冷天儿》等，这类岔曲充满了生活气息，仿佛一部民间百科全书。

如《今日下班儿》："今日下班儿，堪可得闲儿，吃完了早饭儿，要去射野箭儿。小草帽儿，旧布衫儿，褡裢里装上几百钱儿。一张弓、两支箭儿，烟袋荷包配火链儿。叫小子拉划马答上，一条草口袋儿。顺着大街买茶叶，云牌底下去装烟儿，出城不走关厢里，抄着近绕着弯儿。进了粪场儿，穿菜园儿，行过了土丘累累穷人冢，穿出那芦丛密密土城关儿。见这边是捡穷的哥儿们择破烂，那边儿是流娼卖俏站在门前儿。不走关塘道，找着荫凉奔河沿儿，见窝铺里看瓜的哥们儿午梦眠儿，池塘内的青蛙成阵闹声喧儿，阵阵的薰风扑人的面儿，断续蝉鸣在绿杨间儿，簇簇铺如锦，寻香的粉蝶儿绕苍苔儿，来至那绿树荫浓无人处，立下弓儿，放下箭儿，掸掸土儿，擦擦汗儿，钉上橛子放着马，铺下草口袋儿，蹭了个火儿，吃了袋烟儿，端端弓儿，捻捻箭儿，演克们进退撒放相见官儿。日午当天心内渴，叫小子拉马拿着弓箭儿。奔茶馆儿，喝碗茶儿，这些时当差无得出城逛，今日个得空儿，前来解解愁烦儿。（过板：）转过绿柳村头有一座野茶馆儿，小天棚儿，挂着茶牌儿，上写着龙井、松罗与香片，珠兰雨前共毛尖儿。三间茅舍多清雅，没有桌子，砌着灰台儿，门前的槐柳荫浓盛，圈花障儿上爬满了喇叭花和串枝莲儿，沙鼓子里种的是晚香玉，墩子棵儿的指甲草儿与矮康尖儿，这边墙上画的是松鹤鹿，那边画的是醉八仙儿。冰盘里盛着些烧饼油炸鬼儿，闷子咸食熟鸡蛋儿，拌豇豆和豆芽儿，卤煮豆腐菱角块儿。下棋的人多围着看儿，还挂着琵琶与三弦儿。到了个茶是盖碗儿，对上些菊花高香片儿。果然是水甜茶美馨香味，设献芦桐茶七碗儿。遇见几个哥儿们来会账，那走堂儿的到懂眼儿，说方才有人会过了钱儿，告诉小子去放马，打草必须在大道边儿，莫踏人家的庄稼地，仔细乡亲们出浑言儿。见一群粗鲁汉儿，卖完了菜儿进了茶馆儿，放下了筐扁担儿，座儿上来数钱儿。有几个拉了块席头去睡觉，有几个夺弄臭脚续闲谈儿。这个说今日城里头豇豆贵，那个说茄子的行市也不蔫儿。小小子笑嘻嘻跳蹿蹿儿，进了茶馆儿说我打了一口袋好水败儿。吃了几个烧饼油炸鬼儿，把豆腐脑儿闹了一碗儿，吃完了说等着我去扑几个蚂蚱和挂达扁儿，拿到家中拴上线儿，哄着姑娘阿哥放着玩儿。见一个打鱼沙汉儿，放下了担儿，活跳跳的鲤鱼拐儿，小鲫瓜儿，捡了几个不多的钱儿，村野虽无调欠的手，又有葱花儿又有盐儿。霎时间酒暖鱼熟胜似珍馐馔儿，又添几样村野菜儿，自斟自饮胜如仙儿，酒肴待尽微微醉，拿鱼汤儿，要下面儿，美味香甜胜过三仙儿。忽听门外人喧语，见几个土包进了茶馆儿。一个个光着脊梁夹着汗褟儿，散着裤腿儿，撒拉着鞋儿，拧着眉毛瞪着眼儿，炖了来的田鸡儿大串儿，偷艾子拧的火绳好几盘儿，脱下虎吧拉，摘下内口袋儿。这一个奔缸喝凉水，那一个充熟和走堂儿的骂着玩儿，这个说到一个茶多抓点子青茶叶，那个说烫四壶烧酒要老白干儿。这个就奔猪头肉，那个上前用手拦儿。说等着我的把兄马二把赊他烧羊脖子不用钱儿。蹲在板凳上就喝酒，行好行脑假挑眼儿，讲的是玩笑对骂上三辈儿，偷狗拿獾打棒子嘎儿。四壶没喝了，出主意耍乐着玩儿。说对着凉水喝划划拳儿。这一个拍着灰台儿唱大戏，那一个就去摘三弦儿，定了半天没定准，唱曲儿无字无板调，打了个诗篇短第七句不和弦儿。说了个笑话没有乐，到说人家解不开儿。实实在在讨人厌儿，叫过堂官会了账，戴上草帽儿，拿上弓箭儿，叫小子拉马驮上草口袋儿，要了一支细香火儿，路上好抽烟儿，顺着高粱地，过了河湾儿，一片四野行云淡，树头残照夕阳天儿。听村子里摇鼓儿，吆喝饽饽，酒园子的辘辘歌萝哟哟哟的唱着玩儿。小河边顽童争打琉璃排，村姑晒草背干柴儿。行至了古墓跨栏无人走扎宽古赛他拉哈奔背番（以上是满洲语两句），忽听背后人声唤，原来是摸几格气喘吁吁跑上前儿，说章京们印房将你等，叫我拿着个帖子找了个难儿。喜咧大人提拔你保卓意快走把对律喇好写那妊颜乌术绿头牌儿。"① 这首岔曲如同描绘了一幅老北京的风俗画。

---

① 金启平、章学楷编著：《北京旗人艺术岔曲》，北京师范大学出版社 2007 年版，第 141—142 页。

（二）岔曲唱词趋吉求福

为了便于演唱，岔曲更偏爱散文与诗歌。满族民俗喜欢追求吉利吉祥，祈求和平，不求伤悲，这是岔曲唱词的一个显著特征。

在趋吉求福的岔曲中，无论身份贵贱高低，都有一个共同的心理，就是祈求健康长寿。《点上万寿烛》："点上万寿烛，悬挂万寿图，万寿堂前摆上万寿酒，万寿香烧在万寿炉。（过板）万寿星君出离万寿洞，另有一个万寿童儿（卧牛）牵定万寿梅花鹿，真可喜万寿人享万寿福。"① 这首岔曲和其他的岔曲不同之处，在于岔曲内容反复重复"万寿"一词，体现了不同阶层的人对于长寿的渴望。文学创作历来忌讳一个词重复使用，但是这个岔曲却重复十二次"万寿"一词，作品中极尽渴望长寿之心理被表现得淋漓尽致。

（1）皇宫喜欢以歌舞升平的形式来粉饰太平。岔曲流传到皇宫以后，内容多为喜庆吉祥的词句，其心理主要是歌舞升平、喜乐享受。《升平署岔曲》其词多雅驯，词曲短小。"升平署"是专为帝王后妃表演娱乐而设立的专门的管理机构。《升平署岔曲》是清代宫廷中演唱的岔曲集。1935 年由北平故宫博物院文献馆据升平署所存资料编辑印行。共收入岔曲作品 90 种，约 100 段。如《庆寿图》《万寿无疆》《富贵寿考》《庆贺长春》《喜庆延年》等都是宫中歌舞升平之作。如岔曲《万寿无疆》："万寿无疆，福禄天长。三阳开泰喜气扬，五福五代兆嘉祥。升恒日月耀重光，日见喜寿、寿而康，子子孙孙满华堂。集景福，国祚昌；风雨顺，感上苍；五谷丰，满仓箱；圣主明，臣工良；民安乐，太平享；无量寿，体康强；同祝嘏，颂雅章。祝的是，福寿悠久，有道的佛爷寿比日月长。"② 这首岔曲句式工整，词句吉祥典雅，极尽粉饰太平、歌舞升平之能事，岔曲在宫中，不再是富有生活气息、自然生动、语言直白的民间小曲，而成为宫中供王公贵族享受的雅唱。

在《升平署岔曲》中，为了粉饰太平，营造喜乐祥和的氛围，即使是根据

---

① 金启平、章学楷编著：《北京旗人艺术岔曲》，北京师范大学出版社 2007 年版，第 238—239 页。

② 林虞生标点：《升平署岔曲》（外二种），上海古籍出版社 1984 年版，第 15—16 页。

清明节改编的岔曲，也没有了悲伤的因素。杜牧的诗《清明》："清明时节雨纷纷，路上行人欲断魂。借问酒家何处有？牧童遥指杏花村。"在诗中，路人悼念逝去的亲人，伤心欲绝、悲思愁绪，但在根据《清明》诗改编的岔曲中，全然没有了悲伤的情绪，一切都变得喜乐吉祥了。升平署岔曲《借问酒家何处有牧童遥指杏花村》中写道："美景良辰，佳节清明。香车宝马，三五同行，俱都是，拾翠寻芳紫陌中。九十春光好，韶华入眼浓。明媚景，蕙兰风；蛱蝶舞，仓庚鸣。草迎金勒马，花伴玉人陌上行；万紫千红斗，游人兴正浓。则见那，天欲今朝雨，阴云浮碧空，和风习习，小雨濛濛。不一时，公子佳人急归去，冷落芳尘锦绣丛；惟有诗人动游情，冒雨寻春兴倍增。万事可人惟有酒，不知酒肆在西东。正惆怅，风送短笛声、声韵清清。则见那，牧童牛背上，戴笠披蓑细雨中。这诗人，笑盈盈，向牧童，身打躬，忙问道：酒家何处有？牧童鞭指小桥东，就是那，几点青帘沽酒市，杏花村内酒犹浓。"[①] 在岔曲中描写的清明节，全然没有了悲伤，从"动游情""兴倍增""笑盈盈"等词句中，主人公与原来作品情感有了较大的差异，从一个"欲断魂"的人变成了一个寻春赏景喜乐的人，这都是出于宫中的需要。

（2）百姓喜欢吉祥如意，不求悲伤。民俗有趋吉求福的心理，因而民间喜欢岔曲改编的"八喜""双寿"等曲文，有人组织班子，以演唱改编的岔曲为业，被人雇用，以后，此腔调传入宫中，得到乾隆皇帝的喜爱，命令御用文人张照等人编写新词，让太监在宫中演唱。慈禧太后也喜欢改编后的岔曲，命内务府负责挑选擅长演唱岔曲的旗籍子弟入宫教太监演唱，并赏给钱粮。岔曲经过改编，形成升平署岔曲。升平署是清朝宫廷中专门为了帝王后妃寻欢作乐、教习戏班、组织演出而设立的机构。在宫中演唱的岔曲成为升平署岔曲。岔曲由民间的俗曲变成了宫中的雅唱。《升平署岔曲》即是清宫中为妃嫔们聆听演奏时用的钞本。宫中演唱的岔曲比民间的岔曲要规范、讲究。如《气少人安乐》："气少人安乐，气多命难活，气大伤身，圣人说，万祸皆从气上得。（过

---

① 林虞生标点：《升平署岔曲》（外二种），上海古籍出版社1984年版，第44页。

板）劝君休动无明火，休听背后三寸舌。明枪刺来容易躲，暗箭伤人怎得脱，古来好气人甚多，皆因不把忍字学。伯央好气把神仙落，孙庞斗智在齐国，晋王气死在沙沱，胡迪因气骂过阎罗。霸王不忍把家邦破，乌江自刎死的拙。樊城气走丧门客，三气周瑜是诸葛。这都是古圣先贤（卧牛）因气之过，无气无恼从无祸，多气多恼反消和。劝君把酒花财气当毒药，百忍堂中有太和。"①从这首岔曲可以看出，满族民间喜欢喜乐，不求气恼，利于养生。再如《今日降吉祥》："今日降吉祥，祥云缥缈，缭绕华堂，堂前结彩，彩云香，香烟篆就福寿绵长。（过板）长寿星君降下方，方引得善财童儿把吉（卧牛）吉言降。唱的是：喜筵喜酒摆喜堂，喜亲喜友喜非长。喜报三元多喜庆，庆贺新郎龙凤呈祥。"②

这些趋吉求福的岔曲表现了老百姓对幸福生活的渴望。如《年年吉庆》："年年吉庆，岁岁康宁，层层见喜，早早高升，华堂上老老少少共享遐龄。（过板）但愿公，子子孙孙同偕老，一门老少多（卧牛）多欢庆，从此后步步登高，愿在位，辈辈为官代代恩荣。"③这首岔曲中的"吉庆""康宁""喜""高升""欢庆""登高""恩荣"等词汇都是吉利话，而且吉利话都是不重复的，造成一种吉上加吉、喜上加喜的审美效果。

五　岔曲的修辞方式

岔曲的修辞方式多样，主要包括以下几种。

（一）典故

典故也叫"用事"，就是在诗词中借用故事写诗句。典故引用的故事可以包括神话、历史故事、文学作品。典故的容量较大，在岔曲的曲词中借用典

---

① 金启平、章学楷编著：《北京旗人艺术岔曲》，北京师范大学出版社 2007 年版，第 138 页。
② 同上书，第 141 页。
③ 同上书，第 180 页。

故，可以起到以少胜多、内容丰富、话语含蓄、文化意蕴深刻的效果。

如岔曲《晴彻天街（目·又名似春不露春）》："晴彻天街，柳暗章台，绿迢迢雨涨烟溪晓镜开，一声声莺啭新簧送暖来。（过板）倒金樽醉倚东风，开笑口，休辜负锦绣山河（卧牛）花花世界。你看那，才子未曾游紫陌，佳人先做踏青鞋。"① 在这首岔曲中，"章台"出自唐朝韩翃诗歌《章台柳》："章台柳，章台柳！昔日青青今在否？纵使长条似旧垂，也应攀折他人手。杨柳枝，芳菲节。所恨年年赠离别。一叶随风忽报秋，纵使君来岂堪折！"唐朝天宝年间，诗人韩翃羁滞长安，与李生相友善。李之爱姬柳氏，长相美艳，善于讴咏。柳氏仰慕韩翃的才华。李生遂慷慨将柳氏赠给韩翃，并解囊资助三十万玉成二人婚事。第二年，韩翃登第，遂归昌黎省亲，暂将柳氏留在长安。正逢安史之乱，两京沦陷。为避兵祸，柳氏剪发毁形，寄居法灵寺。肃宗收复长安，韩翃便派人密访柳氏，携去一囊碎金并写了这首《章台柳》赠之。柳氏答赠了这首《杨柳枝》。但不久柳氏又遭劫持，肃宗乃下诏断柳归翃，夫妻终得破镜重圆。

"紫陌"一词出自唐朝刘禹锡的《元和十年自朗州至京戏赠看花诸君子》（《紫陌红尘拂面来》）。"紫陌红尘拂面来，无人不道看花回。玄都观里桃千树，尽是刘郎去后栽。""紫"是指道路两旁草木的颜色。"陌"本是指田间的小路，这里借指道路。紫陌指帝京的道路。此诗通过人们在玄都观看花的事，含蓄地讽刺了当时掌管朝廷大权的新官僚。第一、二句写人们去玄都观看花的情景，展示出大道上人欢马叫、川流不息的热闹场面，看花回来的人们"无人不道"花的艳丽，呈现出心满意足的神态。第三、四句表面上写玄都观里如此众多艳丽的桃花，自己十年前在长安的时候还根本没有，离别长安十年后新栽的桃树长大开花了，实则是讽刺当时权贵的。此篇诗语讥忿，触怒当权者，作者因此又遭贬逐。

① 伊增埙编著：《古调今谭》，知识产权出版社 2004 年版，第 3 页。

（二）韵律

岔曲作为韵文，其押韵主要押"十三道大辙"。十三辙是指：发花、梭波、乜邪（miéxié）、一七、姑苏、怀来、灰堆、遥条、由求、言前、人辰、江阳、中东。特别指出的是，十三辙中每一辙的名目不过是符合这一辙的两个代表字，并没有其他的意义，所以同样也可以用这一辙的其他字来代表该辙，如"发花辙"也可以叫作"花发辙"，"言前辙"也可以称作"天仙辙"或"三千辙"。

如岔曲《勤（百·又名一生不懒）》："一生不懒，永不会躲静求闲。清早起出城十里去绕弯，回家来挑水摇煤扫地笼火刷盆洗碗收拾饭，为图贱，他买条黄瓜能跑趟南苑。（过板）吃完饭上房拔草，院里擦砖，拿着块揽布把街门撢，抓工夫缝连补绽，看孩子外带拉弓射箭（看孩子喂狗洗衣衫），一天到晚连（卧牛）连轴转。晚饭毕，封火算账量麸料（查电线）。临睡觉，月亮地里耍会子磨盘（练上几趟拳）。"[1] 这首岔曲显然押韵的韵辙是"言前"辙。

如岔曲《胡同名（百·又名雨儿蒙蒙下）》："雨儿蒙蒙下，炒豆发了芽，身披蓑衣纺棉花，沙井儿种的是黑芝麻。（过板）山老贪玩吹喇叭，马大人追贼（卧牛）把钱粮下，去到那什锦花园打嘎嘎。"这首岔曲押的韵辙是"发花"辙。

（三）含蓄

岔曲的唱词表现得非常含蓄蕴藉。描写的内容不直接点明，但整篇内容都是与主题有关。整首岔曲内容好像一个长长的博喻，都指向同一个喻本。或者整首岔曲都是能指，指向同一个所指。用姚颖的话说，就是"赞某不露某"。整个岔曲标题是谜底，岔曲的唱词是谜面。如《赞雪不露雪》《赞云不露云》《赞山不露山》都是这类作品。如岔曲《赞风不露风》："过园林乱舞花枝，抚弱柳烟散春池，催桃李残红碎玉满香堤，扫白云，空中无影自迷离。（过板）

---

[1] 伊增埙编著：《古调今谭——北京八角鼓岔曲集》，知识产权出版社 2004 年版，第 248 页。

入深山摆动青松，摇碧影，啭流莺，燕剪轻狂（卧牛）蝶翻翅，韵哀哀，悠扬慢送画楼笛。"① 这首岔曲的内容没有一个字提到风，但每个字实际上都是写风。"过园林乱舞花枝"是风使花枝乱舞。"抚弱柳烟散春池"也是风作用的结果。是风"催桃李残红碎玉满香堤"，也是风"扫白云"。风本来是看不见摸不着的，作者借助于外物细节来表现，间接含蓄地把风写得具体形象生动。

第二节 满族岔曲举要

《霓裳续谱》清朝乾隆六十年"集贤堂"的初刻本，全书共收录当时流行于北京、天津、直隶（保定地区、河北中北部地区）时调小曲，计有西调、岔曲、寄生草、剪靛花、叠落金钱、黄沥调（黄鹂调）、玉沟调、劈破玉、弹黄调（滩簧调）、番调、马头调、扬州调、北河调、隶津调（利津调）、盘香调、边关调、秧歌、莲花落、秦吹腔花柳歌、一江风、倒搬桨、银纽丝、玉娥郎、打枣杆（挂枝儿）、螺蛳转、重叠序、粉红莲、呀呀呦、重重序、两句半等三十种曲调。《霓裳续谱》是天津"三和堂"曲师颜自德辑集，并请人记录底本成书。颜自德的生平无据可考，书成时他已经七十多岁了。该书虽称为《霓裳续谱》，却没有工尺谱或其他宫谱记录，只是一本俗曲唱词记录，书中还记录了演员所扮角色、演唱时使用什么乐器等。此书由王廷绍点订，他字善述，号楷堂。有关王廷绍的资料可以从鲍桂星的《觉生感旧诗抄》、纪昀（晓岚）的《沈阳续录》以及梁章钜的《楹联续话》中了解一些。据赵景深先生考证，王廷绍是清乾隆五十七年（1792）壬子举人、嘉庆四年（1799）己未进士，纪昀（晓岚）曾做过他的座师。

《古调今谭》是关于北京八角鼓岔曲集。作者伊增埙，北京人，1931 年 5

---

① 伊增埙编著：《古调今谭——北京八角鼓岔曲集》，知识产权出版社 2004 年版，第 131—132 页。

月出生，满族正蓝旗人。他从小看过八角鼓岔曲的活态艺术，因而他对八角鼓和岔曲有了亲身的体会和研究。他从小就住在清朝的旗营——海淀蓝靛厂外火器营。伊增埙较好地保存了岔曲的原有的语言风格和时代风貌，岔曲的演唱技巧如"过板""卧牛"等在岔曲中都有标注。"过板"是演唱中承前启后的过渡阶段。

如岔曲标本性作品《春至河开》："春至河开，绿柳时来。梨花放蕊，桃杏花开，遍地萌芽在土内埋。（过板）农夫锄刨耕春麦，牧牛童儿就在竹（卧牛）竹林外，渔翁江心撒下网，单等那打柴的樵夫（哥），畅饮开怀。"从这个作品可以看出当时的演唱形式，在其他的岔曲集中是很少见的。

《古调今谭》以清代，特别是晚清作品居多。体例按内容分类，主要包括：四时景观、情爱吟咏、功利感悟、景物寄趣、讽恶劝善、都门风情、集锦戏谑、移植改编、新创新编。

"岔曲"跟"八角鼓"关系密切。云游客《江湖丛谈》里详细说明了它的来源。

《古调今谭——北京八角鼓岔曲研究评注》（增订版），有伊增埙选编的主要是新中国成立以前京津流传的传统八角鼓岔曲，也包括少量拟古作品和新中国成立后的创作。2011 年 3 月由学苑出版社出版。全书内容共有九编。第一编，四时览胜，共 88 首，附腰截 18 首。第一编主要描写一年四季的自然景色，春柳夏莲，秋夜冬雪。第二编，闺中吟咏，40 首，附腰截 2 首，穿心岔曲 6 首。第二编主要是风花雪月，借景言情。第三编，功利感悟，78 首，附腰截 2 首，穿心岔曲 2 首。第三编，主要是求吉祈福，立足现世，享受人生。第四编，咏物寄怀，138 首，附腰截 3 首。第五编，讽恶劝善，44 首，琴腔 5 首。第五编，主要是托物言志，借景抒情，寄情高远。第六编，都门风情，66 首，附穿心岔曲 2 首，琴腔 2 首，牌子 5 首。第七编，集锦戏谑，112 首，附穿心莲岔曲 2 首，腰截 1 首，琴腔 4 首。第八编，移植改编，75 首，附腰截 5 首，穿心岔曲 2 首。附编，新材新篇，28 首，附腰截 3 首。此书侧重满族文化民间文艺，是集及知识性、思想性、趣味性、民俗性于一体的作品，雅俗共赏。伊增埌广泛收集民间岔曲，搜求清代坊本以及各种报刊资料，为保护满族非物质文化遗产做出了重要的贡献。

《升平署岔曲》（外二种），由林虞生标点，上海古籍出版社出版于 1984 年 11 月，是根据 1935 年故宫博物院文献馆的排印本标点整理的。现存 90 种，100 段。内容主要包括即景抒怀、闲适生活、描绘锦绣河山、古代名人、小说、戏曲、故事、古代著名诗文改编、祝寿、歌功颂德之作。歌词工整、典雅、华丽。在演唱《升平署岔曲》时，一人用八角鼓击节，一人用三弦伴奏。这部岔曲集，粉饰太平，脱离民众，清末以后，濒于消失。

《北京旗人艺术岔曲》，金启宗、章学楷编著，由北京师范大学出版社于 2007 年 12 月出版。内容主要分为岔曲研究、岔曲曲目汇编、岔曲曲词选录。对于岔曲的研究，包括岔曲的兴起和发展，岔曲的格律，岔曲的内容，三弦与八角鼓，票友、票房和走局。在岔曲曲目汇编中，以笔画为序编辑岔曲。在岔曲曲词选录中，内容主要包括自然景观类、吉颂类、民俗类、闺情类等，内容涉及面十分广泛。

第三节 满族岔曲的传承与演变

岔曲属于曲艺文学，曲艺文学泛指曲艺说唱脚本及其创作。是一种专供曲艺"说唱"表演的文学样式。岔曲是我国北方曲艺八角鼓、单弦的主要曲调。由于岔曲的创作演出只在口耳之间，刻印流传下来的本来就不多，再加上时间久远，所以，今天岔曲已经很少了。

岔曲的发展流变有特殊的轨迹。岔曲始于军旅，最初是八角鼓演唱系列中最原始、最重要的部分。"一种俗曲，诞生以来走过了不平凡的道路：从民间，军旅，到宫廷、府第，再到票房、茶馆，进入剧场，回到民间。它与别的俗曲不同，经历过特殊的机遇和曲折。如今，它像一株饱经风雨的老树，稀疏的枝叶，令人想到它曾经有过的繁华硕果，衰弱的外表仍掩藏着繁衍的生机。这，就是八角鼓岔曲，地道的北京乡土文艺，一株由进关的满族人栽培、融合了汉文化的奇葩。"① 岔曲盛行于清中期，清末岔曲式微。

岔曲经历了从民间到贵族，再到民间的发展轨迹。岔曲的活态表演几乎销声匿迹了，因此，研究岔曲就更有现实意义和历史意义了。

岔曲句式由短到长。岔曲最初的句式是六句或八句体，因此岔曲亦称为六八句。此后，随着生活的发展，岔曲的内容不断丰富，句式增加到十数句或数十句，句式越来越长。

一　由军中小曲到宫中雅唱

满族的岔曲于乾隆年间在军旅中产生。岔曲是八角鼓中最原始最重要的一部分。

岔曲最初为军队的凯歌，用于鼓舞士气，在军中传唱。满族岔曲的起源很难找到确切的资料论证，有很多学者认为岔曲源于文小槎。人们认为岔曲为清乾隆时阿桂攻金川时所唱的歌曲，由宝小岔创作。

《升平署岔曲》记载："文小槎者，外火器营人。曾从征西域及大小金川。奏凯归途，自制马上曲，即今八角鼓中所唱之单弦杂牌子及岔曲之祖也。其先本曰小槎曲，简称为槎曲，后讹为岔曲，又曰脆唱，皆相沿之讹也。此皆闻之老年票友所传，当大致不差也。"从《升平署岔曲》中可以得知，岔曲原为军中凯歌，后经改变，多为宴饮聚会时所唱。后因乾隆帝喜欢岔曲的腔调，岔曲传入宫中，由专人教太监学唱岔曲，岔曲在宫中演出蔚然成风。伊增埙在《古调今谭——北京八角鼓岔曲研究评注》中也认为，"据说岔曲的创始人宝小槎，就是外火器营的人"②。

《辅仁文苑》记载："阿桂攻取金川时，营中有宝小槎其人者，按高腔脆白制

---

① 伊增埙编著：《古调今谭——北京八角鼓岔曲研究评注》，学苑出版社 2011 年版，第 1 页。
② 同上书，序言第 1 页。

为六字凯歌，令兵士习之。初名脆唱，嗣以创之者为小岔故又衍名'岔曲'。"①

《八角鼓·子弟书·岔曲》："有宝小岔名恒者，素擅高腔，且富才藻，自撰歌词，寄托归回之兴，流行军中，被称为岔曲。事为阿桂将军所知，乃命就其腔调音节，写情之外，编入忠君爱国内容，用以激励士气。"②

《北京旗人艺术岔曲》记载："清代乾隆年间，四川省大、小金川土司叛乱，清廷命大学士阿桂督师征讨。由于战争年长日久，将士产生思归情绪，闲时以民歌小曲聊作消遣，当时阿桂军中有一位幕僚，名叫宝小岔，在当时流行的民歌的基础上，吸收了高腔的曲调，另制新词新曲，将士们觉着新鲜，对此产生了兴趣，继而跟着学、随着唱，使其乐而忘返，稳定了将士的情绪。直到金川之战取得了胜利，鞭敲金镫响，齐唱凯歌还，因而岔曲又被称为'得胜歌词'。"③

从以上的各种资料中，可以看到岔曲的创始人是宝小岔，岔曲最初为满族军队得胜时唱的曲词，因而岔曲又被称为得胜歌词。

岔曲在明嘉靖时进入北京，万历时被引入宫中，称为高腔、京高腔，清康熙、乾隆时在北京盛行，在内宫和民间都很受欢迎。

乾隆四十一年（1776）二月，健锐营攻破碉堡获胜，外火营的宝小槎编成胜利凯歌，两营一路唱着凯歌回到北京。乾隆帝亲自迎接部队，奖励有功将士，岔曲作为得胜凯歌得到推广。清代军队实行封闭式管理，军队内不得演唱戏曲，不得随意走动。军队内互相邀唱胜利凯歌，有人诬告此事，皇帝知道此事后，准许岔曲在军中演唱，由此，军营中的岔曲被引进了皇宫。

岔曲成为皇家宫廷、上层贵族的审美娱乐艺术类型，热衷于描写四时美景、名胜风景，在《升平署岔曲》中，这类题材的岔曲占绝大多数。从岔曲的题目就可以窥见一斑。写四时美景的岔曲有：《春景》《夏景》《秋景》《冬景》《夏云》《新秋》《山景》等。写喜庆吉祥的岔曲有：《庆寿图》《万寿无疆（一）》《万寿无疆（二）》《万寿无疆（三）》《九如天保》《喜寿延年》等。写高雅

①　王虹：《杂牌子曲的研究》，《辅仁文苑》1941年第七辑。
②　佚名：《八角鼓·子弟书·岔曲》，（北京）《民众报》1942年10月7日。
③　金启平、章学楷编著：《北京旗人艺术岔曲》，北京师范大学出版社2007年版，第3页。

消遣的岔曲有:《琴棋书画》《喜雨纳凉》《夜月游湖》《焚香弹琴》《蕉叶学书》等。写风景名胜的岔曲有:《苏堤春晓》《双峰插云》《柳浪闻莺》《花港观鱼》《曲院风荷》《平湖秋月》《南屏晚钟》《三潭印月》《雷峰夕照》《断桥残雪》《九里云松》《灵石樵歌》《北关夜市》《孤山霁雪》《潇湘夜雨》《洞庭秋月》等。改写古典名篇的岔曲有:《陋室铭》《爱莲说》《滕王阁》《赤壁赋》《归去来辞》《岳阳楼记》《桃花源记》《醉翁亭记》等。这些岔曲作品从标题上就能使人产生一种享受喜乐的期待视野,表现了贵族的审美价值取向和生活的闲适奢靡。

在贵族享受的岔曲中追求"雅"的一面,喜爱描写高雅闲适的内容。如岔曲《琴棋书画》:"长夏书斋风景妍,绿阴深护署炎飚,琐窗无事编新句,把书画琴棋编一编。桐为体,凤形兼,长合周天设锦纮。更有爨余音更雅,龙池紧靠月牙边。古大舜,理丝纮,南风解愠古今传。俞伯牙舟中弹一曲,知音得遇子期焉。文君听曲奔司马,伯喈焦尾世流传。武侯曾设空城计,城楼退敌理冰纮。双文亦为琴心误,多才常为解人怜。曲中传有湘妃怨,琴谱多门叙不全。考棋学,围象兼。各家棋谱斗新鲜。橘中老叟传佳话,弈秋国手世推先。二斗因棋才受酒,遂教赵童寿增延。百花仙子因棋误,谪降尘寰受罪愆。赵太祖输却华山地,更使玄孙后患延。嗜好每多成至癖,忘餐废寝好争先。古伏羲,画卦焉,字由仓颉造成编。钟鼎古传兼隶篆,八分小楷后分焉。卫夫人传授王羲之,钟繇笔法更无边。北魏传名犹可宝,颜鲁公法帖古今传。张旭醉草龙蛇舞,欧阳书法更精研。韩柳欧苏名尽著,赵孟頫行草最为先。多少名家言不尽,其中略叙怎能遍。丹青事,古今传,自昔相沿不计年。昔年也有名人画,散佚难求记不全。王摩诘,山水兼,五山十水见诗篇。僧繇画龙睛不点,吴道子山水擅人间。小李将军青绿好,宋徽宗御笔世流传。庭坚山水东坡竹,更有唐寅沈石田。国朝更有南田叟,新罗笔法世珍传。女史南楼名更著,时人代代有名传。各擅所长言不尽。略搜一二叙难全。琐窗长日浑无事,把书画琴棋编一编。"①

---

① 林虞生标点:《升平署岔曲》(外二种),上海古籍出版社 1984 年版,第 18—19 页。

二 由宫中雅唱到民间俗曲

票房使得岔曲从宫中又传到了社会。由于清皇帝认为岔曲不应只在皇宫中演唱，社会各个阶层都应该演唱岔曲。清八旗衙门为演唱岔曲合格的人发执照，"这个执照是一张木板印刷品，四周是比较粗糙的龙纹，中间填写某旗某左领下人，姓名、年貌等。这个执照俗称龙票"[①]。

由于岔曲有了清朝帝后的喜爱和支持，上层贵族演唱岔曲蔚然成风，吸引了社会各个阶层人的喜好，这极大地促进了岔曲的发展和普及。到了嘉庆、道光时期，岔曲极其普及，人们标新立异、施展才华、创编新曲，使其雅俗共赏。岔曲被形容如同树叶一样多，因而，被称为"树叶之谚"。

民间百姓因为岔曲的曲词多，把岔曲由军中的凯歌变为喜庆节日、宴会团聚时的唱曲，把岔曲的歌功颂德之句改编成"八喜""双寿"等曲文，成为民间百姓日常娱乐的一种方式。岔曲在八旗子弟中尤为盛行。"八喜"是指吉星高照、汗马功劳、文官提笔、武将刀、天子重英豪、金瓜钺斧朝天凳、旗锣伞扇乌纱帽、为官一品当朝云。"双寿"是指双庆双欢双喜团圆、双福双寿双加官、双双牌匾挂堂前、双双夫妻同到老、年年月月双排宴谦、但愿公双生贵子双重状元。

民间打八角鼓演唱岔曲，内容丰富，曲词活泼生动，或即景抒情，或唱戏曲小说故事，或唱民俗谚语歌谣，幽默滑稽，生活气息浓厚。如岔曲《无缝儿下蛆》：

"无缝儿下蛆，全不想，人心隔肚皮。抛砖引玉，物之所值，萝卜快了不洗泥（过板），问雏鹰展翅恨天低，臭疯狗咬傻子，不蒸馒头蒸口气。起五更，赶晚集，仨人抬不过个理字儿去。叫他往东你偏往西。箍漏锅的摇头，锔不的；听见风就是雨，蹲辘轳打碌碡，石打石。内练一口气，外练筋骨皮，知性

---

① 朱家溍：《故宫退食录》，北京出版社 2000 年版，第 864 页。

者可同居，门青不斗绿。水过地皮湿，早养儿早得济，清官难断家务事。老不歇心，少不努力，背着儿媳妇儿游五台，不讨好，白费力；拿着好心没好意，白沿条儿抹铜绿，混充假斜皮。近视眼瞧卒，不像士；眼是憨宝珠，嘴是试金石，拙妻逆子无法治。大家驴儿大家骑，出水才知两腿泥。这手来，那手去，劝君莫种薄沙地，住了辘轳干了畦，菜里的虫儿菜里死，好汉子搁不住几泡稀，老虎不吃回头食，黄鼠狼单咬病鸭子。醉雷公，净胡霹；老太太下屯，真有地；指房借钱，竟剩虚契；二姑娘儿梳头多这一抿子；袖儿来，袖儿去，割皮拉肉头拱地。朋友家的子，光棍家的妻，有山靠山，无山独立。少吹烟，别乍刺，吓麻翅儿拿活的，行下的春风，望下的好雨，蛇钻的窟窿蛇自知；跑了和尚跑不了寺，饱汉子不知饿汉子饥。做此官行此礼，一个老鸹占一枝。怯木匠，只一锯；儿女财帛争不得气，君子无时且耐时。干何事，思何事，管弓的弓弯，造箭的箭直；久病床前无孝子，人要得病乱投医，走了渔儿就是大的，好鞋不踩溏鸡屎；或为名，或为利，卖豆腐的点不了河滩地，浆里来，水里去。不经一事，不长一智，砸了扔，咱们别锯。一遭情，两遭例，不听老人言，必有稀罕事。行行出状元，类类有高低，一处不到一处迷。（过板）

"一个难称百人意，失之毫厘，差之千里。老蜘蛛，一肚子丝；按住矬子抓帽子，一个人拜把子，你算老几。卖田不画字，中看不中吃，土命人儿心眼实；管闲事，落不是，出头的船儿先破底。舍命陪君子，不得已而为之，家有贤妻，男儿不作横事；隔墙儿扔盒子，非老礼；屎壳郎爬竹竿儿，净弄些过节子。天下人管天下事，好事不出门，坏事传千里；挨金似金，挨玉似玉，人善被人欺，马善有人骑，何官无私，何水无鱼，居移气，养移体。犯法的不做，犯病的不吃，丈母娘夸女婿说可以。不读一家书，不识一家字；聪明一世，懵懂一时。（过板）

"扒儿东扒儿西打哪儿说起，你八个不依；二闸儿搭窝棚，下梢里等你；冷眼观螃蟹，看你横行到几时；搁着你的放着我的，洗得那净净儿眼睛瞅着你。有力使力，无力使智，天塌了有大汉顶之；阎王爷的扇子是阴面子，凤凰不落无宝之地，咬人的老虎不露齿。既来之，则安之，万丈高楼从地起，吃水别忘了掏井的。人作有祸，天作有雨，大水漫不过卢沟桥去；三更半夜黑黢黢，张天师叫鬼迷住，无法治；人不说不知，话是开心的钥匙；牛蹄子，两瓣子，一个槽头拴不住俩叫驴。一人斗不过二人智，仨人出个巧见识；猫咬尿泡，空欢喜；狗拿耗子，多管闲事。缸儿里没你镲儿里没你，三鼻子眼儿多出口气。一盒子来一盒子去，善门难开，善门天难闭，山河好改，禀性难移；一人学了八宗艺，原来是酒癫财迷火化食。"① 这首岔曲充满了北京的俚语情趣，所写景物皆眼前景，但道理却需要仔细体味才能感悟。

清代震钧记载了岔曲的兴衰："京师士夫好尚，亦月异而岁不同。国初最尚昆腔戏，至嘉庆中尤热。后迺盛行弋腔，俗呼高腔。仍昆腔之辞，变其音节耳。内城尤尚之，谓之得胜歌。相传国初出征，得胜归来，军士于马上歌之，以代凯歌。故于《请清兵》等剧，尤喜演之。道光末，忽盛行二黄腔。其声比弋则高而急，其辞皆市井鄙俚，无复昆、弋之雅。初，唱者名正宫调，声尚高亢。同治中又变为二六板，则繁音促节矣。光绪初忽竟尚梆子腔，其声至急而繁，有如悲泣，闻者生哀。余初从南方归，闻之大骇。然士夫人好之，竟难以口舌争。昆、弋诸腔，已无演者。偶演，亦听者寥寥。"②

三 岔曲内容演变

有些岔曲是由古典诗作改编的，其内容大多变成歌舞升平，享受当下光景之作。如岔曲《壬戌之秋（赤壁赋）》：

"壬戌之秋，赤壁来游，好良宵携佳客，七月既望，景物清幽，喜的是，霞光落，暮云收，飞花泛雪大江流。（过板）

"不多时，东山月上照满黄州，身坐在，泛银涛，冲碧浪，撑破青天一叶舟；手举杯，退愁肠，添诗兴，对景催情酒满瓯。飘荡荡，天尽头水尽头，参差人欲摘星斗。但则见，白露横江，清风微动，恍恍惚惚水面鱼龙斗；喜得我

① 金启平、章学楷编著：《北京旗人艺术岔曲》，北京师范大学出版社2007年版，第131页。
② （清）震钧：《天咫偶闻》，北京古籍出版社1982年版，第174页。

诗歌明月章，诵窈窕，潇潇洒洒癫狂笑又把歌声奏。歌的是前前前，后后后，前面有一带枫林岸上横，后面有几家渔火寒烟透；客喜甚，松纽扣，披襟鼓腹摇双袖；箫声响彻洞龙眠，孤舟嫠妇双眉皱。忙问道，君悲否？洞箫何故凄音露；客忽浩叹向坡仙，凄然遥指峰峦秀，说此武昌彼夏口，一派山川还照旧，想孟德横槊赋诗临江酾酒，昔日英武今安在，转瞬不觉已千秋，一堆黄土数株白杨瘦，空将踪迹至今留，揽胜徒增万古愁。东坡笑说先生谬，且把闲愁一笔勾，且看这，月溶溶，天漠漠，山遥遥，水悠悠，月荡波光无复有，水流月落何曾朽，此古今沧海桑田（卧牛）盈亏还旧，我与君相逢，且尽樽中酒，只吃得，月落乌啼日影浮。"①

而苏轼的《赤壁赋》原文是这样写的：

"壬戌之秋，七月既望，苏子与客泛舟，游于赤壁之下。清风徐来，水波不兴。举酒属客，诵明月之诗，歌窈窕之章。少焉，月出于东山之上，徘徊于斗牛之间。白露横江，水光接天。纵一苇之所如，凌万顷之茫然。浩浩乎如冯虚御风，而不知其所止；飘飘乎如遗世独立，羽化而登仙。

"于是饮酒乐甚，扣舷而歌之。歌曰：'桂棹兮兰桨，击空明兮溯流光。渺渺兮予怀，望美人兮天一方。'客有吹洞箫者，倚歌而和之。其声呜呜然，如怨如慕，如泣如诉，余音袅袅，不绝如缕。舞幽壑之潜蛟，泣孤舟之嫠妇。

"苏子愀然，正襟危坐，而问客曰：'何为其然也？'客曰：'"月明星稀，乌鹊南飞"，此非曹孟德之诗乎？西望夏口，东望武昌。山川相缪，郁乎苍苍，此非孟德之困于周郎者乎？方其破荆州，下江陵，顺流而东也，舳舻千里，旌旗蔽空，酾酒临江，横槊赋诗，固一世之雄也，而今安在哉？况吾与子渔樵于江渚之上，侣鱼虾而友麋鹿，驾一叶之扁舟，举匏樽以相属。寄蜉蝣于天地，渺沧海之一粟。哀吾生之须臾，羡长江之无穷。挟飞仙以遨游，抱明月而长终。知不可乎骤得，托遗响于悲风。'

"苏子曰：'客亦知夫水与月乎？逝者如斯，而未尝往也；盈虚者如彼，而

---

① 金启平、章学楷编著：《北京旗人艺术岔曲》，北京师范大学出版社 2007 年版，第 139 页。

卒莫消长也。盖将自其变者而观之，则天地曾不能以一瞬；自其不变者而观之，则物与我皆无尽也，而又何羡乎？且夫天地之间，物各有主，苟非吾之所有，虽一毫而莫取。惟江上之清风，与山间之明月，耳得之而为声，目遇之而成色，取之无禁，用之不竭，是造物者之无尽藏也，而吾与子之所共适。'

客喜而笑，洗盏更酌。肴核既尽，杯盘狼藉。相与枕藉乎舟中，不知东方之既白。"

而苏轼的原作《赤壁赋》是借景抒发自己的政治抱负。显然岔曲《赤壁赋》和苏轼的《赤壁赋》在思想意蕴上是不一样的。作者的创作年代、政治背景、思想感情的不同导致了内容的不同。

表 6—2　　　　　　　　　　　　　　　岔曲作品举例

作 者	作 品	书 名	出 版 社	出版时间
颜自德集辑，王廷绍点订	岔曲 148 首	《霓裳续谱》	清朝乾隆六十年"集贤堂"初刻本	乾隆六十年（1795）
华广生辑录	岔曲 710 首	《白雪遗音》	道光八年（1828）由玉庆堂刊刻	道光八年（1828）
刘复、李家瑞	岔曲 390 首	中国俗曲总目稿	国家图书馆出版社	1932 年
傅惜华	岔曲 1018 首	北京传统曲艺总录		1962 年
		中国曲艺音乐集成·天津卷		1993 年
林虞生标点	岔曲 100 首	升平署岔曲	上海古籍出版社	1984 年
		《中国曲艺志·北京卷》		1998 年

第七章　八角鼓

八角鼓既是一种满族民间乐器，也是一种曲种的名称。八角鼓是单弦和八角鼓曲种不可缺少的伴奏乐器，是满族最有特色的民间乐器。

八角鼓的演唱地点灵活多变，没有固定的场地，无论是行军打仗，还是田间地头，都可以随性演唱。如《竖了旗杆唱大戏》："槐树老，柳树弯，柳树上边竖旗杆。竖了旗杆唱大戏，大戏唱了七八天。前年唱的是八角戏，去年唱的是跑马射箭上刀山。今年戏中有罗刹鬼，唱的是萨老将军去安边。"[①] 从这首歌谣中可以看出满族八角鼓演唱的场地是自由灵活的。

第一节　满族八角鼓的特点

八角鼓既属于乐器又属于牌子曲。

一　八角鼓乐器

八角鼓作为演唱时的一种乐器，顾名思义，八角鼓有八个角，七面有孔，每孔有三个铜镲片，共串二十一个小镲片。鼓体扁小，蟒皮鞔单面，为等边等

---

① 博大公、季永海、赵志忠、白立元编辑：《满族民歌集》，辽宁民族出版社 1989 年版，第 15 页。

角八边形，边长约十厘米，鼓下缀一对线穗，约长一米六。

很多书籍介绍了满族的八角鼓。"八角鼓是一件民间乐器，鼓身八角形，框用木制，直径约十七厘米，单面蒙着蟒皮，周围嵌铜钹，饰有丝穗，演奏时用指弹击鼓面发出鼓声；摇震鼓身或拇指搓鼓面发出钹声。"[①] "八角鼓，是满族群众喜闻乐见的一种传统曲艺。据满族父老口传，八角鼓原为乾隆年间，八旗兵凯旋归来时的打击乐器。八角鼓，象征着八旗'精诚团结如一体，所向无敌震八方'。八角鼓，鼓身为八角，精木为框，宽约十七厘米，单面蒙以蟒皮，周围镶嵌响铃，饰有丝穗儿。演奏时，左手持鼓，右手指弹鼓面；同时，手摇鼓身铃响。它是岔曲和牌子曲的重要伴奏乐器。"[②] 八角鼓最初用牛皮、羊皮做鼓面，后来鼓面改成蟒皮，鼓的声音更加清脆悦耳。

从八角鼓的形制可以看出八角鼓的地位身份。八角鼓有大、小两种，形状一样，只是尺寸不同。八角鼓穗子的颜色随着演唱者的身份地位不同而不同。一般来说，王公宗室使用黄色和杏黄色穗子的八角鼓，八旗子弟使用红色穗子的八角鼓，生意门使用黑、蓝色穗子的八角鼓。

二　八角鼓牌子曲

属于牌子曲的八角鼓是由各种小曲组成的组曲。八角鼓作为曲种源于满族入关前渔猎时期自娱自乐的口头传唱的民歌。八角鼓在满族入关后吸收了诸宫调、散曲、时令小调等，由于八角鼓组合了多种小曲，所以八角鼓也叫牌子曲。也有把八角鼓称为单弦。"八角鼓还是'单弦'的别称。现在的单弦表演是一人撮打八角鼓演唱，一人弹三弦伴唱。清中叶以后，八角鼓子弟票友大都能弹能唱，一人自弹自唱叫'单弦'，一唱一弹者叫'牌子曲'（或杂牌子曲）。也有人把牌子曲叫单弦，认为是只有单独一把三弦伴奏。因为演唱者打八角

---

① 陈若培搜集整理：《满族八角鼓》，呼和浩特市群众艺术馆编，1985年1月，第1页。
② 佟靖仁：《呼和浩特满族民间故事选》，内蒙古大学出版社1989年版，第213页。

鼓，有人就把唱牌子曲的演员叫唱'八角鼓'的。"①

　　属于牌子曲的八角鼓一般是一人或二人演唱，并有三弦、八角鼓伴奏。后来，八角鼓的演出中有了演员扮演角色，成了"拆唱八角鼓"。八角鼓常用的曲牌有"太平年""罗江怨""打草干"等。元代、明代时期的《闹五更》《寄生草》《罗江怨》《哭皇天》《干荷叶》《粉红莲》《桐城歌》《银绞丝》《耍孩儿》《挂枝儿》《打枣杆》等时尚小令被清代的八角鼓吸收。敲起八角鼓，就可以唱昆曲、西皮、二黄、柳子、劳动歌曲等，所以，有时八角鼓也叫"杂牌子曲"。

　　八角鼓的曲牌原来很多，后来大多失传。现存的曲牌主要有"耍孩儿""太平年""罗江怨""南锣儿"等。

　　新中国成立前呼和浩特八角鼓的演唱很有特点："过去，新城满族在吉庆佳节时，便邀请八角鼓能手到家里坐唱。新中国成立前，有新城北门里的洪积庆和苏老虎大街的于奎善等人为最佳歌手。他们演唱合辙押韵，讲究高亢激昂的欢声、心情烦躁的怨声、声嘶力竭的悲声和悲观失望的绝声，以及缠绵悱恻的叹声等。演唱时，声情并茂，引人入胜。常常通宵达旦，尽欢而散。演唱顺序有曲头、数唱、太平年、云苏调、湖广调、罗江怨、四版腔、南城调等。"②

三　八角鼓的演唱方法

　　演奏八角鼓时，左手拿鼓，食指、中指深入鼓内，右手击鼓面。八角鼓艺人程殿选总结八角鼓的演奏技法主要有"坐、弹、挫、垫、轮、摇"。也有人说八角鼓的演奏主要有：戳、磕（一称"坐"，打法稍有差异）、垫（也称"补"）、搧、撮、打、轮、播八种打法。也有人总结八角鼓的演奏技巧有：弹、摇、碰、搓、拍。这些动作大同小异。

　　赵秀英描述了八角鼓的表演技巧有："左手持鼓，有抖、摇、颤、转、磕

　　① 姚颖：《清代中晚期北京说唱文学与伎艺研究——以子弟书、岔曲为中心》，北京燕山出版社2008年版，第34页。
　　② 佟靖仁：《呼和浩特满族民间故事选》，内蒙古大学出版社1989年版，第214页。

等手法；右手指击鼓，有弹、捶、打、扫、出溜子等手法。双手相应配合演奏时，还有对磕、对弹等手法。"①

程殿选还编了八角鼓持鼓法口诀："怀中抱月不许偏，四平八稳忌耸肩，摇鼓腕斗臂别动，打垫轮戳应合弦。"② 徐达音总结了八角鼓的音乐唱腔结构形式属于曲牌联套体。八角鼓包括四句板、（数唱）若干曲牌、煞尾。演奏八角鼓，依情所需，使用不同的演奏方法，动作有轻重缓急，乐声各有其妙。

四 八角鼓的演唱内容与结构

八角鼓一开始是粗糙、自然、古朴的，随情即兴演唱，或自娱自乐，或哼唱于打猎途中，或歌唱于捕鱼船上，或在骑马行军中，齐唱凯歌，因此，最初的八角鼓即兴而作，自由灵活，只要在生活中有情而发，都可以作为八角鼓的内容。八角鼓内容"多写悲凉慷慨之情、思乡怀旧之感，笔调哀婉、细腻，或低沉或壮烈，真实动人。在形式上摆脱诗词格律的束缚，表现出民歌精神，糅入时调俗曲；题材广泛自由，皆属即兴之作，或抒情爱，或叙离别，或道思念，或写哀伤；在表现事件上虽点点滴滴，在感情上却挥洒自如、清新生动。有时也有一些粗俗猥亵的描写，也有一些由于封建文人染指改造，而带有浓烈的封建意识。总观八角鼓的特点是缠绵幽艳、通俗泼辣。如《佳人下牙床》《女人思春》《怕的是》《夏景天》《泪涟涟叫了声丫鬟》等，形式上有问答式、对唱体、单唱；有的近于剧本，唱词通俗，音调悠扬"③。

随着八角鼓传入宫中，受到了皇家的推崇，尤其得到了乾隆的喜欢，八角鼓这种艺术形式迅速在北京流行起来。"张照，雍正间官至刑部尚书，精于音律，能按腔订谱，为内廷供曲师。还有周祥钰、邹金山等人，对粗糙、自然、

---

① 佟靖仁：《呼和浩特满族民间故事选》，内蒙古大学出版社1989年版，第214页。

② 吉林省政协文史资料委员会、政协伊通满族自治县委员会编：《吉林满族》，吉林人民出版社1991年版，第198页。

③ 马清福、黄永恒等编：《满族文学史》第三卷，辽宁大学出版社2012年版，第394页。

纯朴的八角鼓进行了一定程度的雕镂与琢磨。"① 岔曲由此变得越来越雅致、讲究，八角鼓的结构越来越精细。

八角鼓的演唱结构一般分为四部分，包括四句板、数唱、若干曲牌、煞尾。八角鼓"这种说唱结构形式表现了启（起）、承、转、合的章法特点。启（起）——即'四句板'，点明全段大意；承——即'数唱'，唱出故事的缘起，作为'引子'；转——用若干个'曲牌'按照故事情节发展来演唱故事，是唱段的主体；合——即'煞尾'，拢括全段大意"②。

五　八角鼓演唱种类

八角鼓演唱主要有单口、对口、拆唱、坐唱、群唱、化妆表演等多种演唱形式。"单唱"八角鼓就是单人说唱八角鼓。

"拆唱八角鼓"就是两个人或多个人表演的。"群唱"早在过去八角鼓班里就有。据说，商店头天开市或者堂会，头一场就是群曲。刘振卿《八角鼓闻略》："太平歌词，即八角鼓，因词中之群曲，多御制之凯旋歌……阿文成将高宗御制之'大有年''万民乐''龙马吟''飞黄词'等满语之军歌译汉……以掠得番苗之乐曲，如勒德勒倭（金川鼓）、播切儿（大铜铙）、打拉达（铜钹）、大苍格（小锣）等，使军士合奏而歌之，相传今之群曲，即创于此。"③ 在嘉庆三年刊刻的戴全德《小曲》卷四中记载了"拆唱八角鼓"演唱"花柳调"时的情景："八角鼓，武艺高，伙计三人嗓子好，坐正的打鼓弹弦子，丑角是站着。家伙响动开唱，曲调新鲜，嗓子脆娇；丑角斗哏堪笑，脖子打肿了。可爱初次听，真畅快，可惜再复说，俗气了。"由于拆唱八角鼓的演出中有了角色的扮演，所以以后逐渐成了戏剧。

---

① 马清福、黄永恒等编：《满族文学史》第三卷，辽宁大学出版社 2012 年版，第 394 页。

② 李德：《满族艺术研究》，辽宁民族出版社 2010 年版，第 128 页。

③ 侯宝林、汪景寿、薛宝琨：《曲艺概论》，北京大学出版社 1980 年版，第 138 页。

六　八角鼓的演出效果

八角鼓表演时声音激扬、铿锵悦耳、令人振奋，带来了非常好的演出效果。八角鼓之所以在八旗军中最开始演唱，是由于八角鼓可以提神，令人精神振奋。满族出征打仗时要击打八角鼓，如辽宁凤城、岫岩地区的满族歌谣《出征歌》中唱道："八角鼓，响叮当，八面大旗插四方。大旗下，兵成行，我的爱根在当央。去出征，去打仗，离别话儿心中装。拍拍马，拽拽缰，高头大马脖子扬。灰灰叫，铃叮当，爱根回头把我望。出葛珊（满语村屯），上山梁，挥鞭打马奔前方。"[①] 吉林扶余一带的满族歌谣《我的爱根去出征》中："八角鼓，咚咚咚，我的爱根去出征。八面旗，色彩新，我的爱根粗骨轮墩。粗骨轮墩有力气，骑上大马奔东西。奔东西，打罗刹，打败罗刹快回家。快回家，好团圆，恩恩爱爱过百年。"[②] 吉林敦化一带流传的满族歌谣《我的爱根在正黄》："八角鼓，响叮当，八面大旗插四方。大旗下，兵成行，我的爱根在正黄，黄盔黄甲黄战袍，黄案黄马黄铃铛。去出征，大胜仗，打了胜仗回家乡。"[③] 可见，各地流传的出征歌都有八角鼓相伴。

八角鼓的铿锵有力的声音很适合鼓舞士气、活跃气氛。鼓点成为满族军队中的凯歌，八角鼓的来源本是军队里所唱的凯歌，其中不乏快三点鼓点。满族鼓点也成为激励将士、鼓舞士气的一种文艺形式。"乾隆时代有大小金川之乱，帝命云贵总督阿桂兵伐金川、讨灭戎人。讵阿桂统兵前往。战斗日久，战绩毫无。因所率之军皆为满人，不习出战。后阿桂思一攻山之法，命兵士以草料和泥，用布为斗，将泥置斗中抛于山岭之上，迨经雨浸，泥中草滋生甚长。阿桂晓谕将士攻山之法，然后进兵攻山，鼓声击动，清兵攀起登山而上，踏破叛军

---

① 博大公、季永海、赵志忠、白立元编：《满族民歌集》，辽宁民族出版社1989年版，第164页。
② 同上书，第165页。
③ 同上书，第166页。

之营寨，因之获胜。"①

　　另外，八角鼓小巧轻便，便于携带，在部队中使用起来很方便。相传，鼓曲艺人的祖师爷是周庄王。周庄王继位后十分孝顺自己的母亲，上完朝后回宫里总要把国家大事讲给他的母亲听，他的母亲听着听着就睡着了，后来，周庄王想了一个办法，讲几句就打几下鼓，这样他的母亲再也不困了，周庄王可以让他的母亲听完他的讲话，再听他母亲的吩咐。从这个传说中可以看出，鼓确实具有令人精神倍增的效果。八角鼓可以令人清醒不懈怠，有利于鼓舞士气，在军队中使用八角鼓可以说是满族的一个创举。吉林省扶余市流传的八角鼓民谣《八角鼓》歌词唱道："八角鼓，咚咚咚，我的爱根去出征。八面旗，彩色新，我的爱根粗骨轮敦。粗骨轮敦有力气，骑上大马奔正西。奔正西，打罗刹，打败罗刹快回家。快回家，好团圆，恩恩爱爱过百年。"② 从这首民谣来看，八角鼓可以用来鼓舞士气。

第二节　满族八角鼓举要

一　八角鼓

（一）从内容划分八角鼓

1. 反映下层生活的八角鼓

《鸟枪诉功》《酒鬼》《夏景天》《怕的是》等八角鼓都反映了下层人民的生

---

　　① 陈若培搜集整理：《满族八角鼓》，呼和浩特市群众艺术馆 1985 年版，第 8 页。
　　② 吉林省政协文史资料委员会、政协伊通满族自治县委员会编：《吉林满族》，吉林人民出版社1991 年版，第 191 页。

活。如八角鼓《怕的是》就描写了满族下层人的生活："怕的是梧桐叶降，怕的是秋景儿凄凉，怕的是黄花满地桂花香，怕的是碧云天外雁成行，怕的是檐前铁马叮当响，怕的是凄凉人对秋残景，怕的是凤枕鸾孤月照满廊。"① 这首八角鼓，表面是写自然景观，实际是写人害怕孤单、害怕分离的恐惧心理，用秋景衬托人物内心的凄凉，描写战乱时期人物细腻生动的内心世界。

2. 对古典名著改变的八角鼓

《霸王别姬》《花木兰》《打渔杀家》《白蛇下山》《宝玉探病》。

（二）从语言划分八角鼓

1. 汉语创作的八角鼓

有很多八角鼓都是用汉语创作的。如八角鼓《酒鬼》就描写了下层人的生活："玉液琼浆。不少不尝。杜康造酒。留下仙方。李白当年用斗量。洞宾好酒。醉倒在岳阳。刘伶好酒。在黄鹤楼上。若论那酒的好处。听我细说端详。[南罗儿]早三杯。精神长。晚三杯。体安康。三伏吃酒多凉爽。[耍孩儿]数九天。饮琼浆，喝下去。赛姜汤。年老人吃酒多健旺。[倒推船]少年人吃酒身光彩。反添些文雅与端庄。满面红光明又亮。[便书]文官吃酒去拜相，武将吃酒拜将封王，才子吃了酒。诗词歌赋。佳人贪杯。美貌无双。富贵人吃了酒增福延寿。贫穷人吃了酒。撇去了愁肠。君子吃了酒。知礼仪。若是那小人贪杯，乱了纲常。[数唱]如果你们不信。听我细说端详。有个酒鬼。好饮琼浆。家道贫寒。吃着分钱粮。终朝在外。醉魔搅抢。狐朋狗友。喝醉了装羊。[太平年]好酒人。真平常。钻头觅缝饮琼浆。几留咯喇把朋友找。太平年不论李赵共张王。年太平吃了一瓶子润润肠。太平年那人说。我这里忙。不能陪着阿哥诉家常。醉鬼闻听忙起誓。太平年你要不去我是孽障。太平年[双头人]二人说罢往前走。悠然间离了档子房。箭直的来到大街上。四牌楼站住细细的商量。那人问道是那里好。酒鬼说。任凭兄弟挑上个地方。那人说，依我

---

① 《满族八角鼓》，呼和浩特市群众艺术馆1985年版，第34页。

不如住在肇泰号。他们家的木绍果然强。咱们俩上去吃几杯。你可休要喝醉了和我打急慌。阿哥的脾性儿我最知道。提起来。我的脑浆子生疼还忙的慌。你记的。那一年，同你前门去看戏子会。咱们俩在拐脚儿酒楼上饮琼浆。头杯二盏你还好。喝到了三盅。你的脸儿焦黄，嘴里是，胡言乱语将人骂，险些儿惹出一场灾殃。好容易。我劝你将城进。雇了辆驴车把你装。我将阿哥送到府上。反惹的大嫂子出来数落了我一场。〔数唱〕酒鬼闻听。大笑了一场。二人登梯。忙把楼上。挑了一张桌儿。正对着楼窗。要了两壶木绍。放在桌上。他们俩自斟自饮。夸好称强。酒鬼的酒到了八分。他的两泪千行。叫了声兄弟。你听我细说端详。〔银纽丝〕哥哥想起事儿一桩。提起我的祖父不平常。随龙伴过驾。一品在朝纲。到而今。积作的儿孙不像个样。只有你哥哥这分钱粮。吃饭当差穿也么衣裳，我的兄弟哟，咳，可怜我。卖也没的卖。当也没的当。〔剪靛花〕幸喜你嫂子多贤惠，忍饥挨饿把家当。惯会打急荒，哎哟惯会打急荒。无衣服，光打光披着一块毡子装柴王。每日不出房，哎哟叫我疼的慌，终朝揽活与人家做。每日奔波把活忙，真真算贤良。哎哟真真算贤良。〔数唱〕酒鬼说到此处。大哭了一场。一阵心烦。酒往上撞。那人一见。心里着忙。叫了一声哥呀，你不必惨伤。富贵穷通。一任上苍。依着我说。不如凭着命去闯。酒鬼点头。他说命里头该当。二人下了楼，会罢酒账。雇了一辆驴车。酒鬼坐上。二人分手。各转一方。酒鬼一到他的门首，分外装羊。〔花鼓腔〕酒鬼到了家乡。酒鬼到了家乡。依流觅斜好似风狂。进了门，一直就往南墙上撞。嘴里唱着树叶子黄。又唱小西厢。他说李逵跳过我们家的墙。叫贤妻你出来罢。哟。把门关上。两只眼睛往四下里张。两只眼睛往四下里张。他说到我家的奶奶你在那厢。你快出来。跟着我把四牌楼上。〔数唱〕贤人闻听。心内着忙。跑出房来搀扶他的夫郎，酒鬼往里走。东倒西晃。好容易搀他。进了卧房。〔四大景〕酒鬼坐在床儿上。佳人连忙去拿茶汤。笑尊爷。今朝你又往那里去逛。酒鬼说。我去云南走一趟。接过茶来他说是好凉。给我换热的。喝了一口哎哟说好烫〔叠断桥〕登时气昂昂。哎哟登时气昂昂。手指着贤人骂了声不良。我看你服侍我。何曾从心上。说罢离了床。哎哟说罢离了床。手揪着青丝把拳头交仰。只听得啪啪的响。打得好像擂牛的样。〔数唱〕打罢一顿。坐在床上。用手一指骂了声不良。我看你这两日。大大的不像。莫非你嫌我穷。改变了心肠。你若是嫌我。给你休书一张，咱们好离好散。免得你和我遭殃。别当我醉了么。我却是假装。〔罗江怨〕骂的个贤人粉脸儿焦黄。低头无语暗自惨伤。满面的羞愧不不不敢强。强赔笑脸。口尊夫郎。天黑夜晚。定了更梆。爷请安歇。奴奴奴铺炕。酒鬼登时。身无了主张。往后一仰倒炕上。他说明日再与你你你算账。〔数唱〕酒鬼登时，梦赴黄粱。佳人拉被。与他盖上。独对孤灯。暗自惨伤。〔边关调〕佳人自惨伤。哎哟佳人自惨伤。前思后想痛断了肝肠。可怜我名门女。熬煎的不像个样。也不怨上苍，哎哟也不怨上苍。前生造定奴受灾殃。好一个劝不醒的夫。唱醉了要耍棒〔数唱〕一直哭到了东方大亮。酒鬼睡醒。一翻身。瞧见他的妻房。说昨日个我醉了么。可曾和你遭殃。佳人闻听。止不住两泪千行。〔子弟书〕这佳人。悲悲切切说夫呀。你昨日何方身带了酒。只等到黄昏夜晚。你才转家乡。进门来无缘无故将奴打。打了一顿。说出那派赖的言语。叫我怎么当。奴与你，数载夫妻恩情重。可怜我。咽土吃糠把你帮。劝不醒。终日每朝胡吵闹。奴是条，火热的心肠，被你闹了个彻底冰凉。二落奴劝你这酒鬼。也当忌了。也想想大事你成了那一桩。也该去，习学弓箭莫要拖懒。也该去，努力巴结把差当。常言道。人穷志短，依奴说，你虽身穷志到底要强。奴劝你的良言虽逆耳。要你去，仔细追究。细细的思量。〔数唱〕酒鬼听说心欢喜。说贤妻吓。你只管将心放。打今日个起。我再喝酒。你就骂我个。越拉越长的八宝皮糖。"[1]

2. 满汉兼创作的八角鼓

满汉兼创作的八角鼓是满族与汉族融合的结果，如《燕台小乐府·咏八角鼓》。

---

[1] 《满族八角鼓》，呼和浩特市群众艺术馆1985年版，第36页。

二　新城戏

　　1960 年八角鼓在吉林省扶余县经过改编后被命名为新城戏。八角鼓音乐为联曲体，变成新城戏后八角鼓逐渐成为板腔体和联曲体相结合的体式。新城戏"板腔部分是以八角鼓的［四句板］、［靠山调］两个曲牌为基础，吸收了其他曲牌的个别乐句发展而成。经过多年的探索实践，八角鼓逐渐形成了慢板、三眼、原板、弹颂板、行板、快四板、数板、垛板、流水、快板、散板（包括导板和快打慢唱）等各种板式。根据演出的需要，也经常使用一些独立的曲牌，如［太平年］、［剪剪花］、［茨山］、［数唱］、［娃娃腔］等。八角鼓在板腔和曲牌的运用上也比较灵活：有时板腔和曲牌结合使用，有时只用板腔，有时则是把曲牌连接起来使用。唱腔的主要特点是旋律经常使用四五度的连续跳进，又二度上行的旋法，加之旋律进行跳动幅度较大（有的竟达两个八度），拖腔长而委婉，因而形成了其独特的风格。男女分腔采用同调异腔的方法，即男女腔基本上相差四五度。八角鼓的主要乐器是高胡，配以二胡、扬琴、三弦组成四大件。但也有的板式和曲牌如弹颂板，就只用琵琶和古筝，打击乐器则配以八角鼓，数板只用扬琴和八角鼓。新城戏音乐整体上以八角鼓为基础，吸收满族民间音乐（满族民歌、太平鼓等），以板式变化为主，兼用曲牌。行当以生（小生、老生）、旦（青衣、花旦）、丑（文丑）为主，长于表现悲欢离合的故事情节"①。

---

　　①　曹萌主编：《中国满族文化资源与发展分省描述与研究》，高等教育出版社 2007 年版，第 18—19 页。

第三节　满族八角鼓的传承与演变

满族八角鼓的传承与演变主要经历了由关外进入关内，由乐器变为曲牌子的过程。

一　八角鼓产生的原因

对于八角鼓的产生说法不一，归结起来有如下几种。

第一，八角鼓的产生与满族的渔猎文化有关。最开始敲击实物，可以吓跑野兽，防止毒蛇咬伤，增强士气，是由于打猎所需，久而久之，产生了专门用于敲击的实物，产生了八角鼓。"'八角鼓'作为满族文学的一种艺术形式来自于民间，是伴随着民族生活的发展而发展的。早在15世纪以前，满族处于游牧时期，他们在游牧之余自歌自娱，或哼于马背，或唱于山林，或表演于人前，这些口头传唱的曲调，称之为民歌或民谣。在演唱过程中从敲击实体发展到敲击清新悦耳的器皿，从敲击猎物到敲击兽皮制成的鼓，从敲击形状不同的牛羊皮制成的鼓，到圆形单面的抓鼓，再到改制成八角形的蒙着蟒皮的八角鼓。鼓的发展，歌唱形式的形成过程，就是'八角鼓'的形成过程。人们用以抒发内心的感情，表达理想愿望，表现现实生活中的故事和古老的传说。这些既表现了满族祖先长期奔驰在广阔森林与原野所培养起来的豪放、粗犷、坚强、勇敢的性格，也表现了'鞭敲金镫响，齐唱凯歌还'的民族向上的气势，曲调雄浑、高亢。"①

第二，八角鼓和满族的祭祀有关。康熙年间李振声写的《看戏竹枝词》中

---

① 马清福、黄永恒等编：《满族文学史》第三卷，辽宁大学出版社2012年版，第393页。

也解释了八角鼓为何有八个角："闻说雷鼓曾八面，天神可复降南郊？"《宋史乐志》中写有："雷鼓八面前世用以迎神。"可见，八角鼓最初和八旗制并没有直接的关系，八角鼓和萨满祭祀迎神有关。"它的产生与萨满教也有着密切的关系。满族人跳萨满，俗称'跳单鼓'，因为萨满祭祀活动不仅系腰铃，唱祭歌，更主要的是敲单鼓。某个民族在其发展过程中，各民族间的文化交流，文艺与宗教总是相互影响的。"①

第三，八角鼓和满族的军旅生活有关。"相传，阿桂将军见军中将士思乡思归，情绪低落，就在战息之时以树叶为题，编就各种歌曲，教军兵演唱，安慰军心，使将士们乐而忘返。阿桂将军把所唱的小曲儿命名为'岔曲'，据说是以树生岔之缘故。又传说，阿桂将军麾下有一个极具音乐天赋的八旗士兵名叫宝小槎，此人积累了许多流传在民间的满族民歌曲调，受阿桂将军之命，编成六字凯歌，教八旗兵用八角鼓伴奏演唱，蔚然成风。宝小槎所编小曲最初被定名为脆唱。阿桂将军凯旋归朝，给乾隆皇帝唱了一曲《得胜歌》，博得乾隆皇帝欢心。乾隆皇帝受此启发，亲作《大有年》《万民乐》《龙马吟》《飞黄词》等满文军歌，令太监们歌唱。由于受到乾隆皇帝的重视，又因宝小槎名字中有个'槎'字，所以将这种小曲命名为岔曲。"②

第四，傅惜华对八角鼓解释为："所谓'八角鼓'者，产生于旧京，而成为满族人之一种'俗文学'代表作品，流行于华北东北各地，至今歌场中，尤传唱甚盛焉。"③

第五，八角鼓和满族八旗制度有关。现在大部分学者认为八角鼓和满族的八旗制度有直接的关系。八角鼓象征着八旗。八角鼓大小不一。八角鼓有木制等边的八角形框。八角鼓一般用蟒蛇皮制作，鼓只有单面有蟒蛇皮。在《萨布素将军传》中有这样一段描写："这时大蟒一看草就剩下一半了，气坏了，张开嘴就把草都吃了。大伙一听说下面有大蟒，就有人下去把两条大蟒都拽上来

---

① 马清福、黄永恒等编：《满族文学史》第三卷，辽宁大学出版社2012年版，第393页。
② 杨丰陌：《御路歌谣——满族民俗传说》，辽宁民族出版社2005年版，第39—40页。
③ 傅惜华：《曲艺论丛》，上海文艺联合出版社1953年版，第3页。

了，把蟒皮扒下来了。会做八角鼓的可以高兴了，这可以做八角鼓。"①云游客在《江湖丛谈》中介绍了八角鼓："当奏曲时所用之八角鼓，其八角即暗示八旗之意。其鼓旁所系双穗，分为两色，一为黄色，一为杏黄色。其意系左右两翼。至于鼓之八角，每角上镶嵌铜钹，总揆其意即三八二十四旗也。惟八角鼓儿只是一面有皮、一面无皮并且无把……鼓无柄把，取意永罢干戈，八角鼓儿之意义不过如此。"②

二　八角鼓的传承与演变

远在关外牧居时期，满族就有了击八角鼓演唱、自娱自乐的风习。从满族民歌中可以看到清代关外八角鼓演出还是比较盛行的。《竖了旗杆唱大戏》中："槐树老，柳树弯，柳树上边竖旗杆。竖了旗杆唱大戏，大戏唱了七八天。前年唱的是八角戏，去年唱的是跑马射箭上刀山。今年戏中有罗刹鬼，唱的是萨老将军去安边。"③

云游客的《江湖丛谈》中记载了八角鼓的源流："按八角鼓之源流，系肇始于满清中叶。乾隆时代有大小金川之乱，帝命云贵总督阿桂兵伐金川，讨灭戎人。讵阿桂统兵前往，战斗日久，战绩毫无。因所率之军皆为满人，不习出战。后阿桂思一攻山之法，命兵士以草料合泥，用布为斗，将泥置斗中抛于山岭之上，迨经雨浸，泥中草滋生甚长。阿桂晓谕将士攻山之法，然后进兵攻山，鼓声击动，清兵攀起登山而上，踏破叛军之营寨，因之获胜。当于战息之时，阿桂见军中将士思归。想以安慰军心之法，乃以树叶为题，编就各种歌曲，教导军兵演唱，使其乐而忘返，所歌之曲几曰'岔曲'，以树木生岔而言。相传如此，也无可考。在早年所唱之'岔曲'有'树叶黄'之旧调，即乾隆降

---

① 谷长春主编：《满族口头遗产传统说部丛书——萨布素将军传》，吉林人民出版社 2007 年版，第 392 页。

② 吉林省政协文史资料委员会、政协伊通满族自治县委员会编：《吉林满族》，吉林人民出版社 1991 年版，第 191 页。

③ 博大公、季永海、赵志忠、白立元编：《满族民歌集》，辽宁民族出版社 1989 年版，第 15 页。

旨召还帝都时，阿桂统兵回京，鞭敲金蹬响，齐唱凯歌还。其凯旋之歌亦‘岔曲’也。兵至帝都，乾隆帝躬迎至卢沟桥畔，因讨平金川有功而为兴建碑亭，赐宴奖功。帝复闻兵在金川时，曾以树叶编为歌曲之词，又经臣宰上奏。遴选八旗子弟，成立八角鼓儿，排演日久，甚为优美，满民争相演习，八角鼓儿普及于故都矣。当奏曲时所用之八角鼓，其八角即暗示八旗之意。其鼓旁所系双穗，分为两色，一为黄色，一为杏黄色，其意系左右两翼。至于鼓之三角，每角上镶嵌铜钹，总揆其意即三八二十四旗也。惟八角鼓儿只是一面有皮，一面无皮并且无把……鼓无柄把，取意永罢干戈，八角鼓儿之意义不过如此。斯后曲词盛兴，有内务府旗人，司徒靖辕者别号‘随缘乐’，寓居城内，因不堪繁华市之嚣烦，乃往西山投一别墅而修养，感于身世，研究八角鼓儿曲词，编有杂牌之曲，是乃单弦渐兴也。”①

北京在明代已经有了八角鼓。明代沈榜《宛署杂记》中记录：“刘雄八角鼓绝：刘初善击鼓，轻重疾徐，随人意作声，或以杂丝竹管弦之间，节奏曲合，更能助其清响云”。②“近人齐如山在《八角鼓》一文中也曾说：‘八角鼓一物，平人皆云始自乾隆年间，但余于民国十八九年时，曾见一书系明朝时代朝鲜人所刻者，其中绘有一图，与现在之八角鼓，形式皆同。’由此推断，明代嘉靖、隆庆年间，即公元一五二二年时，已有此物。”③

满族入关后，军中的俗曲和萨满神歌都要使用八角鼓。八角鼓盛行于清代，到了康熙中叶，八角鼓已经成为京城流行的一种汉语演唱形式。清人小说《风月梦》第十三回，有描述道光年间（1821—1850）旗籍子弟在扬州演出拆唱八角鼓的具体情景：“三个人上来，将桌子摆在中间，有一个拿着一担大鼓弦子坐在中间；那一个拿着一面八角鼓站在左首；那一人抄着手站在右边。那坐着的念了几句开场白，说了几句吉祥话，弹起大鼓弦子，左边那人敲动八角鼓。那坐着的唱着京腔，夹着许多笑话。那右首的人说闲话打岔，被坐着的人

① 侯宝林、汪景寿、薛宝琨：《曲艺概论》，北京大学出版社 1980 年版，第 136—137 页。
② 转引自陈若培搜集整理：《满族八角鼓》，呼和浩特市群众艺术馆 1985 年版，第 1 页。
③ 同上。

在颈项里打了多少掌，引得众人呵呵大笑；这叫作斗绠儿（按即'逗哏'）。"

以后八角鼓流传到了天津、河北、河南、山东、内蒙古、辽宁、吉林、黑龙江和云南省大理、剑川等地。

八角鼓的发展演变主要包括以下几个方面。

第一，由于清帝乾隆喜爱八角鼓，命令张昭等人编写新唱词，命令太监演唱，八角鼓登上了大雅之堂，向高雅艺术发展。

第二，八角鼓一部分流入民间，吸收了时下的民歌、小调、宫调等元素，形成了通俗的曲艺形式。

第三，八角鼓中的逗哏，以后逐渐演变成了北京的相声。

第四，"以八角鼓为主乐器而发展起来的一种民间剧种也叫作'八角鼓'。据说，八角鼓曲调原为满族先人牧居时的歌曲，清朝乾隆年间，才发展为坐唱形式，并有专业艺人演出。嘉庆以后，八角鼓逐渐衰落，仅限于八旗子弟非职业性的娱乐活动。现在，北京流行的单弦、京韵大鼓等曲艺形式就是由八角鼓演变而来的。""八角鼓从'单弦''坐唱'又发展到'拆活儿'和'下地儿'。'拆活儿'，就是把故事中的人物分别让演奏者充当，每人各演一个角色，同时担任伴奏，这是一种集体坐唱伴奏的形式。'下地儿'，就是走场子表演，这是吸收了二人转、二人台的表演方法。演唱内容很文雅，一点儿也不'粉'（色情）。"[1]

八角鼓票房盛行于晚清，是一些八旗子弟自娱自乐的特殊方式。活动的排练场所称为"票房"，参加票房演出活动的演员称为"票友"。组织票房的负责人称为"把儿头"。八角鼓在北京曾经盛极一时，赵俊廷和好友桂润斋创办了近代著名的"朝阳庵"子弟八角鼓票房。"朝阳庵"子弟八角鼓票房实行季节性排练。每年端午节前后开始排练，中秋节停止排练。票房的演出分文不取，其主要目的是为了自娱自乐，而非挣钱。

八角鼓随着满族入关，进入中原后，随着各民族之间文化交流，八角鼓不断改进，吸收汉族曲艺营养。八角鼓吸收、学习中原地区的民谣、民歌、民间

---

[1]　佟靖仁：《呼和浩特满族民间故事选》，内蒙古大学出版社1989年版，第213—214页。

小调。"17 世纪中叶，八角鼓随着满洲八旗进入中原地区，在那里汲取了汉族戏曲中的丰富营养，学习了诸宫调、散曲、民歌等表达方法，使得八角鼓又有了进一步的发展，形成一种坐唱形式的'牌子曲'，在乾隆时期发展兴盛。"[①]

单唱八角鼓在不同的地区具有了地区特色，如扶余（新城）八角鼓、山东聊城八角鼓。山东聊城的八角鼓流行于山东聊城地区，是由北京传入山东聊城后，与山东地方音乐以及当地流行的河南鼓子曲等一些曲牌结合而成。山东聊城八角鼓表演时：一人手击八角鼓站唱，另有人用三弦及扬琴、琵琶、二胡等乐器伴奏。唱腔为曲牌联套体。唱词为长短句。

八角鼓在吉林省扶余被称为新城戏。新城戏产生于 20 世纪 50 年代末 60 年代初，是在满族八角鼓基础上逐渐发展起来的。主要流传于吉林省扶余一带，由于吉林省扶余曾经是清朝新城府治所，所以起名为新城戏。在清代，扶余曾是北方重镇之一，满人居多，自清朝后期至 20 世纪 30 年代，八角鼓在扶余盛行起来，每逢节庆堂会，必演八角鼓。抗日战争至新中国成立前，八角鼓逐渐销声匿迹，1955 年，扶余八角鼓被重新抢救过来。1959 年成立了扶余县新剧种实验剧团，扶余有关部门对八角鼓进行了改编，在八角鼓基础上改编的《箭帕缘》大获成功，第二年将《箭帕缘》这种新剧种命名为新城戏，扶余县新剧种实验剧团也改名为新城戏剧团。新城戏剧团在"文化大革命"期间改名为文工团，1978 年又恢复了新城戏剧团。

单唱八角鼓结合三弦伴奏，形成了现在的单弦。单弦八角鼓著名的演唱家有"随缘乐"。"随缘乐"本名司瑞轩，满族人，生卒年不详，为八角鼓演唱著名票友。生活时代为清朝末年。相传早年热心组织八角鼓票房，到处演出。后贴出"随缘乐一人单弦八角鼓"的海报"下海"演出。因唱词通俗而广受欢迎。在使八角鼓由雅入俗、由贵族票房走向民间茶社、由曲调单一而转向丰富多彩等方面，均有杰出的贡献和重大的作用。

拆唱八角鼓以后逐渐形成了北京的曲戏、内蒙古的满族戏和山东聊城的

---

① 马清福、黄永恒等编：《满族文学史》第三卷，辽宁大学出版社 2012 年版，第 394 页。

广场戏。

现在八角鼓演唱已经近乎失传，对于八角鼓的研究只能在文献中进行。早在明嘉靖、隆庆年间就有书记载北京有刘雄善击八角鼓。明代沈榜著的《苑署杂记》（1593 年成书）中就有八角鼓记载："刘雄八角鼓绝：刘初善击鼓，轻重疾徐，随人意作声，或以杂丝竹管弦之间，节奏曲合，更能助其清响云。"①可见，满族入关前，北京已经有八角鼓的演出了。有人认为早在关外牧居时，满族就有用八角鼓演唱的习俗。满族在行围打猎之余，用八角鼓自歌自娱自乐，表现劳动生活的方方面面，其内容包括劳动、祭祀、渔猎、游戏、爱情、出征等。满族入关时，就曾用满语演唱八角鼓军歌。姚颖认为清代八角鼓始制于乾隆十四年（1749），阿桂平定金川之后。

姚颖认为八角鼓自身衰落了，但却促成了相声和单弦牌子曲等新的形式。戴月琴也认为北京的单弦直接承袭于八角鼓。道光、咸丰时期的司瑞轩，清末民初的德寿山、荣剑尘、谢芮芝、常澍田、谭凤元都是单弦演奏大师。

---

① 吉林省政协文史资料委员会、政协伊通满族自治县委员会编：《吉林满族》，吉林人民出版社1991 年版，第 192 页。

第八章　子弟书

子弟书又称"清音子弟书""弦子书""子弟段儿"。中国俗文学史上艺术成就最大的、影响最深远的就是子弟书。子弟书顾名思义，是以八旗子弟为主体的说唱艺术。子弟书是北方清代的满族说唱文学，属于曲艺中的鼓词类。子弟书主要盛行于乾隆、道光、嘉庆三个朝代，讫于清末。子弟书为单唱鼓词，韵律优美。子弟书句式简练，全部为韵文。

子弟书之所以兴起，是由于满族入关后，清政府对八旗子弟实行恩养政策，八旗子弟，不劳而获，不事生产，武备废弛，奢靡腐化，沉于享乐，因而八旗子弟书得以兴起。

第一节　满族子弟书的特点

子弟书和岔曲在改编汉族作品时有共同的地方，它们都属于曲艺。二者都侧重表达情感，都押十三辙韵。

子弟书顾名思义，是以八旗子弟为主体的说唱艺术。子弟书分为西韵和东韵。子弟书一开始只有西调（也叫西城调或西韵），音调近似昆曲，曲调柔美，适合演唱儿女情长、才子佳人的题材。后有东调（也叫东城调或东韵），音调高昂、沉雄阔大、慷慨激昂，适合于演唱忠臣孝子、节妇勇士的内容。"旧日鼓词，有所谓子弟书者。始粉于八旗子弟，其词雅驯，其声和缓，有东城调、西城调之分。西调尤缓而低，一韵萦纡良久。此等艺内城士多擅场，而瞽人其次也。然瞽人擅此者，如王心远、赵德璧之属，声价极昂，今已顿绝。"① 其中的"艺内城士"即是八旗子弟。

子弟书的文辞大都比较高雅，因为子弟书的作者大都具有文学修养，或者是受过良好教育的八旗子弟，或者是没落文人，因此，子弟书在说书中是最文雅的。

一　子弟书的内容

（一）子弟书的内容往往改编自汉族的小说、戏剧、叙事诗、历史故事、民间传说、佛经故事等

子弟书改编的汉族小说、戏剧、叙事诗、历史故事、民间传说、佛经故事往往是经典的名篇。这些经典作品包括：《三国演义》《水浒传》《醒世恒言》《警世通言》《喻世明言》《红楼梦》《聊斋志异》《初刻拍案惊奇》《说唐后传》等。改编的戏曲主要有《长生殿》《西厢记》《窦娥冤》《牡丹亭》《琵琶记》《桃花扇》《赵氏孤儿》等。

从表8—1可以看出，从子弟书改编的体裁来看，由小说、戏曲传奇改编的子弟书篇幅最多，由此可见，子弟书喜欢改编有情节的叙事性作品。尽管岔曲改编的小说具有较大的比例，但岔曲相对于子弟书来说，更侧重改编抒情性作品。这足以说明，子弟书的篇幅比岔曲的篇幅要长，而且更富于故事性。

---

① （清）震钧：《天咫偶闻》，北京古籍出版社1982年版，第175页。

表 8-1　　　　　　　　　　　改编作品抽样分析比例

	小　说	戏　曲 传　奇	诗　词	散　文	历史 故事	民间 神话 传说	佛经 故事
子弟书	51%	24%	0.008%	0.045%	0.139%	0.045%	0.004%
岔曲	0.447%	0.058%	0.152%	0.258%	0.058%	0.023%	—

子弟书在改编作品时，往往突出作品的某一个片段。第一，子弟书喜欢从作品中抽取、突出爱憎情感比较鲜明的片段。如子弟书改编《西游记》时，只突出《西游记》中的《子母河》片段。突出《霍小玉传》中的负心恨一段。第二，子弟书喜欢从作品中抽取、突出经典的具有较大知名度的片段。如根据《三国演义》改编的子弟书有《长坂坡》《舌战群儒》《草船借箭》《单刀会》。

（二）子弟书的内容侧重情感的真实

子弟书在改编经典作品时，情节尊重原作的主要脉络，但在内容上主要按照情感逻辑展开，对史实并不注重十分准确的把握。子弟书的创作有详有略，"详"的地方往往是关于情感的部分，"略"的地方往往是关于史实的部分。如在白居易的诗歌《琵琶行》中，交代了诗人被贬的原因，而在子弟书《琵琶行》中，并没有交代诗人被贬的直接原因，白居易被贬的原因是其写的讽喻诗刺痛了权贵。在《白居易生活系年》一书中指出："（元和十年，即815年）六月三日，天未明，宰相武元衡入朝，出所居靖安坊东门，有贼自暗中突出射之。从者皆散走，贼执元衡马，行十余步而杀之。取其颅骨而去，又入通化坊击裴度，伤其首，坠沟中。度毡帽厚，得不死。仆人王义自后抱贼大呼，贼断义臂而去。居易上疏，急请捕贼，为执政者所恶，诏贬江州司马。"[1]

———————

① 王拾遗：《白居易生活系年》，宁夏人民出版社1981年版，第102页。

子弟书在情感的处理上，放大、润色、渲染、丰富，使得子弟书的抒情色彩更浓。

（三）子弟书多重的叙述视角

子弟书的叙述视角是多样的、不断变化的。有时一个子弟书作品只有一个视角，有时一个子弟书作品中每回的视角都不同。

首先，第一人称。

在第一人称中，叙述者是故事中的一个角色，尽管叙述者的视角受限，但给人一种身临其境的参与感和亲切感。如子弟书《芙蓉诔》："虽然说天下的人苦苦不过我，这也是前生造定岂容情。悲的是眼前没有父和母，哪有同胞弟与兄。纵有那万般说不出的苦，也惟有自己伤心自己明。可怜我此时哭得喉咙哑，哪有亲人问一声。可怜我此时血泪都流尽，哪有亲人把我疼。最可叹从前以往全无用，最可叹自今以后总成空。二爷呀你前程远大须努力，可惜我不能看你把名成。我的那身后的事儿虽然有兄嫂，还望你命人照应入土中。倘能够亲到灵前送我一送，阴魂儿再见你一面死也闭睛。公子呀我此去虽然无挂念，只可叹父母的香烟一旦空。我临危手中给我香一股，愿来生接续香烟再报恩情。我的那棺木入土休朝北，向西方望着爹娘心也宁。盂兰会你不用把纸钱儿送，清明节也不必把黄土儿蓬。望只望悲风愁雨凄凉夜，你把那苦命的人儿叹我几声。一壁里说着悲又惨，霎时间樱桃口内冒鲜红。"[1] 这段显然是晴雯以第一人称的口吻写的，这时叙述者也成为作品中的一个角色，使接受者产生一种逼真感。

其次，第三人称。

在传统的叙事中，第三人称没有视角的限制，第三人称叙述一般是全知全能型的视角。作者像万能的上帝可以了解作品人物的一切。如"垂危的晴雯把后事嘱，登时昏晕倒床中。宝玉在旁无主意，只急得拳回两腕手捶胸。口内只

① 张寿崇主编：《满族说唱文学子弟书珍本百种》，民族出版社2000年版，第432页。

言要我的命，止不住滔滔的珠泪恸伤情。说姐姐呀你千万慢些儿走，等等我薄情的宝玉一同行。若是果然撇下了我，倒不如双双儿同去最安宁。这公子正自伤悲无主意，忽听得园中一片喊连声。原来是天晚园门要上锁，公子闻言不敢停。强咬牙关才要走，来了那晴雯的嫂嫂母大虫。只见她生成一副春风脸，浑身卖俏带着轻盈。两道弯眉常锁恨，一双俊眼最多情。刷就的银牙一口白如玉，染成的朱唇一点赤通红。金莲儿窄窄衬着高低（底），颧骨儿高高堆着笑容。肩膀儿苗条身段儿俏，柳腰儿摇摆骨头儿轻。油搽的青丝一锭墨，梳成的水鬓一蓬松。耳边厢坠子环子一大串，鬓儿边花儿朵儿几多重。年纪儿不满三十岁，她那种体态风骚自不同。这妇人十指儿尖尖来拉公子，她未曾开言先自笑颜生"①。

最后，第二人称。

第二人称是比较少见的叙事方法。第二人称的叙事方法好像把读者拉进了作品，犹如身临其境，给人一种亲切感，这种方法好像是作者面对我们娓娓而谈一样，无形之中拉近了读者与作者的距离。如子弟书《芙蓉诔》中："二爷呀事儿虽急你心儿要缓，须让我慢慢地想法儿替你缝。说话间忙把黑斑全去净，破口儿刮得散松松。竹弓儿一个钉在背面，正面儿两条经纬界的分明。刚缝了数针只觉头发晕，这佳人爬伏枕上又嗽不停。公子观瞧心不忍，说姐姐呀你有病之人莫要逞能。我明朝宁可去挨骂，你若是身子劳伤我心更疼。快些儿吃药早些儿睡，谅来即刻不成功。赶紧儿补完也得一夜，你何能带病到明天（天明）。你若是只图狠命来缝补，倒只怕破洞儿依然病反增。若要虑明朝祖母来盘问，就说是舅舅留存在府中。不过是十天半月就还我，趁这空你再偷闲替我缝。说罢只催快收起，请去安歇莫逞能。这佳人宁神半晌觉清爽，重新扎挣坐床中。"② 这段叙事采用了第二人称视角，仿佛读者变成了晴雯，读者和晴雯对话，就像是和读者对话。

---

① 张寿崇主编：《满族说唱文学子弟书珍本百种》，民族出版社 2000 年版，第 433 页。
② 张寿崇主编：《满族说唱文学子弟书珍本百种·守楼》，民族出版社 2000 年版，第 421 页。

（四）满族民间文学表现了满族特有的民族心理

满族的民族心理决定了满族的语言、思想、信仰、习俗等和其他民族是不同的，这导致了满族民间说唱艺术的创作与汉族不同。

首先，满族文学作品中满族作家表现出了民族自主意识。满族文学作品中表现了入主中原、建立清朝的自豪感，而汉族的诗词往往表现故国之思、兴亡之感，明末清初的汉族作家有这种心态的很多。清朝满族诗人吴兰雪写道："边墙踏破中原定，帝铭彤弓拜家庆。箭传三尺六寸长，百石能开猿臂强。"① 这首诗充分表现了满族入主中原的自豪感。"清以异族入主中原，汉人多有家国陆沉之痛。"② 明末清初，明代遗民人数众多，有关文献资料较为丰富。如顾炎武、黄宗羲、王夫之等明末清初三大遗民思想家，八大山人等遗民画家以画喻时言志，都表现出了兴亡之感。钱谦益的《投笔集》系晚年之作，多抒发反对清朝、恢复故国的心愿。乾隆时，他的诗文集遭到禁毁。这正从一个侧面反映出钱谦益"文化遗民"的面目。

其次，满族文学作品在继承汉族文学作品时，以满族的民族心理为创作的依据，继而修改汉族文学作品的主题，把满汉冲突改成爱情冲突。从《桃花扇》也可以看出满族和汉族在文学创作中表现出的民族心理差异。汉族作家孔尚任的《桃花扇》用所谓"春秋笔法"，描写了侯方域和李香君的爱情悲剧。当时各省起兵抗清前后三藩早已平定，孔尚任是借离合之情，写南明兴亡之感。孔尚任在《桃花扇》的结尾写道："渔樵同话旧繁华，短梦寥寥记不差；曾恨红笺衔燕子，偏怜素扇染桃花。笙歌西第留何客？烟雨南朝换几家？传得伤心临去语，年年寒食哭天涯。"③ 这种感受不是满族作家所有的。同样是写《桃花扇》，满族作家和汉族作家有着完全不同的心理感受，满族作家只写了爱情的悲剧，而把兴亡之感抹掉了。八旗子弟书中写的《守楼》，选自《桃花扇》

---

① （清）昭梿：《啸亭杂录》，何英芳点校，中华书局 1980 年版，第 299 页。
② 张家生：《八旗十论》，辽宁民族出版社 2008 年版，第 5 页。
③ （清）孔尚任：《桃花扇》，人民文学出版社 1982 年版，第 261—262 页。

中的一段，把李香君血染桃花扇的起因改成是有人逼婚所致，李香君的死完全没有了兴亡之感，抹杀了其中的政治因素。"只因为当朝宰相贵阳的亲戚，田百源他后房思聘一美多娇。久闻令爱多姿色，特恳我在旧院红楼访一遭……他相府的吉时错不得分毫。逼的个香君无可奈，芳心一狠转纤腰。花容碰在楼窗上，晕倒在尘埃血点儿飘……昏沉多会才苏醒，见那素扇洇湿都是血点儿抛。"① 同样是《桃花扇》，汉族和满族处理的方式完全不同，这主要是由于民族心理差异造成的。

对于《孟姜女》故事，汉族和满族创作的民族心理也是不同的。长城是古代中国在不同时期为抵御塞北游牧部落联盟侵袭而修筑的。秦始皇修长城，是因为害怕北方游牧民族的侵略。据史料记载，一个叫卢生的方士，受始皇之命出海，回来后，给始皇带回了句话，说："亡秦者，胡也。"另外，只有在北方修筑长城，才能抽调主要兵力，用于列国之间的兼并战争和保卫战争，才能完成统一大业。因此，秦始皇动用了秦国全国的国力。让多少老百姓流离失所，妻离子散。这样才产生了汉族的民间故事《孟姜女》。而在满族创作的关于孟姜女的《满汉合璧寻夫曲》中，省略了抵御北方游牧部落的起因，"吕不韦妻怀贪种贪秦业，贪根子生出贪种作贪贼。孟子说固国不以山溪为险，秦始皇偏筑长城白骨成堆。害尽苍生天地惨，毒流四海鬼神悲"②。可见，在满族文学作品中，潜在的民族创作心理改变了修长城的起因。满族的文学创作趋向于满汉融合。

二 子弟书的形式

（一）子弟书的体裁

从体裁上划分，子弟书属于用于说唱的叙事诗。启功先生认为子弟书可以和唐诗、宋词、元曲、明传奇相媲美。

---

① 张寿崇主编：《满族说唱文学子弟书珍本百种·守楼》，民族出版社 2000 年版，第 370 页。
② 同上书，第 47 页。

　　清音子弟书就是：乾隆初年，京城八旗子弟创造了以汉文（或兼用满汉文）写作，按汉语押尾韵，以七言为体，以叙述故事为主的书段，以八角鼓击节，称为清音子弟书。它的音乐以流行的［边关调］［打草秆］等俗曲和萨满教巫曲为基础。创作子弟书较有名的作者是韩小窗、鹤侣氏、云崖氏、竹轩、渔村、煦园等。

　　子弟书有不同的划分方法。第一，从音调上划分，子弟书包括东城调、西城调，即东西二韵。东城调旋律节奏类似高腔，西城调则吸收了昆曲音乐。第二，从版本划分，包括刻印本和钞本系统。刻印本子弟书比较少，但钞本子弟书比较多。如《百本张子弟书目录》中子弟书就有 293 种。

　　子弟书多取材于古典文学名著，但不受原著的限制，抓住典型事件，借题发挥，在"情"字上大做文章，创作了带有叙事诗特点的子弟书。

（二）子弟书的结构

　　子弟书是适宜说唱的文学韵文。著名曲艺研究专家赵景深先生认为子弟书是叙事诗。启功先生认为子弟书应该叫作"子弟诗"。这些说法都是为了说明子弟书是适合演唱的文本。

　　子弟书在结构上就体现出了诗的体裁特点。启功先生就对子弟书的"书"字有看法，启功先生认为应该把子弟书称为"子弟诗"。

　　子弟书在进入正文前要吟唱一首诗篇，即类似于古典白话小说的开科诗，俗称"头行"。子弟书每回开头大多是以八句诗篇开头，诗篇大多以七言为主体，形成一个八句对仗工整的韵文诗，或者是七言律诗，用以介绍全篇大意。子弟书每两句押韵，每回只押一韵，一韵到底。或字数不等，情丝缠绵，抒情性很强。有时根据内容的需要，子弟书的开篇诗歌七言律诗会有字数的增加。如《糜氏托孤》开篇："古道荒山苦战征，黎民涂炭血飞红。黄沙影里山河陷，白骨堆边魂魄惊。视死如归真烈妇，舍身救主是英雄。说一回夫人糜氏托孤事，长坂坡使坏将军赵子龙。"这首子弟书的开篇对子弟书正文进行了概括性的总结，由于内容的需要，最后两个诗句字数为 10 字。

子弟书开头的诗篇主要具有总结、议论、描写、导入等作用。例如，子弟书《玉香花语》的开头诗篇："丹凤来仪大观园，圣恩普被满门欢。霓裳雅奏弦歌咏，灯月交辉羽觞传。邀月偏逢风月婢，惜花恰遇采花男。痴情侍女含羞耻，得趣琴童兴未澜。"① 这首开篇诗歌对子弟书正文起到了议论的作用，对全篇起到了点评的作用。

子弟书正文的篇幅一般有一两回，有少数子弟书有十回以上。每回字数为几十句，一般在一百句上下。篇幅短小的不分回。篇幅长一些的子弟书可分三到四回，最长的可达三四十回。为了便于说唱，子弟书正文的句子字数一般不超过 20 字，语言凝练浓缩，具有概括性。句式是以七言为基础的灵活运用，句式为没有说白的纯唱词体。

（三）子弟书的修辞

子弟书修辞方法丰富多样。子弟书属于叙事诗，叙事诗属于抒情性作品，注重情感的真实。子弟书偏重于作者的主观世界，侧重于靠声音和画面来表现感情。"子弟书虽然大多以中国明清小说、戏曲为题材，但它究竟不是小说、戏曲，而是叙事诗。中国叙事诗过去著名的只有《孔雀东南飞》和《木兰诗》，现在子弟书这类叙事诗却是大量的，其中好多篇杰作并不比《孔雀东南飞》和《木兰诗》逊色。"② "子弟书之价值，不在其歌曲音节，而在其文章。词句虽有时近于俚浅，妇孺易晓，然其写情则沁人心脾，写景则在人耳目，述事则如出其口，极其真善美之致。"③

1. 押韵

子弟书的押韵与其他北方曲艺相同，子弟书运用了"十三道大辙"，子弟书和岔曲一样，也押十三辙。十三辙包括发花、梭波、乜邪（mié xié）、一七、

---

① 北京市民族古籍整理出版规划小组辑校：《清蒙古车王府藏子弟书》，国际文化出版公司 1994 年版，第 845 页。

② 关德栋、周中明：《子弟书丛钞》，上海古籍出版社 1984 年版，第 2 页。

③ 傅惜华：《曲艺丛谈》，上海文艺联合出版社 1953 年版，第 98 页。

姑苏、怀来、灰堆、遥条、由求、言前、人辰、江阳、中东。但子弟书不用两道儿化韵的小辙。据姚颖统计，子弟书中使用最多的韵辙是"言前""中东""人辰"和"江阳"四辙。《清代满族文学史论》描绘了子弟书的押韵情况："北京的八旗子弟参照弹词开篇，运用民间十三道大辙，创造出以七言为体的一种书段，佐以三弦，再合之以八旗子弟乐之曲调，即成为最早的子弟书。"①

子弟书没有道白，有衬音。一般是七言体到十多言不等。有的子弟书一韵到底，如子弟书《鹊桥密誓》就是一韵到底。有的子弟书每回的韵都不同。如子弟书《菱角》的头回押的韵是"言前"韵，二回押的韵是"梭波"韵。子弟书《罗刹鬼国》的每回韵律皆不同。有的子弟书不分回，但每段的韵都不同。有的子弟书不但每回的韵不同，即使同一回的内容韵律也不同。如子弟书《负心恨》就是如此。有的子弟书每两回押一个韵。如子弟书《西厢记》就是每两回押一个韵。有的子弟书没有分回，只有一个自然段，同一个自然段押几个韵。如子弟书《忆真妃》就是如此。

子弟书押韵有的是一韵到底。如《绣花囊》押的韵都是"十三道大辙"里的"言前"韵。子弟书《拷红》押的韵就是一韵到底。《绣花囊》一回："大宋中宗永和年，孝宣皇帝坐金銮。九省华夷归一统，八方宁静四海安。七旬老叟逍遥乐，三岁孩童知逊谦。五谷丰登歌舜日，六龙呈瑞庆尧天。剪坠荒言诗少叙，接连今古论先贤。四川成都金堂县，西关外面有家园。世代簪缨书香后，姓何名质号天然。学富才高如子建，清奇相貌比潘安。十六岁进学入泮后，双亲辞世已归泉。二十一岁中了举，托媒作伐觅良缘。有位佳人于月素，德言工貌性情贤。父亲务农守庄业，幸他母舅是高贤。高大人在朝为学士，丁忧守制在家园。爱惜甥女如珍宝，终日勤训习诗篇。佳人聪慧多伶俐，落笔成章非等闲。择配名门选才子，聘与书生何天然。妇随夫唱家和顺，情如金玉比芝兰。操持家务多端正，从无俗客到门前。何生闭户攻书史，娘子常观烈女篇。吟风弄月长相伴，诗酒琴棋共笑谈。有一仆人名何旺，还有秋露一丫鬟。时逢清明

① 董文成主编：《清代满族文学史论》，中国文联出版公司 2000 年版，第 276 页。

寒食节，家家坟头把土添。"① 可以看出，从这首岔曲的第一回押"言前"韵。第二回、第三回、第四回押的都是"言前"韵。子弟书《访贤》用的韵也是"言前"韵。

有些子弟书不是一韵到底，而是每回一韵。如《蝴蝶梦（一）》第一回押"由求"韵，第二回押"言前"韵，第三回押 eng 韵，第四回押"江阳"韵。

《蝴蝶梦（一）》第一回："庄子休勘破红尘参大道，不受赵王聘南华一卷见真由。悲世事难睁眼处偏睁眼，叹迷人得回头处不回头。与其至春蚕到死丝方尽，何必等野鸟无踪弓始收。因此上先生隐居山林地，悟元真把本来的面目要仔细追求。这一日偶然高兴闲游赏，到荒郊见莺藏树底听鸟语枝头。一处处犬吠山村钟鸣古寺，一声声樵歌峻岭渔唱扁舟。小桥边涧水潺潺清彻骨，疏林内野花灼灼艳盈眸。真个是智水仁山天然的图画，添清兴先生得趣信步儿闲游。转山湾见漠漠平原宽且敞，遥望见一堆白骨暴露在田畴。到跟前先生用目留神看，呀原来是无人掩葬的一副骷髅。这先生用土埋藏是心存恻隐，向骷髅频频的长叹默默垂头。想骷髅当年也是今朝我，为何皮囊才脱却就苦到尽头。长叹间坐青石块上垂头睡，见一人苍髯白发相貌清幽。进前来躬身施礼把先生叫，说蒙好意儿根贱骨被君收。庄子休以礼相还赔笑道，说敢则骷髅是足下足下是骷髅。正要问脱壳的工夫从哪条儿作起，愿领教超凡入圣生死的关头。骷髅说人生百岁终须死，知有死快把痴心一笔勾。死后茫茫才是乐，生前碌碌永无休。荡悠悠万虑皆空何所恋，干净净一心无碍更何求。似我这悖谬的狂言君莫怪，还是傀儡场中炎凉队里去觅封侯。庄子说骷髅你何不还阳世，也吐一吐胸中的志气腹内的机谋。骷髅大笑说我可不去了，阳世间与我无缘早罢休。我今作鬼数百载，也无欢乐也无愁。先生劝我还阳世，只恐为人不到头。庄子说你在生前作何事业，骷髅说欲对君言言之又羞。我也曾纬武经文高官厚禄，我也曾轻裘肥马美味珍馐。我也曾桂子兰孙娇妻美妾，我也曾寻花问柳楚馆秦楼。乱哄哄千年的账目也难清算，到头来脱去了皮囊就露出骨头。悔当初三寸

---

① 张寿崇主编，北京市民族古籍整理出版规划小组辑校：《满族说唱文学子弟书珍本百种》，民族出版社 2000 年版，第 198 页。

气在千般用，喜今朝一旦无常万事休。庄子说你生前到底是何人也，那骷髅呵呵大笑复又点头。你问我我是何人何人是我，我问你骷髅是哪个哪个是骷髅。庄子休猛然参透了骷髅的话，不犹如醍醐灌顶棒打当头。忙追问脱这皮囊求何人指教，骷髅说向长桑公子问根由。庄子想道德真君何人能见，欲再问骷髅转步不回头。滴溜溜一阵阴风飘然去，庄先生虽然梦魂还是口喊骷髅。适才间有来有去言谈洽，一霎时无影无形色相收。归去也满腹狐疑还思梦景，遥望见个扇坟的少妇体态风流。"[1] 从这回描写中，可以看出押的是"言前"韵。

表 8—2 　　　　　　　　　　十三辙十八韵

十三辙	十八韵	普通话韵母	例　字
（一）发花	（1）麻	a、ia、ua	发，霞，花
（二）梭波	（2）波	o、uo	坡，多
	（3）歌	e	车，额
（三）乜邪	（4）皆	ê、ie、üe	业，缺
（四）姑苏	（10）模	u	图，书
（五）一七	（5）支	—i	私，志
	（6）儿	er	而，耳
	（11）鱼	ü	雨，曲
	（7）齐	i	夕，以
（六）怀来	（9）开	ai、uai	拍，快
（七）灰堆	（8）微	ei、uei（ui）	飞，推，回

---

[1]　张寿崇主编，北京市民族古籍整理出版规划小组辑校：《满族说唱文学子弟书珍本百种》，民族出版社 2000 年版，第 13—14 页。

续　表

十三辙	十八韵	普通话韵母	例　字
（八）遥条	（13）豪	ao、iao	高，笑
（九）油求	（12）侯	ou、iou（iu）	扣，留
（十）言前	（14）寒	an、ian、uan、üan	斑斓，先前，转弯，圆圈
（十一）人辰	（15）痕	en、in、uen（un）、ün	深根，金银，温顺，均匀
（十二）江阳	（16）唐	ang、iang、uang	方刚，响亮，狂妄
（十三）中东	（17）庚	eng、ing、ueng（weng）	风筝，英明
	（18）东	ong、iong	空中，汹涌

表 8—3　　　《满族说唱文学子弟书珍本百种》押十三辙和其他韵律

韵　律	子弟书作品
发　花	《玉簪记》
梭　波	《菱角》
乜　邪	《玉簪记》
一　七	《寄信》《鹊桥密誓》《西厢记》《打关西》《赶斋》《玉簪记》《胡迪骂阎》《刺虎》《鬼断家私》《梨园馆》《绩女》
姑　苏	《玉簪记》《雪江独钓》《背娃入府》《弦伏图》

续　表

韵　律	子弟书作品
怀　来	《西厢记》《玉簪记》《奇逢》《穷酸叹》
灰　堆	《大烟叹》
遥　条	《张良辞朝》《击鼓骂曹》《罗刹鬼国》《玉簪记》《刺虎》《守楼》
由　求	《蝴蝶梦（一）》《桃洞仙缘》《玉簪记》《打十湖》
言　前	《鞭打芦花》《蝴蝶梦（二）》《蓝桥会》《金印记》《明妃别汉》《骂朗》《雀缘》《牧羊圈》《惊变埋玉》《西厢记》《绣香囊》《访贤》《双郎追舟》《白蛇传》《麟儿报》《玉簪记》《刘高手治病》《玉搔头》《叹旗词》《梨园馆》《射鹄子》《荡子叹》《阔大烟叹》《荣华梦》《瑞云》《菱角》《绩女》《幻中缘》《佛旨度魔》《森罗殿考》《别善恶》《薄命辞灶》《碧云寺》
人　辰	《一顾倾城》《金印记》《出塞》《诸葛骂朗》《桃洞仙缘》《罗刹鬼国》《学堂》《麟儿报》《玉簪记》《烟花楼》《遣春梅》《玉搔头》《刺虎》《打围回围》《瑞云》《疑媒》《梦中人》
江　阳	《子路追孔》《子胥救孤》《惨睹》《诉功》《打朝》《马嵬驿》《闻铃（一）》《哭像》《拷红》《访贤》《吕蒙正》《祭灶》《白蛇传》《玉簪记》《玉搔头》《刺汤（一）》《刺汤（二）》《老斗叹》《瑞云》《萧七》《疑媒》《八字成文》
中　东	《论语小段》《縻氏托孤》《锦水祠》《负心恨》《西厢记》《珍珠衫》《芙蓉诔》《艳红柳》
ing	《吊绵山》《金印记》《刺梁》《诸葛骂朗》《闻铃（一）》《闻铃（二）》《访贤》《玉簪记》《刘高手治病》《玉搔头》《刺汤（二）》《芙蓉诔》《离情》《背娃入府》
ei	《满汉合璧寻夫曲》《负心恨》
eng	《别姬》《诏班师》《分宫》

韵　律	子弟书作品
e	《罗刹鬼国》
un	《负心恨》《浪子叹》
uo	《借靴》
ou	《打十湖》《天下景致》
ui	《老汉叹》

根据《满族说唱文学子弟书珍本百种》列出的押韵情况的表格可以看出，子弟书押韵多的依次为：言前、江阳、人辰、中东、一七。从以上子弟书列表可以看出：子弟书主要押十三道大辙，有少数子弟书押十八韵。

2. 排比

子弟书大段地使用排比，在《芙蓉谏》中，连用了 16 个"可爱"，16 个"可感你"，16 个"可叹你"，16 个"再不能"，16 个"我为你"，16 个"想得我"，16 个"只哭得"。排比的使用使得子弟书很有气势，情感充沛，把作品的某个部分通过排比加以放大、细化、渲染，使情感的表达更加细致入微。如子弟书《吊绵山》："湛湛青天遮伞盖，高高红日照旗旌。紫陌匆匆人尽望，金铃个个马齐鸣。一路春光三月好，村花野草不胜情。这一日车马来至绵山下，山高万丈好凄清。但只见树木丛丛无有径，但只见峰峦叠叠少人行。但只见片片行云穿去鸟，但只见萋萋芳草醉啼莺。但只见流水潺潺空涧落，但只见春花淡淡半山横。但只见古寺茫茫钟隐隐，但只见村烟霭霭雾蒙蒙。权桠桠俱都是苍松古柏，参差差数不断怪石奇峰。"①

---

① 张寿崇主编，北京市民族古籍整理出版规划小组辑校：《满族说唱文学子弟书珍本百种》，民族出版社 2000 年版，第 2 页。

子弟书《芙蓉诔》中："他把诔文哭诉向芙蓉。姐姐呀你生前聪慧秉性儿巧，一定是死后的阴魂分外灵。你那里有圣有灵来享祭，我这里无知无识只哀鸣。你那里凄凄惨惨守荒墓，我这里悲悲切切伴孤灯。你那里愁云日向坟头起，我这里相思常在腹中萦。你那里青草年年冢上绿，我这里泪痕夜夜枕边红。你那里月下三更愁寂寞，我这里灯前五鼓叹零仃。你那里别恨千端无处诉，我这里离情万种向谁明。你那里望乡台上添悲恸，我这里芙蓉花下倍伤情。念只念万里黄泉谁是伴，愁只愁孤魂儿一个有谁疼。叹只叹你生前哪有亲骨肉，忧只忧阴曹作鬼也苦零仃。哭只哭两段指甲成故物，哀只哀身边只落袄红绫。恼只恼旁人暗地施毒计，怨只怨高堂误中计牢笼。惨只惨饮食断绝药不入口，伤只伤情感一死担虚名。恨只恨临危不能将你送，愧只愧死后桩桩欠你的情。闷只闷你而今到底何方去，苦只苦今生今世不相逢。悲只悲满腹的衷肠要对你讲，恸只恸再想谈心万不能。可爱你温柔贤惠礼节儿晓，可爱你玉洁冰清大义儿明。可爱你情性耿直心术儿正，可爱你举止端庄礼貌儿恭。可爱你婉顺柔和怀烈性，可爱你温存妩媚秉霜清。可爱你语言直截无虚假，可爱你行为爽利尽真诚。可爱你春风和蔼将人待，可爱你宽宏大量把人容。可爱你舍己从人出至性，可爱你解纷排难是天生，可爱你只晓雪中将炭赠，可爱你不知锦上把花增。可爱你非礼的话儿决不讲，可爱你非礼的事儿从不行。可敬你每日焚香敬天地，可敬你终朝参拜礼神明。可敬你逢朔遇望祭先祖，可敬你四时八节扫坟茔。可敬你尊长跟前尽孝道，可敬你姊妹丛中情义浓。可敬你扶危济困恤孤寡，可敬你敬重年高慈幼龄。可敬你欢喜施茶爱舍药，可敬你恼恨杀牲好放生。可敬你行路怕伤蝼蚁命，可敬你爱惜飞蛾纱罩灯。可敬你每欲施棺免暴露，可敬你常思补路济人行。可敬你在日常言缺孝道，可敬你临死不忘父母的情。可感你炎天替我扇衾枕，可感你寒冬替我把炉烘。可感你病时与我将药进，可感你渴来与我把茶烹。可感你凉时替我添衣履，可感你饥时与我制汤羹。可感你清晨与我勤栉沐，可感你灯前伴我把经诵。可感你终朝替我把衣衫做，可感你每日常将鞋袜缝。可感你夜深还去将呢补，可感你梦中仍劝把书攻。可感你良言规劝将心正，可感你痴心盼望把名成。可感你一片血心待我宝玉，可感你满腔仁义在我怡红。可叹你服侍我一场无结果，可叹你平空的被害入牢笼。可叹你枉长了如花似玉娉婷貌，可叹你空生了百俐千伶锦绣胸。可叹你女工枉自桩桩晓，可叹你文艺徒然件件通。可叹你含冤负屈无人诉，可叹你忍气吞声自己明。可叹你千般的袅娜汤浇雪，可叹你万种的风流火化冰。可叹你描鸾刺凤今何用，可叹你知书达理一场空。可叹你一生要好如流水，可叹你半世争强无影踪。可叹你素日痴情沉大海，可叹你去掉玉骨冰肌被土蒙。再不能上元同把花灯放，再不能清明散闷放风筝。再不能端阳共把龙舟戏，再不能盂兰携手看荷灯。再不能七夕穿针共乞巧，再不能中秋同赏月晶莹。再不能重阳联步登高去，再不能除夕守岁待天明。再不能投壶夺尽人间巧，再不能猜拳饮尽酒千盅。再不能池中同把游鱼钓，再不能林间共听野禽鸣。再不能山前共赏峰峦翠，再不能舟中同玩碧波澄。再不能园中同你斗百草，再不能庭前同我弄丝桐。我为你人间找遍了还魂草，我为你天涯觅尽了药回生。我为你空求了月下的嫦娥女，我为你枉拜了天边的织女星。我为你满斗焚香不中用，我为你斋天大醮总成空。我为你每日徒然告天地，我为你终朝枉自祷神灵。我为你争名的痴念今灰尽，我为你巴高的妄想冷如冰。我为你恼肠儿每向芙蓉断，我为你泪珠常对茜窗倾。我为你神思儿只在园门后，我为你梦魂儿不外碧橱中。我为你只想同衾常聚首，我为你惟求共穴两相逢。想得我每日发呆如木偶，想得我终朝纳闷似雷轰。想得我两耳轰轰听不见，想得我二目昏昏看不明。想得我精神恍惚神不定，想得我话语模糊语不清。想得我举止慌张坐不稳，想得我梦魂颠倒睡不宁。想得我柔肠九转满腹儿痛，想得我血泪千行一色儿红，想得我左思右想刀剜胆，想得我想后思前刃刺胸。想得我无精无彩无情绪，想得我如醉如痴如哑聋。想得我懒在人间将你想，想得我要到阴曹续旧盟。这公子越哭越伤感，不由得大放悲声好恸情。只哭得冷露凄凄浸泪眼，只哭得阴风惨惨扫愁容。只哭得檐前铁马添愁韵，只哭得长空旅雁带悲声。只哭得星斗不明多晦暗，只哭得月色无光带朦胧。只哭得孤鹤哀鸣唳声惨，只哭得子规倒挂口啼红。只哭得鸳鸯惊走迷失配，只哭得金鸡乱唱错啼鸣。只哭得寒雀深藏怕入耳，只哭得宿鸟高飞不忍听。只哭得月殿嫦娥也惨彻，只哭得天边织女也伤情。痴公子正自伤心号啕恸，猛听得黛玉含悲叫一声。说道是多情的人儿世间有，要像你实意真心可不能。那祭文句句鼻酸多惨切，就是那铁石人闻也泪倾。我这里窃听了多时心已醉（碎），教你何能心不疼。虽然说衷情恋恋难割舍，要知道人死焉能会再生。况且是而今她已成神去，你徒自悲伤把身子坑。我劝你天已夜深回去吧，你若是冒了风又要不安宁。好容易把宝玉劝进了怡红院，下回书凤姐儿拈酸再找零。"① 在这段描写中，运用了大量的排比句式。先使用了 7 个"你那里"排比，接着使用了 16 个"可爱你"的排比句式，又使用了 16 个"可敬你"的排比句，又使用了 16 个"可感你"的排比句，又使用了 16 个"可叹你"的排比句，又使用了 16 个"再不能"的排比句，又使用了 16 个"我为你"的排比句，又使用了 16 个"想得我"的排比句，又使用了 14 个"只哭得"的排比句，像这样长的排比句连用非常少见，句式情感以排山倒海之势，一气呵成，显示了作者高超的创作水平。

3. 声调

子弟书在声调的运用上，极为讲究。子弟书善于运用叠音词、象声词、双声词、叠韵词来构造和谐、优美的声调。

叠音词，就是声母韵母都相同的词。《蝴蝶梦（一）》中："一处处犬吠山村钟鸣古寺，一声声樵歌峻岭渔唱扁舟。小桥边涧水潺潺清彻骨，疏林内野花灼灼艳盈眸。真个是智水仁山天然的图画，添清兴先生得趣信步儿闲游。转山湾见漠漠平原宽且敞，遥望见一堆白骨暴露在田畴。到跟前先生用目留神看，呀原来是无人掩葬的一副骷髅。这先生用土埋藏是心存恻隐，向骷髅频频的长叹默默垂头。"② 其中，"处处""声声""潺潺""灼灼""漠漠""频频""默默"都属于叠音词。通过叠音词的使用，能够生动传神地描写出人和物的音、形、情、态，有如见其人的表达效果。文学作品中使用叠音词大大增加了语言的形象性，增强了作品的感染力。再比如子弟书《芙蓉诔》中："王夫人听信

---

① 张寿崇主编，北京市民族古籍整理出版规划小组辑校：《满族说唱文学子弟书珍本百种》，民族出版社 2000 年版，第 436—438 页。

② 同上书，第 13 页。

了谗言把晴雯撵，这佳人明知缘尽不能停。战战兢兢装慌忙扎挣把床下，羞惭惭强打着精神整病容。一件件衣裙鞋袜来穿好，乱蓬蓬万缕乌云用帕蒙。昏沉沉刚移莲步觉头晕，虚飘飘四肢无力她体酸疼。扑腾腾肝气上冲心乱跳，浑澄澄金星乱冒眼朦胧。急忙忙欠身手按着小环的背，喘吁吁暂时歇息把神宁。颤巍巍勉强移步到廊下，委屈屈王氏的跟前把礼行。嫩生生花枝招展将头叩，娇怯怯说多蒙素日的重恩情。凄惶惶拜罢了夫人拜宝玉，目眈眈眼瞧着公子面皮儿青。一汪汪恸泪盈腮不敢落，恸煎煎满口哭声不敢哼。体颤颤浑身发抖身无主，冷湿湿遍体筛糠体似冰，怔（愣）柯柯立在了庭前如木偶，茶呆呆走近了宝玉的跟前似哑聋，恶狠狠忍恸含悲她舒玉体，悲哀哀强咬着银牙把礼行。戚惨惨佳人礼罢进中庭。意殷殷要往上房谢贾母，怒冲冲夫人说道不劳情。气昂昂吩咐去将行李取，急速速快些儿收拾莫要消停，羞惭惭佳人只得将房进，恨悠悠走到了床前不胜情。红绮绮掀开了锦帐亚似刀剜胆，晶莹莹拿起了菱花如同刃刺胸。一个个梳妆盒儿无心取，一卷卷针线儿懒怠擎。一幅幅秋纹替把背囊儿裹，一桩桩麝月忙将箱笼儿盛。一面面袭人替把菱花放，响当当她安心跌碎了镜青铜。跳钻钻小环去把面盆取，笑嘻嘻又将净桶放当中。一对对粉盒油瓶堆满地，一丛丛头绳腿带几多重。忙促促老嬷搬物如梭快，光油油案上床中一扫儿平。悲凄凄睹物的佳人心内惨，泪涟涟拜别三人不敢停。闷恹恹离情满腹不能讲，步姗姗小环搀手到堂中。气扑扑夫人仍在廊前坐，一行行侍儿环立列西东。惨淡淡公子在旁垂手站，寂默默望着佳人泪点儿零。咯吱吱强咬银牙移玉体，悲切切回视情郎叹几声。一步步浑身亚似千金重，慢延延半晌才将莲步行。怅怏怏满怀难舍情公子，快怅怅心中不忍别怡红。扑簌簌凄惨的眼中流恸泪，号啕啕大放悲声好惨情。雕（凋）零零佳人出了怡红院，羞答答见了族中的嫂与兄。一队队园中的姐妹来相送，咨嗟嗟人人感叹恨难平。哭啼啼登时拜别到园外，一双双手扶着哥嫂到家中。昏晕晕玉体斜横草榻上，软瘫瘫浑身发倦四肢儿疼。闹哄哄只觉耳鸣头又晕，闷沉沉霎时伏枕睡朦胧。飘荡荡不觉灵魂离了窍，步跄跄跨出了房门走似风。慌匆匆一心要把情郎找，路迢迢不分南北与西东。喜孜孜忽然迎面见公子，絮叨叨离情畅叙带欢容。意佯佯同入园中观仔细，灿烂烂青红叠翠甚怡情。芳芬芬千娇百媚迎人面，锦簇簇万紫千红遍地横。一瓣瓣花片飘扬飞碎锦，几丝丝柳条上下舞轻风。来往往池内游鱼戏碧水，一攒攒园中浪蝶闹花丛。叫咋咋梁间燕舞呢喃语，娇滴滴林内莺梭百啭鸣。曲弯弯离架蔓藤盘古柏，弯曲曲隔墙薜荔绕苍松。重叠叠凉亭水榭临幽渚，叠重重雾障云屏接碧空。笑盈盈双双正把怡红进，厮琅琅忽闻喊叫似雷霆。威凛凛迎面花妖把路阻，光闪闪无情捧在手中擎。雄赳赳对准了天庭朝下落，咕冬冬佳人跌倒在陷人的坑。忽悠悠猛然梦里来惊醒，汗津津浑身湿透冷如冰。蒙胧胧半晌宁神睁凤目，萧瑟瑟四壁凄凉好惨情。唰拉拉篱外风摇败叶响，忒楞楞疏棂乱舞纸条鸣。明皎皎斜日穿窗照瘦影，冷飕飕凉风入户扫愁容。几星星榻上的尘砂浸泪眼，一缕缕梁间的蛛网钓悲胸。静悄悄梦中公子何方去，孤单单依然独自叹凋零。路茫茫怡红从此人千里，泪潸潸茅舍新增恨万重。飘摇摇素日痴情随绿水，虚渺渺梦中好事逐西风。几处处应候寒蛩鸣户外，一群群感时旅雁唳长空。寂寥寥惟闻隔院砧声弄，凄凉凉只有檐前铁马鸣。闹吵吵兄嫂声喧门外去，冷清清一人独对苦零仃。一种种新仇旧恨难回首，万千千别绪离情塞满胸，几阵阵思前想后无情绪，恨漫漫惟求即早赴幽冥。"[1] 这种叠音词连用，篇幅如此之长的写作，以前是极少见到的，情思缜密、情感强烈，如惊涛拍岸，一浪接一浪地拍过来，让人应接不暇，让人有一种美的窒息之感。

此外，子弟书中还有其他的修辞方法，使用象声词、双声词、叠韵词等。象声词，就是用词汇模拟大自然的音响。双声词，就是声母相同的词汇。叠韵词，就是韵母相同的词汇。

三　子弟书的演唱

子弟书演唱起于乾隆年代，至清末。子弟书全为唱词，没有插白。子弟书唱词主要是七言，中间可以加衬词，演唱起来活泼生动。

---

① 张寿崇主编，北京市民族古籍整理出版规划小组辑校：《满族说唱文学子弟书珍本百种》，民族出版社 2000 年版，第 427—429 页。

子弟书的演唱"三眼一板","一韵萦纡良久",以"缓笃"为演唱特征,演唱缓慢,唱腔悠长,难于学习。"演唱子弟书时,只用一架三弦,自弹自唱。其音调也很简单,每唱六句,即为一阕。"①

子弟书东城调的演唱声调高亢,子弟书西城调的演唱声调缠绵。"东韵清音子弟书以沈阳为中心,其黄金时代是同治初年至光绪中期,共约三十五年时间。此期,沈阳集中了不少由北京遣归的八旗子弟和由京畿拨来的大批移民,他们与沈阳当地文人汇合,使沈阳的创作活动日益活跃。加之咸丰年间以后,清廷放松了对通俗文艺演唱的禁锢,因而推动了子弟书创作的发展。其标志是:以创作子弟书为主的文学社团——荟兰诗社的成立。代表作家为韩小窗,还有喜晓峰、缪东麟、春树斋等。"②

第二节　满族子弟书举要

一　子弟书代表作家

子弟书的作者大多为满族人,也有些汉军旗人和汉人。子弟书作者大多没有留下姓名,根据作品可以考证出子弟书作者的有 50 多人,其中较著名的作者有罗松窗、韩小窗、鹤侣氏、芸窗、竹轩、西园氏等。

罗松窗:是清代子弟书西调的代表作家,生卒年不详。清乾隆年间曲艺"西城调"子弟书早期代表性作家。由于其作品主要流行于北京地区,推断他于乾隆年间在北京从事创作活动。其作品多取材于当时流行的小说和戏曲,以

---

① 姚颖:《清代中晚期北京说唱文学与伎艺研究——以子弟书、岔曲为中心》,北京燕山出版社 2008 年版,第 32 页。

② 董文成主编:《清代满族文学史论》,中国文联出版公司 2000 年版,第 276 页。

描写爱情故事见长。

韩小窗：（约1828—1890），祖籍辽宁省开原县，满族旗人，是清代子弟书东调的代表作家。韩小窗的艺术成就最大。幼年成孤，寄居沈阳姑母家中，常为姑母朗读演义小说，遂喜好民间文学，因此自幼爱好通俗文艺。咸丰、同治年间几次赴京应试未第，却结识了子弟书作家鹤侣，受其影响创作子弟书。后定居沈阳，曾与友人组织"芝兰诗社"，以文会友。晚年离开沈阳。韩小窗作品颇丰，杨庆五在《大鼓书话》中说："韩小窗脚本有五百余支。"现存的韩小窗作品已不多了。其中，韩小窗创作的节选《红楼梦》的《露泪缘》，应该是韩小窗的代表作，全篇十三回，每回用一韵，正好用全十三道大辙。

鹤侣氏：本名爱新觉罗·奕赓，系清廷庄亲王之子，生卒年不详。清代子弟书作家，是康熙帝第十六子庄亲王允禄的后代，又称鹤侣氏、鹤侣主人、长白爱莲居士、墨香书屋主人、天下第一废物东西。鹤侣氏住处称"爱吾庐""佳梦轩之只此书舫""寄暇吟舫"。道光八年，因宝华峪地宫漏水案，奕赓被革去头品顶戴，后曾任道光皇帝宫廷侍卫六年，这六年的宫中生活为他日后的子弟书创作提供了极好的创作素材，他的后来很多作品都和宫中的侍卫生活有关，如《侍卫叹》《老侍卫叹》《女侍卫叹》《侍卫论》《少侍卫叹》等描写的都是宫中侍卫的生活。后家道中落，借写子弟书消遣。大约道光二十四年以后，奕赓住在沈阳，进行子弟书创作。在子弟书《逛护国寺》中写道："论编书的开山大法师还数小窗得三昧，那芸窗松窗亦称老手甚精该；竹轩氏句法详而稳，西园氏每将文章带诙谐。……这些人俱是编书的国手可称元老。"

喜晓峰：（约1822—1866），又叫关喜麟，瓜尔佳氏，满洲镶黄旗人，出生地为辽宁新民县辽滨塔。曾经任大理寺丞、直隶某知县。光绪十一年辞官回到沈阳，第二年去世。其代表作主要为《忆真妃》《捋搋集诗稿》。

石玉昆：生卒年不详。清代子弟书艺人。旗籍子弟。清道光、咸丰年间以自弹自唱西城调子弟书而著称。尤擅长说唱自己编写的长篇书《龙图公案》。相传他的演唱以"巧腔"最为有名。后来单弦曲牌中的石韵书，据认为就是石玉昆演唱赋赞类唱词的唱腔。

表 8—4	主要子弟书作家
作 家	作 品
罗松窗	他创作的子弟书作品主要有:《红拂私奔》《杜丽娘寻梦》《庄氏降香》《翠屏山》以及《鹊桥密誓》《藏舟》《罗成托梦》《离魂》《出塞》《大瘦腰肢》等 10 种。这些作品中,有的仅 1 回,有的长达 24 回。
韩小窗	相传其子弟书作品有 500 余篇,他创作的子弟书主要有:《千金全德》《长坂坡》《得钞傲妻》《黛玉悲秋》《露泪缘》《入塔》《大烟叹》《喔红柳》《望江楼》《双玉听琴》《不垂泪别》《游旧院》《红梅阁》《青楼遗恨》《一入荣国府》《宝钗代绣》《芙蓉诔》《双玉听琴》等 35 种。 有争议的作品有 14 种:《永福寺》《忆真妃》《紫鹃哭玉》《叹子弟玩票》《百年长恨》《湘子得道》等
鹤侣氏	作品主要有《集锦书目》《侍卫论》《老侍卫叹》《少侍卫叹》《女侍卫》《借靴》《柳敬亭》《疯和尚治病》《梅花梦》《刘高手治病》《黔之驴》《孟子见梁惠王》《鹤侣自叹》《党太尉》等
喜晓峰	《捋撷集诗稿》《忆真妃》
石玉昆	《龙图公案》
芸 窗	作品主要有《刺汤》等 7 种
竹 轩	作品主要有《借芭蕉扇》等 6 种
西园氏	作品主要有《桃洞仙缘》等 6 种

子弟书有一个共性,就是大部分作者是佚名,其主要原因是子弟书的创作被认为是民间说唱的"偷闲小品",清廷禁止民间戏曲的创作,因而许多子弟书作者没有留下姓名。

二　子弟书作品举要

清代书坊较著名的主要有乐善堂、百本张、别堂、同乐堂、聚卷堂等多家。清代以后，子弟书逐渐散佚，还有的子弟书藏于各机构或学者手中。子弟书目录主要有：

《乐善堂子弟书目录》《百本张子弟书目录》《别堂子弟书目录》。

《中国俗曲总目稿》，刘复、李家瑞编。分上下册，共 1276 页。其中子弟书约有 370 多种。

《子弟书总目》，傅惜华编。共 181 页，是我国第一部现存子弟书的专门目录。

《子弟书目拾遗》，黎天虹编。手抄本，全书 10 页。有子弟书 191 种。原系天津师范学院图书馆旧藏，现为河北大学图书馆。书目没有超出傅惜华的《子弟书总目》。

《子弟书集》[日本] 波多野太郎，第一辑，348 页。

《子弟书选》，中国曲协辽宁分会，442 页，共 83 种，根据傅惜华旧藏从新标点出版。

《红楼梦子弟书》，胡文彬，306 页，收 28 种。

《子弟书丛钞》，上下册，832 页，收 101 种。

《清蒙古车王府曲本》，全书 315 函，291—308 函为子弟书，共 297 种。

《清车王府钞藏曲本·子弟书集》，上下册，1446 页，收 280 种。中山大学图书馆所藏重新标点。

《清蒙古车王府藏子弟书》，上下册，北京市民族古籍整理出版规划小组辑校，1681 页，收 275 种。1984 年国家民族事务委员会就抢救、整理少数民族古籍的工作向国务院请示，整理了《清蒙古车王府藏子弟书》。此书编写的原则是为研究工作者和广大读者提供一份比较完整的历史资料，保存一份比较完整的满汉民族文化融合的珍贵遗产。子弟书主要取材于古典文学名著中的精彩片段，有摘自著名杂剧和传奇的片段，有警世醒人的内容，还有反映八旗子弟生活习俗和北京市井民间社会风情的内容。

《满族说唱文学——子弟书珍本百种》，张寿崇主编，北京市民族古籍整理出版规划小组辑校。民族出版社 2000 年版，第 581 页，收 100 种，是《清蒙古车王府藏子弟书》的续集。内容主要包括：（1）描写忠臣的《吊绵山》是纪念介子推的。（2）描写圣贤。

对于俗曲子弟书的搜集，虽然是北京大学歌谣研究会开的端，而民国十四年秋季，孔德学校购入大批车王府曲本，该校居然以五十元买成，整整装满了两大书架，从此，车王府曲本的声名竟传至全国。自此以后，俗曲的价格，逐日飞涨；当初没人过问的烂东西，现在都包在蓝布包袱里当宝贝，甚至于金镶玉装订起来，小小一薄本要卖两元三元。这对于有志搜集俗曲的人增加了不少的困难，但"中研院"历史语言研究所在两三年中居然还能买到不少。

《中国俗曲总目稿》，搜集了大量的子弟书，其中标"车"字的即车王府曲本，标"平"字的是国立北平图书馆所藏，标"宫"字的是故宫博物院所藏，不标字的是史语所所藏。这六千多种俗曲的流行区域，共有十省，以"北平"为最多，江苏、广东次之；江西也有两种，要是也算一省，就有十一省（见表8—5）。

表8—5　　　　　　　　　　　中国俗曲总目稿

地　点	子弟书种类
河　北	4109 种（其中北平 4103 种，天津 5 种，磁州 1 种）
江　苏	718 种（其中上海 408 种，苏州 305 种，扬州 4 种，南京 1 种）
广　东	525 种（全系广州）
四　川	165 种（全系成都）

地　　点	子弟书种类
福　　建	162 种（其中福州 154 种，厦门 8 种）
山　　东	139 种（全系济南）
河　　南	116 种（其中开封 102 种，彰德 13 种，许昌 1 种）
云　　南	66 种（全系昆明）
湖　　北	24 种（全系汉口）
安　　徽	18 种（全系芜湖）
江　　西	2 种（全系南昌）

《清代八旗子弟书总目提要》，三晋出版社，昝红宇、张仲著，李雪梅译，于 2010 年 9 月出版。编者认为子弟书（单唱鼓词），是清代满族说唱文学北方鼓词的重要一支，是中国鼓词在发展过程中一个特殊的阶段性产物。它是以清代"旗人"阶层为社会基础而产生的一种民间曲艺。《清代八旗子弟书总目提要》是在对清代八旗子弟书进行搜集与整理的基础上编纂的一部清代鼓词类书目提要，是目前国内第一部较为完整著录子弟书曲目和详尽内容提要的一部索引性工具书和子弟书目录学专著。《清代八旗子弟书总目提要》一书，就是在对清代八旗子弟书说唱文学进行搜集与整理的基础上编纂的一部清代鼓词类书目提要，是目前国内第一部较为完整著录子弟书曲目和详尽内容提要的一部索引性工具书和子弟书目录学专著。此书是以《中国鼓词总目·子弟书（唱鼓词）总目》为基础，将所搜集到的子弟书相关资料进行梳理，结合子弟书的专门和相关目录、子弟书文本以及文本研究方面的资料进行编撰。著录内容主要包括：音序曲名目录总表、正文主体（名、回数、又名、作者、开首九句、目

录著录情况、文本出版情况、文本内容提要)、主要参考文献、子弟书研究成果书目。在体例上、收曲本范围上与此前目录求同存异,将子弟书曲本、目录等相关资料条分缕析。

全书以傅惜华《子弟书总目》《俗文学丛刊》为底本,据《中国俗曲总目稿》《子弟书集》《车王府本》《子弟书珍本百种》等目录、文本整理的思路,并商榷了全书体例,之后就开始全面系统地梳理编撰清代子弟书总目。第一,对收集到的资料做了初步的认真分类、清理录入工作。第二,借鉴和吸收已有的研究成果,大部分明确注明了出处。对现存的子弟书目录做了必要的考订工作。考辨同人异名、同书异名、同名异书资料,分别予以处理。在作品归属有问题的曲目上,著者于按语中注明,尽量避免以讹传讹。编撰过程中,尽可能将目录资料与原书核对,以存其真。对于有争议有分歧的资料,注意引用原始资料,采取数说并存或取通常的说法,适时因个人所见予以总括或综合。需要说明的是,有些版本一时还无法与原书核对,因此仍难免有误。第三,此书讲求实用,为目前已经出版的子弟书文本书籍编制曲名及异名拼音、页码索引。为研究者比较、选择最完整、最可信的版本及该到何处索书,提供了丰富的信息。开卷就可以一目了然。

此书是以前人成果为鉴,补前人著录之缺的一部集成之作,融入了全新而科学的文献观念和目录学思想。汲取前人在目录著录中的亮色,如《中国俗曲总目稿》著录每首曲文的开首两行文字、傅惜华编《子弟书总目》首次列出的私人藏书(傅惜华碧蕖馆所藏,马彦祥、程砚秋、梅兰芳等)、曲本创作者 30 余人及所加按语。以上两种大型目录,均属"知见目录""经眼目录"。综上所述,此书的编撰,富有个性特征,既因袭又创新,第一次将子弟书纳入现代化的俗文学研究范畴。与其他目录相比,它具有自己的优势。在引导读者确切理解原曲目的同时,也在凸显子弟书研究领域前辈们的学术个性。相信此书的出版,将对国内外清代八旗子弟书的研究和清代中国鼓词的研究起到重要的推动作用,为我们国家非物质文化遗产的保护夯实的文献资料基础。对于清代八旗社会文化和清代东北大鼓文化的研究,提供一条通向更深层次的思维链接和传承纽带。

第三节 满族子弟书的传承与演变

子弟书是清代的曲艺曲种，主要流行于东北和华北地区。子弟书以八角鼓击节伴奏说唱。子弟书最开始没有乐器伴奏，所以被称为清音子弟书。子弟书主要有东城调和西城调。子弟书最早在北京东城演出，所以被称为东韵子弟书，也叫东城调。东韵子弟书与相应的英雄豪杰故事相配，声调高亢，其代表作家是韩小窗，主要作品包括《长坂坡》《杨志卖刀》等。

后来，北京西城一些王公子弟参考东韵子弟书的形式，借鉴昆曲的曲调，把子弟书加入了柔媚的成分，创造出不同于东韵子弟书的新流派，音调缠绵，多表现男女爱情故事，被称为西韵子弟书，也叫西城调。西城调的代表作家是罗松窗，主要作品包括《游园寻梦》《红拂私奔》《鹊桥密誓》等。

对于八旗子弟书起源的研究说法不一。傅惜华认为："'子弟书'者，北京俗曲之一种。清代中叶以后，尝为士大夫所擅场，故亦曰'清音子弟书'。此种俗曲，七字为句，间以衬字，篇幅短者，不分回，长者数回，以致二十余回；每回均有二字回目。每回首冠以七言诗二首，谓之'诗篇'，俗名'头行'。每二句叶韵，回限一韵，不可逾越。其韵目计分为：檐前、发花、尤求、娑婆、灰堆、人辰、劳刀、中冬、姑苏、怀来、江阳、衣期、也邪等十三类，谓之'十三辙'，与皮黄俗剧所用韵目，大略相同。"[1]

第一，很多人认为子弟书演唱从乾隆年代至清末，主要在北京流行。如戴月琴认为子弟书兴起于乾隆年间，是一种只唱无白的"坐唱"演唱文学艺术。姚颖认为子弟书起于清乾隆年间，衰于光绪末年。曼殊震钧在《天咫偶闻》中说："旧日鼓词，有所谓子弟书者。始刱于八旗子弟，其词雅驯，其声和缓，

---

[1] 傅惜华：《曲艺论丛》，上海文艺联合出版社1953年版，第95页。

有东城调、西城调之分。西调尤缓而低，一韵萦纡良久。此等艺内城士多擅场，而瞽人其次也。然瞽人擅此者，如王心远、赵德璧之属，声价极昂，今已顿绝。"①

第二，李仲元认为："子弟书是创作于八旗子弟，词雅声和的说唱鼓词。始于雍乾之间，初流行军中，后轰动京师。嘉庆时安置闲散宗室，遂于盛京流传。"②

第三，张佳生认为子弟书产生于清代初年。"子弟书的产生，可溯源至清代初年。当时战事频仍，八旗子弟或远征各地或戍守边关，军中闲暇，便常常抒发心中之情，逐渐形成一些具有讲唱特点的俗曲，如《边关调》《马头调》《打草干》（一名《打草秆》）。昔辽士戍滇，牧场打草，有思归之心，因为此歌，其音凄怨。又，乾隆帝为庆祝其'十全武功'，曾明令凯旋的八旗军士载歌载舞进北京。阿桂将军部战士即用这种边关小调，配以八角鼓，演唱了歌颂生平、夸耀武功的说唱，京都为之轰动，称其为八旗子弟乐。不久，北京的八旗子弟参照弹词开篇，运用民间十三道大辙，创造出以七言为体的一种书段，佐以三弦，再合之以八旗子弟乐之曲调，即成为最早的子弟书。"③

八旗子弟书代表作家主要有罗松窗、韩小窗、奕庚、文西园、竹轩、煦园、渔村、虹髯白眉子、古香轩、蕉窗、竹窗、梁霜毫、芸窗、蔼堂、蛤溪钓叟、符斋、叙庵、二西等。还有大量的无名氏传下来的作品。子弟书的作者往往来自下层民间百姓，他们对老百姓的生活疾苦有着切身的感受。

子弟书内容泼辣大胆、爱憎分明。大多表达了下层民间百姓的情感。子弟书有很多是对明清小说、戏曲加以改编。子弟书中的许多作品后来被京韵大鼓、东北大鼓、梅花大鼓、梨花大鼓、西河大鼓、二人转、河南坠子、莲花落、东北二人转直接继承或加以改编。例如，喜晓峰的子弟书《忆真妃》后来成为东北大鼓、梅花大鼓、东北二人转的演出曲目。

---

① （清）曼殊震钧：《天咫偶闻》，北京古籍出版社1982年版，第175页。
② 李仲元赋：《缘斋吟稿》，辽宁人民出版社2011年版，第76页。
③ 董文成主编：《清代满族文学史论》，中国文联出版公司2000年版，第275—276页。

　　南方曲艺也受到了子弟书的影响："南方曲种也不乏间接受其影响的曲目。民间艺人为了让一般听众能听得懂，多半将原文开头三十二句诗篇压缩或省略，如有的改为：'大观园滴溜溜起了一阵秋风，林黛玉娇姿与众不同'，这正是由原文首句与第三十四句'大观万木起秋声''黛玉的丰姿迥不同'翻改而成。这一改，开门见山，点出人物，演出效果很好。如果演唱'其词雅驯'的原文，势必把人唱睡，当然原文中那些生动形象的大段抒情性唱词，艺人们都没有改动。通过书场，演员们把子弟书《悲秋》传到了千家万户。"①

表 8—6　　　　　　　　　　子弟书一览

作　者	书　名	出版社	出版时间
集锦书目（吴晓铃赠）	《清百本张钞本》	中国国家图书馆藏、首都图书馆藏	1851—1911 年
金台三畏氏	《绿棠吟馆子弟书选》（内含《绿棠吟馆子弟书百种总目》）	首都图书馆藏	中华民国十一年（1922 年）
刘复、李家瑞等	《中国俗曲总目稿》	"中研院"历史语言研究所印行	1932 年
傅惜华	《子弟书总目》	北京古典文学出版社	1957 年 9 月
［日］波多野太郎	《子弟书集》	横滨：横溪市立大学纪要（第一辑）	1975 年

---

① 胡文彬编：《红楼梦子弟书》，春风文艺出版社 1983 年版，序第 5 页。

续 表

作 者	书 名	出版社	出版时间
关德栋等	《子弟书丛钞》	上海古籍出版社	1984 年 12 月
张寿崇主编	《子弟书珍本百本》	民族出版社	2000 年 4 月
	《清蒙古车王府藏曲本》（第 51—56 册"子弟书单唱鼓词"）	学苑出版社	2001 年 12 月
	《俗文学丛刊》（第 384—400 册"说唱类子弟书总目"）	（台北）新文丰出版公司	2004 年 10 月
李豫等	《中国鼓词总目》	山西古籍出版社	2000 年 3 月
昝红宇等	《清代八旗子弟书总目提要》	三晋出版社	2010 年 9 月

第九章　萨满神歌

　　萨满一词源于通古斯女真语的译音"Sanman"，最早见于南宋徐梦莘的《三朝北盟会编》（卷三）一书中。满族信奉萨满教，萨满教是一种原始宗教，形成于母系氏族社会。无论是什么样的身份与地位，萨满教深入满族人的内心世界和日常生活，外显于满族人的行为规范和习俗语言。萨满教在满族人的生活中发挥着极其重要的作用。萨满教成为满族一切艺术的载体，在萨满神歌、满族神话、满族说部、满族故事、满族传说、满族歌谣等作品中都有萨满教的内容，其中，最能集中鲜明地表现萨满教文化内容的是萨满神歌。

　　部分学者认为萨满教属于一种文化现象，也有的学者不同意把满族人对于萨满的信仰称为萨满教。如傅英仁就认为萨满信仰属于文化范畴而不属于宗教范畴。他认为宗教是出世的、消极的，而萨满文化是入世的、积极的。萨满文化中不存在一定人群中普遍信奉的宗教经典。孙金瑛认为萨满教不是一种严格意义上的宗教，它属于一种文化现象，在有的时候，萨满文化与萨满教可以互用。

　　萨满教信奉万物有灵，认为世间万物都是有魂灵的。

　　关于萨满神歌的界定有一个共同点，即萨满神歌是进行祭祀仪式时的诵唱词。对于萨满神歌的界定主要如下："神歌是举行跳神仪式时，萨满和助手描述神灵特征、颂扬神灵神通广大以及表示祭祀者的虔诚态度和决心等为内容的歌词，因为是唱给神灵听的，所以叫神歌。"[1] "萨满神歌是用于萨满祭祀中的

---

① 宋和平：《满族萨满神歌译注》，社会科学文献出版社 1993 年版，前言第 1 页。

咏唱，它的文字排列和韵脚是以唱诵习惯构成，它的内容则与祭祀程式、对象直接相关。"① "神歌，即萨满神歌，是沟通人与神界或说是与超自然力量联系的神秘语言，是萨满和二大神都必须具备的专用技能。仪式中，除排神外，请神（接神）、答对神、送神的萨满神歌都由二大神来表演。萨满神歌的效用就在于通过呼唤、祈祷、赞美、倾注情感等一定程序化的、模拟化的语言形式，激发想象，发泄情感，达到人神互动的交流目的。由此可以说，作为人神沟通的手段，萨满神歌是萨满教宗教仪式活动中不可或缺的有机部分，堪称萨满文化的精华所在。"② "萨满神歌是萨满们一代一代口耳相传的，除了萨满之外，一律秘不示人。在萨满祭祖、祭天、请神、送神的各种仪式中，他们往往都有一套较为固定的祭词。正因为如此，他们才能将这些祭词千百年地传下来，并保留其较为原始的状态。"③

第一节　满族萨满神歌的特点

满族萨满代神做事，满族萨满神歌的内容主要是保护人类、祛除病魔、消除灾难、繁衍人类、祈求太平。满族萨满神歌往往是满族萨满神本子上的唱词。

一　满族萨满神歌的程式化

萨满神歌的演唱是有固定程序的，不能颠倒顺序乱唱。一般萨满神歌的程序有请神歌、安神歌、祭奠歌、放神歌、送神歌。

---

① 宋和平、孟慧英：《满族萨满文本研究》，五南图书出版公司、中华发展基金管理委员会 1997 年联合出版，第 11 页。
② 孙金瑛、刘万安：《萨满遗风——辽北莲花萨满文化田野调查》，（香港）中国人民出版社 2009 年版，第 58—59 页。
③ 富育光、赵志忠编著：《满族萨满文化遗存调查》，民族出版社 2010 年版，第96页。

不同地区萨满神歌的程序略有差别。辽宁铁岭地区的萨满神歌的程序是迎神歌、安神歌、祭奠歌、五龙忏、分香歌、四铺神、唐神忏、奠酒歌、放神歌、送神歌等。这些萨满神歌的程序是不能前后颠倒的。

辽北莲花萨满教跳神仪式是由排神、请神（接神）、答对神、送神四个程序组成。排神相当于今天的预约、打招呼。莲花萨满教跳神仪式主要有：出马、扳杆子、烧替身、破关、过阴、龙华喜会等。

"所谓排神，是指萨满在神案前向神灵祷告之所以劳罗它们显灵的原因。一般都是先唱一段颂歌的神歌，而后说说今天请神的目的。"[1]

如排神歌之二：

> 手托三炷黄香，
>
> 要劳罗大报马二前行，
>
> 快嘴连儿学舌精，
>
> 各个有神山，
>
> 各个有古洞，
>
> 各个神山古洞把信儿通，
>
> 看山王座山雕，
>
> 各个深山教主都把信捎。
>
> 千军万马我不劳罗，
>
> 我就劳罗人一个。[2]

"接神，也叫请神或迎神，由二大神来表演。一般是萨满排神后即坐到'马步蹲台'或'绣罗墩'上等着神的到来。此时，二大神用优美的神歌请神、迎神。当静坐的萨满出现打哈欠症状时，二大神的表演将更加的强劲、火爆。这时，让萨满一手持鼓，一手持鞭，随时恭候着神灵的到来。一旦萨满的双脚

---

① 孙金瑛、刘万安：《萨满遗风——辽北莲花萨满文化田野调查》，（香港）中国人民出版社 2009年版，第 36 页。

② 同上书，第 37 页。

脚尖开始抖动打点，即标志着神灵已经附到萨满身上。二大神一边和着萨满的鼓声，一边欢快地唱着迎神的歌谣。"①

如接神歌之二：

> 一溜青烟升上了天，
>
> 惊动了报马伶童这个小仙官。
>
> 你老紧催马快加鞭，
>
> 搬请了兵权将军又下高山，
>
> 无事不打聚将的鼓，
>
> 无事不敲聚将的锣，
>
> 打鼓敲锣为了何事？
>
> 今有那沈阳城吴门府的小三关有病得了灾，
>
> 求你老搭救搭救。
>
> 你老东棚去备那能行的马，
>
> 西棚备上宝雕的鞍，
>
> 手里拿着这两节的鞭。
>
> 一驾云头十万里，
>
> 二驾云头万万千，
>
> 三驾云头来得快，
>
> 远远来到这堂营前。
>
> 病主就在这土龙台上等着，
>
> 身得重病不得安，
>
> 你老慈悲心得发，
>
> 搭救灾横快到堂前。
>
> 荞麦开花呀一片白，

---

① 孙金瑛、刘万安：《萨满遗风——辽北莲花萨满文化田野调查》，（香港）中国人民出版社2009年版，第36页。

咱要请谁谁就得来，

报马你老牢记心怀。

你往远点走，

你往远点颠，

快请这胡三将军就下了高山。

堂前有这迎宾的酒，

还有这待客的茶，

你老快点闯山落马搭救灾啰。

高粱剑哪手票多，

哈拉汽子管你够喝，

搭好救好灾啰咱们还有谢，

不知你是哪位高仙闯山落了马，

请你报报名和姓。

人过要留名，

雁过要留声。

人不留名不知你是张王和李赵，

雁不留声不知道春夏和秋冬。

不知你是哪位大仙闯山落了马，

你老得报一报名。①

答对神，即"二大神接神的神歌引起大神的抖动，稍后，又引领大神打起神鼓来鸣和一会儿后，二大神便偃鞭息鼓，附到大神的耳畔，说上句'请您老报报英明国号吧'。萨满听后点点头，再有韵律地打上一通鼓后，附在萨满身上的神灵便开口讲话，首先报号，说他家住何方，姓氏名谁，然后切入正题，

---

① 孙金瑛、刘万安：《萨满遗风——辽北莲花萨满文化田野调查》，（香港）中国人民出版社 2009年版，第 41—42 页。

看病问诊。仪式进入神人互动阶段，即答对神"①。如答对神·安歌：

六月里，荷花开，

鲤鱼打挺站起来。

您老平身起站平坡，

不用蛮人紧招着，

累坏蛮人了不得。

一不要你忙，

二不要你慌，

慌里慌张累得慌，

稳住精神坐住佛堂。

有麝自来香，

不用大风扬。

包子有肉不在褶上，

老牛拉车要稳当。

房屋窄，柱脚多，

跑不开马磨不开车，

磕着碰着了不得。

葫芦开花一身毛，

九里疆场没会着。

您老或姓胡或姓黄，

或百家姓哪个字上。

住山就把山名报，

住城就把城名说。

您老扯回头抹回车，

---

① 孙金瑛、刘万安：《萨满遗风——辽北莲花萨满文化田野调查》，（香港）中国人民出版社 2009 年版，第 52 页。

小小马褥子后边搁。

小小马褥子一尺八，

锛子砍刨子刮，

四个犄角四朵莲花。

大莲花小莲花，

莲花盆里稳坐仙家。

小小马褥子搭下坐，

你听跨海应神对你说，

您老或好吃或好喝，

酒饭茶食你好什么？

你好吃，仙桃仙果给你预备着；

你好喝，高粱牺水您老闷得。

大黄河小黄河，

康百万留下开烧锅。

杜康造酒刘伶醉，

不醉三年不要招说。

刘伶临死不挂泊头纸，

有个酒幌挂在门前。

你要抽烟不费难，

出在上方王母娘娘后花园。

九天仙女打过杈，

王母娘娘掐过尖。

这袋烟是好烟，

出在上方王母娘娘后花园，

凡人抽烟解乏困，

当仙抽烟炼仙丹。

抽口烟喷口云，

活像八仙出洞门；

抽口烟喷得高，

好像八仙过海水皮漂。

三簧要响点不多，

就着你老抽烟我把话说。

一不为君二不为臣，

为着三关童子一个人。

关口有替身多，

挑关落锁就是今儿个。

汉高祖斩白蛇，

一刀两断今儿个要利索。

盐打哪块儿咸，

醋打哪块儿酸，

井水不把河水犯，

咱俩的房不连脊地不连边，

来到一块儿都有缘。①

送神，即"待排神时的要求都做完后，二大神开始送神，即谢神和请神归位。随着二大神的鼓声、歌声，萨满的鼓点开始逐渐地缓下来，一旦萨满的脚尖停止抖动，鼓声便戛然而止，即宣布神灵已安然撤离。萨满逐渐由昏迷状态恢复过来。整个仪式结束"②。

如送神歌之一：

你老话要说好，

事要办完，

---

① 孙金瑛、刘万安：《萨满遗风——辽北莲花萨满文化田野调查》，（香港）中国人民出版社 2009年版，第 52—54 页。

② 同上书，第 57 页。

接马蓰缰回深山。

隔着神仙别住店，

隔着古洞别打茶间。

进古洞就把洞门关，

脱下靴帽换蓝衫。

叫来茶童就把暖茶端，

喝杯暖茶背背风寒。

各照本位受香烟，

稳坐七台炼仙丹。

你老放松多放松，

放松弟子头清眼亮心也明，

别让弟子浑身发麻骨头疼。

人魂撒在人身上，

马魂撒在马身中。

人得真魂吃饱饭，

马得真魂抖娇翎。①

满族民间立杆祭天大致包括六个环节：准备、初祭、升猪、再祭、小肉饭、吃大肉等。

二　聚众而歌，百神合祭

满族萨满神歌往往是多人配合的，一般有萨满（大神）、二大神、观众配合而成。萨满神歌的诵唱形式主要有三种：第一种是萨满和助手各自独唱。第二种是萨满和助手以互相问答的形式诵唱。第三种是一人领唱，众人合唱。总

---

① 孙金瑛、刘万安：《萨满遗风——辽北莲花萨满文化田野调查》，（香港）中国人民出版社 2009 年版，第 57—58 页。

之，萨满神歌是聚众而歌，不是一人能够完成的诵唱。

之所以说萨满神歌是聚众而歌，还因为萨满的助手不止一个，如石姓萨满助手就有五个等级。第一级助手叫"阿儿格侧力"，年龄最小，在 10～15 岁左右，地位最低，只做传递祭器等简单工作。第二级助手叫"德博勒侧力"，年龄在 20 岁左右，做传递供品等工作。第三级助手叫"阿西罕侧力"，年龄在 25 岁左右，即青年助手。从第三级开始，可以从事主祭仪式，也有充当家萨满的资格。第四级助手叫"按木巴侧力"或叫"按木巴色夫"，年龄在 35 岁左右，是大助手或大师傅。第五级助手叫"萨克达色夫"，年龄在 40 岁以后，是老师傅。萨满助手越往后越具有权威性。

波兰学者尼翰拉兹在《西伯利亚各民族之萨满教》中描述了萨满神歌的演唱情景：寒冻之西伯利亚地方，夜暗而长，萨满往往在夜间聚集大众，唱歌谣以慰彼等。聚会时间长约一小时，大众皆倾听以大鼓伴奏之萨满歌——独特的音调——有时大众亦和之而唱。

如满族萨满神歌《背灯调》："日落西山，夜幕降临，那鲁呼！阳光隐匿，千星闪烁，那鲁呼！万籁俱寂，祈请神灵，那鲁呼！"[①] 这首神歌就是萨满领唱，众人和之，这是常见的满族萨满神歌演唱方式。萨满领唱的上句落音为 Re，族中和之的下句落音为 La，组成一呼一应的上下句式，数次反复，构成背灯调的基本结构。

"如辽北莲花萨满武桂芳口述完整的现代萨满'出马'仪式：

"**时间**：2001 年正月十五

"**地点**：开原市金沟子镇小弯屯武家大院

"**人物**：老萨满武大神、新萨满武桂芳、帮兵二大神武兴昌

"**场景**：武家山堂

"**道具**：神鼓及鼓鞭、神裙、馒头 5 盘 25 个、4 样水果、2 瓶酒等

"**仪式开始**：武桂芳首先备好五供四果及酒，在武门山堂上了供。接下来

---

① 刘桂腾：《满族萨满音乐》，《沈阳音乐学院学报》2007 年第 1 期，第 121 页。

是老萨满，即师父排香，报告今日徒弟出马之事。然后，是师父的帮兵请下武门山堂掌堂的，随后再把弟子山堂的仙家也请下来。在帮兵的导引下，弟子的仙家先到外面拜七星北斗，即拜天（以放到厨房外窗台上的香炉碗为牌位），然后进外屋地拜灶王，最后进屋，回到山堂，行三拜九叩大礼，拜师父的大堂人马，礼毕，坐回马步蹲台（椅子）。"① 这是典型的文出马的形式，最后新老萨满庆祝仪式成功，载歌载舞，欢乐一番。可见满族萨满神歌的演唱需要聚众而歌，不是一个萨满能够完成的。

满族萨满神歌祭祀的神灵不是一个神灵，而是一起祭祀多个神灵。满族萨满神歌的结尾处往往是群体性的神灵。满族萨满神歌"家神都是'百神合祭'。大神虽然是一篇神歌一位神，但神歌的结尾，也就是送神灵回山时，所用语言都是'一队队''一伙伙''一群群'地回山。瑷珲地区五家子屯何姓神本中，共有 32 位神头，神歌中虽是请神头降临，但每位神头下不知有多少神灵。这里充分反映了神灵的群体性，也正是萨满文化的原始性"②。

三　调节情绪，娱乐身心

满族先民地处高寒地区，生活环境恶劣，生产方式充满危险，随时可能在渔猎时丧失生命。满族先民在大自然面前是渺小的、无助的，他们对自然充满了敬畏和不解，萨满神歌具有调节情绪、娱乐身心的作用。

一些学者达成共识，一致认识到了萨满神歌能够调节情绪，预防心理疾病，实现身心平衡。在缺医少药的过去，满族人依靠萨满来治病。如俄国著名民族学家史禄国把萨满比作氏族的安全阀，指出萨满教有助于预防群体的精神疾病。法国学者米特拉尼指出："萨满教之所以改变病理学或群体内部个人所感到的压力，正是因为它给那些最强烈地感受到压力的个人提供了一个摆脱困

---

① 孙金瑛、刘万安：《萨满遗风——辽北莲花萨满文化田野调查》，（香港）中国人民出版社 2009 年版，第 66 页。

② 宋和平：《满族萨满神歌译注》，社会科学文献出版社 1993 年版，前言第 33 页。

境的角色；在没有萨满的社会里，如果没有这种角色，那些相同的因素会加剧个人的不安并增加混乱。"① 富育光指出："萨满教仪式在特定历史条件下为人们提供了宣泄不良情绪，排解焦虑与忧愁，达到身心和谐的可行的途径。对解除个体的心理疾患，实现身心平衡，曾发挥过重要作用。其内在的机理包括多方面：虔诚的信仰可激发人固有的内在潜力，使患者自身获得一种精神力量，从而调动人体的潜能，实现机体和生理的顺畅，从而达到不治而愈的效果；通过一系列象征手段向病人进行心理暗示，从心理上祛除患者的病因，从而解除他们的精神负担，在心理上产生安抚效应，有助于促使病人实现心理和精神平衡；萨满运用多种情绪宣泄法，使患者的负面情绪得到淋漓尽致的宣泄，特别强调与患者的情感交融和情绪互动，以群体炽热的情绪感染患者的精神，使患者融入群体关爱的怀抱中，重新获得心灵的宁静和平衡的心理。"② 在萨满歌舞中，人们获得一种愉悦的体验，不良的情绪得到了宣泄，忘记了世俗的烦恼和个人的恐惧，使人的意志得到了暂时的休歇，在集体互动中个人得到了空前的勇气和自信的力量，重新得到了战胜恶劣生活环境的信心。

萨满神歌的演唱实际上是一场群众喜闻乐见的赛歌会。"据老萨满石清山（已故）和老助手石清民反映，从前举行萨满跳神活动时，萨满与助手、老助手与助手之间都可以互相回答，一般是老萨满考问助手，回答问题时要求快而准确。如果回答不上来或回答不正确，那么就会被淘汰。所以，萨满跳神时诵唱神歌，实际上是一种赛歌会，又是考验助手能力大小的场合，也是助手提高技能的机会。这种鼓铃齐鸣，载歌载舞，配以高昂的诵唱，形成了气氛热烈、形式活泼、声势浩大的群众喜闻乐见的艺术表演。"③

萨满神歌本身就包括娱乐歌，娱乐歌顾名思义，就是让人娱乐。娱乐歌是应邀演唱，邀请人要格外赏给演唱者钱。娱乐歌也叫喜乐太平歌、乐神歌。娱乐歌包括三部分，有盘道歌、对歌、对花歌。盘道歌是指盘问对答一些佛道神

---

① ［法］菲普·米特拉尼：《关于萨满教的精神病学探讨评述》，《第欧根尼》1993 年第 2 期。

② 富育光：《萨满艺术论》，学苑出版社 2009 年版，第 5—6 页。

③ 宋和平：《满族萨满神歌译注》，社会科学文献出版社 1993 年版，前言第 2 页。

仙之事和神话传说。对歌是对答生活物品的神歌。对花歌是对答各种花名。盘道歌、对歌、对花歌中双方问答的对象都是"仙家"和"帮兵"。对歌和对花歌都生动有趣，在娱乐中使人获得知识。盘道歌、对歌、对花歌的内容在二人转、太平戏中都有演出。在过去缺少文化娱乐活动的年代，跳大神的神歌演唱成为民间的娱乐活动。

如萨满神歌中的《对花歌》：

帮兵：

仙家呀，我问你——

什么开花节节高？

什么开花奔拉腰？

什么开花头朝下？

什么开花开到稍？

仙家：

帮兵呀，我告诉你——

芝麻开花节节高，

谷子开花奔拉腰，

茄子开花头朝下，

高粱开花开到稍。

帮兵：

仙家呀，我问你——

什么开花像星星？

什么开花兰盈盈？

什么开花紫巴登？

什么开花吐红缨？

仙家：

帮兵呀，我告诉你——

水稻开花像星星，

大豆开花兰盈盈，

土豆开花紫巴登，

苞米开花吐红缨。①

满族萨满祭祀具有娱乐作用。"萨满祭祀尽管是庄严、肃穆的，但它绝不是使人感到压抑、沉重的精神负担，相反在严肃的气氛中感到精神安慰，困扰得到排遣，要求的满足有了希望，这些是通过人神实实在在的交往感受来的，同时满族祭祀又是阖族欢聚，会餐共食，是和睦相处、消除宿怨的一个良机，因此心理感受是轻松的。神器的摆置和使用完全适应这种活动的基本气氛。神器像神戏中的道具，尽管各有威严，但它们的扮相则粗犷、朴实、实在、绘声绘色，更何况许多用途和效果都起着助兴作用。引人兴致，使人得到快感者，莫过于一些模拟音响和舞刀枪棍棒的神技。恰拉器由缓而急，由轻至响，如神灵步云驾雾，由远及近的步履、欢愉的内心和令人舒畅的乐感，使人如醉如歌；各神来舞枪弄棒，朴拙的动物憨态，刀棒枪戟对族人的抚摸、疼爱，叫人捧腹不止。而他们钻洞跳涧，挑抢劈剑，又令人瞠目结舌，惊叹不止，备受振奋。九枝神杆下，人们举目望天，引起无穷遐想，柳树上的水团子引来飞鸟般的幼儿扑食、争抢，令人十分开心。总之神器是创造人们快乐、轻松感受的一种依托，围绕它们的诸多活动使人得到娱乐，得到精神的满足。"②

满族萨满神歌使得满族人在聚族而歌的场景中寻找到了精神上的安慰和心灵的依托，释放了紧张感、恐惧感，使人的负面情绪得到淋漓的宣泄，人们可以在萨满神歌中把一切内心的愿望、恐惧演唱出来，从而实现内心的平衡。在满族先民缺医少药的时代，满族萨满神歌具有不容忽视的医疗作用。

在聚众而歌的满族萨满神歌的演唱过程中，族中的恐惧心理被消除，紧张感和心灵的情感得到了宣泄。

---

① 孙树发实录整理：《神歌》，吉林人民出版社 2005 年版，第 52 页。

② 富育光、孟慧英：《满族萨满教研究》，北京大学出版社 1991 年版，第 163—164 页。

四　诗、乐、舞三位一体

萨满神歌本身就是萨满文化的一部分，满族萨满在祭祀时要诵祝词、唱神歌、跳神舞，三者同时进行，即诗、乐、舞三位一体。萨满在跳神时，带神帽，穿神裙，击手中神鼓，系腰铃，舞姿规范，充满激情。

（一）萨满神歌中的"诗"

萨满神歌中的"诗"：萨满神歌是民间传说的诗话，满族萨满神歌偏重于语言性的唱诵，其诵唱的神词短小精悍、生动形象、明白易懂、富有韵律。

满族萨满神歌中的"诗"，即唱词是具有叙事性的。"如杨姓神歌'鹰神篇'中，不仅详细记述了鹰神是住在第一座高山峰上，而且还嘱咐鹰神降临时要'当心猎人的伤害'。在'多活罗瞒尼'神歌中，因为该神是瘸腿神，所以关照它'避开遥远的田野，闪开高高的大山降临'。石姓'头辈太爷'神歌，详细记述了这位太爷成神的过程，同时也说明了石姓'跑火池'的由来。总之，神歌中包含许多神话传说，只是情节详略不同罢了。"[1] 满族萨满神话中的"诗"在"神本子"中记载满语为 enduri bithe，也就是神书。神本子最开始是用满语记录下来的，后来由于满语渐渐衰落，便采用汉字记录满语发音的方法，使神本子得以传承。宋和平编著的《满族萨满神歌译注》便是对用汉字记录满语发音的神本子进行翻译注释。

满族萨满神歌中的"诗"是有韵律的。满族萨满神歌的韵律主要包括头韵、中韵、尾韵。顾名思义，头韵是指神歌的开头押相同或相近的韵。如《尼山萨满》中尼山招呼蒙古尔代·纳克楚时唱道："火克，牙克，这条河呀！火克，牙克，我渡不过去了。火克，牙克，蒙古尔代·纳克楚，火克，牙克，把

---

① 宋和平：《满族萨满神歌译注》，社会科学文献出版社 1993 年版，前言第 33 页。

我渡过去吧！火克，牙克，蒙古尔代·纳克楚，火克，牙克，划着船过来吧。"① 这段神歌唱词就是押头韵。中韵就是神歌的中部押相同或相近的韵。尾韵就是神歌的尾部押相同或相近的韵。如《尼山萨满》中尼山招呼蒙古尔代·纳克楚问尼山萨满是什么人时，尼山唱道："我是阳间里的，埃库勒，也库勒。尼西海河的，埃库勒，也库勒。岸边的，埃库勒，也库勒。"② 这段显然押的是尾韵。

(二) 萨满神歌中的"乐"

萨满神歌中的"乐"：满族萨满神歌的旋律运动的幅度不大，仅在较窄的音域中进行，萨满神歌的结构多为单乐句式或上下句式。"萨满神歌除少数五声和六声外，大部分都是四声音列，即 Do、Re、Mi、Sol，如《跳饽饽神》等：Re、Mi、Sol、La，如《请调神》等：Re、Sol、La、Do，如《佛波密》等：Mi、Sol、La、Do，如《神头》等：La、Do、Re、Mi。"③

满族萨满神歌的音乐依靠多种乐器演奏。依姆钦，即神鼓、手鼓、抓鼓。演奏分击鼓面和击鼓边。击鼓面是用鼓槌敲击鼓面的不同位置，产生不同音色的声音。鼓面和鼓边的交替击奏，是满族萨满的演奏方法。同肯，即抬鼓。同肯成为老萨满统一整个现场演奏速度的指挥工具，栽力使用同肯配合萨满的招式和速度。同肯主要演奏"老三点"的节奏和烘托气氛的"碎点"。西沙，即腰铃或摇铃。西沙的演奏技巧主要有甩、摆、顿、颤等，通过扭胯摆腰发出声音，其声音是神灵行走的象征。轰勿，即晃铃或神铃，轰勿有带铃杆和不带铃杆之分。只有神灵出现时才用轰勿，轰勿的音响象征着神的降临。轰勿的演奏方法主要有晃铃、顿铃、振铃。嚓拉器，即拍板或扎板，分单手执板和双手执板两种。哈尔马力，即响刀、神刀或哈马刀，是驱魔逐妖的武器，演奏时稀里哗啦作响，随演唱节奏而做节律式摇动。托力，即铜镜。托力是发光天体的象

---

① 宋和平：《〈尼山萨满〉研究》，社会科学文献出版社 1998 年版，第 71 页。
② 同上书，第 70 页。
③ 刘桂腾：《满族萨满音乐》，《沈阳音乐学院学报》2007 年第 1 期，第 121 页。

征，有辟邪照妖的作用。单鼓，即单皮鼓、单环鼓或太平鼓。主要在满族汉军旗人的萨满祭祀仪式中使用。

（三）萨满神歌中的"舞"

萨满神歌中的"舞"：满族萨满神歌中重要的内容是动物崇拜。萨满在为氏族祈福祛灾、跳神颂歌中要祈求动物神的降临，因此，萨满跳神中的舞蹈动作往往是模拟各种动物的姿态、动作、形象。萨满神歌中的舞蹈主要是鸟兽的模拟舞，如模仿老虎、熊、狼、鹰、雕、蛇、蟒等等的舞蹈。"努力舞蹈表演。萨满双手抓托立，上下左右舞动。逐句高声诵唱，他人小声回答。"[1]

萨满神歌中的"舞"也叫"肢语""暗示""哑戏"。萨满以全身各部位的动作来传递内心的情感和意念。"肢语传情，传袭顾原，大约盛行于荒古人类之间初始时期。陌生的部落采集和猎捕中偶遇或拼争，相互生存交往与联络，便多用肢语沟通双方恐惧和猜疑的心灵。这些珍贵的艺术掠影，我们或可在北方民族萨满祭器、古墓发掘、各地的岩画和壁画中见到。因肢语的活泼情态、自然舒展的变化以及随时随地即可直抒胸臆，尤有群众性，不仅萨满喜用，族众亦甚于习用，故此，各族在萨满文化虔诚的祭礼与崇拜行为中，生动地承袭并发扬光大下来，数千年来构成并传承下来富有戏剧性的萨满独特的形态艺术，是原始萨满表演艺术领域中又一灿烂的文化遗存。萨满的所有崇拜活动都离不开各种肢语形态，通过肢语细腻模拟和传达各种神祇的名讳、性格、爱憎、神技和嘱告。萨满和族众依照神祇的不同肢语践行祭祷的目的。肢语具有萨满传播神的意旨和语言的功能，随着社会的发展，人类思维观念的日益丰富，萨满祭祀中降神肢语亦越加丰富多彩，肢语常与声音和舞蹈动作巧妙糅合到一起，这便产生了音乐和舞蹈，声动与舞蹈相辅相成，构成更加迷人抒情的艺术效果。"[2] 从"肢语"互动的角度说，萨满跳神的场面成了群舞。这种肢语在《乌布西奔妈妈》中有生动的描写。乌布西奔妈妈的肢语技术很娴熟，或

---

① 宋和平译注：《满族萨满神歌译著》，社会科学文献出版社1993年版，第43页。
② 富育光：《萨满艺术伦》，学苑出版社2009年版，第90页。

跪或跳或站或蹲，自古东海哑语闻名于世。肢语是萨满跳神中"舞"的滥觞，以后逐渐形成了萨满歌舞艺术。

满族萨满跳神本身就是一种舞蹈。在《辽宁民族民间舞蹈集成抚顺卷》《辽宁民族民间舞蹈集成盘锦卷》《辽宁民族民间舞蹈集成丹东卷》《辽宁民族民间舞蹈集成本溪卷》等书籍中都把满族萨满跳神当作舞蹈收入书中。《辽宁民族民间舞蹈集成抚顺卷》中有萨满祭祀舞蹈"跳家神"（即烧旗香，包括神刀舞和抓鼓舞）、"跳虎神""单鼓""霸王鞭"等舞蹈，这些舞蹈是抚顺地区民族民间舞蹈形式中的一个重要组成部分，特别在新宾地区曾长期流传。《辽宁民族民间舞蹈集成盘锦卷》中的萨满祭祀舞蹈被称为"巫舞"，包括"穿铁鞋""戴火帽""啃火棒""挂铡刀"等舞蹈，最常见的"巫舞"是"抓鼓"。这些舞蹈随意性强，跳舞时即兴发挥，没有固定规律，大多以驱鬼、请仙、医病为表现内容。《辽宁民族民间舞蹈集成丹东卷》中萨满祭祀舞蹈主要有"丹东单鼓"。"单鼓"民间又叫"打单鼓""单鼓神""唱家戏""跳家神""烧太平香""太平鼓""唱阴阳戏""单姑"等，是一种边唱、边说、边舞的民间走唱艺术。《辽宁民族民间舞蹈集成本溪卷》中萨满祭祀舞蹈主要有"单鼓"，"单鼓"有固定的程序，主要包括开坛、搭棚、请九郎、过天河、开光、开门圈、接天神、跑亡魂圈、安座、辞灶王、送神等内容。从这些书籍中可以看出，满族祭祀舞蹈在辽宁省是普遍存在的，有地区差异也是正常的现象。

萨满的跳神舞蹈主要有三种。"即模拟式、表演式和混合式。世界其他各民族的萨满跳神舞蹈，大致也是如此。模拟式：就是模拟狼嚎虎吼、鹰雕飞翔、蛇爬行、兽跳跃等动物的动作，如杨、石、关三姓的萨满模拟鹰飞翔，杨姓还要模拟猎人给鹰喂食物，石姓模拟母虎抓虎仔，蟒神在地上蠕动，野猪在墙上蹭痒痒等。表演式：就是萨满通过各种舞蹈，表现英雄神灵的英雄行为和个别动植物神灵的技巧。这种舞蹈形式的神灵很多，满族有富姓的'跳坑'，何姓的'破头先锋''不库瞒尼'，石姓的'巴克他瞒尼''朱录瞒尼''扎克他瞒尼''赊热鸡七瞒尼''胡牙乞瞒尼''舒录瞒尼''赊棱太瞒尼'和'查憨不库瞒尼'等，但闻名方圆百里的还是'跑火池'和'钻冰眼'。混合式：原始古朴的萨满教，迄今还残留于人类文明社会的个别民族和地区，它的表演形式已发生了很大变化，我们所划分的模拟式和表演式舞蹈，也是互相渗透、互相混合的，就是说模拟式中有表演，表演式中有模拟，如模拟神灵：鹰神的飞翔，蛇神的爬行，母虎神的慈爱等，都含有表演式的成分；再如表演神灵：水鸟神的飞撒石子，金钱豹神的爬行，金花火神的夹香火等，又包含着模拟式的因素。所以，我们所指模拟与表演，也仅是神灵主要表现的舞蹈形式而已。混合式也是如此。"① 在满族萨满跳神中，与萨满神歌相伴的舞蹈主要包括上面三种类型。

萨满神歌在演唱时诗、乐、舞三位一体。"家萨满行祭时跳神，称跳太平神火或跳家神。跳神时穿裙，击手中神鼓，系腰铃，诵祝词，舞蹈，有的不戴神帽。祭祖、祭天时舞姿也较规矩，狂而不乱。"② "待到走进民间，第一次看到老萨满武大姥跳神，便被震撼了。那抖动的身姿，那激昂的鼓点，那优美的唱词，那顿挫的神调。"③ 种种关于演唱萨满神歌时的情景描述，都是诗、乐、舞三位一体。有时辽北莲花萨满在唱答对神歌时，当鹰神下来时，萨满一律用天津大鼓腔来答疑解惑。而在表演歌曲时，又转到了黄梅戏调。

第二节　满族萨满神歌的内容

满族萨满神歌有积极向善的取向，功利目的明显。萨满神歌的内容主要是娱神，请求神灵的帮助，实现祛邪免灾的目的。

萨满神歌划分的角度不同会有不同的划分方法。

---

① 宋和平译注：《满族萨满神歌译著》，社会科学文献出版社 1993 年版，前言第 5 页。

② 孙金璞、刘万安：《萨满遗风——辽北莲花萨满文化田野调查》，（香港）中国人民出版社 2009 年版，前言第 2 页。

③ 同上书，前言第 5 页。

第一，满族萨满神歌按照祭祀仪式划分，分为家神神歌（家祭神歌）和大神神歌（野祭神歌）。

第二，按照诵唱的形式划分，分萨满和助手各自独唱；萨满和助手互相问答式诵唱；萨满表演动作，一个助手领唱，众人合唱。

第三，按照萨满所司之职和作用可以分为祭祀性的萨满神歌和治疗性的萨满神歌。

第四，从烧香的目的和内容看：分为烧官香、烧太平香、烧还愿香、烧年节香。

第五，按照阶层划分，分为宫廷祭祀神歌、王府祭祀神歌和民间祭祀神歌。

第六，萨满神歌按照演唱方式分为文场和武场。

第七，萨满神歌按照打鼓的方式分为开坛鼓、搭棚鼓、下山东鼓、过河鼓、开光鼓、闯天门圈子鼓、亡魂圈鼓、接天神鼓、安座鼓、勾灶王鼓、吓神路鼓等十一铺鼓。

第八，萨满神歌按照目的划分，分为消灾祈福、为人治病、培养新萨满三种。

（1）请求神仙帮助治疗疾病的神歌。东北山乡百姓依靠野萨满用跳大神的歌舞驱邪、除灾、医病。治病的萨满神歌有扳杆子神歌、烧替身神歌、破关神歌等。后期的萨满文化已经渐渐演变为一种静态的观相诊病的形态。

满族的前身女真人患病没有医药，崇尚巫祝，依靠巫祝治病。《三朝北盟会编》卷三载："其疾病，则无医药，尚巫视，病则巫君杀猪狗以禳之，或载病人至深山避之"。①

如扳杆子萨满神歌可以治大邪，即萨满在行医治病活动中，专门治疗想依附病人把话说的邪路人马。这种病是得萨满病的人医治无效，反复发病，最后投奔萨满诊治的一种萨满治病仪式。扳杆子需用神器花杆，也叫"引邪杆"。

---

① 徐梦莘：《三朝北盟会编》卷三，上海古籍出版社1987年版，第18页。

萨满诊治查找病因。病因一般有两种情况：一是胭魂魁灵鬼，二是胡、黄白柳仙。鬼和仙统称"邪路人马"。萨满询问邪路人马的要求、想法，邪路人马（病人）保持沉默，病人病情没有好转，就要进行扳杆子了，在扳杆子前，先把请下来的大神送回去休息。扳杆子仪式中要唱板杆子神歌：

> 扳杆子神歌之一
>
> 今夜晚二更天，
>
> 领领兵马叫叫关，
>
> 一家有事四邻不安，
>
> 当座有事当座庙里受香烟。
>
> 土地老爷本姓韩，
>
> 他家不住西北住东南，
>
> 东北好比卧龙宝地，
>
> 西北好比卧龙潭。
>
> 低头走抬头观，
>
> 眼前来到头道廊牙头道关，
>
> 七星北斗在中间。
>
> 七星北斗拴战马，
>
> 山堂以里受香烟。
>
> 低头走抬头观，
>
> 眼前来到二道廊牙二道关，
>
> 有人把守有人看，
>
> 秦琼敬德两边站。
>
> 秦琼手使熟铜锏，
>
> 敬德手使个七节钢鞭。
>
> 接待外来兵马外来仙，
>
> 一接胡二接黄，

三接蛇蟒豆奈四大军王，

再接胭魂贵族幽臣魈灵魔。

一接胡家人马接到湖北口，

二接黄家人马黄土坡，

三接蛇蟒豆奈湖北河，

四接胭魂魈灵黑土之坑木龙棺椁。

今天也磨明天也磨，

今天晚上就得上昆德。

要是抓弟子磨香托，

或是让供着，

你就托口把话说。

是让供着还是让领着，

你今天晚上就托口把话说，

为仙给你做猪谋。

要是胭魂魈灵要点大纸并大箔，

你是胭魂贵族魔，

你们想要什么就说什么，

是要大纸并大箔，

还是金银宝锞寒衣服，

你有什么要求直管说，

过了今天没有明个儿。①

（2）保佑生活饮食、五谷丰登的神歌。祭灶神和跳饽饽神都属于这类
神歌。

萨满神歌《祭灶王》："预备纸钱有没有？预备纸钱祭灶君。东厨司命纸三

---

① 孙金瑛、刘万安：《萨满遗风——辽北莲花萨满文化田野调查》，（香港）中国人民出版社 2009
年版，前言第 69—70 页。

张，西有灶君发钱粮。荤灶素灶烧钱纸，温凉二灶领公文。"① 这首萨满神歌目的就是求得神灵保佑，使得一家的柴米油盐有保证。

跳饽饽神在正月十二日晚举行。跳饽饽神就是为制作敬神的供品而进行的淘米、震米、蒸米、做打糕、摆供等一系列活动，意在祭奠农业诸神，祈求五谷丰登，风调雨顺。如震米歌："满族根基供物摆上，属龙弟子属牛弟子，请诸神上神供桌前摆上，净水挑来米淘干净，年息香虑上净酒一坛，甜米酒。保佑家里干净俊美好看，保佑老幼平安。"②

满族有祭饽饽神的神歌。满族萨满在晨光到来的时候，供上大黄米做的神糕，点上年息香，穿上神裙，甩开腰铃，打起神鼓唱道：

> 像大地柳叶那么多的众姓里，
>
> 有我们瓜尔佳哈拉旺族，
>
> 从女萨满色夫传下的古老神词，
>
> 阖族推我做侍神的小萨满。
>
> 阖族德高望重的长者，
>
> 下至幼童晚辈，
>
> 喜庆金色的丰秋，
>
> 喜庆欢乐的丰秋，
>
> 跪接乌忻贝勒，
>
> 进门享用甜酒新歌。③

这首萨满神歌就是请求乌忻贝勒农业神保佑禾苗茁壮、五谷丰登、六畜兴旺的神歌。

---

① 王国兴整理，陈俊清演唱：《萨满神歌仪式歌专辑》，《中国民间文学集成辽宁卷铁岭市卷》，中国民间文学集成辽宁卷铁岭市卷编委会 1988 年版，第 33 页。

② 郭淑云：《追寻萨满的足迹——松花江中上游满族萨满田野考察札记》，广西人民出版社 2009 年版，第 64 页。

③ 王宏刚：《萨满与萨满教》，中央民族大学出版社 2002 年版，第 89 页。

（3）请求祖先保佑的神歌。吉林的关柏榕每次进行萨满表演，不管他在什么方位，都要向祖先所在的方向祭拜。1994 年 7 月上旬，美国哈佛大学心理学家诺尔教授采访萨满关柏榕时有一段对话："问：您抬神时有何感觉？答：抬神前三天，家人不让吃五谷杂粮。我抬神时是冬季，家人用水桶新打出来一桶水，将水的上面和下面去掉，只留下中间部分，然后，用冰水为我擦洗。洗毕，家人将我抱到屋地中间，地上放置棒槌、刷帚，我坐在上面，手持旗相，逐渐感到浑身发沉，人事不省。这时，萨满击鼓停止，当家人叫唤我的名字时，感觉似有人拽一般。紧接着，小萨满击鼓，意为许愿成功，旗人相互道喜。问：抬神时是否有昏迷者叫不回来的？答：有，家人要跪在祖爷前呼唤。问：被抬过去时，您都看到些什么？答：我看见了祖太太，她原是萨满。她拉着我的手说，'回去吧，病好了就行了'。问：在仪式过程中，您是否常见祖太太形象？答：是，有时看见。……问：当萨满有哪些禁忌。答：有一些禁忌。如满族西炕是供祖先的地方，平时不许坐。祭祀禁忌必须恪守，否则将受到惩罚。"①

如闫姓的《排神神词——坐大板凳》：

> 阿吉格额真，
> 阿吉格额真，
> 大萨满着衣裙，
> 拴腰铃挂铜镜。
> 为祭祖灵和先祖，
> 堂子焚香排众神。②

---

① 郭淑云：《追寻萨满的足迹——松花江中上游满族萨满田野考察札记》，广西人民出版社 2009 年版，第 28—29 页。

② 李澍田主编：《满族萨满跳神研究》，吉林文史出版社 1992 年版，第 196 页。

第三节　满族萨满神歌举要

　　《满族民歌选集》由黄礼仪、石光伟编，于 1999 年由人民音乐出版社出版。内容有萨满神歌，继承了女真祭祀乐歌。其内容主要有跳家神、烧太平香、跳饽饽神、跳肉神、背灯祭、祭天神、放大神等神歌。跳家神主要是祭祖先神。满族崇敬祖先，满族的家神主要有长白山神祖、佛多（朵）妈妈、奥都玛玛等。祭家神的萨满神歌有故事情节，叙述性强，篇幅也比较长。《佛波密》中唱道："辞去旧月迎新月，吉日良辰做大供。先把祭物准备妥，汉香芸香都焚上。烧酒黄酒献神位，祈祷子孙永安宁。天子贝子，大神贝子，佛之尊王，掇哈占爷。诸位神灵俱闻之，各位贝子请悉听。"[①]　神歌描述了祭神的仪式过程以及虔诚崇敬的心理。所收的《换索神歌》主要描写了满族人通过更换脖子上的旧索线，对子孙绳加以接续，希望子孙兴旺、繁衍不绝。

　　孙树发实录整理的《神歌》于 2005 年 6 月由吉林人民出版社出版。书籍侧重对萨满神歌的文本内容进行记录整理，具有十分珍贵的史料价值。神歌的内容主要包括大神歌、祭祀歌、关东太平戏、太平戏剧目。由于时代的原因，萨满神歌的传承人、演唱者还是匿名，可见当时采访调查的难度。

　　富育光著的《萨满艺术论》于 2009 年 10 月由学苑出版社出版。字数 50万字。中国北方少数民族多数信奉萨满教，包括鄂温克族、满族、达斡尔族、蒙古族、鄂伦春族、朝鲜族等。书中从宏观的艺术角度审视萨满艺术，对于萨满艺术及其内涵，主要包括萨满艺术的形成及审美价值，萨满造型艺术的传承与存藏，萨满艺术的幻象意念与图像艺术，尤其是对神秘的神偶进行了详尽的分析。对萨满服饰的艺术特征和象征观念进行了阐释。书籍分析了一些满族萨

---

　　① 黄礼仪、石光伟编：《满族民歌选集》，人民音乐出版社 1999 年版，第 197—198 页。

满神歌，主要包括满族《血祭·迎神神歌》《星祭》神歌、《海祭》神歌、魏姓神歌、杨姓神歌、葛姓迎神神歌等。神歌歌词虽然不多，但歌词的满族特色鲜明，原始而古朴，铿锵有力，朗朗上口。对萨满的声乐、祭坛、柱徽等进行艺术理论的梳理，令人耳目一新。书籍写出北方不同少数民族萨满教的特点，使人对满族、鄂温克族、达斡尔族、蒙古族、鄂伦春族、朝鲜族等的萨满教有了感性的认识和理论上的鉴别。

《萨满遗风——辽北莲花萨满文化田野调查》由孙金瑛、刘万安著，于2009 年 12 月由香港中国人民出版社出版。内容以田野调查的翔实资料描述了一幅生动、神奇、曼妙的萨满活动画卷，把辽北莲花萨满文化最原始的状态原汁原味地、完整地呈现在人们面前。主要记述了辽北莲花萨满教文化遗存现状，包括莲花萨满跳神活动的程式及神歌，莲花萨满传承人及其萨满病、萨满梦，唐二主李世民与东北萨满教文化的渊源，辽北莲花萨满式理疗治病的切身体验，萨满传奇，等等。辽北莲花乡镇是满族聚居地，满族文化蕴藏丰富，尽管人口不足两万，但有十余位萨满传承人，保留了原生态的萨满文化特点。孙金瑛和丈夫刘万安为了抢救、保护、传承辽北莲花萨满文化，不辞劳苦，耗时五年多的时间，对萨满传承人进行了逐一的走访，获取了十分宝贵的资料。萨满传承人也毫无保留地把自己知道的萨满知识告诉孙金瑛。辽宁缺少萨满的田野调查，这本书在记述辽北萨满文化传承上弥足珍贵。书中照片丰富，调查采访描述翔实可信，是辽宁地区不可多得的萨满文化资料。

《满族萨满神歌研究》由赵志忠著，于 2010 年 3 月由民族出版社出版。书籍对满族萨满神歌的内容进行了系统的理论梳理。文笔脉络从宏观到微观，从萨满文化圈到中国萨满文化，再到满族萨满文化。介绍了不同阶层的萨满神歌，有宫廷祭祀神歌、王府祭祀神歌、民间祭祀神歌。对于萨满神歌的内容和形式进行了剖析。书中较有特点的部分是对满族萨满神歌的韵律进行了详尽而独到的分析，有理有据，令人信服。对于神歌的元音的使用情况，头韵、中韵、尾韵都结合了第一手的满语原文资料，进行了详细的分析。书中还对萨满神歌和原始艺术的关系进行了分析。书籍引经据典，学理性比较强，是近期研究满族萨满神歌的重要学术资料。

《满族萨满文化遗存调查》由富育光、赵志忠编著，于 2010 年 6 月由民族出版社出版。书籍内容主要是调查了黑龙江、吉林地区的萨满文化。书中对萨满文化追踪溯源，对萨满的词源与词义、萨满的产生与传承、萨满的职能进行了探析。比较详细地描述了萨满信仰中的自然崇拜、图腾崇拜、祖先崇拜。萨满仪式包括关氏祭天仪式、尼玛查氏野祭仪式、臧氏野祭仪式。萨满神歌的内容包括神歌的内容、形式和韵律。萨满艺术包括萨满音乐、萨满舞蹈与绘画。书籍的后面详细地介绍了萨满访谈的情况以及萨满文本的内容。书中有大量珍贵的图片和满语原文，具有十分珍贵的史料价值。

第四节　满族萨满神歌的传承与演变

"神歌是举行跳神仪式时，萨满和助手描述神灵特征、颂扬神灵神通广大以及表示祭祀者的虔诚态度和决心等为内容的歌词，因为是唱给神灵听的，所以叫神歌。"[1] 在东北地区，除了满族，还有锡伯族、赫哲族、鄂伦春族、鄂温克族、蒙古族、土族、东乡族、保安族、达斡尔族、维吾尔族、撒拉族、乌孜别克族、塔塔尔族、裕固族，以及朝鲜族等民族也都在不同程度上存在着萨满教信仰活动。但是，相对地说，萨满教在满族、蒙古族、赫哲族、鄂伦春族、鄂温克族、达斡尔族，以及在部分锡伯族当中得到了较为完整的继承。

萨满教得名于通古斯语，因为通古斯语称巫师为萨满。萨满，通古斯——满语，意为"激动不安""狂怒之人"，是从事萨满宗教的巫师。据说，只有出生时胞衣不破、患病由萨满治好或有过癫病的人，才能做萨满的继承人。萨满有一套法衣和法器。萨满跳神或是治病或是祈福或是祭祖。萨满跳神时闭上眼

---

[1]　宋和平译注：《满族萨满神歌译著》，社会科学文献出版社 1993 年版，前言第 1 页。

睛击鼓请神，过后全身颤抖，表明神灵附体，法器发出响声，萨满开始念咒语，代神说话。萨满作法，降服魔鬼神崇。萨满教最主要的特点是崇拜自然。萨满教崇拜的对象非常广泛，包括各种神灵、动植物、无生命的自然物和自然现象。"萨满们那灵佩斑驳、森严威武的神裙光彩，那激越昂奋、响彻数里的铃鼓声音，那粗犷豪放、勇如鹰虎的野性舞姿……一代又一代地铸造、陶冶、培育着北方诸民族的精神、性格和心理素质。"①

萨满神歌主要包括萨满诸姓创世神话、族源历史、萨满传奇、英雄业绩等内容。

满族信奉的萨满教成为东北地区的主要宗教。有大量的书籍记载了萨满教，如宋朝徐孟莘的《三朝北盟汇编》、清代西清的《黑龙江外记》、杨宾的《柳边纪略》、方式济的《龙沙纪略》、萨满神话《尼珊萨满传》等都对萨满教有详细的记载。

一 由敬神敬祖转向娱人

满族最早的民间说唱艺术是萨满神歌。早在母系氏族社会的中期，萨满教就已经产生了。满族信奉萨满教，萨满教分大萨满和家萨满。初民身处以各种努力克服大自然的威力的斗争中，产生了原始宗教信仰；一面向冥冥无知的神灵屈服，一面产生了将自然界和社会人格化的神话，披着神的外衣表现了人的斗争。宗教节日的举行也往往是配合渔猎活动或不同季节的农业生产活动。

萨满教中的萨满神歌最初是歌颂膜拜自然界的神灵。而在萨满教的跳神、诵诗的歌舞中，又由娱神逐渐演变为娱人，令人不难发现诗歌、故事和舞蹈的最初萌芽和雏形。萨满神歌最初主要是祈求动物神的降临，借助于动物神的灵魂附体的威力，祛除灾病。在诵唱萨满神歌时要模仿各种动物的姿态、动作、形象和声音，以后逐渐形成民间舞蹈表演，完成了由敬神敬祖向娱人的转变。

---

① 富育光：《萨满教与神话》，辽宁大学出版社 1990 年版，第 1 页。

　　传统的萨满神歌是萨满教丰富多彩的跳神仪式歌舞中的一部分，主要是表达崇拜大自然的众多神灵和崇拜祖先神灵的情感，在跳神的过程中，充满了庄严肃穆的氛围。

　　如满族萨满神歌《巴图鲁瞒尼》：

> 今已是度过了绿春，
>
> 迎来丰秋之际。
>
> 送走了旧月，
>
> 迎来新月之时。
>
> 在新的吉日里，
>
> 在洁净的祥月里。
>
> 碾米除糠做米糕，
>
> 制作了阿木孙肉。
>
> 遵照传统礼仪供献，
>
> 一切情形甚善。
>
> 神坛前祈祷吉祥，
>
> 神主前求太平。
>
> 从前至后，
>
> 世世代代，
>
> 尽力敬神求福。①

　　再如满族萨满神歌《多岔洛瞒尼》：

> 多岔洛瞒尼善佛等，
>
> 因害病而残疾。
>
> 手持三股钢叉，

---

　　① 宋和平译注：《满族萨满神歌译著》，社会科学文献出版社 1993 年版，第 54 页。

只腿蹦着行进。

萨满何属相？

请神灵来到庭院，

进入房中，

附我萨满之身。

我们献出了一片诚心，

将牺牲肝胆肺连接，

放入猪腔之中。

高桌上供献，

木盘桌上排列。

双手举过头，

供献神灵。

诸位神灵慈爱，

保佑平安愉快。

神坛前祈吉祥，

神主前求太平，

保佑吉祥太平。

年幼者平安生长，

年老者康宁。

三角清查，

四角察看，

各处干净，

永世太平。①

这些神歌很有代表性地表达了满族人对神灵的虔诚的敬意和祈求，不难看出这首神歌内容没有娱人的成分。

---

① 宋和平译注：《满族萨满神歌译著》，社会科学文献出版社 1993 年版，第 59—60 页。

　　萨满神歌由敬神转向娱人的转折点应该是 16 世纪以后，建洲满族贵族努尔哈赤创建的八旗制，把萨满仪式直接应用到八旗制下的军民生活中，使萨满跳神由原来的祭鬼神、祭祖先变为生活内容的必需。萨满神歌的内容逐渐丰富，增加了世俗生活的内容，如萨满神歌中的《绣荷包》《绣风筝》《倒卷珠帘》《续麻歌》《实在狂》等，已经成为娱乐人的一种歌唱。这些萨满神歌几乎和"请神""送神"毫无关系，演唱者不再需要沐浴更衣、焚香祭拜，而是可以自由演唱，也可以触景生情，即兴编唱，可见萨满神歌的内容发生了转变，由敬神敬祖转向了娱人。如《实在狂歌》：

行路君子细端详，
见一老者愁悲伤。
君子一见心纳闷，
急忙上前问短长，
"莫非你家难度日，
缺少钱财没食粮？"
老者回答说不是，
君子不知听详情：
"良田我有三千亩，
骡马成群粮满仓。
正房五间面南向，
东西两侧有配房。
门楼之上安吻兽，
许多横匾挂在墙。
君子你往前头看，
青堂瓦舍是我房。"
"莫非你是大富户，
闷闷不乐为哪桩？

想必是夫人下世早，

坟前缺少拜孝郎？"

老者摇头说不是，

君子听我诉衷肠：

"一妻二妾还不老，

所生九个小儿郎。

九个儿来一个女，

不多不少整五双。

长子东京作阁老，

次子官拜平辽王。

三子为官甘宁道，

四子吏部在朝纲。

五子山东去巡按，

六子镇守在西凉。

七子广东当巡抚，

八子统兵在辽阳。

剩下九儿年纪小，

新科得中状元郎。

有一个小女长的丑，

万岁选去做昭阳。

一根肠子十下扯，

怎不叫我愁断肠。"

君子闻听一咧嘴，

暗笑老者实在狂。①

---

① 王国兴整理，陈俊清演唱：《萨满神歌仪式歌专辑》，《中国民间文学集成辽宁卷铁岭市卷》，中国民间文学集成辽宁卷铁岭市卷编委会 1988 年版，第 129—131 页。

这个神歌充满了诙谐幽默感，减少了敬奉神灵的神圣肃穆感，结局与人的期待形成了巨大的反差，令人捧腹，其内容明显使人产生愉悦感。这首萨满神歌与其说是敬神的神歌，不如说是娱人的诙谐幽默小调，令人产生喜感。

满族是个求本寻根的民族，对祖宗有着深深的敬意。满族往往通过"说古""唱颂根子""说史"来追本溯源。满族在金代讲古就已经很盛行。满族把讲古、说史、唱颂根子的"乌勒本"推崇到神秘、肃穆、崇高的地位。满族的"乌勒本"是为了敬祖宗、敬英雄神。满族讲古和满族的萨满教有关，萨满教持万物有灵论，在萨满教崇奉的神灵中包括祖先和英雄神祇。满族向祖宗和英雄神灵祈祷膜拜，希望祖宗和神灵能够保佑族众、荫庇子孙，因此满族在讲古时，充满了敬意。后来，随着时间的推移，人们对说部不断润色加工，修改完善，进行艺术再创造，满族讲古娱乐的因素越来越多，满族的讲古成为民间重要的娱乐活动，一到年节农闲时，满族人就用讲古为人们带来精神上的快乐。

有的萨满神歌最初的目的是敬奉神灵，后来经过改编，变成了供人们审美娱乐的二人转。萨满调成为东北二人转的滥觞，东北二人转成为东北人不可缺少的一种民间的娱乐形式，如二人转《黄氏女游阴》就是由萨满调改编的：

> 开天辟地人志伦，
> 有大地和女王扶保乾坤。
> 上有三皇又来执事，
> 下有五帝来为君。
> 有一家住在棒花县，
> 离城二十五里赵家村，
> 他姓赵字连方富贵员外，
> 他娶妻黄氏女文雅千金，
> 他膝下所生一儿一女，
> 他夫妻同年同庚已过三旬。

黄氏女下经常看经念卷，

惊动了阴曹地府五殿阎君。

五阎佛坐神罗忙批票，

差牛头和马面去请善人。

转过来二金童双膝跪倒，

尊一声五阎佛贵耳听真，

请善人应该差我金童去请，

差牛头和马面吓坏善人。

五阎佛闻此言哈哈大笑，

叫一声二金童要听真，

有铁牌和路引交于给你，

快到阳世三间请善人，

请他不为别的事，

来到了阴曹地府前来对经文。

二金童闻此言哪敢急慢，

急忙领批票就此动身。

二金童走出了阎罗宝殿，

刮动阴风往前寻。

左转三圈它风扫地呀，

右转三圈风扫云哪，

来到了西城坡前庙风古地呀，

霎时来在赵家村哪。

......①

从这个二人转作品看，萨满神歌中的敬神娱神的因素明显减弱，主人公是

---

① 孙金瑛、刘万安：《萨满遗风——辽北莲花萨满文化田野调查》，（香港）中国人民出版社 2009 年版，前言第 88—89 页。

世俗生活中的凡人黄氏，从神界向世俗化转变，作品侧重叙事讲故事，情节跌宕起伏、生动形象，给人一种审美娱乐的享受，其文本已经变成了娱乐人们生活的文艺作品。

二　由庄重严肃转向轻松

满族民间说唱艺术由庄重转向轻松，主要体现在演出方式由严肃转向轻松。

萨满神歌是我们所见的最早的满族民间说唱艺术。萨满祭祀神歌往往有唱无白、庄重严肃，萨满神歌在祭祀活动中演唱，满族人认为萨满神歌中的语言是有神圣力量的，是可以应验的，所以人们对待神歌的态度是严肃庄重的。萨满所唱的神歌，不允许他人随意颂唱，只能师徒相传，小萨满可以随声应合，旁观者不允许也不会伴唱。有的萨满神歌由老萨满一唱到底，不需要伴唱。

传统的满族讲唱"乌勒本"是庄重严肃的。"各氏族讲唱'乌勒本'是非常隆重而神圣的事情。一般在逢年遇节、男女新婚嫁娶、老人寿诞、喜庆丰收、氏族隆重祭祀或葬礼时讲述'乌勒本'。讲唱'乌勒本'之前要虔诚肃穆地从西墙祖先神龛上，请下用石、骨、木、革绘成的符号或神谕、谱牒，族众焚香、祭拜。讲述者事前要梳头、洗手、漱口，听者按辈分依序而坐。讲毕，仍肃穆地将神龛、谱牒等送回西墙上的祖宗匣子里。这一系列程序表明有严格的内向性和宗教气氛。不像平时讲'朱奔'（意为故事、瞎话）那样随便地姑妄言之姑妄听之。"①

萨满神歌在传承过程中发生了变化，变得轻松愉悦。如关东太平戏，是民间祭神祭祖时唱的神歌，神歌中有戏段子，手持太平鼓边歌边舞，被称为关东大戏，神歌中有了戏剧的成分，神歌成为以歌乐民的民间演唱艺术，成为百姓

---

① 富育光主编：《金子一样的嘴——满族传统说部文集》，学苑出版社2009年版，第10页。

娱乐的一种艺术形式。演唱关东太平戏的班子也叫神班或香班，祭祀宗教活动演变成了一种世俗化的民间娱乐形式。

有时什么事也没有，纯粹是为了娱乐的需要，也唱萨满神歌。"香主请唱关东太平戏，出于这样几种原因：家里上家谱、续家谱、换新家谱。风调雨顺、六畜兴旺、今年又是丰收年。家里又添人进口，庆贺人丁兴旺。因病许愿，病愈还愿请唱关东太平戏。家里有人走失后，又平平安安回家。嫁女、娶媳妇、庆大寿。还有一种什么事也没有，家里经济条件好，请神将唱关东太平戏，让家人和邻居乐呵乐呵。"① 从以上最后一段论述看，萨满神歌的演唱只是为了娱乐，而没有其他目的，其宗教严肃的成分减弱，轻松娱乐的成分明显增强。

萨满神歌在传承过程中不断地吸收其他艺术营养，变成轻松愉悦的审美享受节目。如辽宁丹东地区的"跳家神"（也叫"烧太平香"或"唱阴阳戏"）由原来虔诚地敬神祈祷逐渐借鉴了从中原传至东北的单面鼓，还吸收了东北大秧歌的舞蹈韵律，从而形成了丹东地区满汉共有的"丹东单鼓"。东北二人转就是由萨满神歌表演中的"二神传"演化来的。"二人转二人歌舞演唱形式是萨满教祭祀歌舞形式的继承，'男扮女装'和'倒退出场'均出自萨满祭祀歌舞。"②

萨满神歌以后被其他民族吸收改编，由庄重严肃变得越来越轻松愉快，审美娱乐的作用越来越明显。据研究，民歌《小白菜》一直被认为是河北的汉族民歌，但实际上《小白菜》与萨满神歌《吆喝杆子》十分相似。由于萨满神歌在相对封闭的环境中世世代代靠口头传承，有活化石之称，所以萨满神歌不会模仿汉族的民歌俚曲，《小白菜》实际上是由萨满神歌改编而成。同样的道理，还有许多其他的民间小调都是由萨满神曲改编、再创造而成。

---

① 孙树发实录整理：《神歌》，吉林人民出版社 2005 年版，序言第 6 页。
② 赵凤山：《论二人转起源于萨满歌舞》，《满族研究》2003 年第 4 期，第 70 页。

表 9—1　　　　　　　　　　　　　萨满神歌示例

作　者	书　名	出版社	出版时间
秋浦主编	《萨满教研究》	上海人民出版社	1985 年 5 月
王国兴整理、陈俊清演唱	《萨满神歌（仪式歌专辑）》	《中国民间文学集成·辽宁卷·铁岭市卷编委会》出版	1988 年 10 月
富育光、孟慧英著	《满族萨满教研究》	北京大学出版社	1991 年 7 月
石光伟、刘厚生编著	《满族萨满跳神研究》	吉林文史出版社	1992 年 5 月
宋和平	《满族萨满神歌译注》	社会科学文献出版社	1993 年
王宏刚著	满族与萨满教	中央民族大学出版社	2002 年 9 月
王纪、王纯信著	《萨满绘画研究》	时代文艺出版社	2003 年 5 月
孙树发实录整理	《神歌》	吉林人民出版社	2005 年 6 月
宋和平、孟慧英著	《满族萨满文本研究》	五南图书出版公司、中华发展基金管理委员会	1997 年
郭淑云著	《追寻萨满的足迹——松花江中上游满族萨满田野考察札记》	广西人民出版社	2009 年 3 月

作　者	书　名	出版社	出版时间
富育光著	《萨满艺术论》	学苑出版社	2009 年 10 月
孙金瑛、刘万安著	《萨满遗风——辽北莲花萨满文化田野调查》	（香港）中国人民出版社	2009 年 12 月
赵志忠著	《满族萨满神歌研究》	民族出版社	2010 年 3 月
富育光、赵志忠编著	《满族萨满文化遗存调查》	民族出版社	2010 年 6 月

附录　满族说部举要

满族说部是民间的口碑文学，主要包括窝车库乌勒本（乌车姑乌勒本）、给孙乌春勒本、巴图鲁乌勒本、包衣乌勒本。"说部"满语就是"乌勒本"，是满族及其先民的一种民间说唱形式。满族说部一开始用满语讲述，随着满语的逐渐衰落，说部改用汉语讲述，其间会夹杂一些满语词汇。

"窝车库（乌车姑）"实际为"神位""神板""神龛"之意。"乌车姑乌勒本"即"神龛上的故事"。只有德高望重的大萨满才有资格讲述窝车库乌勒本（乌车姑乌勒本）。

1. 《抢救满族说部纪实》

周维杰主编，荆文礼副主编，由吉林人民出版社于 2009 年 4 月出版。

该书回顾了吉林省二十多年来抢救满族说部的艰辛历程，记述了自从国务院批准满族说部为第一批国家级非物质文化遗产后，政府重新启动抢救和保护满族说部工程的方针、政策、措施、实践和取得的丰硕成果，科研人员如何申请、筹划、抢救、编辑、整理、研究、出版、汇报满族说部，以及国家文化主管部门和专家对抢救满族说部研究的原则、批示、意见及对满族说部研究成果的指导、评价。

2. 《伊通州传奇》

温秀林讲述，于敏整理，由吉林人民出版社于 2009 年 4 月出版。

为依克唐阿向慈禧太后讲述的家乡离奇古怪的故事。时间跨度大，从远古到清朝，内容曲折动人、险象环生，在仙神帮助下，满族先民英勇无畏、匡扶正义、降魔除妖。与大自然和谐相处，与动物、植物结亲，知恩图报、惩恶除霸、重诺守信，折射出满族先民的生产生活、民情风物和勇敢的品德，鞭挞了为人所不齿的见利忘义、不劳而获、阴险狡诈的丑恶灵魂。

3.《天宫大战》

富育光讲述，荆文礼整理，由吉林人民出版社于2009年4月出版。富育光先生等中国学者们挖掘出的《天宫大战》，填补了中国无创世史诗的空白。《天宫大战》由于发生时间是母系氏族时期，描绘了一个庞大的女神谱系，有三百多位女神。

"天宫大战"讲述了人类创世之初。善与恶、光明与黑暗、生命与死亡两种势力的激烈抗衡。阿布凯赫赫是善神的代表，耶鲁里是恶神的代表，"阿布凯"即天，"赫赫"即妈妈。最终以真、善、美、光明获胜，从而创造了人类世界。西林安班玛发为拯救世人脱离苦海、为民谋福而从东海走来。他已成为北方地区家喻户晓、深受崇敬的伟大神祇，在民间以口碑长诗而传唱。主要内容如下。

满族萨满创世神话《天宫大战》对各种自然现象赋予神奇的想象，并对自然现象进行了拟人化的解释，探索万物的起源。最古最古的时候是不分天、不分地的水泡泡，天像水，水像天，天水相连。水泡里生出了天神。阿布凯赫赫、巴那姆赫赫、卧勒多赫赫三神永生永育，育有大千。巴那姆赫赫从身上抓下一把肩胛骨和腋毛造男人。又学天禽、地兽、土虫模样为男人加了"索索"。阿布凯赫赫造的敖钦女神变成了九头恶魔神耶路哩，耶路哩是一角九头八臂的两性怪神，能够自生自育，生出了无数怪神。耶路哩偷布星桦皮口袋，被布星桦皮口袋照得眼睛失明，头晕目眩，耶路哩抛出布星桦皮口袋形成了星星从东方升起、向西方移动的星移路线。耶路哩把冰山搬来，盖住了天穹大地。大嘴巨鸭把冰天啄个洞，从此，才出现了日、月、星光。阿布凯赫赫派两个女神详查耶路哩，被耶路哩碾成血粉，血粉变成了树草间的万千鸣虫，为世人警世诵歌。阿布凯赫赫率领动物植物大神，打败了九头恶魔耶路哩，将他变成一个只会夜间怪号的九头恶鸟，不敢危害世间了。阿布凯赫赫让四个方向的女神走到人世，造福人类。神祇经过变幻，形成了现在的自然界。

4. 《乌布西奔妈妈》

鲁连坤讲述，富育光译注整理，由吉林人民出版社于 2007 年 12 月出版。记述了天母阿布凯赫赫派神鹰、神燕降生了奇特的哑女。她天资聪慧，历经苦难，征服异己，祛除瘟疫，降服魔岛女王，统一七百"葛珊"，成为东满族先世东海女真乌布逊部落的一位女萨满和罕王。热情讴歌了她一生为氏族部落呕心沥血，最后统一东海诸部，成为创世的圣罕，开拓东海海域的丰功伟绩。

《乌布西奔妈妈》包括"引歌""头歌""创世歌""哑女的歌""古德玛发的歌""女海魔们战舞歌""找啊，找太阳神的歌""德里给奥姆女神迎回乌布西奔——乌布林海祭葬歌""德烟阿林不息的鲸鼓声""尾歌"。

"头歌"介绍了乌布西奔妈妈传奇而辉煌的一生，歌颂了乌布西奔妈妈对于东海的巨大贡献。

"创世歌"描述了天母阿布凯赫赫如何派侍女日神幻化成火燕创造了东海。阿布凯赫赫派金色的巨鹰抛下了白色的鸟卵，鸟卵生出红嘴红羽的火燕，火燕融化了苦寒的冰山、冰河、冰岩、冰滩等，苏醒万物，掘地造海，从而产生了东海。由于火燕疏忽，留下了东海世间的厮杀征掠，遍地狼烟。

"哑女的歌"描述了乌布西奔妈妈出生的奇特。德里给奥姆妈妈钦定自己身边的爱女并派下人寰。两只豹眼大金雕，护卫一只长尾黄莺，投下重千金的皮蛋。古德罕王用各种方法想除掉皮蛋，突然，惊雷巨响，皮蛋中出现了天降的女婴。女婴原是女神投世，是个哑女。

"古德玛发的歌"中，女婴不会说话，外貌呆傻。女婴被抱去弃儿营，当熟鱼皮女。但女婴大智若愚、聪慧丽质，能预知未来。哑女由于具有奇特的本领被黄獐子部所赏识，黄獐子部偷跑了哑女，奉为阿济格萨满，从此黄獐部迅速强盛起来。由于哑女乌布西奔的巧计谋，古德罕率领乌布林人攻打黄獐部失败。古德玛发逃隐荒岛，乌布林任人屠蹒。古德玛发请乌布西奔回到了乌布逊。乌布西奔成为乌布逊的萨玛。

"女海魔们战舞歌"描述了乌布西奔做了乌布逊部人的萨玛后，乌布逊人和睦相亲。乌布西奔吃了草莓，从此不再是哑女。女窟之岛是属于女人的世界，魔女罕王众女轻男，生女为仆，降男弃野，鸦雀怜爱哺养，多成盗寇，常秘袭乌布逊。女岛罕王身边秀女奇舞迷敌。乌布西奔最终不是用武力，而是比舞争强，乌布西奔跳起了身舞、头舞、肩舞、斗舞，以无以伦比的舞姿、舞技降服了魔岛女王和族众。女窟之岛的魔女自惭形秽，拜倒在乌布西奔的神裙下。乌布西奔平定各部争斗，安抚海疆，四海升平，七百部落一派祥和。

"找啊，找太阳神的歌"描述了乌布西奔探海不止，彻夜痴迷。为了寻找太阳升起的地方，多次派人出海探险，举行大规模的海祭活动，祭祀海神，反映了满族先民的太阳崇拜观念。为了让太阳神长留乌布逊，乌布西奔妈妈甚至亲自出征，穿上华丽征袍，寻找先行出海远征、生死未卜的心上人——琪尔扬考。深信爱侍和心上人必遭厄运，加上出海不利，乌布西奔训练族众水性。

"德里给奥姆女神迎回乌布西奔——乌布林海祭葬歌"中描述了海外漂来满身红毛的裸体男性野人，是海东土人。野人带来了天落宝石。乌布逊随着野人的槐盆船，驶向大海深处，寻找太阳神圣土。天落宝石是太阳的肌肤，闪着太阳的光彩。宝石可以联络互援、照射黑暗、惊遁凶鱼、驱热祛病。野人不慎将天落宝石落入海中，海中蹿出无数水鬼，船上的人被当地鬼人收为奴隶，风把船和人吹回了乌布逊。乌布西奔命令乌布逊人四次东征出海远行寻找太阳神，都是险象环生、艰难异常，均以失败告终。乌布西奔妈妈不顾身体有病，难服众人劝阻，亲自带人出海东征远行，寻找太阳神出生圣土。女罕突然重病，昏厥软瘫，病逝海上。众人在无比悲痛中对乌布西奔妈妈进行了隆重的海葬。

"德烟阿林不息的鲸鼓声"中特尔沁、特尔滨、都尔芹三女酋在昏迷中梦见了乌布西奔妈妈被接回到太阳的故乡。她们密选山地洞穴——德烟阿林密穴，用画图符号"东海绘形字"将乌布西奔妈妈之事铭刻在锡霍特阿林的洞窟里。特尔滨、都尔芹劳累过度，相继累死在洞窟边。特尔沁在完成铭刻凤愿，长发如雪、驼背弓腰，返回故乡，数年后也与世长辞。人们可以经常听到洞窟夜有鼓声。

从《乌布西奔妈妈》雄浑的内容、漫长的历史跨度、磅礴的诗韵和丰富的原始文化内涵看，它无疑是一部英雄时代的杰出作品，是一部北方罕见的民族史诗。史诗的主人公乌布西奔妈妈具有部落大萨满和罕王的双重身份，其一生的活动以萨满的神事活动为主线。萨满教的思想观念及萨满文化的崇拜太阳及满族海上生活习俗等诸多方面渗透于史诗全篇，并成为其精髓。

5. 《恩切布库》

富育光讲述，王慧新整理，由吉林人民出版社于 2009 年 4 月出版。主要记述了母系氏族时期阿布凯赫赫的侍女恩切布库在春风、春雨、春雷的感召下，从山梨树中走出。她教野人学会了使用火、保护火、祛病壮身、躲避瘟疫的方法，传下了婚约和籽种，表现了人类早期对于火的认识和使用情况。恩切布库是一位多谋善断、智勇双全、叱咤风云、美丽圣洁的女神。

《恩切布库》其名源自满语"enduri buku"的音译，意即"神跤手""与神摔跤的英雄"。是一首叙事长诗，短诗句只有 4 字，长诗句有 10 余字。全诗有 17 万字，它曾长期广泛地流传于黑龙江中游的东海女真萨哈连部。

恩切布库是天宫大战里的女神。在黑龙江以北的精奇里江一带，这里原是火山喷发的莽荒之地，不知过了多少年，开始变成百花盛开、麋鹿驰叫、百鸟喧鸣、骏马欢跃的富庶之地。在远古的洪荒时代，奸诈、卑劣、冷酷、残恶的恶魔耶路哩有九个头颅、十八只眼睛、十八只大耳。耶路哩喷出黑风污水，妄想困死天母阿布凯赫赫。尽管天母阿布凯赫赫的光辉像熊焰千卷、烈火万团，却抵御不住耶路哩亿万年的地域恶寒。在危急关头，阿布凯赫赫的侍女恩切布库女神化成烈焰，埋在了堪扎阿林的山下，驱散了恶寒，拯救了一切。在人们不懂得什么是"阿尼牙"（年）、"比牙"（月），也不懂得自己叫"尼牙玛"（人）的时候，天神使人们学会互助，学会使用火。恶魔耶路哩又开始作恶，无休止地抛下连绵的阴雨，使大地化成波涛汹涌的巨川。在这关键时刻，天母阿布凯赫赫命令白鹊女神"嘎思哈"召唤沉睡在地下万年的恩切布库出世。在白鹊女神"嘎思哈"的召唤下，为拯救人类，恩切布库重返世间，挫败了恶魔耶路哩的一次次阴谋。恩切布库从滴着阿布凯赫赫汗珠的山梨树上托生，山梨树的花瓣里长出了一个小女孩，这个小女孩就是托生的恩切布库女神。耶路哩变成癞蛤蟆喷吐出黑风污水，耶路哩变成山梨树掐死恩切布库，都没成功。恩切布库具有先知先觉的智慧，料事如神，她教人们盖房子、使用火，带人们避难逃生、祛病壮身，传下了婚规和籽种。经过一次次惊天撼地的考验，人们承认了恩切布库的拯世奇功。最后，恩切布库为了拯救人类，献出了自己的全部心血和生命之火。后人为了纪念她，尊称她为"奥都"妈妈。恩切布库女神千秋万代活在北方民众的心中。

6.《西林安班玛发》

富育光讲述，荆文礼整理，由吉林人民出版社于 2009 年 4 月出版。《西林安班玛发》是一种诗体格式。《西林安班玛发》是《天宫大战》的从属篇目。

《西林安班玛发》中，祖先查彦部落，愚昧落后，受别的部落抢掠欺负，到了走投无路的绝境。男人和女人向天神祈求，向海神哭诉，呼喊救命，奇迹出现了：一个小神人神奇地从海涛中蹦上岸来，突然出现在部落中，他有老虎一样的声威，有雄鹰一样的气概，有梅花鹿一样的步履，有海神一样的智慧。小神人集太阳神、月亮神、云爷爷、山神、岩石神、治病妈妈、心智妈妈、神魂妈妈于一身。小神人就是以后的西林安班玛发（简称西林色夫），是东海女神身边的侍卫萨玛。西林色夫带领查彦部战胜强敌，从三十个男女预选的萨玛中经过考验执选三位女萨满，建立谱系制度和戒规，形成族规，并将族规画在山岩上、刻在剥皮树上。西林色夫教大家认识、采集和加工草药，救治病患，查彦部落一跃成为众部之首。西林色夫的家仍在东海之中。西林色夫本是一个木雕千岁萨玛，每天黎明东海浪尖把西林色夫托举到大地，夜晚东海浪尖把西林色夫接回海中，周而复始，从不改变。当西林色夫实现了理想，方可回到陆地，在众人的虔诚礼仪中，西林色夫得以重生，回到人间部落。东海人无论男女老少好患两种怪病，一是白痴呆傻或哑不能言，二是头大胸隆鼓、双腿双臂短小。西林色夫为医治难治的疾患，昏睡在地，灵魂出游，遍访神界，到天上求访古老的众神。西林色夫为了摸透病源，分解土质，探知东海寒苦的土地，灵魂出游，又变成鼹鼠，进入大地。从此，西林色夫知道东海一带山林多，只有海滨一带，气候宜人，最适宜人们安居乐业。西林色夫将信息传告族众，率领族众迁徙到东海滨，建造新的欢乐家园。黑熊的攻击使部落损失惨重，为了抵御猛兽，西林色夫帮助创造了弓箭，族众学会了狩猎奇能。西林色夫传授划桨技艺，为了族众，西林色夫找到广袤的"苦乌"，即海中盛境大靴子岛。海岛荒草在部落混战中被点燃，为了熄灭"苦乌"大火，西林色夫用海水淹漫"苦乌"岛，万灵遭难，违背神规，西林色夫返回海宫受命，被女神惩罚变为海底的镇海石，从此，西林色夫成为满族先民世代奉祀的东海神。

《西林安班玛发》间接地、客观地展现了满族先民早期部落生存的困境以及艰辛的发展历程。西林色夫从部落的集体利益出发，用智慧在生活实践中不断地改善人们的生活，表现了满族先民的价值取向、思维方式、审美理想、宗教信仰，对满族的渔猎生活习俗，尤其是祭海等仪式进行了详细的描绘，具有珍贵的史料价值。英国爱德华·泰勒指出："研究蒙昧状态和野蛮状态及半文明状态的关系，需要几乎全部关于史前或史外领域的材料"，"历史是口头或书面的回忆"。① 作品中的满族先民充分意识到个人力量的渺小，集体主义精神和族群意识十分突出。

7.《红罗女三打契丹》

傅英仁讲述，王宏刚、程迅记录整理，由吉林人民出版社于 2009 年 4 月出版。主要在黑龙江宁安市流传，故事内容以宁安市西南 50 公里的镜泊湖为主要环境。

《红罗女三打契丹》描写了长白山下粟末水（今松花江）旁，住着一些靺鞨人部落。靺鞨人中出了个大祚荣建立了震国。大唐天子册封大祚荣为渤海郡王。渤海国第三代王大钦茂派敖东将军迎战契丹进攻，后被强盗暗箭射死。敖东将军有一个聪明伶俐、漂亮可爱的格格名叫奥都（就是后来的红罗女）。天神派一只大鹰把小奥都抓走了，奥都格格在长白山跟长白圣母（佛陀妈妈）学习武艺。长白圣母送给小奥都一套用人参花染得鲜红的红衣裙，以后改名叫红

---

① ［英］爱德华·泰勒：《原始文化》，连树声译，上海文艺出版社 1992 年版，第 38 页。

罗女。红罗女学会了各种武艺和采药治病。红罗女上山八个春秋，圣母把二徒弟黑铁头如何下山杀害敖东将军后叛国投契丹的事告诉红罗女，命红罗女下山除掉黑铁头。临别时圣母送给红罗女香荷包和凤头翡翠簪子。从小和红罗女定亲的乌将军的儿子有和红罗女一模一样的荷包和簪花。大蟒送给红罗女七粒黑豆兵。一位受过红罗女救助的老妈妈送给红罗女一条红罗巾，红罗巾是神奇的宝物，可以抵得过千军万马。红罗女回到故乡，母亲已经去世。红罗女女扮男装，在敖东比武中一举成名。渤海郡王大钦茂行围打猎，遇到契丹兵，臂膀中箭，正要自刎的时刻，红罗女前来救驾，被大钦茂收为义女。渤海王大钦茂的侄儿大英士为朝中的叛臣，垂涎红罗女的美貌。红罗女在比武中与乌巴图互生好感，二人凭借当年的定亲信物翡翠簪花联姻。大英士与王妃私通，指使王妃使用奸计偷走了红罗女的护身法宝红罗巾，致使红罗女在一打契丹时失利，红罗巾被圣母收回。右相大英士谋叛，设计以上京将军调戏王妃为由，害死上京将军，也使老左相名誉扫地。老妖道出山，骗走红罗巾，游云法师从老妖道手中夺回红罗巾，将红罗巾物归原主。海中出现三条怪蟒，兴风作浪，危害百姓，乌巴图除掉了三蟒。乌巴图被毒酒毒死。红罗女三打契丹，除掉大英士，为乌巴图报了仇。

关于红罗女还有其他的版本，如《比剑联姻》《红罗女》等，有些细节略有出入，但总体框架没有改变。

8.《绿罗秀传奇》

关默卿讲述，于敏整理，由吉林人民出版社于 2007 年 12 月出版。主要在黑龙江宁安市流传，故事内容以宁安市西南 50 公里的镜泊湖为主要环境。故事发生在唐朝武则天圣历元年，连年灾荒，百姓不堪忍受地方官吏压榨，反唐斗争爆发了。武则天为了分化瓦解叛军，赦免靺鞨人参与反唐的罪行，靺鞨人拒绝受封，继续东奔。靺鞨人首领大祚荣于长白山东北坡牡丹江上游的敖东城建立震国，自立为震国国王。为免于兵乱之扰，安居乐业，大祚荣接受唐朝册封，将震国改称渤海国。

大祚荣儿子大武艺继承王位，任命御妹绿罗秀为兵马都元帅。对于渤海国是否与黑水靺鞨交战，形成了大武艺主战派和大武艺弟弟大门艺的反战派。大门艺投靠了唐朝，绿罗秀元帅等人去长安朝参被唐王朝软禁。渤海国赫连真和东门芙蓉两位元帅率军向蓬莱进发，与大唐镇守登州的元帅曾天豹决战。赫连真元帅的儿子拓拔重生骑着虎、驾着鹰与唐朝的马天飞对打，马天飞被抓。马天飞的二弟马天虎与拓拔重生决战，马天虎也被抓，三弟马天熊败下阵来，渤海小卒云飞龙代替拓拔重生上阵，活捉了山西虎将张似飞，云飞龙立了战功，被提拔为记名别将，渤海兵获胜。渤海国赫连真元帅使用攻心战，把被抓的登州大将全放回去了。

大唐登州元帅曾天豹一员大将受重伤，三员大将被擒，皇上派来的监军（得宠的宦官）认为这些大将死了更好，众人气愤之际，被渤海元帅放回来的三员大将回到军营，监军要把三员大将立即问斩，被一红衣姑娘行刺砍头，误伤随监军来的小太监。监军吓得藏在桌子下面，浑身颤抖、屎尿失控。祖尚武奉命去监军府禀报师爷，受到冷遇，生气失望，索性不返回帅堂，而是回到家中，带着家眷，出了城。马天飞回到家中，知道行刺的红衣姑娘是自己的女儿，刺客共三人，有马天虎女儿马文琼、马天熊女儿马文芬、张似飞女儿张月兰。

渤海军没有攻打登州城，登州城也不出城讨战。监军赵喜的病逐渐好了，质问曾天豹为何没杀从敌营回来的三将，此时，渤海国攻城了。曾天豹借机想治一下监军，让监军守城，监军装病推脱。登州城有1000多人造反，曾天豹杀了五个领头闹事的，把愿投渤海国的200多人送出西门后，处决了奸臣，监军交印。知府大人颜真卿赞同曾天豹，援军安民。曾天豹固守城池，做好了迎战准备，赫连真大兵压境，围困城池。

9.《女真谱评》（上、下册）

马亚川讲述，王宏刚、程迅记录整理，由吉林人民出版社于2009年4月出版。传承人马亚川的故乡双城至阿城有两条河流——阿什河与拉林河。这两条河流孕育了完颜女真部。马亚川先生搜集的满族说部《女真谱评》是金朝发祥地女真故事的杰出代表。

《女真谱评》是大金国建立之前的完颜部部落英雄的系列传说，它从九天神女与函普经过一段神奇的经历结为夫妇，被完颜族人敬为始祖起始，一直讲到完颜阿骨打反辽建金。历述了先帝：始祖函普、德帝乌鲁、安帝跋海、献祖绥可（随阔）、昭祖石鲁、景祖乌古迺、世祖劾里钵、肃宗颇剌淑、穆宗盈哥、康宗乌雅束、太祖完颜阿骨打各个时期的历史传说，重点讲述了历代皇帝的趣闻传说，极大地丰富了史籍资料的不足，内容包括女真起源、完颜崛起、大金兴亡、后金风云、清朝盛衰等女真的发展史。大金国先帝越往后的人物描述越详细，其中描述完颜阿骨打的内容最多。

说部《女真谱评》内容按照女真族谱的先后顺序叙述，从中可以看到女真人的生活习俗、渔猎生产、经济状况、宗教信仰、饮食文化、婚姻习俗、医疗药方等，如描述了白菜、冶炼技术、东珠、蜂蜜、靰鞡草、娑腊杆（索罗杆）、鬼节、治烧伤药黄金散、白附子（独脚莲）、供奉乌木主的起因等，展现出一幅栩栩如生的完颜部的起源与发展的历史画卷，具有较高的民俗学、民族学、历史学价值。

九天女和捕鱼青年一起生活，生下孩子一男一女。捕鱼青年被野女人抢走并折磨至死，九天女带领野女人建起寨子，野女人称九天女为"女真"，当时的含义就是"神仙"的意思，这就是流传的女真起源。

九天女的儿子和女儿睡在一起，生下一男一女全是傻子。女真 60 岁时，洪水冲毁了一切，只剩下女真一个人。仙人白胡子老头告诉女真不能兄妹婚配，只能到异部落去婚配，指点女真找到和捕鱼青年一模一样的函普，女真和函普生二男一女，改称"生女真"。从此生女真发展起来，也就是"完颜"部。

离苔台和函普的后人结下了仇。九天女女真和函普的第一个儿子叫乌鲁。离苔台的儿子叫野烈。野烈将乌鲁撞下山崖，金乌托住乌鲁，乌鲁和被贬的王母娘娘的使女菜花儿结为夫妇。乌鲁和媳妇不爱干活，女真怒逐乌鲁夫妇。女真惦记儿子乌鲁夫妇，找回乌鲁夫妇，从此，乌鲁夫妇再也不好吃懒做了。喜鹊和乌鸦是女真后代的转世现身。函普进山狩猎，带着鹰和犬，都被山上的大火化为烈焰，女真寻找函普，也牺牲了。函普化炉，女真化砧，鹰变尖钳，狗变铁锤。完颜部从此发展采掘铁矿，制造各种铁器。

跋海是女真第三代人，乌鲁的大儿子。海龙王侵占了五国之地，将漂亮姑娘姐儿抢走。乌鲁的大儿子谢五到龙宫治服海龙王，与姐儿成婚。

随阔是九天女第四代人，跋海的长子。随阔都 11 岁了，还喜欢摆小家玩，用泥做小房子、小泥人。跋海踢碎了随阔的泥房子、泥人，仅剩下了一个全胳臂全腿的泥制的姑娘。随阔发明了火炕。老松树的孙女借助泥人姑娘的身体变成了俊俏的姑娘，为他做饭，与他成亲。随阔建起了房屋，垒起了院墙，使女真族由冬猫窝夏随草，变为定居，这都是随阔的功劳。

石鲁是九天女第五代玄孙，是树女寄魂泥姑娘转变成人与随阔婚配的长子。树女忌讳泥姑娘的泥，给儿子取名最坚硬的石头，取名石鲁。完颜部另一家也生一个男孩叫石鲁。随阔的长子石鲁心性耿直、勇猛异常，人称勇石鲁。另一家石鲁人称奸石鲁。两个石鲁抢回漂亮的姑娘做妻子，勇石鲁的妻子叫贤顺，石鲁救出金姬姑娘，并娶了金姬姑娘。勇石鲁立法成功。

完颜部有哥俩，大的叫乌雅贤，二的叫乌雅黑。乌雅贤的妻子真淑死后，乌雅贤和过去的女奴可怜儿结婚，可怜儿改称真姬，生下儿子乌古迺。老二乌雅黑的媳妇赧姑一再加害于乌雅贤，乌雅贤让赧姑成为奴隶，哥俩结仇。女真族开始了自相残杀。乌雅贤被害，乌古迺刻苦练武，与金花成亲。乌古迺夫妻俩的玉泉宝剑被偷，抓住了偷剑的小伙钢峰。钢峰是专搞冶炼的，偷剑是想仿制宝剑，从此，钢峰为乌古迺造剑，乌古迺从冶炼铁发展到冶炼钢，引起完颜部与温都部的一场战争。

唐括部有个小伙子叫沙布伯，打死了猛虎，娶漂亮的荷花姑娘为妻，沙布伯成为黄头发女真部落群长。沙布伯受到塔塔儿的欢迎，十几个塔塔儿自愿跟随沙布伯回沙布寨。沙布伯得到宝驹和塔塔儿少女，乌古迺以都太师的名义想霸占宝驹和塔塔儿少女，沙布伯骑飞龙驹带少女逃跑，飞入了女国。女国的女子都要做沙布伯的妻子，沙布伯立志改变女国，女国的人随沙布伯成了女真人。

乌古迺死后，乌古迺的儿子劾里钵被推选为部落联盟长，乌古迺的同父异母的弟弟黑子总想夺权。黑子的字先生设计让罕大头回答黑子三句话，能当孛堇。罕大头受骗上当，当了替罪羊，被杀。完颜部河东的男孩东朱与河西的女孩西康相好，东朱为女真族完颜部开创了新的宝物——东珠，也就是后来的东珠。女真人石俊与养蜂姑娘蜂云结婚，女真人学会了养蜂采蜂蜜。完颜部对奴隶残酷压迫，一个奴隶溪伯坡在冰天雪地逃跑了，逃到一个山洞，发现一种草，冬天能取暖。溪伯坡天天去镇上卖三棱草，到小铺买点吃喝，小铺的姑娘叫靰鞡，缝了一双牛皮的鞋，并在前面抽了些皱儿，从此满族人有了靰鞡鞋、靰鞡草。靰鞡草成为关东三宝之一。

部落长劾里钵和国相颇剌淑领兵在外，部落里已无兵把守。兰洁报信给劾里钵的媳妇赫达氏，温都部要攻打完颜部。赫达氏派人火速送信给劾里钵，让他直接领兵攻取温都部，另外让一名使女扮作她的模样向相反方向逃去。临产的赫达氏扮作赤贫妇女逃向荒郊野外，生下次子完颜阿骨打，乌鸦、喜鹊掩护救了赫达氏母子。劾里钵捉住黑子，刺死赫虎。从此，女真人留下赫达氏手挂木杆，称为娑腊杆。完颜阿骨打每夜号哭不止，赫达氏请一男一女给完颜阿骨打跳大神看病、伏魔驱邪。完颜阿骨打被治好后，盯着金星看，这与完颜阿骨打建立金朝，成为金太祖有关，也是女真族有关金字的起源，给女真族留下了祭祀伏魔大帝与跳家神中拉锁（锁指五色绳）换锁的风俗。赫达氏赶集，为了不受辽朝的卡压，导致物品卖不上价，直接到雄州和宋朝交换贸易，卖的东珠比卖给辽商人的一倍还多，从此，劾里钵与宋朝官员建立了往来，对辽产生了蔑视，也为后来灭辽、攻宋的演变奠定了基础。

温都部的窝谋罕突然带着马队偷袭劾里钵，反而失利，丢了老窝。完颜阿骨打被剌猥偷走，兰洁奋勇追赶。土地神、佛陀妈妈帮助找回完颜阿骨打，在回来的路上遇到无数的鬼，从此，每年七月十五日成为女真族的鬼节，需要焚烧金银纸钱。

完颜阿骨打出寨奔野外，被老虎叼走，坐在船上，飞上天空，被神仙收为徒弟学习武艺。完颜阿骨打攀上窝集峰，拜艮岳真人为师。完颜阿骨打拜师学艺，直到劾里钵遇难被困，完颜阿骨打下山救父，使完颜部强大起来，为完阿骨打建立金朝打下基础。

纥石烈部的腊醅、麻产兄弟俩被劾里钵打败，腊醅被捉献给辽朝，麻产到烟雾山请烟雾真子报仇。麻产用计引诱劾里钵带兵追赶，陷入烟雾真子的圈套，烟雾真子用野火困住劾里钵的兵将，正在危急关头，完颜阿骨打下山救父，用雌雄二剑，使天降大雨，由此，完颜阿骨打制成治疗烧伤的药金黄散。

完颜阿骨打捕到鱼到辽朝春捺钵给辽道宗献鱼，借机打探情况。完颜阿骨打借树神的名义杀死了莫勒恩，除掉一个内患，用智慧使黑鱼律得到了宝珠。完颜阿骨打用智慧使得肖达户归顺完颜部，平息锡勒阴谋叛乱之患，平定了强盗一撮毛，观天象知祸福，制服黑龙。颇剌淑当了国相，看上奴隶莲花，碍于身份，想让莲花做他的秘密情侣。莲花钟情于奴隶巧哥。当时女真规定，奴隶不许结婚。巧哥被射死，莲花殉情跳进水泡子里。完颜阿骨打向辽朝道宗皇帝献海东青，引起辽朝从皇上到官员都向女真人勒索海东青，引起海东青之争，后来才起兵反辽。完颜阿骨打和阿娣在葫芦谷定亲。完颜阿骨打不过十四五岁，品德高尚、武艺高强，威信越来越高。在完颜阿骨打的带领下，女真人发现了"神草"人参，又发现了一种药材白附子。

部落长劾里钵临去世前欲立完颜阿骨打为联盟长，完颜阿骨打推举国相颇剌淑，颇剌淑当上了联盟长。完颜阿骨打智擒麻产，唆辽攻打塔塔儿，协辽擒获磨古斯，铲除了女真的劲敌，使女真没有了后顾之忧。颇剌淑死后，盈哥任联盟者。兰洁和赤金变的白家雀帮了完颜阿骨打很大的忙，白家雀帮完颜阿骨打捉贼、找金子、引路。完颜阿骨打计破三十五部叛乱，怒杀辽朝鹰官，拒献海东青，坑杀恶人黑虎，和渔民学会养鸡，学种西瓜，保护鱼的生态环境，教妻珍惜粮食，教子练武，经过种种艰险和学习，终成大业。

10.《苏木妈妈·创世神话与传说》

《苏木妈妈·创世神话与传说》是由谷长春主编，富育光讲述，荆文礼整理，2009年4月由吉林人民出版社出版。

《苏木妈妈》属于满汉融合的长篇叙事诗，属于说唱体说部，是满汉融合作品，即在汉语中夹杂着满语的译音。

在松阿里草原一年一次的选举猎达的大会中，各爱曼（满语：部落）里最勇敢的哈哈（满语：男人），最聪明的赫赫（满语：女人）都来选做部落的英雄，他们比射箭、比打猎。新选出来的猎达还要在沙场上对决，不分兄弟，不分男女。优胜者为人中杰。第九名苗条瘦小的猎达最后胜出，胜出者就是年纪轻轻的苏木，她是 90 岁老玛法的孙女。小苏木美貌动人、武功盖世、箭法神奇、水性超群。在人们狂欢之时，辽兵突袭，抓走上百号"打鹰人"。老玛发过来解围，拖延辽兵，让族众逃跑，老玛发和苏木被抓。苏木被绑在寒冷的高架上，遭受风吹日晒雨淋。诸申完颜部中的大英雄莎延哈哈——完颜阿骨打救走了苏木。完颜阿骨打以抢婚的古俗迎娶苏木。苏木成为完颜阿骨打的贤内助，苏木精于纺织、善于烹饪、研制香料、发明染料、精通医术、佛心向善，苏木的加盟，使完颜部如虎添翼。苏木当选为萨满。最后，苏木被敌人放火烧死。苏木成为满族的生育神、药神、记忆神、渍菜神。完颜部的神鼓，是苏木传下来的。松阿里乌拉（松花江）黄金水，是妈妈祖先留下的富庶乐园。是阿布卡赫赫赐予的万福灵地。百兽成群，鱼虾满江。树结猴头蘑，地生狗头金，参籽红似火，白芍药花如银。苏木妈妈疼爱她的族众，苏木妈妈的美名像天上的太阳光芒四射。

11.《阿骨打传奇》

《阿骨打传奇》是由谷长春主编，马亚川讲述，王宏刚整理，2009 年 4 月由吉林人民出版社出版。

《阿骨打传奇》以生动的语言、感人的情节，向人们栩栩如生地讲述了完颜阿骨打解放奴隶、爱人才、爱艺人、爱民众、聚民心、兴金灭辽等一系列生动感人的故事。完颜阿骨打建立金朝后。怎样处理与宋朝的关系，又是怎样以弱少的兵力灭掉称雄一时的大辽王朝，这些故事都体现了完颜阿骨打的领袖风范。作为女真族的伟大领袖，他为改变历史做出了贡献。

《阿骨打传奇》一书可以分为三个部分，第一部分为《阿骨打传奇》的传承人马亚川及该说部的流传的简单介绍；第二部分为该书的主要内容，共有161 节，完整讲述了完颜阿骨打从准备伐辽开始到 1123 年基本灭辽后去世的过程；第三部分为后记。

故事以完颜阿骨打正式起兵伐辽前请示四婶母扑钗为开头，从第二节开始正式讲述起兵伐辽的过程。扑钗为颇剌淑的大老婆，即阿骨打的四婶母，她聪明过人，威望很高。因此，完颜阿骨打与众勃极烈商量好伐辽大计后特向扑钗请示。而扑钗告诉完颜阿骨打，今后的事情由他做主，不必请示，体现了她对完颜阿骨打的信任与支持。之后写阿楝在通商过程中看中了军统肖虬里的姜欢欣，遂与其私通。他与达纪一起背叛金国，并让达纪充当奸细，去刺探完颜阿骨打建筑防御工事的军情。不料，达纪在回来的路上又饥又渴，恰好路过其弟察律家，于是下马歇息，但只有其弟媳蒲家奴在家，谈话之后，蒲家奴知道达纪刺探军情后向辽军报信。于是，蒲家奴假借做饭，放飞海东青去报信，随后与族人共同捉住了奸细达纪。胡撒是完颜阿骨打的人，用卖鱼之计诱骗了肖虬里的侄儿柴活，使完颜阿骨打攻克了永宁州。第四节写渤海国的主人高永昌派使者请求完颜阿骨打支持攻打辽国。于是，完颜阿骨打派其小老婆图玉奴作为使者与其协商。然而，图玉奴与高永昌之妻娇妍联合起来，名为支持渤海国，实际上是为了攻打渤海国，最后完颜阿骨打轻松占领了五十一洲。辽将斡鲁古挖了耶律倍与其父亲的陵墓，这件事又激起了辽国与金国之间的一场战争。元园为完颜阿骨打的大老婆，她有三个儿子和一个女儿，大儿子叫金兀术，二儿子叫阿鲁，三儿子叫阿鲁朴。元园教她的孩子们武功，并吩咐下去不让任何人打扰，说即使皇帝完颜阿骨打来了也不行，这些言行体现出了元园的认真。其中，元园的大儿子金兀术的武功尤其厉害，在一次射雁活动中，他的箭从大雁的左眼睛进去，又从右眼睛出来，获得众人称赞。而金兀术徒手打死狼的行为，则显示了他的神功。阿思魁是神门徒之弟，外号叫"阿似鬼"，为了混入辽军中他做了许多努力。正是因为阿思魁受计，才引出在辽国达鲁古城的一场大战。恭保为辽师主帅，但被金军攻下城池后不愿投降并撞墙而死，他的英雄气概说明了辽军中也不全都是无能、胆怯之徒。公主巴刺为完颜阿骨打的四女儿，正月十五元宵节那天，其他人都在庆祝节日的时候，巴刺被一个少年偷走。原来，这少年与公主是在一次祭祀中相识的，并在那时搭救了公主，之后二人就有心思想在一起。当有人报告完颜阿骨打这件事并把青年抓回来后，青年则说这是女真人的抢婚习俗，即使公主也不能例外。完颜阿骨打因钦佩青年的勇气，于是把公主巴剌嫁给了青年，成全了他们。庄花为辽朝皇帝耶律延喜的妃子，庄蒜为国舅，他去金国协商时提出许多无理的要求，并让金国进贡物品。由此，庄蒜的行为惹怒了完颜阿骨打，于是他被扣下作为人质，因此这一节被定为"庄蒜坏事"。

《阿骨打传奇》中还穿插着许多传说和寓言故事，如"害人害己"讲的是青青与半大老头儿的寓言故事。青青与半大老头儿婚配后，因嫉妒姐姐婆卢与山音阿哥的生活，就想害死姐姐以便与山音阿哥在一起。于是，青青养了一只小狼崽儿，想让它长大后咬死姐姐，然后霸占山音阿哥。结果，狼把青青吃掉了。姐姐婆卢将此事概括为"狼心养了狼，害人先害己"，这个寓言告诉我们做人要忠厚老实。

其中有一个传说，讲裴满部有一名叫字多库的女子，她不仅人长得俊美，而且精通骑马射箭。但父母发愁没人来迎娶她，最后，海东青为她找到了恋人乃莫。字多库与乃莫共同杀死了"小龙王"，为当地百姓除了一害，然后下山定居过上了幸福的生活。还有一个传说是巴列有个叫浦牙的格格，人长得千里挑一，巴列想为浦牙找个好人家，但没想到浦牙爱上了奴隶豁唇子王千。在浦牙眼中，王千的豁唇不是缺陷，而是一个人的奇特之处。因王千织得一手好布，浦牙觉得豁唇王千心灵手巧，于是将豁唇定义为手巧的标志，也就更加喜爱王千，但巴列不同意他们在一起。后来，当地连降大雨，城庄都要被淹没了。王千挖了豁口，把水引了出去，救了当地的百姓，迎娶了浦牙，当地人便将巴列这个地方改名为"王豁子村"，此名一直流传至今。这个传说告诉我们不能以貌取人的道理。

在金初，廖海城东面住着几十户人家，其中有一位能骑善射的小阿哥名叫勉勉。勉勉爱上了一个名叫雪莲的漂亮姑娘，在雪莲被狼围攻时，他不顾自身安危用火把救下了她。因此，雪莲想要终身陪伴勉勉。因为女真男人到十七岁都要随军征战，勉勉怕自己征战期间雪莲嫁给别人，所以在完颜阿骨打征兵夺取辽朝上京时，勉勉不愿因参战而离开雪莲。雪莲认为勉勉是一个贪生怕死之人，于是劝慰勉勉，若他去征战则婚约不变，否则两人一刀两断；而若勉勉死于战争，雪莲则会因他而气绝身亡。后来，在雪莲的坟墓上长出来一棵树，人们叫它"望勉树"，这棵树象征着雪莲对勉勉至死不渝的爱情。

狐仙的来历在本书中也做了具体的介绍：乌萨扎部有户奴隶主名叫萨扎，他有一个儿子，两个女儿，大女儿名叫马莲花，二女儿叫喇叭花。萨扎让两个女儿领几个奴隶去轮流放牧，但大女儿马莲花已经二十多岁，根本没有心思去放牧。有一次她在树下哭，被一个男子风一般地引着走了。妹妹喇叭花看见姐姐没有了，却在一个洞里看见许多狐狸。一个白发老太太出来告诉喇叭花，她的姐姐嫁给了她的儿子胡（狐）三。当萨扎来解救马莲花时，他射杀了白发老太太。老太太的儿子要为死去的娘亲报仇，要杀死萨扎。后来，在马莲花的说合下，胡三要求萨扎修庙建房，供他们的后代居住。由这个传说而来，在东北跳大神中的"大神"就是"胡三太爷"，马莲花也变成了"胡三太奶奶"。

白散也是书中一位比较特殊的女子，有故事"白散诉真情""白散暗查"等。在"白散气死神徒门"一节中，主要讲述白散不满于年老的神徒门，与其儿子施静发生奸情，最后气死了神徒门。在白散身上，我们也看到了不同于图玉奴、园元等形象的另一类女真族女子。

本书的最后一节为"阿骨打遗嘱"，主要讲述的是完颜阿骨打从鸳鸯泺回师，中途病重，于是写书信给四弟吴乞买交代灭辽后事，并要求他继承发扬祖上传统，告诉他"人多议事明、治国要治根、治人要治心"的道理，要成为一位好皇帝。天辅七年（112）八月二十五日巳时，大金国第一位皇帝完颜阿骨打，在部都泺西行宫驾崩，终年 56 岁。

12.《金世宗走国》

《金世宗走国》是由谷长春主编，傅英仁讲述，王松林记录整理，2009 年 4 月由吉林人民出版社出版。《金世宗走国》的目录以罕见的章回体的形式组织全篇。

《金世宗走国》以大量的史实，无情地揭露、批判了海陵王荒淫无道，弑君、害弟、残害忠良的罪行。热情地歌颂了金世宗的文才武略，为人忠厚善良和出类拔萃的帝王才干。故事环环相接，丝丝入扣，扣人心弦。内容如下：

女真部在完颜阿骨打的率领下，摆脱辽国统治，建立金朝。后来太宗驾崩后，熙宗完颜亶继位。另外，与熙宗同辈的群王中，完颜亮和完颜雍两位王子最为出众。

一天，南京留守秉德为了谄媚熙宗，晋献了一只头有三只角的奇羊，他也因此受了封赏。后来被完颜亮看中，两人一拍即合。完颜亮心中早有篡权之意，于是设法拉拢秉德及其手下唐括辩。

完颜亮喜好美色，甚至淫乱皇宫后宫，被熙宗发现后，遭到了谴责。出于担心，便向祚太后撒谎，掩盖自己的恶性，假装悔过，发誓与熙宗、完颜雍三人同心同德，背后却与秉德、唐括辩、肖裕等人密谋如何杀害熙宗，篡位夺权。之后又因家丁之间的矛盾，听取秉德的计谋，在完颜雍面前假装大发慈心，目的是让完颜雍能在熙宗面前替自己言好。

完颜亮其实并无丝毫悔改之心，反倒网罗亲信，还得到了远在徐州的谋士肖裕推荐的一员大将——耶律巴金。另一边，熙宗总是对完颜亮不放心，便将其贬到了南京，这一贬不要紧，反倒是应了肖裕的猜测。完颜亮到往南京途中，绕道徐州，多次拜访肖裕，终于得到了肖裕的扶持。

听从了肖裕消灭金朝主力安武军的计谋，完颜亮首先假借保护边防之意，向熙宗申请，建立了一支尚武军，并严加训练；其次将肖裕推荐给熙宗，等于在上京埋下了自己的眼线；再次，让耶律巴金明为尚武军打造兵器向皇上申请去契丹部，暗中却接近安武军，设计陷害安武军头目祚王完颜袁；最后，在熙宗喝醉的情况下，以反叛罪杀害了完颜袁及其两员大将，并解散了安武军。

完颜雍听说完颜袁被害之事后，直谏熙宗，告诫熙宗提防完颜亮。熙宗不但不听从，反倒将完颜雍贬到了辽阳。熙宗愈加相信完颜亮，还将其从南京调回上京。谁知完颜亮回京后，暗中勾结熙宗身边的人，用计将熙宗杀害，自己登上了皇位，称海陵王。

远在辽阳的完颜雍听说这件事之后，悲痛不已，并穿上孝服，发誓铲除海陵王，为熙宗报仇。其实海陵王担心完颜雍的势力，早在他的身边埋伏好了将领完颜尧，捉拿完颜雍。完颜雍有个下属叫拜满章京，因与其长相有很大相似，便假装完颜雍前往上京，后被识出并杀害。完颜雍便与其下属完颜万隆四处奔逃，途中偶遇婶母及其子蒲察虎，之后继续奔逃。

谁知还是被追兵抓住，关进囚车。押解途中，又被一女将夹谷尚青救出，将其带回家中，并与母亲精心照料。照料过程中，夹谷尚青看上了完颜雍，老太太为了成全女儿的心意，便将女儿许配给了完颜雍，完颜雍又因夹谷尚青的恩情与自己家人的遇害，便答应了下来，订了婚姻。之后，又继续向东海逃走。

宫中，完颜亮日夜担心完颜雍夺其江山，寝食难安。一晚，还遭到了老萨满乃买的行刺，因为乃买的儿媳妇定哥被海陵王强行霸占，其儿子乃带因不满而大骂海陵王，结果被关押于牢房。后来一老奴自愿替少主乃带去死，便在定哥的帮助下，偷梁换柱，救出了乃带，自己却死于刀下。这便有了老萨满行刺。两人随后出逃，却遇见了完颜雍，三人便结伴同行，一起奔逃。

三人又偏偏跑到了追兵完颜尧所在的村子，在被抓之际，老萨满用易容术将自己的儿子乃带化装成完颜雍的样子，被追兵抓走，自己和完颜雍活了下来。后来乃带由于多日之后妆容失效，在宫中被认出而被关进牢房。后来在定哥的百般计策之下，又一次地救出了乃带。海陵王在宫中荒淫无道，一日正在玩乐之时，被元老完颜剑看见，大力劝谏之后反倒激怒了海陵王，要杀完颜剑，完颜剑自己撞柱而死。

之前，海陵王曾设擂台挑选卫士和武将，看中女将吐可担，吐可担装疯大闹皇宫，欲借此杀害海陵王，未果反被抓，后被其意中人石合烈吐救出。之后，五名忠臣誓死力谏海陵王，反被海陵王一一杀害，太医乞色欲在海陵王生病期间加害于他，亦被识破，满门抄斩。

又一日，海陵王在行乐之时，一伙青年闯入行刺，反抓住其中一人胡兰塔，并且知道秉德之子萨里虎也是参与者之一。正巧这胡兰塔是定哥的表兄，于是定哥又放走了胡兰塔。胡兰塔逃了之后，海陵王派人去秉德家搜查，由于一伙七人躲于喜鹊窝,搜查未果,海陵王亲自搜查,亦未果。之后秉德设计,放走了七人。

七人在逃跑途中,路遇一伙强盗,之后相交,并一齐踏上双雄山,竖立大旗,专灭海陵王。另一边,完颜雍再次被追兵完颜兖抓住,押回了京城。完颜雍依旧劝谏海陵王,可海陵王非但不听,更一心想杀害他。萧太后得知后,解救了完颜雍,并且还让完颜雍获得了赵王的封号,海陵王也被逼得表面上答应了完颜雍的两条建议。自此,海陵王对萧太后恨之入骨。

之后,肖裕便向海陵王献上一计,毒死了萧太后,并将这件事嫁祸给一位反对海陵王的大臣宗固,借此杀害了宗固,一举两得。于是,放心地给完颜雍安上罪名,绑赴刑场问斩。正在紧要关头,完颜雍被萨里虎等五人救出刑场,并被将领完颜丙放出了城。之后,秉德、完颜丙、太傅宗本等人密谋杀害海陵王,却不知消息泄露,最后导致宗本一家一百多口人全部被杀。

后至重阳节,会宁府举办赛牛大会,海陵王欺占斗牛女勇士蒲察阿里,阿里不从,被杀,还欲逼死阿里父母。于是阿里之兄蒲察世杰拿上太祖赐的打王鞭,在朝上逼着海陵王写下了认罪书。海陵王不仅没怪罪世杰,反倒封其为一等侍卫。

听从肖裕的建议,海陵王准备迁都幽州,却遭到了群臣的反对。反对派中的代表老臣完颜寿在被送上断头台之际,被老国公完颜吾诃救下,后被贬去塞州。迁都之事得到老国公的支持,全国迁都,唯独留下徒单太后在上京。海陵王害怕被人认为不孝,于是假装悔过,亲自接徒单太后前往幽州。又因滥杀在金的契丹大臣,老国公怒火填胸,撞柱而死。

后又有契丹造反,海陵王派肖途迎战,首战失利,肖途被俘。又派夹谷布萨出征,其属下大将萨里虎又被敌军耶律元洪捕获。后因耶律元洪的夫人是萨里虎的姑姑,于是萨里虎被救出,并且娶了自己的表妹伊里哈。

先前完颜雍与完颜万隆出逃之时,为救主,完颜万隆被冻死。后完颜雍走投无路之际遇上一系列奇异的事情,并从一老太太那习得一身本领。之后,又偶遇之前的恩人姑娘夹谷尚青,但为了救完颜雍,夹谷尚青也死于敌手。后完颜雍又被双雄山兄弟救走，之后他带领双雄山兄弟攻占朝州城。

海陵王由于攻不下朝州城，于是听取谋士肖裕的计策在辽阳设下鸿门宴欲杀害完颜雍。谁知加害不成，反倒被完颜雍占领了辽阳城。海陵王气急败坏，贬走了肖裕，肖裕最后也叛金投辽。

不久，完颜雍在辽阳称帝，改元大定，号金世宗。海陵王也在征战途中被属下杀害。于是金世宗定都上京，精心治国，从此国家富强民安康。

13.《瑞白传》

《瑞白传》是由谷长春主编，马亚川讲述，王松林整理，2009 年 4 月由吉林人民出版社出版。

江西进贤县太白村大富商邱大海中年无子，与妻宫氏看过满洲柳祭、拜过观音后，次年喜得一对龙凤胎。弟弟取名瑞白，姐姐取名瑞红，瑞红自幼许配给东海守备的公子海士元。海士元自幼习武，但父母过世、家道中落，他常得岳父邱大海资助。

瑞白、瑞红 14 岁时，其母宫氏病亡，邱大海续娶郎氏。郎氏存心不良，常在背地里虐待瑞白、瑞红两姐弟，在郎氏的弟弟郎青出谋划策下，郎氏笑里藏刀，表面关爱两姐弟，实则想趁邱大海外出收账之机，与郎青将两姐弟谋害。

郎氏将瑞白迷晕，并换上女装，郎青将瑞白背到野猪林。员外李雷醉酒归家，骑马来到野猪林，不料马受惊狂奔，李雷误以为马撞了妖精，带着奴仆雇工前来捉妖，却将正要吊死瑞白的郎青惊走。众人皆以为身穿女装的瑞白是女子，且已死，李雷将瑞白装入棺材带回，以备苦主来寻。

员外李雷的奴工李福与李雷的小妾水鲜有染，李福和水鲜为求在一起，心生奸计想以瑞白的尸首诬陷李雷。李福去县衙喊冤，谎称自己的妹妹被员外李雷强奸未遂而勒死。邹知县派张巧、王能二人前去抓捕李雷。邹知县率众人来到玉皇庙，员外李雷与仆人李福当堂对质。众人来到野猪林，开棺验尸，却在棺材中惊现被勒死的一对白发老夫妻。

原来，瑞白迷药劲过去便苏醒了，但在棺中出不去就急哭了，哭声恰被路过的卞姓的老夫妇和侄儿卞七听到,他们将瑞白救出。卞七误以为身穿女装的瑞白是貌美的姑娘,卞七贪图瑞白美色,且带着叔婶两个老人很累赘,便用郎青勒瑞白的绳子将叔婶勒死并丢入棺材,背着瑞白就跑。

郎青被员外李雷惊走后回家,让自己的儿子亚奴假扮瑞白装病不起。随后,谎称瑞白病死,将假扮瑞白的亚奴放入棺中举行葬礼,瑞红以为弟弟病死十分悲痛。亚奴在棺中憋闷便弄出声响,众人误以为瑞白诈尸。此时,郎氏突犯心疾,郎青醉酒,知情的二人皆不在,管院子的王点为防诈尸,将棺材板钉死,亚奴被活活闷死在棺材中。郎青酒醒,得知自己的毒计却将亲儿害死后悔不已。

瑞白向卞七表明身份,卞七得知瑞白是男人,气急要杀死瑞白。碰巧有人经过,瑞白呼救,卞七情急之下,想摔死瑞白,便将瑞白扔过墙去。卞七逃跑,瑞白则摔入员外吴瑞家中。吴瑞膝下只有一女,名叫瑞雪,吴瑞昨夜梦见月老将乘龙快婿天降到鱼池,今日特带众人来鱼池验证。恰逢摔入的瑞白躲藏在树上又跌落鱼池,应了梦境,吴瑞见瑞白身着女装而失望。瑞雪的丫鬟秋霜为瑞白换衣服时发现瑞白是男子,她让瑞白答应收自己为妾,并将瑞白的男子身份回禀老爷吴瑞。吴瑞接见瑞白,瑞白向吴瑞诉说原委,吴瑞试其才学,见瑞白人品、相貌、才学俱佳,十分欣喜,当下决定让瑞白与女儿瑞雪成婚。瑞白却想考取功名再成婚,于是吴瑞派仆人吴村送瑞白去务业村读书。

郎青因其子被王点误钉在棺中而憋死,怨恨王点,想报仇将王点毒死。郎青让郎氏将毒药放入王点饭里,却被靖傻子偷吃。靖傻子来到街上正感觉肚子疼痛,恰遇卖杂货的商贩孙黄,靖傻子抢了孙黄的货挑子上的黄酥糖吃,被孙黄打了两巴掌,此时,靖傻子毒发倒地。王德误以为孙黄将靖傻子打死,跑去告诉靖傻子的娘胡氏,胡氏见儿子已死,忙去县衙喊冤。邹知县经过验尸得知靖傻子是被毒死,而黄酥糖并无毒,决定先将孙黄收监,等查明原因再做判决。

郎氏姐弟见王点未被毒死,一计不成又欲谋划,他们的谈话被与王点沾亲的丫鬟春荣听见,春荣将此事告知王点,王点逃走。郎氏姐弟迁怒于瑞红,想陷害瑞红不贞。郎氏命丫鬟春荣将男人的方巾和袜子偷放在瑞红的柜子中，以此诬陷并当众宣扬瑞红与男人私通。瑞红气急欲寻短见，被李嬷嬷拦下。郎氏不依不饶将瑞红赶出门外，瑞红跑到瑞白坟前痛哭，正欲上吊被李嬷嬷救下并带回家。

郎青来到翠云庵寻找情妇普祥尼姑，恰巧小尼姑普惠今日生得一子，普祥尼姑便让郎青将孩子送人。郎青心生毒计，想诬陷瑞红私通生子，并想将瑞红和孩子一起送到瑞红的未婚夫海士元家，让海家惩处瑞红不贞，借此除掉瑞红。郎青半路将孩子掐死并包裹好，去李嬷嬷家哄骗瑞红，说带瑞红去姑母家。路上郎青口渴，便将有死婴的包裹给瑞红，让瑞红骑驴先前行，郎青则前往茶馆。路上郎青被胡偏拉进酒馆，又遇黄虎，三人一同喝酒，郎青喝醉不回。

独自前行的瑞红迟迟不见郎青回来，便下驴等待，不料驴跑了。眼见天将黑，瑞红急哭，却遇到出逃的王点，瑞红和王点互相诉说了各自的遭遇。王点将驴找回，并将瑞红领回家，让她暂住在东院黄大娘家。黄大娘的儿子就是今日和郎青喝酒的黄虎，醉酒回来的黄虎看到瑞红便动了歪心思，为了躲避黄虎，黄大娘带瑞红偷偷去了外出的邻居木匠徐坤家住。半夜黄虎来哄骗黄大娘，黄大娘被儿子说得动心，刚开门想放儿子进来，就被回家的木匠徐坤误当作妻子和奸夫偷情双双杀死。徐坤砍下黄氏母子二人的人头，拎着直奔岳父郭名良家，瑞红仓皇逃跑时将包有死婴的包裹落下。徐坤来到岳父家却看到回娘家的妻子郭氏，惊觉错杀，慌忙报官。邹知县带领衙役前去验尸，在徐坤家中发现瑞红遗落的包裹中竟有死婴，邹知县将徐坤收监，暗中查访死婴的来由。

郎青与胡偏、黄虎喝酒时，又来了赵大官和海龙，黄虎醉酒归家，胡偏、赵大官醉酒不省人事。海龙因约了情人要走，郎青对海龙的情人起了色心，便给海龙两万钱欠据，让海龙把和情人幽会的机会让给自己，海龙带郎青去情人处。郎青依暗号进入海龙情人的房中，衣衫尽褪突然有人前来，姑娘忙把海龙藏入衣柜中并上锁，姑娘蒙头装睡却睡着了。来的人是姑娘的哥哥李隐，他在赌场输了向赌友张式借来的钱，便想将妹妹的嫁妆衣服典当来还钱。于是伙同张式趁妹妹睡着偷出藏有郎青的衣柜，将衣柜抬进古庙时天已亮，二人约好天黑再来开柜典当。

张式暗想伙同表兄赵大官私分典当的钱财，他去赵大官家，赵大官不在，张式将事情告知赵大官的女儿。他们偷衣典当的事情被邻居胡偏的媳妇莫氏偷听，莫氏贪财便前往藏衣柜的庙里，打开衣柜看到不着寸缕的郎青。郎青见到莫氏色心又起，将莫氏先奸后杀扔入柜中，穿着莫氏的衣服逃走。半路，郎青见有人来，慌忙藏入树洞中。王点得知黄氏母子被徐坤杀死，便悄悄出来寻找失踪的瑞红，他坐在藏有郎青的树边休息，恰逢瑞红的未婚夫海士元经过，王点便将事情经过说给海士元听，海士元听后大怒而去。王点和海士元的对话被郎青偷听，他暗定计谋，躲到天黑才回家。

胡偏和赵大官酒醒后各自回家。赵大官的女儿将张式的话告诉赵大官，赵大官去偷衣服却发现柜中赤裸的女尸，他慌忙去找朋友胡偏。而此时胡偏正遍寻不见自己的妻子莫氏，听有女尸赶忙去看，发现正是妻子莫氏惨死在柜中，胡偏痛哭赴县衙喊冤告状。李隐和张式听闻柜中有死尸，也吓得胆战魂飞，不敢前去偷衣服。

郎青穿着女人衣服狼狈回来，却和郎氏谎称奸计被王点和海士元得知，他们将自己打成这样，还换上女装，海家藏起瑞红，还要来迎娶瑞红，若郎氏不把瑞红交出，海家就要去大堂控告。郎青和郎氏密谋想先杀死海士元，再杀死丫鬟春荣以绝后患。丫鬟春荣偷听得知毒计，连夜逃跑。

海士元的好友田秀因好赌，将家中玉杯偷卖，田秀妹妹结婚，家中要用玉杯，田秀谎称玉杯被海士元借走。田秀父亲田汉臣命其要回玉杯，田秀请海士元去岳父邱大海家中借玉杯。海士元正想打探王点所说的岳父邱家的虚实，于是换上田秀的好衣服，骑着田秀的马离去。海士元前往岳父邱家，错信了郎青的假话，以为王点说谎。海士元在郎青的款待下，酒足饭饱带着玉杯返家。途中，海士元去王点家，想找王点理论，不料王点因瑞红失踪、黄氏母子被杀，怕祸及自身，便离家去当铺打工。醉酒的海士元中途迷路，却捡了条命，而在海家等候的田秀却遭郎青误杀，郎青把胡偏妻子莫氏的衣服盖在田秀尸体上后逃走。田秀父亲派田安去海家找田秀，发现血案误以为是海士元被杀，慌忙去喊人。海龙撞见，将田安抓住，众人来到屋内，发现死者竟是田秀。田家得知田秀死讯乱成一团，田秀父亲田汉臣前去县衙喊冤，皆以为是海士元借杯不还，将田秀杀死，抢夺衣服和马匹逃离。

邹知县见了田秀身上的女衣，让胡偏来认，果真是胡偏妻子莫氏的衣物。随后传唤海士元，海士元说了借玉杯的经过，邹知县派人去邱家询问借杯之事。郎青得知错杀了田秀，怕事情败露，便谎称海士元未曾来借玉杯。邹知县严刑拷打海士元，海士元屈打成招。

瑞红从徐坤家逃出后，误入和尚庙长春寺，和尚佛善想轻薄瑞红，命两个小和尚将瑞红抓住，瑞红的呼救声被途经的员外吴瑞听到，吴家仆人打死和尚佛善，吴瑞救下瑞红，并与两个小和尚私下解决此事。瑞红怕郎青陷害，便化名红如莲，吴瑞带瑞红回家并认其作干女儿。

郎氏的丫鬟春荣出逃，迷路借宿时，误入郎青的家。郎青得知，命妻子见氏将春荣扣押，自己则把春荣卖给妓院。郎青回家途中遇到海龙，海龙打了郎青并抢走卖春荣的银子。郎青和姐姐谎称将丫鬟春荣嫁给当铺东家的儿子，并派仆人郎兴前去给妓院送信。郎兴来到当铺送信，却遇到了在当铺打工的王点，王点见信上写的妓院，便问事情来由。王点暗知春荣有难，哄骗郎兴去喝酒，借机将信中妓院接丫鬟春荣的日期修改为次日。王点带着喜轿乐队去郎青家接丫鬟春荣，将春荣救出。

次日，妓院去郎青家接人，郎青妻子见氏称丫鬟春荣昨日已被接走，双方起了冲突。中间人邢白去郎家将郎青的女儿郎香抢到妓院，郎青误以为抢回的是丫鬟春荣，便将自己的女儿再次立下字据卖给妓院。郎青回家后才得知原是自己的女儿郎香被卖入妓院，他愤怒地盘问送信仆人郎兴，得知王点看过信件。郎青痛打仆人朗兴，并命其三日内找到王点，被打的郎兴走投无路，遂偷光郎家财宝逃走。郎青气得病重，其妻见氏因丧子、女儿被卖入妓院、家产被偷盗，不堪打击而自杀。郎青的姐姐郎氏得知，哭号着将弟妹见氏埋葬，并将郎青带回家中养病。

海士元在狱中冤屈痛哭，引起狱卒任义的注意，任义得知海士元的父亲正是曾搭救过他的恩人，决心帮海士元洗刷冤屈。任义想将女儿许配给海士元，让女儿假扮成海士元，在牢中顶替他，海士元则逃出向身为苏州府正堂的舅舅救助。正在谋划时，恰被此前受仆人诬告杀人而坐牢的员外李雷撞见，李雷得知原因，敬佩任义的侠义仁义之举，决定促成此事。任义回家和女儿说了此事，女儿宁死不从，连夜从家里逃到破庙。

王点带着春荣遇到狼的袭击，两人走散。王点来到破庙遇到了出逃的任义之女，得知任姑娘要去投奔的干娘正是被徐坤杀死的黄大娘，任姑娘得知干娘已死投奔无靠，便认王点为哥哥。二人正不知作何打算之时，看到员外吴瑞正在为干女儿瑞红招丫鬟，王点将任姑娘送入吴员外家当丫鬟，取名王秋桂。

瑞红问秋桂身世，秋桂自称是王点的妹妹，王点正是瑞红家的仆从，因而瑞红揭穿秋桂，并说出王点的身世，指明王点并无妹妹。瑞红也表明了自己的身世。

任义醒来不见女儿，忙去寻找，将与王点失散的丫鬟春荣误认作女儿，春荣得知任义寻找女儿的来由，认任义为义父，并自愿去牢中顶替海士元。

郎青病愈得知郎兴偷走财物、妻子见氏自尽的变故，誓要杀死王点报仇。郎青前去王点家寻仇，看到王点的邻居徐坤的妻子郭氏在哭泣，得知郭氏哭泣的原因，便起了色心。晚上郎青用王点的名义骗奸郭氏，郭氏不从便被郎青杀死。郭氏姑母家的孩子吴因看到了经过，误以为是王点杀了郭氏，早起报案到县衙，邹知县命人捉拿王点。

王点前去监牢探望海士元，被任义阻拦，王点想请邢白帮忙。邢白告知王点郭氏命案的事情，给了王点盘缠让其逃走。王点不想失信于义妹秋桂，便去员外吴瑞家，向吴瑞说明原因。瑞红和秋桂听闻便痛哭起来，王点认出瑞红，瑞红得知未婚夫海士元被诬陷心急不已，秋桂也说出自己出逃是因其父让她去牢中顶替海士元。吴瑞打发仆人吴安去长春寺取佛善的袈裟，让王点穿上去长春寺当和尚避祸，法号全任。长春寺门前，县衙捕快张巧、王能正在搜捕王点，两个小和尚法名改邪、归正拜全任为师。

　　海士元逃出监狱，直奔苏州，身无分文的他只能沿路乞讨，在庙前被几个大汉毒打。海士元被路过的新任江西南昌府太守卢活救下，并收为义子。

　　瑞白在务业村读书有些烦闷，便和仆人吴村前去南昌府赏灯。不料所住的店房起火，仆人吴村怕被责备遂逃跑，瑞白被店家捉住毒打。瑞白被途经的吏部尚书梁普的夫人救下，带回府中，梁普夫妇对瑞白甚是喜爱，认其作干儿，并赔偿店家损失。

　　一州七县的官员来拜见卢太守，邹知县将李雷、靖傻子、黄氏母子被杀三桩命案向卢太守禀明，卢太守决心细查案件让死者沉冤得雪。

　　全任听改邪和归正两个小和尚说尚书梁普的夫人广行善事，便去梁府化缘。全任在梁府遇到瑞白，二人相认将各自经历诉说，随后全任离去。

　　仆人吴村逃走的路上，遇见吴府仆人吴安，吴村将店房失火的责任全部卸给瑞白，吴安出计策让吴村回家禀报小姐瑞雪。员外吴瑞赶快派吴村、吴安带盘缠接瑞白回来，二人来到失火的店房打探瑞白的下落，得知瑞白已成为吏部尚书梁普的义子，便前去梁府寻找。吴村知瑞白喜欢画，便在梁府门前卖画，想吸引瑞白出府。瑞白见是之前丢下自己逃跑的吴村，心生厌恶，痛斥吴村，并命书童将吴村赶走。吴村收买瑞白的书童，灌醉书童，弄脏瑞白让书童买的书。瑞白见书童喝醉，书上都是污泥，气急鞭打书童。吴安劝书童逃走，并让人伪装成书童假装吊死，瑞白误以为自己逼出人命，便和吴村、吴安二人逃走。梁夫人听说义子失踪，忙派人私下追寻。瑞白重回吴府，随后又和吴村去务业村读书。

　　全任正想将瑞白活着的消息告诉瑞红，改邪小和尚禀报有施主想见全任。来人正是被新任南昌府太守断案如神的传闻所惊吓的郎青，郎青做贼心虚，想求全任帮他化解此劫。全任骗郎青写下自己的全部罪行。

　　卢太守为破案隐瞒身份私查暗访。卢太守扮成算命先生，遇见正在争吵的李隐、张式，卢太守用算卦的方式点破二人的心病，并用计策套出二人偷柜子的前因后果。卢太守又暗访黄氏母子被杀一案。

　　李寿带领盗贼来抢水鲜，被卢太守所遇，便命暗中保护自己的赵华和衙役龙渊、马振将强盗截下，救下水鲜。水鲜诬陷自己的丈夫员外李雷杀人，并说自己是被李雷的大夫人卖给李寿的，卢太守深知其中一定另有文章，便派衙役龙渊、马振带水鲜去进贤县收押。郎青从全任处回来，自觉有佛光护体就想积德从善，迎面遇到李寿，李寿谎称自己买的女子被强盗所掳，正想做好事的郎青听后，便带人去抢水鲜。衙役龙渊表明身份，李寿、郎青等人得知是卢太守私访吓得仓皇逃走。衙役龙渊、马振带水鲜来到进贤县衙，邹知县派衙役扮成平民以保护卢太守的安全。

卢太守来到员外李雷家私访，李夫人怀疑算命先生就是暗访的卢太守，便将丈夫李雷被诬陷的来龙去脉说明。说明妾氏水鲜与仆人李福私通，后与仆人李寿通奸，李夫人将李寿逐出，李寿带人来抢水鲜，并诬陷成李夫人卖水鲜。李夫人告知卢太守民间传说长春寺的全任和尚能破卢太守的法门。

卢太守暗访长春寺，正逢全任看过郎青的罪状想去县衙揭发郎青。卢太守试探全任，全任不知卢太守身份，便用对付郎青的办法应对。此时，邹知县前来捉拿妖僧全任，卢太守表明身份，全任顺水推舟被铐锁。卢太守在城隍庙中审问全任，全任从邱家说起，和盘托出，理顺案情，说出李雷的案情。为证实全任的话，卢太守带人挖开瑞白的坟，发现郎青之子亚奴的尸体。卢太守继续审全任，全任又说出靖傻子被毒死、黄氏母子被杀、郭氏被杀、田秀被杀等案件。卢太守又审员外李雷的小妾水鲜，水鲜见事情败露，因惧怕而招供。卢太守将水鲜收进死牢，命邹知县派人去拿捉拿郎青、郎氏、李寿、张式、海龙等人。

郎青在逃亡的路上遇见吏部尚书梁普夫人的侄儿单信，单信因绞肠痧疼痛，委托郎青去送信，并将家世和从未与姑母见面等信息告知，随后单信病重而亡，郎青顶其姓名前去梁府投亲。邹知县接到禀报说树下发现死尸，是暴病而亡，遂将单信埋于树下，以待人认领。郎青冒充单信，成功入住梁府。邢白受命捕获郎氏却不见郎青，张巧捕获李寿、李隐，王能也将张式、海龙拿下，其余相关人等皆被捉捕归案。邢白得到了限七日捉到郎青的命令。

卢太守审明案子，并对案犯各做判决。卢太守审明郎氏罪行，押下郎氏。

问明普祥、普惠两个尼姑关于死婴的由来，责备了她们玷污佛门的行为，念其是佛门弟子便放回庵去。问明张式、李隐偷衣柜的由来，审明了胡偏妻子莫氏的死因，因张式勾引李隐去赌博以至偷盗，又间接地造成了莫氏丧命，念张式年轻，重责他四十大板，放其回家。审明海龙为钱偷让郎青与自己情人私会，重责他四十大板，放其回家。

瑞红与员外李雷的大夫人到城隍庙外。卢太守问明瑞红的冤屈，许诺放出海士元，让瑞红与海士元团圆。又将员外李雷夫妇带上，问明李雷的冤屈。水鲜与李福、李寿当堂对质，三人互相推诿责任，员外李雷得知小妾水鲜与两个仆人的奸情，当堂气得背过气儿去。卢太守将水鲜、李福、李寿收押，员外李雷清醒后无罪归家。

卢太守又理清靖傻子被毒一案，释放无罪的担挑商人孙黄，将靖傻子的死因告知靖傻子的母亲胡氏。卢太守又提审木匠徐坤，问明他杀黄氏母子的经过，念其杀人情有可原，从宽发落。卢太守又传问郭氏的侄子吴因，吴因当堂与王点对质，他发现杀人的并不是王点，卢太守说出郎青才是杀死郭氏的凶手。

卢太守提审海士元，带走了假扮海士元的丫鬟春荣，春荣表明身份，与王点、瑞红相认。卢太守传唤狱卒任义，问清海士元被顶替的因由，赞叹其仁义之心。卢太守询问丫鬟春荣的身世，怎料春荣竟是任义的亲生女儿，二人当堂认亲。王点说出任义的长女秋桂的下落，卢太守念任义的仁义之举，判其无罪，并让任义与两个女儿一家团圆，众人皆大欢喜。王点无罪反而有功，卢太守让王点蓄发。卢太守命邹知县派人招回海士元，捉拿郎青。

卢太守限十日内抓捕到郎青，邢白给邹知县出主意，想用树下的吏部梁尚书夫人的侄儿单信的尸体冒充郎青顶罪。邢白去狱中串通郎氏，又去摆酒款待王点，想让王点指认树下死尸是郎青。王点身陷命案之时，邢白曾有恩于王点，但也不想昧着良心让郎青逍遥法外，因而王点进退两难。王点决定先答应邢白，之后见机行事。

邹知县回禀卢太守称郎青畏罪自杀，卢太守命人前往验尸，郎氏认尸画押，王点称病不前，邹知县命人将死尸就地掩埋。卢太守以为郎青确实畏罪服毒身亡，且寻海士元未果，便回南昌府，走时委托邹县令请任义、王点来南昌府内。

卢太守因未寻到海士元不能结案而愁眉不展，殊不知海士元正是他收的义子。卢太守回府将案件始末讲给义子，海士元听后落泪，正要表明身份之时，任义、王点前来拜访。卢太守让义子海士元前来作陪，三人相认，海士元向卢太守表明身份。卢太守问明田秀被杀案件始末，王点又把瑞白被谋害继而成为梁府公子的事情告诉海士元。众人皆以为瑞白仍在梁府，为给瑞白惊喜，便未表露身份，以卢府公子身份去梁府下帖，邀请梁府少爷前来相聚。信贴竟被伪装成单信的郎青收到，郎青以为这是个寻欢作乐的好机会便欣然前往，被海士元、王点和任义三人当场认出并擒获。卢太守见本应已死的郎青依然活着，大怒，王点将邢白所托之事告知卢太守。

吏部梁尚书的夫人前来，卢太守审问郎青，得晓树下无名尸体才是梁夫人的侄儿单信。梁夫人认出王点是前来化缘的和尚全任，只是寻不到瑞白，众人疑惑不已。

卢太守为辨清寺庙中的罪状是郎青所写，设计骗郎青写字，郎青上钩认罪，被押入死囚牢。卢太守命龙渊、马振前去提审邹知县和邢白，邹知县和邢白来到府衙，见到被抓捕的郎青，二人大惊，邢白认罪。邹知县的罪责将被上报朝廷，等候定罪。

卢太守带着梁夫人亲自认尸，仵作验尸，卢太守令邹知县买棺葬单信，将邢白、郎青暂押县监狱之中。吴员外吴瑞听说郎青伏法，特宴请卢太守、梁夫人。瑞白也从务业村回来，众人见面方知晓瑞白正是员外吴瑞的女婿、梁夫人的义子。王点将瑞红也在吴家的事情告知瑞白，瑞白与瑞红相见，二人又拜见义母梁夫人。在卢太守的撮合下，吴员外吴瑞收王点为义子，并将任义的长女秋桂许配给王点。

至此，卢太守的义子海士元配了吴员外吴瑞的义女瑞红和任义的次女春荣，梁夫人的义子瑞白配了吴员外的长女瑞雪和侍女秋霜，吴员外的义子王点配了任义的长女秋桂，众人亲上加亲、皆大欢喜。瑞白随梁夫人去梁府读书，海士元随卢太守回南昌府读书，王点留在吴员外家，仁义则带着秋桂回到太白村掌管邱家。

卢太守回南昌府，江都县下文书的人被瑞白看见，发现下文书者正是杀害叔婶在逃的卞七，卞七招供被捉拿，认罪画押后押入死囚牢。至此，命案全部审理完结，卢太守将邹知县的罪责和进贤县发生的巧合奇案写成奏本，派龙渊快马送到北京城，交给吏部尚书梁普呈递给皇上。

皇上看后大惊失色，深感离奇。皇帝此前做梦，梦到文曲星、武曲星下凡，遂命钦天监观星验斗，钦天监禀奏说北斗星临照梁府，白虎星降临南昌府，因此认定瑞白、海士元便是梦中的文曲星、武曲星下凡。下圣旨令卢太守带瑞白和海士元进京面圣，皇帝一见惊为天人，当场殿试，亲批二人为文武状元，文状元瑞白赐名梁圣选，武状元海士元赐名卢兆梦。皇帝封梁普为东阁大学士，梁夫人加封一品夫人；卢太守升为兵部正堂；吴员外吴瑞封为员外郎；任义封为员外；员外李雷封七品冠带；王点封千总之职。邹知县罢官永不录用；郎青与其姐郎氏、卞七皆绑缚杀场零剐处死；水鲜绑缚杀场剐死；李福、李寿绑缚法场斩头；邢白发配充军；徐坤赦其死罪，发配北平府充军。这正是善有善报，恶有恶报，皆大欢喜。

闻得皇帝奖惩，众人十分欢喜，皆过府贺喜。邱大海返家，看到家中凄凉的境况十分伤感，自己的一双儿女成了别人家的孩子，痛恨郎氏姐弟害苦了自己。邹知县罢官还家，新任知县董事也前来吴员外家贺喜。梁、卢二位大人率众人回来，路上百姓夹道欢迎。法场上恶人行刑丧命，百姓称赞卢青天为官清廉、断案如神。邱大海得知皇上有旨，瑞白为两姓之子，赐其回家修坟祭祖、光耀门庭，心中欢喜不已，邱家重归繁荣。

文武状元祭祖后，梁、卢二位大人为他们完婚，众人欢度婚礼，这段奇合巧案流传至今。

14.《东海窝集传》

《东海窝集传》，是由谷长春主编，傅英仁讲述，宋和平、王松林记录整理，2007年12月由吉林人民出版社出版。

满族的祖先是乌克伸玛法和佛多妈妈，他们传授生活方法，使满族人的生活一天天地好起来了。为了男人女人谁当首领，二神争论不休，故分开各自培养力量，引出东海窝集传男女争权的一场大战。东海窝集部的两位格格与佛涅弗洛部落首领的两个阿哥在女王的安排下定亲，但佛涅弗洛部落的两个阿哥喜欢穆伦部落的四位格格，于是六人相约在明年祭神树时逃婚。在此期间，四位格格被一群不明身份的人绑走，不知所踪。

两位阿哥因为格格们被掳走而坐立不安。向其母寻求帮助遭拒，多方打听得知是被东海窝集部掳走的。原来东海窝集部眼线遍布，老女王得知此事后十分生气，抓了四位格格做奴隶。在祭神树节时，举行了盛大的仪式，择偶仪式开始后，两位阿哥看见两位格格后虽不喜欢，但勉强成了亲，他们闷闷不乐使格格们不满，被打了。为了改善夫妻关系，女王请来萨满做法，得了"各有其命，各有其份"的牌子，但不解深意。驸马根据风俗做得非常好，得到回家乡的赏赐，并获准带兵打仗。

东海窝集部与卧楞部开始打仗，东海窝集部违反祖训，在夜里偷袭对方，使对方遭受了惨重的损失。女王带领五百大军进入，东海窝集部抵抗不住。丹楚在夜间遇到一个受过其父之恩从女王手下逃出的兽奴，愿助一臂之力，将训练有素的一百多只野猪赶入战场杀敌，迫使女王认输。女王以二人九天内须拿到万岁楼里的托力宝为条件，才肯答应交投降书投降。二人踏上拿托力宝之路，遇到老者细解万岁楼中的机关和五颗羊骨头球。二人在路途中受毒箭攻击，奄奄一息。

在此时，一位祖母万路妈妈救了他们。一打听才知竟是二人祖母。祖母因种种原因游历，下定决心帮助自己部落的人强大，回途中遇到孙子。按照祖母的指点，二人十分顺利。在岔路口得到老人的帮助，体力大增，破了三道关，但还是被俘。来营救的竟是四位格格，原来老妈妈教了她们四个功夫，她们一直尾随两位驸马。四位格格用飞行术偷托力宝时被发现。

所幸逃脱，六人回到营地。女王看到托力宝，不得已投降。老女王得知胜仗的消息十分高兴，将托力宝赏给驸马，又免了四位格格的罪，驸马成为将官。驸马们在虎群中救得四位姑娘性命，姑娘们以祖传毒箭和解毒法回报。但被两位格格发现，不由分说，将两位驸马打入水牢，姑娘们重做阿哈。女王得知，要其弟将两位驸马弄死。

探子把有毒的饭菜交予大格格，借刀杀人。被大格格识破，探子反被毒死。四个姑娘召集阿哈准备救出驸马。但被人出卖，四位姑娘借轻功逃离，其余人全部被杀。四位姑娘逃脱后找到萨满达。在萨满达的帮助下，逃到家乡。但穆伦部因格格出逃，未参加祭祀引来女王的不满，决定出战。

女王将两位驸马从水牢里放出，让他们出去打仗。开战后，凭借四位姑娘的智慧，东海人马受伤惨重。两位阿哥被旋风卷走，跟随孙真人学习技术，为男人当家做准备。学好技术后，二人打算出发向南。

两位阿哥回到家乡，举行了跳神仪式。两位阿哥向女王献策，女王很高兴。但萨满和老臣十二人觉得威胁到了自己的地位，因此十分反对。女王为了支持两位阿哥的计划，将十二人革职。萨满设计陷害两位阿哥，数次之后，两位阿哥被打入水牢。

两位格格突然病亡，女王决定让两位阿哥殉葬。殉葬前，两位阿哥的亲生父母找到四位格格，请其设法相救。四格格借吊丧之名到墓地，得阿哈指点，四位姑娘救出了丹楚。但途中被发现而跑散，丹楚冲出遇险，但顺利逃脱，往西北方向去。

在途中为了躲避追兵，丹楚躲进山洞，和四条狗在一起被火包围。后被人救出，进入一个全是女人的部落，首领竟是四姑娘。原来在他们跑散后，四格格找到三位姐姐决定远走，重组部落，但途中，三位格格掉入河中，只有四格格渡过。四格格来到现在所在的部落，见了部落达。向部落达讲明了一切，并用智慧帮助部落战胜了山贼。老太太便要四格格做部落首领，得到大家一致赞同。老太太做主，丹楚与四格格成亲。两个部落合为一个部落。

二人婚后生活十分幸福，但一阵风将他们卷到白雪滩去了。格浑教授部落人制衣、煮食物、分尊卑等先进的生活方式，但头人依旧不肯放他们走。在打野鸭时竟又遇见祖母。祖母万路妈妈带他们回去建功立业，训练巴拉部族人，训练好之后送四人回家乡。

万路妈妈将他们送回母女河后，二人将部族食物交予头人，按万路妈妈的指点出去寻找英雄。路遇两个熊人，费了许多力气才将其收服。在途中遇见老妈妈安排的大汉，是丹楚的兄弟浑楚。后来成为第三大王。

五人在途中被俘虏，被山贼劝说要求丹楚一行人投降，后几人同伙起誓，但因种种原因使得对方不满，抓住其去见大王，谁料大王竟然是丹楚过去的兽奴。几人重新起誓共商大业。后在途中遇到另外两个逃出的兽奴。解救了一个女子，女子虽与别人结婚但爱上了丹楚。被女子丈夫知道后下毒害六人，女子救了众人并杀了丈夫，从此与丹楚一行人结伴。色楞后来娶了此女，胡楞因此出走。

几人为了找胡楞，进入了兴安部落。小格格看中了索尔赫楚，但他不愿嫁给格格。格格设计逼迫其成婚。老女王突然死掉，没有传王位。小格格的七位姐姐来与她争夺王位。经过激烈的斗争，决定由小格格出头，八姐妹共同执政。胡楞自己回来，并带来一个媳妇。胡楞嫁了一个粗人，并让她的哥哥打听清楚了丹楚他们的踪迹，与他们团圆。他哥哥叫大家找他斯哈，寻求他的帮助。

他斯哈的经历十分传奇，看起来是个能人。大家十分高兴地寻找他，第一次进山以被虎伤告终。恰巧胡楞和色楞的熊过来了，他俩喂饱熊，叫熊和虎斗，在丹楚的计策下占了上风。又遇到万路妈妈安排指点的老人，按照老人教的方法平安到了山洞口，见到他斯哈。没想到万路妈妈早已安排好，他斯哈痛快地和他们一伙了。

丹楚把六百号人聚集到兴安部，开始训练。费了好些时日，才使军队有些样子。在牛对尖的日子，大家出发去攻打东海老女王。边关一战，他斯哈顺顺利利地攻破。呼尔哈城主投降，东海老女王的军队奔向丹楚他们而来。

老女王和丹楚开战，丹楚战败。格浑自己冲出去了，剩下丹楚和胡鲁一起突围，可惜他们中了陷阱，两人被活捉。

丹楚被活捉后，又一次举行大葬，让他殉葬，派多人看守。格浑回到兴安部，与索尔赫楚商量营救丹楚的计划。营救途中又与石鲁汇合，顺利救出了两位阿哥。

胡鲁和浑楚被女王活捉了，他们假意投降后，女王给二人封官加爵。二人以打猎为名，借机逃回了兴安部。与大部队会合后，好好商量复兴大计。丹楚、石鲁、浑楚三人向南出发，途中遇见万路妈妈，老妈妈给了银钱，教了风俗，并且指点了孙真人的所在。四人出发后很快就找到孙真人所在的地方，小道童安排他们干活，等孙真人回来后教他们读兵书、学兵法。

学好后，孙真人领着他们去往东海。在途中遇到他斯哈，几人十分高兴。一群人继续往前走，遇到一女子部落阻挡，谁料为首的三人正是四格格的三个姐姐。她们见到丹楚后十分激动，一起回到了姑娘所在的双石寨。原来姑娘掉入河中被双石寨的首领妈妈所救。双石部落的人最终归丹楚领导，又壮大了队伍，朝东海方向行去。

丹楚率部队回到兴安部落，色楞和胡楞也回来了，大家相见百感交集。色楞和胡楞的经历十分传奇，色楞安楚召集了不少人马，但有逆反之心，后被杀。色楞把召集来的人马带回兴安部。外面出现四个人要求出战。那四个人是老女王的卫兵，老女王设计使四人对丹楚产生了深仇大恨。经过一番激战和解释后，四人恍然大悟，归顺了丹楚的部队。老妈妈又为他们送来两匹神马，驯服了所有野马。在孙真人的建议下，又建立了兵营，准备出发打仗时，老女王的部队倒先攻打了进来。孙真人巧妙设计，二百人被活捉，剩下的一百人被早已设计好的陷阱抓住。很容易就将三百人抓住，并说服他们归顺于丹楚，去开荒种地。其他人编好军队，分派任务，向着老女王杀去。

石鲁在夺取第一关大捷后，又一鼓作气攻下三关五寨，但他将城里的老百姓杀得一个不留。孙真人知道后指点了他，要得到民心才可以。老女王的萨满虽知气数已尽，但不敢言说。丹楚想了一个用死囚火攻敌人的办法。丹楚部队节节胜利，威风凛凛地向老女王的喊话，老女王气急败坏。最后，丹楚的部队晓之以理动之以情，女王考虑之后，要求他们答应一件事，才能同意投降。

老女王说要以萨满跳神比武来决定胜负，丹楚同意了。老女王在第二天指定了比赛规则，一共四项，一项比一项难，丹楚一人仅可以攻破一项。这时，双石妈妈推荐了一位高人来完成第二项，他斯哈和四位格格完成三、四项。丹楚心里有数了。第二天丹楚与老女王继续商量各种比赛事项，一切井井有条地进行着。这时，双石妈妈也带了高人回来。第二天，比赛就正常开始了。丹楚这边的老萨满一出来，就把老女王的萨满达吓了一跳，原来，老萨满是萨满达的老师。老萨满打算把萨满达劝到丹楚的部队里来，就手下留情，使双方平局告终。第二局以老女王认输告终。格浑十分轻巧，在第三局轻而易举胜了老女王的萨满。丹楚在第四局里完胜老女王。老女王气急败坏就叫部队杀，孙真人早有准备，把老女王的部队杀了个片甲不留。石鲁和孙真人很快就占领了全城，却怎么也找不到老女王的踪迹。

丹楚和先楚一道分析了战争局势之利弊，确定了进攻的方向与策略。他们又冲进老女王的王府，将其顽强抵抗的亲信杀得片甲不留，并悬头示众。孙真人和大家分析讨论之后，决定自己带着格浑和三姐一起去。探听情况后，孙真人又对其他部队做了妥善安排。唯独他斯哈舍不得自己的二十只老虎，丹楚许了大愿，他斯哈也就答应了。孙真人技艺高强破了许多关卡。第二天老大萨满投诚，自愿帮助他们解了机关。孙真人又靠五台山的种种经验，破了许多关，终于看见东山妈妈和老女王。但在逃离时，三格格被大火烧死。老虎冲上来，东山妈妈跳火自寻短见，老女王被石鲁活捉。

丹楚的部队大获全胜，但在城里却乱抢乱夺。孙真人觉得不行，就聚集部队教导，设立国号国王，第二天设立礼节，第三天设立服装等种种制度，第四天发愿请神，做了许多庆贺工作。对底下的人论功行赏，众人非常高兴，唯有他斯哈不满，仅封一将军，他手底下的人也越来越不满，他斯哈率领其部队走掉。孙真人只答应万路妈妈打江山，如今江山已打下，他也就回去了，临行前叮嘱了丹楚三件事。孙真人走后，没几天就有一群女兵冲来为老女王报仇，丹楚他们准备不周，折兵惨重。这次教训之后，丹楚重新划分部队，安排人站岗放哨。后来又根据人的能力来安排炼油等生产工作。

　　老女王一直没写投降书，她的旧部下表面虽归顺，心里多有不服。在牢里的老女王上吊自杀，留下投降书。丹楚他们还是以女王身份埋葬了她。这时，最大的问题是丹楚父母所在的部落。丹楚母亲冥顽不灵，还要操练兵马为老女王效忠。丹楚他们带着厚礼去拜访母亲，母亲却要把他们杀死。

　　丹楚的姨妈大喊住手，消失了四十年的她又重新出现。原来她因为过去和丹楚的母亲争夺王位失利，一气之下离家出走，在外漂泊四十年，学到了不少真本事。母亲便向姨母砍去，但三刀不伤姨母半根毫毛。在姨母劝说下，丹楚他们先回部落。第二天他们又来了，先拜见姨母，姨母非常支持他们的统治。但母亲依然不同意，丹楚他们劝说无效，先勉强留她继续统治，谁料母亲变本加厉，还吞并周围小部落。丹楚和兄弟先楚去找母亲劝说，母亲却戴着帽子杀儿子，谁料自己把自己杀死了。结果老头不愿意了，在大丧上逼死先楚和大格格，后经众人教训幡然醒悟。老女王的侄女还在一个部落为王，一心要为老女王报仇。她用特制的毒药掺入水中，混进东海部落，使当地发生了一场大的瘟疫。大家为此十分头疼，用胡楞嫂子留在木牌上的方法，使病人的病有所好转。在大家束手无策时，姨母、万路妈妈和长白山主都下来了。万路妈妈知道此事，亲自出马解决此事。那女王见到万路妈妈的功力，自愿投降并拜万路妈妈为师，二格格也拜万路妈妈为师，她们就一起走了。

　　丹楚统治着东海窝集国后，想起孙真人的教导，就派人浩浩荡荡地去中原。为此他们做了十分充分的准备，甚至请了汉人教他们语言、风俗、礼节。又过了六个月，他们能与汉人简单交流了，第一站就到了咸阳，咸阳国王一见非常高兴，封了窝集国国王，并送了许多名贵的礼物。一行人在咸阳一住就是一年，学习了许多先进的生产方式、生活和风俗交际。带着汉文化而归，为发展窝集国做出了巨大的贡献。他们又勤练兵、造武器，使东海窝集国的国土面积不断扩大，成为当地最大的国家。在一天朝贺后，丹楚觉得飘飘然，走进一座仙宫，看见长白二仙，果然男权得胜。二仙重归于好，并保佑满族昌盛繁荣。

　　15.《东海沉冤录》

　　《东海沉冤录》，富育光讲述，于敏记录整理，2007年12月由吉林人民出版社出版。

《东海沉冤录》是一部在东海女真人中流传的秘史，是一曲充满了血泪恩仇的浩歌。在明朝开国皇帝朱元璋开疆拓土的斗争中，东海女真人浴血奋战、屡建奇功，涌现出众多有血有肉、可歌可泣的英雄人物，更有许许多多扣人心弦、脍炙人口的故事。那些充满传奇色彩的东海人女真人，成为一个民族成长的印记。

话说一代天骄纵横东西，打下赫赫帝国，而后世子孙却不懂爱惜，视万民如草芥，各级官员更是盘剥、鱼肉百姓。到元朝至正年间已是朝纲败坏、民不聊生，而对东海更是烧杀劫掠，肆意屠杀，尤为严重。致使民众的生活一年不如一年，苦不堪言。各族民众终于忍无可忍，纷纷举兵反抗。一时间举国上下群雄竞起，各树一支，自立为王。安徽亳州人朱元璋不安于做一个小和尚，也加入抗元义军郭子兴的队伍中，因其机智勇敢很快便得到郭子兴的赏识，便将自己的义女马氏许于朱元璋为妻。后来郭子兴因病逝世，朱元璋成为义军首领，因其心胸豁达、知人善用，很快便有很多人团结在他的周围，而他所率领的义军也声名鹊起，很快便成为抗元最主要的一支力量，并在徐达、常遇春等人的帮助下逐渐壮大。于至正二十四年，在李善长等人的推举下于应天府即吴王位，建制百官。其后四年，拜刘伯温为军师先后打下了黄河、长江两岸，至此全国过半的土地纳入朱元璋的名下。其后，于至正二十八年正月在应天府即皇帝位，建号为明，建元洪武，开始了一个新的朝代，同时改应天府为南京，定为都城，自此明朝正式立国。

洪武元年七月，在刘伯温的建议下，徐达、常遇春挂帅北征，先后攻占了河南、山东、河北等地，继而挥师北上，直捣元大都。洪武元年八月，朱元璋进驻元大都，遂改名为北平府。元帝率众将逃亡漠北后，同镇守甘肃、宁夏、蒙古一带的元军集结，在扩廓帖木儿的率领下准备光复。而此时徐达、常遇春在黢鼻马的策应下暗蓄力量，并一举打败了称雄一方的扩廓帖木儿，稳住了北方形式。此后，朱元璋不顾刘伯温的劝谏，执意封自己的儿子为藩王，并镇守四方，当时将北平府封给燕王朱棣，因其年幼，由其岳父徐达代为管理，同时肃清周边凶恶，以待燕王就藩。此时，投降大明的辽东元丞相纳哈出野心勃勃，招兵买马，准备东山再起，另立天下。为尽早收复辽东，朱元璋派马云和叶旺二人潜往辽东，伺机而动。话说二人经过几年的打探，终于说服元朝辽东行省参政刘益共同对抗纳哈出，并返回北平告知徐达。明朝正式授予刘益为辽阳都指挥使司，还未及上任，便被纳哈出的手下马延辉所杀，辽东形式一度严峻。朱元璋听从刘伯温的意见当机立断，任命马云、叶旺为辽东辽阳都指挥使司，并在刘伯温的建议下募集了大军兵发辽东，同时派遣吴祯老将军在海上运送粮草之类共赴辽东。而正在这一切急切地准备的同时，一直在鸡鸣山明月庵修行的刘伯温的养女娟娟发现自己竟是朱元璋与楚秀秀的私生女，在打听到自己的生母楚秀秀在辽东之后，准备同马云一行人同行。刘伯温设计使朱元璋与娟娟相认，并封娟娟为秉任公主，同为武威安抚使，连同明月长老一同前往辽东。

话说队伍浩浩荡荡连同士兵家眷一起前往辽东，并在路上抓住了前来破坏的萨家奴，在一番威逼利诱和情感游说之下，终使其说出了辽东的形式。并在萨家奴的帮助下顺利地解除了辽阳城的危机，并占领了辽阳城周边大寨，而后进一步在其帮助之下，瓦解了老鸭山寨，收服了高家奴和卜家奴。众人商议之后决定兵分几路，由达家奴和明月长老以及娟娟共同打探纳哈出所在金山大寨的消息，由马云负责辽阳城的建设，由叶旺负责联络东海野人以及其他被纳哈出及元朝所残害和迫使其逃往深山的东海人。明月长老和娟娟在去往金山的路上遇到了寻找因疯出走的母亲的田田多尔济台吉，并在他的帮助下顺利进入金山。后来发现田田多尔济台吉是娟娟同母异父的弟弟，并在其帮助下解救了因卜家奴背叛而被抓的叶旺等人。后来他们连同金山驿站总管岳索图一起打掉了金山罗锅哨口，并收复为大明所用。后来又杀了卜家奴，收降了"神眼"巫顺，从他口中知道了达家奴和高家奴假投降背叛一事，并知道了曾家奴要举办"皮板大集"来联合元朝残余势力破月牙楼取宝和传国玉玺并共同反明一事，为了不使其阴谋得逞，顺利破解月牙楼的秘密，娟娟及明月长老等一行人决定返回北平府，寻找建造月牙楼的华姓匠人。

　　当一行人到达北平府后，为此事烦恼时，从燕王府总管左相华云龙那儿了解到，金山的月牙楼可能是其族人所造，希望能以此为突破口来解决，却无意间从燕王府百人长鲍戎的岳父华云海那里得知了关于月牙楼的事，因其被纳哈出所派来的人所伤，在临终前将建造月牙楼的图纸给了娟娟等人。于是华云龙和娟娟终日钻研，终于找到了破解之法。而就在此时，华云龙被纳哈出派来的人"鬼见愁"所杀，同时又听到了娟娟的养父刘伯温去世的消息，徐达等人急忙回去吊唁。同时，又将辽东之事及其朝中宰相胡惟庸等人勾结纳哈出图谋不轨之事详细地告诉了朱元璋。朱元璋为收集更多的证据，暂时未动胡惟庸。不久，朱元璋赐娟娟金牌令箭一道，统管辽东事务，众人遂即返回北平府。此时，巫顺从塞北赶来，他将曾家奴筹办"皮板大集"一事的所有筹划详细告知娟娟，众人对形势做了彻底的分析，做出了收复辽东、应对纳哈出、破解皮板大集以及打击元朝残余势力的策略，由娟娟亲率队伍北上。

　　众人商议好了对策之后，先破坏"皮板大集"，由徐达率领军队对曾家奴士兵集结地塞北进行牵制，从而给也旺等人破坏"皮板大集"留出更多的机会和时间，而恰在此时，从漠北传来消息说扩廓帖木儿因病去世，一时间漠北群龙无首，只有元嗣帝爱猷识里达腊和元朝的残余溃军，这使徐达有了更多对付曾家奴的力量。在圆觉禅师的帮助下顺利地瓦解了曾家奴的"四老大人"，并在"鬼见愁"孙常祥的帮助下先后大破曾家奴在喀喇沁的两大牧场，歼灭数十万的兵马，曾家奴也由此逃亡大漠，同时也破了"皮板大集"。此时，未立寸功的降将孙常祥为了感谢大明朝对他过去所犯之错的既往不咎，特地献上计谋，由他亲自去说服纳哈出出兵漠北等地，收降曾家奴的残余兵力。因孙常祥与纳哈出的关系密切，纳哈出未得仔细谋划，便亲率兵马前往。娟娟等人利用时机，在田田多尔济台吉和岳索图的帮助下，于洪武九年九月初九破了月牙楼，顺利取得了元朝玉玺和珍宝，并送交了朱元璋。至此月牙楼成为空楼，而纳哈出尚未知晓。后来娟娟和苦僧联合徐达等人设下埋伏，在断魂谷杀了曾家奴和高家奴，至此，并称"三雄"的元朝悍将就只剩下了纳哈出。就在此时，有马皇后懿旨，娟娟等一行人赶回南京，及时搭救了被胡惟庸捕获的东海野人，并由野人治好了朱元璋和马皇后的疾病，从而改善了朝廷与东海女真人之间的关系。由于孙常祥等人的举证及刘伯温蹊跷死亡，罪大恶极的胡惟庸被杀，牵连人数竟达万余人。

洪武九年三月，由朱元璋下旨，燕王朱棣正式就藩北平府，此后燕王重用张玉、朱亮等人雄踞北方，练兵固土，极力改善与东海女真人和黑水女真人的关系，并派使者深入了解其地理人情，渐渐成为大明天下朝野瞩目之城。同时朱棣帮娟娟寻找其母。此后，燕王朱棣亲自到东海女真族中去，并详细了解了女真人的生活习俗及其礼节，并也了解了女真人被元朝所迫害的惨痛历史。他找到了为马皇后治病的殊角，返回时赠女真族人以千金，并给予照顾。不久之后，田田多尔济台吉率岳索图等五千人反叛纳哈出，使其实力大大削弱。朱元璋于洪武二十年丁卯以冯胜为征驽大将军，以傅友德、兰玉为左右将军征讨纳哈出，纳哈出因无力抵抗而投降，自此，辽东正式归于明朝版图，得以脱离元朝的暴政统治。后来娟娟和田田多尔济台吉一起在辽王朱植的帮助下寻得了生母楚秀秀，自此三人终得团圆。

话说朱元璋死后，因其长子朱标早已夭折，便由其孙朱允文继位，即建文帝。其后二年，燕王朱棣以清君侧的名义起兵夺得天下。为追查建文帝的去向，从明月庵的尼姑口中得知当年明月长老和吕后以及朱允文的谈话，从而了解到其可能逃亡于辽东北海，便命人赐毒酒将娟娟及其赫思痕部落近四百人毒杀。自此东海女真人美丽的故乡便没有了歌声，也没有了笑声，成为一片鬼哭狼嚎之地。荒山老树萧条长达四十余年，直到明朝弘治中期，一些逃难者才陆续建立了部落，逐渐繁衍发展起来。

《东海沉冤录》从元末讲起，直至永乐，期间东海女真人及其东海发生了众多令人难忘的苦难，一直被后世所传颂。其间，有许许多多为大明建国立下汗马功劳的可歌可泣的英雄，也有为保护女真族而英勇赴死的人，他们终将被后世所铭记、所传颂。同时，这部书将女真族的发展、习俗、生产生活做了详尽讲述，也将其苦难深刻加以揭示，反映了女真人发展的苦难历程，并将为其争取更好生活而做出贡献的秉任公主娟娟的生平及其绝世的才华详尽地做了讲述，使得这些女真人的秘史能够为世人所了解。

16.《扈伦传奇》

《扈伦传奇》，是由呼伦纳兰氏秘传，赵东升整理，2007年12月由吉林人民出版社出版。

金朝灭亡后，金朝远支宗室，名叫倭罗孙，也是金太祖完颜阿骨打的嫡系子孙，世封海西江畔纳喇部。倭罗孙的曾孙纳齐布禄习文练武，学成一身好武艺，不顾母亲反对，娶锡伯部的公主为妻。几年后，元朝派遣纳齐布禄京都勤王，平定叛乱，纳齐布禄违背锡伯王的命令趁机领兵杀钦使，以吉外郎城为根据地，独霸一方。后因拒绝投奔蒙古科尔沁可汗，锡伯王联合科尔沁可汗占领吉外郎城，纳齐布禄逃往洪尼勒，建国号称扈伦，时年四十岁。几年后，纳齐布禄传位于他和锡伯柳叶公主之子多拉胡其，独自一人前往辉发河源寻找母亲，从此不知所终。

多拉胡其励精图治，扈伦国日渐强大。多拉胡其娶扈伦国东方的窝集国二公主，两国联姻后，扈伦国发展到顶峰。多拉胡其的次子佳玛喀继位，英宗正统末，蒙古脱脱不花太师以兵三万东犯海西，扈伦国几乎沦亡。佳玛喀国王在变乱中忧虑成疾，不久辞世，遗位由长子都勒希继承，扈伦国号被明朝取消，只以贝勒相袭。都勒希的养子克什纳去塔山前所任指挥使一职，三子古对朱延继为乌拉贝勒。克什纳的叔父巴岱达尔汗谋反，杀害克什纳及其长子彻彻穆，三子尚乌禄远去探亲幸免于难，四子旺济外兰扫墓未回而幸免，次子彻科及五子汪碧下落不明。旺济外兰逃亡至哈达，重新创业，统一哈达部。后破叶赫部占领十三座城寨，掠去七百道敕书，从此与叶赫结仇。哈达部内一个头目那珲不满旺济外兰晚年骄横，刺杀旺济外兰，旺济外兰之子平定叛乱，迎回彻彻穆之子万为首领。明朝令万稳定建州，万势力巩固后正式建国称汗，史称万汗。他派兵杀了叶赫部首领，立捏哈为叶赫部主。后捏哈被杀，捏哈的侄子杨吉砮和清佳砮共同管理叶赫。乌拉部古对朱延死后，乌拉部岌岌可危，其孙布颜继位后筑城建国称王。建州首领王杲反明朝，李成梁出任辽东总兵。明神宗万历二年冬月初，李成梁统兵六万，对建州女真进行了一次大围剿，王杲大败，王呆之子阿台掌管建州。李成梁迁徙六堡，开拓边境引发东都督王兀堂造反。后李成梁攻打建州，在阿台投降后仍杀死大批的女真人，其中包括被李成梁逼着带路的觉昌安和塔克世。万汗死后传位于长子扈尔罕，八个月后，扈尔罕暴亡，子歹商继位。歹商年少软弱，在康古鲁和孟格布禄两个叔父的压力下，被迫把国土一分为三，各居哈达三处都城。叶赫部杨吉砮和清佳砮屡屡扰乱边境，蚕食哈达部，于是李成梁以归还敕书、调停纷争为由，设计于开原城诱杀二人。叶赫部贝勒纳林布禄、布寨和哈达部孟格布禄、歹商讲和，表示从此听从哈达约束。康古鲁出水痘，病死在梜梎宫。孟格布禄与歹商争夺哈达的主权。努尔哈赤势力一天天扩大，纳林布禄与努尔哈赤联姻以对抗哈达。孟格布禄在叶赫的支持下，诱杀歹商，统一哈达，变成叶赫的附庸国。叶赫国东方有个辉发国，当政的王机褚贝勒晚年突发疾病，继承人之位悬而未决。王机褚长子早逝，其中一子名为拜音达里，为人奸险且残暴，谎称王机褚宣各子入宫嘱以后事，诱骗王机褚的七个儿子入贝勒府，然后杀掉，夺取了王位。四台吉古禄逊的儿子通贵、巴丹二人遵循父亲的安排，趁混乱带一家老小逃往哈达境内。两兄弟向叶赫贝勒布寨求援，叶赫讨伐暴君，出兵辉发。拜音达里不敌叶赫，求助乌拉部，乌拉部满泰贝勒的亲弟弟布占泰以射雕和解了叶赫和辉发，布寨聘女于布占泰。叶赫布寨、纳林布禄二兄弟联合周边八个部落对抗建州。建州战胜联军，布寨战死，布占泰被擒。乌拉部萨尔达城主兴尼牙贝勒意欲篡位，以进献美女为由刺杀满泰及绰胡里台吉。兴尼牙未能成为国王，宗族推举布占泰为乌拉国贝勒。努尔哈赤联姻乌拉和哈达，叶赫哈达联合攻打建州，哈达孟格布禄贝勒兵败，自缢而亡。叶赫纳林布禄闻讯病死，三弟金台石杀有继位资格的人而取而代之，夺得叶赫东城贝勒之位。努尔哈赤攻打辉发，辉发投降，拜音达里及其子都被处死，辉发国灭亡。努尔哈赤攻打乌拉，乌拉陷落，乌拉国灭亡，纳喇氏族人被编到旗内。叶赫部虽得到明朝的帮助，仍未能躲过一劫。至此，扈伦四部皆亡，女真族统一。

17.《元妃佟春秀传奇》

《元妃佟春秀传奇》，是由张立忠讲述，张德玉、张春光、赵岩记录整理，

2009 年 4 月由吉林人民出版社出版。

《元妃佟春秀传奇》是流传于辽东地区的有关清太祖努尔哈赤与元妃佟春秀的传奇故事。1984 年张立忠老人开始对儿子张德玉讲述佟春秀和努尔哈赤的故事。1988 年张立忠老人将佟春秀的传奇故事全部讲完后，病故，终年81 岁。

《元妃佟春秀传奇》讲述了剑侠佟春秀出身于明代"勋阀世家"，一次巧遇努尔哈赤而喜结良缘。她积极协助努尔哈赤构筑波罗蜜山城、佛阿拉山城，总理内务，参谋军政，和亲睦族，统一女真，建立政权。《元妃佟春秀传奇》以生动的语言讲述了这位女政治家鲜为人知的传奇故事。主要内容如下。

《元妃佟春秀传奇》从长白山三仙女得神话传说开始，介绍了罕王非凡的来历。抚顺的辽东首富佟氏家族有个小女儿叫佟春秀。佟春秀遭遇劫路强盗时，偶遇小罕子努尔哈赤，两人互生情愫，彼此相爱，没有繁文缛节即订了婚，努尔哈赤入赘佟府。二人婚后自立门户，满汉文化得以融合。佟春秀成为努尔哈赤的贤内助，呕心沥血地持家，与族众和睦相处，相夫教子，夫唱妇随，日子蒸蒸日上，努尔哈赤的势力逐渐壮大。佟春秀最后操劳过度而死。"佟春秀是努尔哈赤的第一个名不见经传的高级参谋和得力的军师。她不论是在相夫教子，还是在战略战术、指导思想、军事行动、用计侦探、军备后勤、奖功罚过、制度策略、战利俘获等方面，都积极参与谋划，制定方针政策，而且在总理内务、管辖部民、生产生活诸方面，都一一有独到的见解，不仅是努尔哈赤的最得力的军师和助手，更是管理家政后勤的总理大臣。"[1]

故事发生在 400 多年之前，开篇引用了神话传说，介绍了建州女真一族的兴起、努尔哈赤的降生以及元妃佟春秀的家族。

一次佟春秀和爷爷出去与父亲见面，顺途收购了一些山货。哪知半路遇见四个劫匪，佟春秀凭借一身武功，将四个劫匪制服。这时努尔哈赤也恰巧经过，路见不平拔刀相助，于是努尔哈赤和佟春秀相互之间有了好感。这一切被

---

[1] 张立忠讲述，张德玉、张春光、赵岩记录整理：《元妃佟春秀传奇》，吉林人民出版社 2009 的版，第 225 页。

佟春秀的爷爷看在眼里，佟老爷对努尔哈赤十分赏识，并极力主张"年轻人多接触接触"。佟春秀和佟老爷请努尔哈赤到自己的家里做客，路过旅顺关，旅顺关的马市设在关外。佟春秀一语道出了其中的原因。到家之后，佟春秀先去拜见了奶奶，后又引荐努尔哈赤和奶奶认识。佟奶奶留努尔哈赤多住几天，佟老爷邀请努尔哈赤赴宴，并引荐佟养性、佟养正与他认识。几个人和努尔哈赤一起谈论起来，并且扬言将大明王朝"取而代之"。佟老爷大谈历史兴衰，回顾家族历史，鼓励努尔哈赤。

就在这天清晨，佟春秀做了一个梦，梦见自己成了凤凰，受到万人敬仰。四更天，佟春秀还在梦中，就被爷爷叫起来练功。努尔哈赤见了佟春秀不凡的武功，极为钦佩。佟养性等人也赞叹努尔哈赤"改朝换代"的勇气。佟老爷让佟春秀和佟养性陪陪努尔哈赤，佟春秀很高兴。于是她女扮男装，和佟养性与努尔哈赤一起出去玩耍。三人来到了抚顺城墙前，佟春秀因城墙是自己家修建的而倍感骄傲。三人又登上了高尔山，慨叹世事兴衰。后来又来到一家饭店，遇到了从辽南过来的父母惨遭太监高淮陷害而死的兄妹张义、张妍。二人受滚地熊欺负，佟春秀为他们打抱不平。五人一见如故，于关帝庙义结金兰后回府。

努尔哈赤回到家里，拜见祖父交昌安、父亲塔克世。过了四天，佟家过来提亲，努尔哈赤就和佟春秀定下了这段被传为佳话的婚姻。随后，努尔哈赤告别了家人，到了军营。努尔哈赤到军营三年后，正值19岁。佟家派人到努尔哈赤家商量努尔哈赤和佟春秀结婚的事宜。佟家要求努尔哈赤入赘。努尔哈赤祖父、父亲经过研究，一致同意。努尔哈赤在离开军营之前，还去辞别了三年来一直悉心照顾他的喜兰。随后，努尔哈赤和佟春秀在一片欢天喜地中结为夫妻。

婚后的第三天，努尔哈赤和佟春秀就决定回到建州。佟春秀辞别了家里人，和努尔哈赤一起到了努尔哈赤家。努尔哈赤的讷讷尖酸刻薄，诬陷佟春秀拿了自己的烟，努尔哈赤的爷爷由此决定大家分开住。努尔哈赤和佟春秀来到了波罗蜜山寨，安居乐业。

努尔哈赤和佟春秀一起盖好了房子，努尔哈赤家里开始分家了。佟春秀在分家中没有任何过分要求，受到长辈的好评。努尔哈赤的爷爷为佟春秀起了个满族人的名字"哈哈纳扎青"。后来，佟春秀又和张妍一起到自己家里置办一些钱财，正好赶上奶奶大寿，多住了几天。回来的路上，遇见了许多毛贼，被佟春秀他们收拾干净。回到家里，努尔哈赤和佟春秀畅谈建功立业的理想，其乐融融。

佟春秀和努尔哈赤带领大家劳作，佟春秀偶感恶心，发现自己怀孕了。努尔哈赤到马市以物易物，换生活必需品，遇见官兵怒斥一个汉人，私自多收税。努尔哈赤将他收到身边，取名为洛汉。

佟春秀为努尔哈赤生了三个孩子，分别是女儿东果、长子褚英、次子代善。佟春秀又收留了一位老者，满足了他的心愿。佟春秀又主张给张义娶媳妇，让张义与哈扎为婚。不久，努尔哈赤要去放山，佟春秀为其做准备。

五法玛因家里困难向佟春秀求助，佟春秀借给他十两银子，并允许五法玛和努尔哈赤一起去放山。努尔哈赤从放山回来，满载而归。因投奔努尔哈赤的人越来越多，佟春秀和努尔哈赤商量着多盖房子。一次，努尔哈赤的二讷讷病了，佟春秀到二讷讷家照顾二讷讷四天。回来后，又极力主张张妍和努尔哈赤完婚。

佟奶奶去世，佟春秀与努尔哈赤去探望。随后努尔哈赤回了总兵府，读《三国》《水浒》，学汉语书。他看见前几年在总兵府相识的喜兰，送了她珍珠，后来才知道她是佟春秀的亲姐姐，是被李总兵掳去的。一天，李总兵发现他们有染，喜兰悬梁殉情，努尔哈赤逃走。

李总兵派儿子李如松、李如柏去追，二人念兄弟情义，没有追努尔哈赤。过了几天，张义也从李总兵那儿逃跑了，并向佟春秀编了一套谎言，说因为努尔哈赤脚上有七颗痦子，是帝王相，李总兵不容他，动了杀念，努尔哈赤才逃跑的，喜兰为掩护努尔哈赤才上吊自杀。噩耗传来，佟春秀十分伤心。

努尔哈赤逃跑到半路，被歹徒砍伤，被一对父女救下。许诺建功立业之后，一定回来报答。又到了杨吉奴贝勒那里，定下了与杨吉奴贝勒的小女孟古的婚事。

努尔哈赤在杨吉奴贝勒那里广收人才，其中一个叫额亦都。努尔哈赤与张义、额亦都一起回家。佟春秀与家人都十分欣喜。

李总兵奉朝廷之命讨伐阿台。努尔哈赤的爷爷、父亲去劝降阿台，不想被李总兵放火烧死。努尔哈赤的家里悲痛欲绝、一片混乱。佟春秀忙于家里，操持家务。努尔哈赤与李总兵争执，李总兵为朝廷着想，本想安抚努尔哈赤，当努尔哈赤得知祖父、父亲的死是受尼堪外兰挑拨的时候，和李总兵起了冲突。李总兵要扶持尼堪外兰成为领导，努尔哈赤很是不服气，但都忍了下来。

为报家仇，努尔哈赤决心与尼堪外兰抗争到底。努尔哈赤的远房亲戚因担心努尔哈赤招惹是非，企图暗杀他。在波罗蜜山上发生了许多暗杀事件，给波罗蜜山蒙上了阴影。

努尔哈赤的孩子们逐渐长大，有的已经五六岁。按满族人的规矩，他们应该开始学功夫了。努尔哈赤安排张妍教孩子们习武，又找到一位叫宫正六的师傅教孩子们文化课。佟春秀为孩子们做了一些玩具，让孩子们的课余时间更丰富。

努尔哈赤的叔叔龙敦三次派刺客刺杀努尔哈赤，都被努尔哈赤成功击退。第四次他亲自去刺杀努尔哈赤，被佟春秀活捉。龙敦被努尔哈赤放了回去。后来，努尔哈赤外出，波罗蜜山被包围，对方声称要活捉佟春秀做压寨夫人，反而被佟春秀捉拿，成为努尔哈赤队伍中的一员。

努尔哈赤攻打图伦城，尼堪外兰与全家人逃走。龙敦为了削弱努尔哈赤的力量，从他的左膀右臂下手，先杀了努尔哈赤的妹夫噶哈善。龙敦和尼堪外兰同仇敌忾。龙敦让本家哥哥李岱去杀努尔哈赤，结果被努尔哈赤活捉，在佟春秀的劝说下，努尔哈赤没有杀害李岱，而是带回山寨养了起来。

努尔哈赤族中的三法码索长阿、威准和威准的儿子有重病，佟春秀去探望，并给予银两，劝说龙敦不要和努尔哈赤作对。不久，威准和他的儿子死去，佟春秀将威准的妻子衮子接到家中与努尔哈赤成婚。

佟春秀走后，龙敦等人再也没有闹事端。努尔哈赤攻占马尔敦城，为妹夫报了仇。同族人四分五裂，难以团结在一起。佟春秀主张借探望病重的三法玛索长阿，联络一下族人的感情。她让张妍回佟府备钱。大摆筵席，请所有族人吃饭，还请来萨满为三法玛索长阿治病。三天后，三法玛索长阿的精神好多了，告诉大家，不要和努尔哈赤作对。

孩子们一天天长大，在和其他小朋友一起玩耍的时候，褚英表现得很霸道，佟春秀语重心长地教育她。努尔哈赤带领人马到外地打仗，衮子和他一起去，佟春秀让她好好伺候。张妍教孩子们练功，孩子们不服输的精神令佟春秀和张妍很快慰。

三法玛索长阿去世了，琐碎的事情由龙敦管理，然而龙敦在分配战利品上很难做到一碗水端平。佟春秀在管理家族事情上显示出惊人的才干。

努尔哈赤智取萨尔浒城，壮大了自己。佟春秀和努尔哈赤用《三国》中的兵法，使朝廷被迫交出了尼堪外兰。尼堪外兰被努尔哈赤处决。

努尔哈赤统一了苏子河部，对外称自己是苏子河部的酋长。佟春秀和努尔哈赤研究，准备做下一步的打算。佟春秀和努尔哈赤给大家开会，分别讲了话，说了几十条律令，让大家遵守，并决定近期发兵栋鄂部。

努尔哈赤率五百人攻打栋鄂部受了重伤，养伤后他再次进攻，俘虏了敌方猛将并收为己用。

虽然敌众我寡，但努尔哈赤身先士卒、奋勇杀敌，未费一兵一卒，杀了两个城的城主，士兵们斗志昂扬，无形中增强了努尔哈赤军队的战斗力。努尔哈赤率步兵五百，征战哲陈部，遭到邻部的伏击，士兵们退缩，努尔哈赤责问他们，他们只能硬着头皮参战。努尔哈赤用佟春秀"两军相逢勇者胜"的作战方法，取得了以少胜多的战绩，从此以后，努尔哈赤更加敬重佟春秀。努尔哈赤起兵五年，统一了建州五部。

佟春秀用铁夹子夹住了上山偷东西的贼。山寨逐渐壮大，佟春秀和努尔哈赤五十天建立了一座大城，可容得下几万人居住。这就是后金地方民族政权的第一个首府——赫图阿拉城，为夺取整个中国奠定了基础。

努尔哈赤一面向明朝称臣纳贡，一面暗自组织军队，企图独立。佟春秀提议努尔哈赤自立为王，尊号为"女真国昆都伦汗"。一个新的国家政权在辽东大地诞生，称雄辽左，王霸女真。

努尔哈赤称王之后，舒尔哈齐不服气，也想另立山头，佟春秀劝解无果，努尔哈赤率兵征剿，将舒尔哈齐下狱。监狱中，舒尔哈齐仍然不服气，依然要与努尔哈赤一比高低，努尔哈赤一气之下，将他毒死。努尔哈赤总结经验，极力笼络人心，奖罚分明，以此壮大寨里的人员。为了管理好下属，佟春秀和努尔哈赤制定了法律条文，让军民去执行。

佟春秀和张妍去看望女酋长椒箕，同时到烽火台看望原属山寨的军民，以表关心。努尔哈赤为了与哈达搞好关系，应答了哈达贝勒的许婚，准备迎娶他的女儿。路途艰难，佟春秀让何禾里陪努尔哈赤一同前往。

努尔哈赤成功迎娶哈达纳拉氏。何禾里与努尔哈赤合兵，努尔哈赤想要将自己的长女嫁给何禾里为妻，引起何禾里的夫人厄赫大怒，率兵来找努尔哈赤算账，被佟春秀劝解，他们相逢一笑泯恩仇。

为争夺地盘，叶赫贝勒纳林布禄率部洗劫了建州的胡部察寨，继续发兵攻打努尔哈赤的部落，努尔哈赤斩杀了叶赫部落布斋以下的四千多人，取得胜利。

佟春秀身体不佳，她让衮子接替她的工作，衮子安排手下好好照顾佟春秀。噶盖找佟春秀写对联，佟春秀欣然答应。这时她病情严重，此时她已嫁给努尔哈赤十五年，努尔哈赤已有八位夫人，不像过去那样疼爱佟春秀了，但她毫无怨言。后来努尔哈赤请萨满替佟春秀治病，佟春秀好多了。但到了秋天，佟春秀又旧病复发。佟春秀自知不起，就向努尔哈赤和张妍交代了身后事，感慨上苍给她的时间太短，在努尔哈赤怀中死去。

努尔哈赤打下江山，为纪念佟春秀，封她为元妃。

18.《雪妃娘娘与包鲁噶汗》

《雪妃娘娘与包鲁噶汗》，是由富育光讲述，王慧新记录整理，2007 年 12 月由吉林人民出版社出版。

万历年，即女真记年的天兔年，自然灾害严重，战乱不断，人们纷纷逃往科尔沁草原。其中有个孤儿，名叫宝音其其格的姑娘（即雪妃），是个亭亭玉立的长发美女。她五岁被王爷的奴才捡去，后为王爷收留，王爷将其指定给一个仆人做养女。后来这个王爷因轻敌被努尔哈赤大军打败，宝音其其格随残兵北逃。逃亡期间坠崖，养父摔死。宝音其其格在死了的养父身边哭泣，感到很害怕。那日松——在努尔哈赤女真兵里的蒙古人碰巧奉命追赶逃亡者，在崖下救走宝音其其格，并将其送到科尔沁草原交由母亲乌云格格照顾。

乌云格格的哥哥莽古思是草原上的大贝勒，育有一女叫博尔济吉特氏（后为大清孝端文皇后），小女孩儿除了吃睡就是哭。一天乌云格格去看望莽古思一家和孩子，孩子见到宝音其其格就再不哭闹了。宝音其其格便留在了莽古思处，作为尊贵的客人，与小格格形影不离。

是时宝音其其格 13 岁，长得美丽苗条，深受人喜爱，前来求婚的人络绎不绝。此时她的心里有三个男人：色音布尔，25 岁，莽古思贝勒的大儿子，曾在狼群中帮她脱困；那日松，救命恩人；贝勒爷莽古思。

大贝勒莽古思欲建藏娇楼，意图娶宝音其其格为妾，莽古思的儿子色音布尔意欲阻挠，暗通芒格（毕拉部部长），却使自家遭芒格联军侵袭。莽古思重整旗鼓欲夺回失去的土地。芒格被抓，色音布尔出于大局考虑偷偷将其放出，却被父亲莽古思抓个正着，二人便逃走去了乌拉部。莽古思一军遭到前来营救芒格的喀尔喀部重创而撤离，慌乱中抛下了宝音其其格。宝音其其格孤单一人，在大白马的陪同下欲回到北方老家。

宝音其其格在路上遇到了在混乱中丢失的小熊"小黑子"，以及从战乱中逃出的一行人。宝音其其格领导大家分工合作维持生活，她听说这些逃难者大多是从乌丹格格的领地来的。乌丹格格是南牧场场主，莽古思的表姐，一生未嫁，英勇超群，曾在敌人中救下侄女巧根格格（即莽古思的大妃）。

名义上营救芒格的多尔沙图汗借机入侵乌丹格格领地，领地内的逃难者路遇宝音其其格。宝音其其格把逃难者都聚在一起，形成一个新的部落，新的庄园。小熊小黑子领宝音其其格寻找到了与芒格失散身受重伤的色音布尔。在宝音其其格和色音布尔的领导下，整个部落开始计划重返家乡，击退多尔沙图汗。宝音其其格路遇洪古尔杜木根大喇嘛，得到指点。宝音其其格从他手中得到蜈蚣草，知晓了蜈蚣草泡酒的毒性奇大。恰巧部落中有位酿酒老人"蔡八桶"，宝音其其格通过他又结识了"酒贩子"扈尔汉，得到许多好的建议和帮助。他们用毒酒计夺回了科尔沁以南的大部分失地，寻到了乌丹格格。

宝音其其格深知现在不是谈论儿女私情的时候，为了使莽古思家族万众一心、重整旗鼓，她毅然离开了乌丹格格的部落。与"蔡八桶"的小孙女妞妞结伴上路，计划先去辽东找救命恩人那日松，再回故乡安身。

距离科尔沁草原南部大约七百里的女真建州部有个赫图阿拉城。城主努尔哈赤是杰出的政治家和军事家，育有八子。大儿子褚英、二儿子代善、五儿子莽古尔泰、八儿子皇太极，他们都深得努尔哈赤的喜爱。

皇太极聪明勤劳，将圣贤"隋八斗"带入赫图阿拉城。努尔哈赤有个义子，叫扈尔汉，聪明勇敢，跟随努尔哈赤十多年。他在科尔沁的乌丹格格处带回蒙古马 200 匹和"八桶香"酒，回到赫图阿拉城恢复身份，跟大家讲述了在科尔沁与宝音其其格的经历。

时至冬至，努尔哈赤的第八子皇太极主动要求去草原打猎。这时在蒙古大草原上，女扮男装的宝音其其格和妞妞正在赶路。皇太极一行人等在打猎途中惨遭大火，恰逢宝音其其格和妞妞路过并将他们救下，从此奠定了宝音其其格和皇太极的缘分。宝音其其格以小宝的身份与皇太极相处，照顾生病的皇太极，并发现他的配饰——鹰佩与出现在她梦中的鹰一样。她认为，梦中月亮就该是乌丹老女（小名小月）。

宝音其其格和妞妞随皇太极等人作为皇太极的救命恩人，应邀请去到赫图阿拉城，顺便寻找那日松。在赫图阿拉城恢复女装，见了努尔哈赤，见到救命恩人那日松，并深受款待。

另一边，多尔沙图汗被科尔沁部打败。明朝的李成梁暗中协助，出主意让他们拉拢其他部落势力，表面上反对明朝，得到宝音其其格。同时，李成梁写信给努尔哈赤进行指责。努尔哈赤未作回应。

努尔哈赤与三弟舒尔哈齐之间有矛盾，明朝又多次挑拨。舒尔哈齐在京期间结识了曾在嘉靖皇帝身边待过又辅佐过喀尔喀多尔沙图汗的刘纯正，且关系密切。刘纯正治好了舒尔哈齐孩子的病，还给他建议说女真人想要发展，定要兴文化。刘纯正给舒尔哈齐推荐了两个明朝的人——褚文弼和褚良弼作为文化老师，二人给赫图阿拉城带来了很多文化和欢乐。老大褚文弼还治好了努尔哈赤和其他人的霍乱病，二人很受尊敬。老二褚良弼性格直爽，常为舒尔哈齐打抱不平，指责努尔哈赤。努尔哈赤对褚氏兄弟赏罚分明，得到舒尔哈齐的认同。

一次会议上，努尔哈赤又提起李成梁写信一事，最终达成协议，他不能送出宝音其其格，也不会屈服。

在努尔哈赤暗中的监视下，发现褚良弼被明朝说服，成了安插在赫图阿拉城的眼线。努尔哈赤最终寻找到了机会将褚良弼抓获，他决定重用宝音其其格。努尔哈赤让宝音其其格来审这些探子，大家从中了解到了李成梁和喀尔喀的奸计。通过劝说，宝音其其格把这些探子都拉拢过来成了自己人。努尔哈赤决定按照宝音其其格的"重锤战术"对付多尔沙图汗。

努尔哈赤更加重视宝音其其格了，并赏赐给她原本为大明皇后准备的白玉袍，赐名白雪，封白雪格格。努尔哈赤把宝音其其格身边的妞妞也收为格格，并指给了那日松。

随着前来避难人数的增多，粮食供给不够，小的争端频发。努尔哈赤将白雪格格封为左翼军的翼领，统揽开地种田一事，解决前来投靠的流民吃不饱饭的问题。白雪格格分粮食、铲恶霸，与李成梁机智应对，得到六堡子的土地及明朝的赏银。

皇太极爱上了宝音其其格，虽然其妻子格博黑有孕在身，但皇太极越来越感受到自己对宝音其其格的喜爱之情。

现在喀尔喀部要发兵，李成梁想借刀杀人灭了赫图阿拉城。努尔哈赤让白雪格格处理这次危机，白雪格格觉得应该先拉拢科尔沁的力量。出发前一夜，妞妞和那日松的婚宴过后，皇太极和白雪格格也相互告白，共度了美妙的一夜。第二天一早，白雪格格、扈尔汉、那日松、妞妞和皇太极等人扮成贩马者上了路。到了科尔沁，一行人很受欢迎，达成了两家通力合作、共同应对战争的协议。凭着聪明机智，他们又拉拢其他部落，大败多尔沙图汗。白雪格格一行人想连夜返回但莽古思、乌云格格等人执意挽留，欢庆重逢。也是在这次庆典中，皇太极认识了乌云格格的小女儿（小格格13岁嫁给皇太极），是清史上著名的孝端文皇后。自此，赫图阿拉城与科尔沁和蒙古诸多部落建立了联系。第二天一早，一行人上路返回赫图阿拉城。在路上，皇太极表示回去就跟努尔哈赤表明要娶白雪，白雪格格心中早有想法，万分担忧，怕事情没有这么简单。

回到赫图阿拉城，努尔哈赤已经给白雪格格建好了一座"白玉楼"，让其住在这里。皇太极被努尔哈赤软禁在家中，不得来见白雪格格。两年前，努尔哈赤曾与东海窝集部蜚优城城主早有约定，两年后让皇太极迎娶其小女。现在努尔哈赤为了联合东海窝集部，将白雪格格和皇太极分开。皇太极找努尔哈赤说明白雪已经有身孕，要娶白雪。努尔哈赤态度坚定，他嫌弃白雪格格的身世地位，还要将其嫁给蜚优城城主的小儿子并让皇太极跟白雪格格说清楚。

格博黑小产，万分悲痛。皇太极安抚好格博黑，他十分思念白雪，就去白玉楼找她。因是努尔哈赤交代给皇太极的任务，这次侍卫没有阻拦皇太极。二人恩爱后，皇太极将随身佩戴的金项圈送给白雪，作为定情物。这时洪古尔杜木根大喇嘛来看白雪，从皇太极身边带走了白雪格格。此事过后，皇太极大病三十多天。期间迎娶了东海女乌拉那拉氏，次年生有一子，即日后的肃亲王豪格。

大喇嘛想将怀孕的宝音其其格带回科尔沁草原，但她执意要回北方的故乡萨哈连。大喇嘛拧不过她，就嘱咐她路上小心，让她去找老僧友静空禅师。二人在此分手。路上宝音其其格救了贩马者，贩马者送给她一匹小白马，叫"银雪儿"。路过乌云格格管辖的"东平部落"，这里正受乌拉部的侵犯，宝音其其格隐藏姓名，帮助他们解决了动乱。不几日，终于到了萨哈连。一个雷雨交加的夜晚，宝音其其格和皇太极的孩子出世。二十多天过去了，一日，树林着了大火，宝音其其格忙着把火舌引向别的方向，却丢了孩子，她万分伤心，就去找静空禅师，想出家。原来，她的孩子被母狼叼项圈时带到了狼洞，受到母狼的疼爱。就这样，宝音其其格的孩子在狼群中生活了九年。九年后，母狼去世，小狼们嫌弃他，就把他撵走了。一只老鹰把他引导到另一处容易觅食的地方，他学到了更多的本领。成了野兽之王，与野兽生活在一起。

这个孩子成了萨哈连江畔的一个传奇，人们给他起名叫"包鲁嘎"，萨哈连一带流传着不少关于他的传说。

时光如梭，转眼皇太极 21 岁了，他仍念念不忘寻找宝音其其格，努尔哈赤也默许了。努尔哈赤当年嫌弃宝音其其格的行为引来科尔沁的不满，现在也十分后悔。为了保持与科尔沁的联系，努尔哈赤让皇太极娶了当年的小格格。小格格为了让皇太极能帮他们寻找宝音其其格，才答应嫁给皇太极。为了找到宝音格格，努尔哈赤发兵北部萨哈连，却杳无音信。宝音格格此时已在静空禅师的静空庵住下，期间仍不忘寻找自己的孩子。她只记得孩子右肩有红痣，戴着金项圈。静空禅师陪着她沿着萨哈连逆水而上寻找儿子，在路上听到了戴着金项圈的"野孩子"的消息。不多日，扈尔汉也找到了她们。扈尔汉带了皇太极给她的福晋称号，她已经不在乎了，静空禅师替她先收下，而宝音格格并没有回皇太极身边。

德钦部的德钦王爷的小儿子很是荒淫。一日，小王爷欺负奴隶和小牛，小野人包鲁嘎看不过去，杀了他的俄罗斯公牛，抓走了小王爷。老王爷以野兽之间交流的方式与包鲁嘎交流，包鲁嘎后来又跟王爷学会了说话。一日，包鲁嘎想坐汗王的位子，王爷觉得他一个野人太过放肆，是个祸害，就想杀掉他。于是灌醉了包鲁嘎，用网将其罩起来扔到了仓库。包鲁嘎被老鼠、蟒蛇等动物救出，他砸死了王爷和小王爷。百姓饱受二人的折磨，包鲁嘎做了一件大快人心的事，得到人们的感谢。他做了德钦部的王，人们称其为"包鲁嘎汗"，戴了金冠，住在山洞。包鲁嘎汗还收拾了同样霸道横行的海滨部落首领莽吉尔噶珊，收服了莽吉尔部。从此，英雄包鲁嘎汗的名字在北疆传开。后又制服了米吉尔部、野豹子部，并娶了野豹子部的头领奥莫额云。这位奥莫额云给他缝衣做饭，尽职尽责。

转眼宝音格格 46 岁，包鲁嘎汗也 30 岁了。他的成就引起了清王朝的注意。此时努尔哈赤已去世十年，皇太极继位。当初的小格格因不能生育，将侄女博尔济吉特氏（后为大清孝端文皇后）嫁给皇太极。皇太极仍日思夜想地惦记着宝音格格，并嘱咐萨穆什喀趁北上的机会寻找宝音格格。萨穆什喀没有找到宝音格格，却打听出想要征服北疆，包鲁嘎就是他们难以折服的劲敌。于是皇太极命那日松、萨穆什喀前往北疆，一是智收包鲁嘎，二是寻找宝音格格。后来色音布尔也被派往前去，带回消息，静空禅师圆寂，宝音格格不知去向。

那日松等人与包鲁嘎见了面，他们本想偷袭，却早被识破，于是他们谎称拜访，包鲁嘎接见了他们。那日松等人也见识到了包鲁嘎的雄才伟略，萨穆什喀打心眼儿里服了包鲁嘎汗。那日松怀疑包鲁嘎汗的身世，决定留下一探究竟。那日松教当地的人们制火药、捕鱼、熬盐、做工艺品，包鲁嘎汗夫妇很感激他。一日，那日松见到包鲁嘎汗的金项圈，终于认定他就是白雪和皇太极的儿子，高兴万分，还给包鲁嘎讲述他娘亲的故事。

此时的宝音格格仍在寻找他的儿子，到孤儿岭时，一个夜晚，她梦见皇太极，梦到了自己的儿子。当晚惨遇山洪暴发，宝音格格被洪水冲走。当地人以为宝音格格惨遭不幸，在静空庵前立了"百子妈妈"神柱，祈祷她死后有百儿在身边。

然而宝音格格有万灵相助，大难不死，被一位老人救起，二人只觉似曾相识，像患难兄弟一样，不分彼此。这位老人正是她分别多年的音色布尔哥哥，二人相认。又遇上发洪水，二人奋力离开，得以逃命。二人翻山越岭终于来到一处有人烟的地方，正巧碰到那日松以及包鲁嘎一家。包鲁嘎的狼朋友早就告知了他们宝音格格的到来，这热闹的场面，正是为迎接他们所准备。宝音格格最终得以与儿子相认，这些人都留在了包鲁嘎部。

包鲁嘎涉世未深，轻信博穆博果尔，协助他与清军开战，不听他人劝阻。宝音格格只能带着病体亲自前去，直接指挥兵马撤走。

萨穆什喀返回清廷将找到宝音格格和她儿子的消息告诉给皇太极，皇太极龙心大悦。色音布尔为救治宝音格格，先将她带往了科尔沁，包鲁嘎不愿回清，留在了北疆。宝音格格病入膏肓，回天乏术，临走前见到了皇太极和当年的小格格，笑着离开了。皇太极封宝音格格为雪妃娘娘，葬于静空庵。音色布尔未回科尔沁，而是在雪妃娘娘坟前守灵，死后葬在雪妃坟的不远处。没几年，皇太极身体渐弱，一日梦见雪妃娘娘，在睡梦中安稳离去。包鲁嘎汗一生效忠于清廷，于顺治初年，率领众人扑救火山时葬身火海，死后埋葬于雪妃坟旁边。

年深日久，两座坟渐渐合二为一，成了一座小丘，小丘又称为大山。被人们称为"包鲁嘎汗林"或"母子山"，树木葱茏，百兽栖息。

19.《木兰围场传奇》

《木兰围场传奇》，是由孟阳讲述，于敏整理，2007 年 12 月由吉林人民出版社出版。

康熙二十年（1681），清圣祖玄烨于幽燕深处设立了木兰围场，乃是清代最大的皇家猎苑，只供朝廷在此"岁举秋狝之典"。

康熙检验五公主端静公主的蒙古语学习程度，为纪念围猎走过的地方，赐名围猎点为"公主围"。适逢同行的温惠贵妃生日，康熙命人快马从南方送来鲜荔枝，温惠贵妃将种子种在山上。康熙废太子胤礽，幽禁在咸安宫。康熙携皇祖母孝庄文皇后去观赏塞上风光，给路过的瘟猪沟村庄赐名"圣明沟"，还识破了巫婆的装神弄鬼。晚上，太皇太后梦到恶龙作怪，康熙以为这恶龙便是眼前蜿蜒的山梁。一个突然出现的老翁指引大队人马燃起火把，形成火龙，冲断山梁，高山变成了通途，康熙赐名此梁为"太后梁"。古北口处远近有名的庄头刘进揭发古北口盗贼横行、官员腐败。秋狝（猎）停止，康熙起驾回京，路过"三星潭"，雷声大作，暴雨如注，康熙一行人躲进密林。三星潭里的巨大金蟾引康熙离开树林，避免了雷击。金蟾救驾有功，康熙封金蟾为"塞北佛"，并在三星潭不远处建一座塞北佛石庙，每年围猎都在石庙祭拜。康熙二十六年，孝庄文皇后病逝，康熙四十四年，孝庄文皇后的陪嫁丫鬟苏麻拉姑病逝，受到清朝历史上从未有过的待遇。康熙三十五年，噶尔丹率三万兵马叛乱，康熙下诏亲征噶尔丹。双方在乌兰布通大战，叛军伤亡过半，噶尔丹诈降趁机逃跑。乌兰布通之战后，在木兰围场周围的百姓中，流传着"伊逊河"和"石人"的故事。康熙帝的女儿悦香公主和翁牛特旗府王爷之子扎西拉木索相爱，扎西拉木索父子出征剿灭噶尔丹叛军，悦香公主思念成疾，不治身亡，葬在相识的鹿花坡山脚下。扎西拉木索在坟前恸哭七天七夜，奇怪的是，公主下葬第八天，山脚下忽然出现两个泉眼，汇成的河就叫"伊逊河"。护卫木兰围场的兵丁佟拴虎和玉皇大帝的小女儿结成夫妻，小公主被抓回天庭后，佟拴虎一直在山上仰望天空，等着妻子归来，直到变成一尊石人。

康熙三十六年初春，召内扎萨克四十九旗、漠北喀尔喀三部行会阅礼。通过多伦会盟，初步形成了清前期蒙古各部落的统一格局，使其臣服于大清朝廷，为遏制沙俄入侵筑起了一道坚固的防线。会盟结束之后，康熙去热河东南不远的天桥山等处游览，遇到当地名为金三贵的善于讲故事的人。金三贵讲"天桥山"的由来。相传玉帝派金牛星给人间传旨，只准百姓每天吃一顿饭、洗三次脸，金牛星却传错了旨意，传成了百姓为北行每天只准洗一次脸、吃三顿饭。玉帝为了惩罚金牛星，将他贬到人间。金牛星干活太累，变成了两块石头。康熙去汤泉洗浴，老金头讲了"水宫娘娘庙"的传说。相传恶婆婆为整治儿媳，让儿媳用尖桶底的水桶挑水，儿媳遇到一老人赠送她马鞭，放入缸里就有水，不需去打水。马鞭变成一条火龙，缸里的水形成温泉，可祛百病，人们建庙纪念担水媳妇为"水宫娘娘"。噶尔丹于康熙三十六年二月进犯，康熙第三次率军亲征，大获全胜。老金头讲"磬锤峰"的来历，有个年轻小伙杀了海龙王的爱将被抓到龙宫抵命，小龙女趁龙王喝多了酒将其救下，并用定海神针堵住了海眼，这定海神针就是"磬锤峰"。

康熙回京师后，开始着手建造热河避暑山庄，处置了密云知县孙有民贪污受贿案，重立胤礽为太子，探望端静公主和她的孩子。热河避暑山庄竣工后，康熙带孙子弘历去围场狩猎，遇到黑熊，弘历临危不乱，箭无虚发。夜里，弘历梦到一只会说话的鹰前来寻主。第二天狩猎时，康熙遇到一只鹰，追赶三座山之后，鹰累死了。康熙发现这只鹰是小时候顺治帝赏赐给自己的雏鹰，是儿时的伙伴，后悔不已。大队人马狩猎时，从密林中蹿出一只猛虎，康熙奋力两枪击中老虎要害。温惠贵妃带弘历采摘当年种植在大观景山上的荔枝。康熙听金三贵讲"红照壁"的由来。很久以前，鸡冠峰上有两只金鸡，每年三十晚上产下一枚金蛋，乡亲们吃穿不愁。有个老财迷想偷金蛋，被金鸡啄瞎眼睛摔死了，金鸡也飞进了红照壁里再也没出来。翌日一早，康熙到皇姑屯用膳。顺治帝的姐姐淑慧公主下嫁给蒙古敖汉旗的王爷巴音巴图尔，出嫁那天，玄烨出生。没多久，巴音巴图尔病故，淑慧公主为巩固大清和蒙古的关系不愿改嫁，康熙便划给她千顷土地和几名侍女在波罗和屯居住，此屯更名为"皇姑屯"。康熙在诸皇子狩猎时仔细观察，挑选合适的继承人，八皇子因结党被囚禁，四皇子胤禛因在狩猎中帮助其他皇子而受到了康熙的重视。八皇子在胤礽的帮助下逃跑，下落不明。康熙驾崩后，众人取出正大光明牌匾后的遗诏，传位于四皇子，虽然有质疑声，但是胤禛还是顺利继位。雍正登基后，流放对其皇位有威胁的兄弟，铲除之前辅佐他的年羹尧、隆科多等人，性格喜怒无常，雍正十三年八月病逝，相传头颅被吕四娘砍下取走。之后，弘历 25 岁登基。有一次，秋狝之后，有传言说乾隆皇帝是雍正与汉女所生，想调查真相的乾隆在避暑山庄外遇到一名农夫，乾隆向他求教"私子沟"和"私子园"的来历。皇太后身边的一个汉族宫女怀了雍正的孩子，皇太后把她送到一户百姓家，孩子出生后抱回宫里，宫女于是投入荷花塘自尽。乾隆将"私子沟"改名为"狮子沟"。乾隆梦到一对老夫妻，手里提着两个瓦罐，说罐子里装的一个是甜水，一个是苦水，他们若是捅漏甜水瓦罐，京城就可以缓解大旱。梦醒后，乾隆派布尼阿森将军去找到这对老夫妇，即水公和水母，不小心捅破了苦水罐，于是遍地的雨水成了一片汪洋，布尼阿森将军被大水卷走了。乾隆按其生前意愿，将他埋葬在木兰围场东界外的狍子沟，并将村名改为"将军屯"，以示纪念。后来，乾隆梦到布尼阿森将军请求给他的女儿赐婚，于是乾隆将布尼阿森的女儿布尼伊香收为义女，许配给蒙古喀喇沁旗宝音拉木索贝勒王的儿子宝音扎布，生下了儿子宝音巴图。后来宝音扎布不知为什么经常夜不归宿，夫妻二人大吵的时候，宝音扎布无意中一脚踢死了伊香公主。时值乾隆木兰秋狝，乾隆亲自断此杀人案，顾念满蒙团结的百年大计，将宝音扎布无罪释放。乾隆心有愧疚，便将宝音巴图带到宫中抚养。有一日，乾隆梦到宝音巴图变成一条巨龙要杀死他，再加上一直伺候宝音巴图的太监张德贤对宝音扎布不满，对乾隆谎称宝音扎布扬言要当皇帝，于是乾隆命张德贤将宝音巴图带到"将军墓"毒死，就近掩埋。不料途中遇到了强盗孙守信，为被处置的密云知县孙有民的侄子。孙守信留下宝音巴图，在"将军墓"附近建了宝音巴图之墓，抢走了张德贤的钱，放他回宫。张德贤回宫后为求自保，回禀乾隆宝音巴图已死。

和珅有才又机灵，再加上擅长拍马屁，得到乾隆的青睐。乾隆和纪晓岚行猎，路遇蛇妖，在风水先生的指示下，在山上修了七座塔，镇压蛇妖。乾隆前去看七座塔竣工，无意中坐在了巨蟒身上。公蟒蛇扫平了七座塔，救出了被镇压的母蛇，两条蛇远离木兰迁至大兴安岭密林中了。有一村民娶亲之后，对母亲不孝，老天爷惩罚他和他的妻子，他的妻子被火球烧死，他也受到雷击，他答应老天爷会盖座娘娘庙，善待母亲，才免受雷击。按皇家的律法木兰围场的附近不能私建庙宇，乾隆给村民五十两银子命其拆掉娘娘庙和三间房舍。未等拆除，庙已经倒塌。一匹白马向乾隆告状，带乾隆到一姓董的人家，找到马贩布尼阿良的尸体，破了董氏夫妇谋财害命一案。乾隆带侍卫于石岩和那仁福射猎，那仁福在射豹子时，马惊了，险些射中乾隆，他请人绑了自己，向乾隆请罪，乾隆原谅了他。那仁福初出茅庐与乾隆下棋占了上风，乾隆眼见要输丢了面子，正好下人来报，密林中有猛虎，乾隆便让那仁福在原地等候，待擒拿猛虎之后再下。等到乾隆想起那仁福还在山上等着，一等就是八九天，那仁福已经死了。从此以后，人们将乾隆皇上和那仁福对弈的山称为"棋盘山"。乾隆一行人走近一条月牙儿形的山沟，众人都口渴。乾隆边说："没想到，朕竟被水难住了！"便将一支箭戳到地上，竟然流出清泉。乾隆说到兵马，涌出的泉水立刻结成冰，便命名"冰冻沟"。在石洞外，乾隆想起当年于此处殪（杀）虎的情景，遂让刘墉讲述。那是乾隆十七年秋九月的一天，乾隆木兰秋狝时，来到岳乐围围猎点，一蒙古猎人告知前方石洞中有对斑斓猛虎。乾隆一人前去殪虎，枪杀了雄虎。雌虎回到洞中，乾隆钻进洞内发现雌虎带着虎崽逃命，钻进密林不见踪影。乾隆在此修建"殪虎碑"，并用满、汉、蒙、藏四种文字亲书《虎神枪记》。布尼伊香的侍女李秀珍在端静公主去世后，离开王府，遇上强盗孙守信，遂和宝音巴图相认。李秀珍带宝音巴图离开，路上宝音巴图被毒蛇咬伤，被一个老太婆的"红山刮骨丹"救了，休养几天后继续赶路。在深山老峪中，突然蹿出一只豹子，危难之时，老猎人开枪救了李秀珍。慌忙中他们将身上带的张德贤留下来的路线图弄丢了，被一名护围兵捡到，查到了李秀珍和宝音巴图的身份，之后便将此事禀告乾隆。李秀珍带宝音巴图来到伊香公主的老家——爷爷布尼仁坤家。乾隆找到张德贤，得知真相后，将其秘密处死。布尼仁坤的四儿子布尼阿德是个纨绔子弟，布尼仁坤请穆昆达狠狠教训不争气的儿子。乾隆去木兰围场秋狝之时，夜里出兵剿灭鹰嘴岭大寨主孙守信。乾隆猎黄羊时跑丢了鞋袜，一名侍卫捡到之后，将袜子里的七八颗谷粒种在地里，直到几年后乾隆再次来狩猎，途经此处，感到饥饿，侍卫便拿出这些小米熬成粥，这里便成了"袜子沟"。乾隆率领大队人马到永安湃围猎点时，写下"永安湃围场毙虎"碑文，制成石碑，突然出现的神牛不仅帮助把石碑运到山顶，并且用犄角顶死了突然扑向乾隆的老虎。大雨连下三天，大队人马的给养供应不上，乾隆身边的侍卫于石岩采来蘑菇煮汤充饥。天晴后，乾隆和刘墉扮作僧人外出私访，在一家小饭馆吃到了叫花鸡和丝窝豆腐，美味异常，于是将做菜的夫妇二人带到宫中御膳房。乾隆等人进入一条狭长的山谷时，一块又大又长的巨石从山崖顶端顺岩壁而下，于石岩救了乾隆，并命名这块落地也不碎的巨石为"飞来石"。布尼仁坤带着管家和四儿媳给乾隆送来一车粉条和蘑菇以解决众官兵的饮食困难。四儿媳阎翠花是布尼阿德花重金赎身的妓女，美艳风情，乾隆动了心。翌日清晨，乾隆和于石岩散步，猎到一只罕见的白狐。行至布都尔围猎点，发现一座白塔名为"祭骨塔"。此地的土地爷指点乾隆在白塔底下用一口巨大的铁锅紧紧扣严泉水，就能遏制住八条恶龙，保住江山社稷。之后，"祭骨塔"更名为"镇龙塔"。土尔扈特部十五万人返回国内，乾隆在"伊绵峪"接见首领渥巴锡，讲述了东归的血泪史。乾隆化装成王道士去刘家庄私访，民女杨彩凤很聪明，帮助乾隆破了偷盗案，将谋财害命的孙氏和赵六绳之以法。乾隆收杨彩凤为义女，答应回京后指婚，但彩凤等了好多年都没有音信，最终郁郁寡欢、含悲而亡。乾隆平定新疆叛乱后，纳了霍集占的妃子和卓氏为容妃。容妃貌美，身有奇香，也被称为香妃。香妃日夜思念家乡，乾隆便命人按照她家乡的模样造了"伊犁庙"，但香妃不为所动，整日哭啼。太后不满乾隆迷恋香妃而不顾朝政，便在乾隆木兰秋狝之时，以毒酒赐死香妃。香妃死后，乾隆去五台山散心，在"显通寺"遇到已经成为住持的允裸，两人叙旧许久。宝音巴图已经 21 岁，改名为李纪恩，带着管家和李秀珍进京赶考。李纪恩文笔超群，中了状元，乾隆赐婚九公主静蓉，完婚后，二人回到"将军屯"省亲。乾隆派和珅建"六和塔"，塔址上有一处泉眼，宝顶运不上去，佟阿婆建议在塔边堆黄土，然后将宝顶滚到顶端。乾隆知道后，赏赐了佟阿婆。乾隆想起二十年前的风流韵事，化装成僧人，到大峡谷的沟口处，遇到了孤身一人生活的自己的私生子石洞生。乾隆修书一封给允裸，让石洞生带信去五台山投奔住持。乾隆下旨在热河避暑山庄背面的"狮子沟"的阳坡修建"须弥福寿之庙"，供六世班禅讲经、居住之用，故而又叫"班禅行宫"。刚建好时，乾隆要求在殿顶处铸造九条金龙，但金龙始终铸造不成，直到金匠于师傅在金水中投入自己的一双儿女，金龙才得以铸成。乾隆在新宫院内为班禅接风，最大的一条金龙突然飞走了，从此班禅行宫的殿顶只有八条金龙。乾隆带纪晓岚和刘墉游玩，边走边对对联，到一处酒家，名为"悦鑫楼"，饭后给"悦鑫楼"赐了一副对联，从此，来"悦鑫楼"就餐的人络绎不绝。乾隆命纪晓岚编四库全书，纪晓岚一时疏忽没将乾隆写的《御制扬子法言》编入其中，乾隆罚纪晓岚 100 两银子。乾隆再次查看编书情况时，纪晓岚衣衫不整，躲在桌底不敢见驾。乾隆发现他藏在书案底下，便等他出来。纪晓岚等了一会就向外喊："老头子走了吗?"乾隆大怒，纪晓岚聪明地解释了"老头子"三个字，乾隆便原谅了他，还把罚银赏赐给他。乾隆六十年，乾隆册立皇十五子永琰为皇太子，改名颙琰。次年正月正式禅位给颙琰，乾隆成为太上皇。嘉庆为祝贺太上皇八十五岁生辰，举办百叟会。布尼仁坤、四儿媳阎翠花、布尼阿德及管家受乾隆传谕一同赏月，并游览避暑山庄七十二景。一行人乘龙舟欣赏美景，阎翠花娇媚造作，心潮似浪涌。乾隆再次见到阎翠花，了却心愿，并作诗纪念。太上皇寿诞，请各少数民族的王公贵族、外国使节及朝中百官于清音阁观戏。"十八班"的艺人连唱好几天。和珅在后台指挥时坐在大衣箱上，触犯了戏班的规矩，引出了"老郎神"和"大师兄"的传说。唐玄宗李隆基闲暇时喜欢看戏，下令朝中大臣三日之内演一出戏。三天后无人会唱，又给了三天时间。群臣束手无策时，一个七八岁的红衣男孩自称是王母娘娘身边的侍童，教给群臣唱戏，还托梦让玄宗、皇后打鼓配乐，君臣合演一出戏。从此玄宗被称为"老郎神"，红衣男孩被尊为"大师兄"。戏班的人演出时，除了在后台供奉"老郎神"的画像外，还将布娃娃代替"大师兄"并用红布包裹，安放在大衣箱内。嘉庆赴木兰秋狝，遇大旱，于是搭祭坛祈雨，两个时辰后，大雨倾盆。这条祈雨的沟也被称为"天意沟"。嘉庆淋雨后，大病两日，病情缓解后入木兰围场。忽闻太上皇病重，大队人马飞奔回京。嘉庆四年，乾隆病逝，葬在裕陵。嘉庆回京后，立即审理和珅贪污一案，和珅被赐死，并未株连九族。布尼阿德和阎翠花出门溜达，遇上黑熊，阎翠花当场被咬断脖子，布尼阿德也半边脸受了重伤，两个月后感染化脓离世了。年迈的布尼仁坤承受不了巨大的打击，一病不起，死前将家业交给三儿媳童玉英和管家那洪瑞。李纪恩得知消息后，飞马奔丧。路过木兰围场，李纪恩一行人射杀了黑熊，供奉在灵前。李纪恩和静蓉公主在布尼仁坤烧完头七后回到京师。李秀珍给孙子讲满洲人不用嘴吹灯的原因，因为灯火被尊称为"灯倌菩萨"。传说一户佟姓人家的儿子娶媳妇，婚礼前，儿子突然病死。佟老汉梦到地府的灯倌将儿子送回阳间，于是他对儿子的死讯秘而不宣，婚礼照常。新婚之夜，儿子果然还阳。于是全家对灯倌感激不尽，满族人家为表示对灯倌的尊重，再不用嘴吹灯了。嘉庆去遵化县的东陵拜谒裕陵，张老太拦路状告布尼林丹用弹弓射死了她的老头，童玉英赶来说出了事情原委。原来，布尼林丹用弹弓打到关老汉的左眼，几日后，关老汉突然胸口疼就死亡了。布尼林丹出去玩之后失踪了，老关家和布尼家以五千两银子私了和解，而张老太还是报官了。关家的儿子关松林把布尼林丹藏起来，活活钉在关老汉的棺材里，直到关老汉出殡时，打雷劈裂了棺材，才看见布尼林丹的尸体。关松林害怕官府找上门，畏罪自尽。嘉庆了解真相后，判张老太杖刑五十。李纪恩送童玉英回到"将军屯",将布尼林丹葬在"孩子坟"。

嘉庆十七年,嘉庆率领大队人马赴木兰围场狩猎,传旨在伊逊河畔修建一座行宫。围猎中,蒙古科尔沁的郡王齐默特多尔济之孙、承袭父爵的年轻郡王索特纳木多布济一表人才,勇敢和豹子搏斗,受到庄敬公主的青睐。嘉庆跟庄敬公主讲述了历代与蒙古和亲公主的经历,庄敬公主顾全大局,同意与蒙古联姻,下嫁给索特纳木多布济。嘉庆率大队人马到永安湃色钦围猎点,突然出现一位老太婆,讲述儿女的不幸事。老太婆有一儿一女,女儿是捡来的,两个孩子青梅竹马,老太婆死后,两个孩子准备成亲。阿勤为了赚钱和阿妹成亲,带着阿妹的刺绣去京城卖,偶然碰上准备去颐和园玩的皇太后。皇太后让阿勤将阿妹接到宫中刺绣,阿勤不同意,皇太后身边的武士一脚将阿勤踢死了。皇太后听说阿妹貌美,就下旨将阿妹接到宫中。阿妹要求将阿勤的尸体运回家,并举行了葬礼,之后阿妹从百丈悬崖上跳下殉情。据说,阿勤和阿妹化成一对白天鹅,永远在一起。人们就将阿妹和阿勤住过的村庄起名为"阿妹村",阿妹跳涧的山称为"阿妹山"。嘉庆下旨将塞北佛请到新建的行宫。嘉庆返京的路上,听说满、蒙、汉三方为争夺庙会的举办地,发生冲突,于是到红松洼调解。最后将六月十三这天定为庙会之日,各族民众共同举办参加庙会。嘉庆一行抵达避暑山庄时,李纪恩听闻李秀珍病重,策马疾驰回京。李秀珍病逝,遗愿是葬在伊香公主坟附近。李纪恩和静蓉公主护送李秀珍的灵车回"将军屯",葬在布尼伊香墓地的下方。那洪瑞和童玉英领养了一个女孩那金花,起初待若珍宝,生了自己的孩子那连福后,便虐待那金花。李纪恩的儿子李宝喜欢上这个勤劳善良的姑娘,静蓉公主收那金花为干女儿并带到京城。木兰围场的禽兽稀少、滥砍滥伐的情况很严重。嘉庆率众去"热水汤"温泉洗浴,货郎讲"热水汤"的来历。顺治帝时在巴尔汉围猎点射猎结束时,遇到一位化身樵夫的神仙,指点他连跺三下脚就可以有热水,于是众臣和将士都通过洗热水澡驱了风寒。嘉庆同李纪恩和侍卫金杰微服私访,惩治了盗伐木兰围场林木、偷猎禽兽的店主,以及他的妻弟承德副都统那葱郁。嘉庆率队路过"青色岭",遇到已经被处决并掩埋的姜五,姜五家境贫寒,老母患病在身,全靠孝子姜五进围割草卖钱用以度日。嘉庆帝处罚胡卫兵出钱赡养姜五老母。路过"似汰梁"山，嘉庆听金杰讲"似汰梁上不孤鸟"的传说。相传木兰围场的护围兵舒赫钦的未婚妻富桂芳思念成疾，郎中于仁林想爬上似汰梁半山腰采摘两棵大人参，遇上护围兵舒赫钦，舒赫钦提出分得一棵人参。在舒赫钦的帮助下郎中采到一棵人参，采第二棵人参时，蹿出一条巨蛇，缠住他的脖子，站在崖上拉绳子的舒赫钦见郎中没有回应，一念之差放开了绳子，带着一棵人参回去救未婚妻，而郎中就活活摔死在深谷中。桂芳知晓真相后，气绝身亡，化成一只"不孤鸟"，寻找恩人于仁林的尸体。郎中化身成"啄木鸟"给树治病，从此两只鸟相亲相爱，受到百鸟的尊敬。

嘉庆二十五年，嘉庆在避暑山庄突然去世，一个小太监拿出嘉庆遗诏，传位于智亲王绵宁。道光帝在位期间，实施一系列措施保护木兰围场，但他从未赴木兰围场秋狝。道光三十年，道光帝病逝，传位于咸丰帝奕詝。咸丰皇帝不学无术，清政府被迫签订丧权辱国的《瑷珲条约》《天津条约》《北京条约》，民心尽失。咸丰十一年，咸丰帝病重，皇长子载淳登基。其生母叶赫那拉氏即慈禧皇太后连同恭亲王奕䜣除去了八位辅政大臣，自己垂帘听政，骄奢淫逸。在慈禧的授意下，同治帝宣布木兰秋狝礼废。同治在位13年，亲政2年后患天花病逝。同治无子嗣，慈禧以醇亲王奕譞之子载湉继位为光绪帝。慈禧身边的太监李莲英陷害伺候光绪帝的太监美英，美英伙同小太监骗李莲英花神显灵，惩罚他自己掌嘴60多下，花神娘娘惩罚李莲英的故事流传下来。光绪帝下令开垦木兰围场，直隶总督袁世凯命道台何昭然任木兰围场的屯垦总办。荒地编订号数，每540亩为一号，依序排列，按上、中、下开放，逃荒百姓开始以号名为村庄，垦荒耕种、安家落户。李宝和那金花生下儿子李济昌，李济昌之子李国轩花钱买官做了围场县的知县。正值国家推行新政，需要大量的纹银，李国轩采取按工商户铺大小和耕地面积多少来摊派捐税，乡绅区董们迫使农户交捐税，很多农户家破人亡。有一户农家，老婆婆想让三个儿媳多缴捐税，于是依次派儿媳去守村南的谷子地，三个儿媳分别得到了好心人送的东西，然后回家了，婆婆也想占点便宜，于是她亲自去谷地，结果遇到锅锅的夫妇，把她屁股铜上了。"将军屯"的那连福生子那文海，与李济昌年龄相仿，不认识李国轩。郎中邹玉吉、身材魁梧的潘振奎和那文海组织村民到县衙找李知县讲理。李知县准备武力镇压乡民，乡民的八个代表谈判不妥，李国轩命绿营兵统领李管带向乡民开枪，李管带命令向空中开枪，不伤百姓。光绪帝将李国轩调离围场县，李国轩赴任之前走访了那文海，真相大白。那文海把爷爷那洪瑞生前常讲的《木兰围场传奇》讲给李国轩。

20.《萨大人传》

《萨大人传》，是由富育光讲述，于敏记录整理，2007 年 12 月由吉林人民出版社出版。

满族说部是满族及其先民传承古老的民间长篇说唱形式，满语称"乌勒本"，在民间口耳相传，代代传承。《萨大人传》便是融入"乌勒本"文化宝匣中的优秀的满族说部之一。萨大人，即萨布素，富察氏，清康熙朝著名抗俄将领，立下了丰功伟绩。《萨大人传》从萨布素这一有名望的家族讲起，自小受到良好的家庭环境熏陶，英勇抗击沙俄，一生为国家大业奔波，直至常年劳累成疾病逝于齐齐哈尔，得到历代人的怀念。康熙二十二年，沙俄对中国的警告置若罔闻。除继续盘踞尼布楚、雅克萨及精奇里江、额尔古纳河流域之外，又向黑龙江下游进犯，一场反侵略的战争势不可免。正是在这样的形势下，康熙帝下令命萨布素以副都统衔率领富察氏儿男及八旗兵，北上黑龙江抵御罗刹。将士们一路披荆斩棘、伐柯铺路，赢得全胜。本想胜利后重返故里，可圣旨又下，要他们永驻瑷珲城，从此，富察氏的一部分儿男世代留在了北疆。说起富察氏，这是一个古老的姓氏，上可以追溯到金代，这一支自雍正年就建立了传世谱书的总谱。萨布素的远祖在谱书上可以追溯到第二代，即第一代远祖尔德依的儿子充顺巴奔，传说充顺巴奔勇猛过人、臂力非凡，常在深山中徒手同野兽搏斗，还是一个勇敢善射的猎手。他深得族人的敬仰，并推举其为部落的酋长，从此，这一差事在充顺巴奔的家族中从未中断过，世世为城主。直到充顺巴奔的孙子哈木都，由于政治形势的变化，便率部追随了努尔哈赤，并深得努尔哈赤的宠爱。哈木都有五个儿子，人称"五虎上将"，个个敢打敢拼、英勇善战，协同父亲立下赫赫战功。小儿子哈勒苏深得父亲的宠爱，按族谱排列，哈勒苏是萨布素的爷爷。他在十二三岁的时候常常偷偷随着父亲去打仗，小小年纪就名声大震，后正式追随汗王努尔哈赤，从甲马到骁骑校，他是凭借自己的努力一步一步升上去的。哈勒苏一生有五个儿子，都非常出色，个个都是汗王的重要将领。转眼间儿子都逐个成家立业，唯独小儿子虽哈纳没有成家，虽哈纳后娶杨古利大将军的侄女舒穆禄格格为妻，舒穆禄格格随虽哈纳征战，夫妻二人屡立战功，威望很高。天命十一年，老汗王努尔哈赤驾崩，皇太极继承皇位。他始终牢记父汗的遗训，立志要把后金的旗帜打出去、把罗刹抢占的土地夺回来，而哈勒苏辅助皇太极完成了伟业。后金天聪三年的春末，哈勒苏和爱子虽哈纳在一篇鼓乐声中奔向宁古塔。戴珠瑚大人是天聪元年到宁古塔任职并管理宁古塔的，其为人耿直，皇太极习惯让自己的部下定期回京垂询，可戴珠瑚每次对垂问的回禀，都会让皇太极紧锁眉头。久而久之戴珠瑚也明白了汗王的心思，于是主动上京向皇太极说明宁古塔的重要性和现在战争形势的严峻性，并请求汗王调令哈勒苏一家来管理宁古塔。这些话点化了皇太极，使其茅塞顿开，在这种情况下，哈勒苏一家便搬到了宁古塔。哈勒苏一家奉命前往宁古塔的路途中得知虽哈纳的夫人舒穆禄格格身怀六甲，他们来到宁古塔后，深受部落头领波辰妈妈及其族人的热情招待，习惯了宁古塔的生活便盖房置业，与大家和谐的相处。

后金建立初期的某年春天，真是喜事频传，不仅宁古塔的形势发生了可喜的变化，统治的疆域范围越来越广，社会治安大有好转。哈勒苏得到了皇太极的赏识，赐锦袍并终生享有三品官的俸禄和待遇。五月端午刚过，又传来喜讯说舒穆禄格格要临盆了。天聪四年，庚午年，女真的天马年，大明崇祯三年五月端阳之后的第三天清晨，在白鹭的啼叫声中，从富察氏的大院中传来清脆的婴儿的哭啼声，声音是那样的洪亮有劲儿。众人听到哭声，个个激动不已，由女穆昆达波辰妈妈接生，降生在一片喜悦中的孩子便是我们所说是萨大人——萨布素。萨布素少年时期，适逢大清开国之后，人心向上，做父母的没有不希望自己的子女能干一番光宗耀祖的事业，因此萨布素从小接受了严格的家教，对其身心影响最大的是额宽舒穆禄、严父虽哈纳、爷爷哈勒苏、恩师周子正四位。萨布素在习武射骑上过了几道关坎儿：第一道是身魄关，即童子功；第二关是魄关、气魄，简单点就是小孩儿的心情；第三关是弓关；第四关是马关。当然训练过程是艰苦的，但是毕竟有付出就会有收获，长大后的萨布素骁勇善战、战功赫赫。宁古塔的社会风气和自然环境陶冶了萨布素。萨布素六岁多点就随爷爷到过乌苏里江以东的东海窝集一带和黑龙江以北的一些地方，这样的年纪出猎那么远是很少见的。因此也使萨布素引以为豪，每每回忆自己难忘而甜蜜的童年生活，萨布素总会为由这样一位头鹰率领而感到骄傲，特别是哈勒苏所做的几件事，对于萨布素人格的形成至关重要，影响其一生。其恩师周子正对萨布素的影响也是不容小觑的。周子正是汉人，与哈勒苏的关系非同一般，二人兄弟相称，哈勒苏曾让周子正帮萨布素占卜，是"兵戈壮婴啼，抚民步青云，不惑天阙宠，古稀嗟何怜"。纵观萨布素的一生，所经历的也确实与此卦相符合。在任萨布素教师的时间，周子正倾囊奉献，将自己的所学授予萨布素。崇德八年六月下旬，周子正被大将军吴巴海巴图鲁征召走了。崇德六年，吴巴海随从多尔衮围征锦州，凡是经吴巴海治理过的地方，百姓无不拥戴他。于是，在大军南进山海关时，便将这位老将留在了锦州。萨布素屡蒙恩宠，步步荣升，在抗俄风火中锤炼成中流砥柱、一代英杰，一只雄鹰正在飞翔，希望大展宏图。

　　萨布素从雅库茨克探来情报，罗刹又卷土重来，而且变本加厉，他们一刻都未放松过侵占大清土地的野心。不久时间，哈巴罗夫便率领侵略军流窜到了黑龙江沿岸，逼进了达翰尔头人阿尔巴西的驻地雅克萨。城里的清军和达翰尔人不甘示弱，与敌人浴血奋战，但终因抵不过敌人的武器，伤亡很大。殷红的鲜血染红了养育他们的土地，勇士们为保卫家园誓死不屈。顺治八年，哈巴罗夫一伙乘船进入松花江以西的满洲人居住地，并凭借炮火强行侵占土地。萨布素一行人听说罗刹的暴行，悲愤不已，个个摩拳擦掌。恰巧接到圣旨，海色要亲率大军讨伐，以希福、萨布素为先锋，日夜兼程，出其不意地来到了乌扎拉村，勇士们仿佛天降一般，震动北疆大地，让罗刹手足无措。正值胜利之际，海色过分轻敌，高傲自负。俄军立即转换策略，调转大炮，向清军发出猛烈的攻击，乘势冲出城外向清军疯狂反扑。由胜利的进攻转为失败的溃退。沙尔虎达领圣令侦察海色，对其领兵打仗失败的问题上认真核对，启禀皇上，后海色被判处死刑。海色被处斩后，沙尔虎达将其安葬在宁古塔，并率领士兵前去祭奠。沙尔虎达的一位爱将海色被处斩，另一位爱将喀尔喀则奉命回京。老将军身边无人，萨布素、瓦礼枯、沙尔虎达之子巴海变成了自己的左膀右臂，被委以重任。在沙尔虎达的主持下，萨布素与卡克屯即舒穆禄格格的婚礼得以办成，而且沙尔虎将其收为义子。萨布素与巴海共同进行了传统的射物（白天鹅）习俗，结拜为兄弟，二人拧成一股绳，共同抗击罗刹。就在这年九月，京师色刻于吉林传来情报，说罗刹匪徒哈巴罗夫被召回莫斯科，并得到沙皇的褒奖，而且将大清国的伯力，以他的名字命名为"哈巴罗夫斯克"。其后，斯捷潘诺夫又带领哥萨克五百人，穷凶恶极地侵犯黑龙江流域。此时，京城来信说让萨布素率人乔装潜入匪帮，窃取情报。萨布素、巴海和瓦礼枯三人同行，到达目的地乔装成渔夫钓鱼，被罗刹看见，前来盘问。由于萨布素会说俄罗斯语，因此同罗刹越聊越亲热，罗刹便把他们当作朋友，请他们到岛上做客，三人当然愿意去，正中下怀。这次任务的出色完成，使得巴海更加欣赏萨布素，二人的友谊更近了一步。顺治十年，癸巳，女真天蛇年暮春，宁古塔正式建立都统衙门，沙尔虎达任都统。萨布素巧劝都统允许同巴海、瓦礼枯共同北上，抗击罗刹，救回受难兄弟，并赶走罗刹，重建家园。俗话说"人合心，马合套，投缘人爱听投缘人给出的道儿"，沙尔虎达答应了萨布素的请求。于是，从顺治十年初秋一直到顺治十一年，萨布素三人率兵分五次陆续内迁到宁古塔及嫩江中下游两岸，并帮助他们安家落户，这一系列行为更加坚定了抗击罗刹的信心。一切办妥后，便对罗刹进行攻击，斯捷潘诺夫被清军突袭后，伤亡很大，拼命向呼玛尔河口逃窜。罗刹为了保全狗命，在城内修筑城堡，自认为固若金汤，却被清军打得落花流水，无地可容。清军抗击罗刹完胜，得到了皇帝的褒奖。康熙十五年，萨布素请缨北上，迁来北地的诸部落安置于宁古塔。萨布素连续转战于黑龙江、松花江、乌苏里江诸地，以山野为家，风餐露宿，立下了汗马功劳。得蒙朝廷恩赏，被晋升为三品参领衔。康熙十五年夏末秋初，萨布素受恩召入京，当时被皇帝召见的萨布素已经四十六岁了，在这个不惑之年，受到皇帝的恩宠，从此走上了辉煌时期，正如周子正所占卦爻中所言的那样"不惑天阙宠"。虽然受到三品官衔，但萨布素过惯了军旅生活，常常带领士兵出去打猎，与各色人打交道，善于察言观色。同时也善帮助穷困百姓，受到了百姓的爱戴。康熙帝是一位明君，有勇有谋，曾两次东巡，皆有萨布素、巴海一行人陪同他关心士民疾苦、革除官员恶习、调整关系、巩固北方、打消罗刹的气焰。为了防止罗刹的进攻、侵占大清国土，康熙帝提出永戍北疆这一策略。持有两种态度的人便形成了尖锐的对立，最有代表性的是巴海与萨布素的观点根本对立。萨布素对这一战略从内心拥戴，也是其内心盼望已久的事情。而巴海为人稳健，处处循规蹈矩，自认为是宁古塔将军，就以为别人都得围着他转，即使对皇上的圣旨，也不许有与他不同的态度。因此巴海对萨布素产生了不满，二人的友谊产生了裂痕。自从巴海知道皇帝十分信任萨布素，无论做什么都会挂上萨布素的名字，恨不得萨布素能搞出什么大乱子。直到后来巴海还向皇帝上疏折，劝解永戍之策的不妥之处，导致龙颜大怒，革除巴海宁古塔将军的职位，这一决策由萨布素、瓦礼枯等人作为主要力量来实施。萨布素率部移居瑷珲城，伐木建城、修建驿站，虽说此计得到大家的拥护，但是将八旗兵将及其家眷都迁徙到瑷珲却不是件小事儿。俗话说故土难离，有的劝而不听，甚至四处逃匿，有时不得已强行为之。萨布素等人费尽心思说服大家北迁，真可谓绞尽脑汁，不过最终得到了大家的认同，于是北迁之事办的极为火热。康熙二十二年初夏，在萨布素的带领下，宁古塔与乌拉连兵勇带家眷，于依兰哈拉按期会合。但此时，国势并未安定，罗刹并不会善罢甘休，不断地入侵我国国土。萨布素与瓦礼枯受命戍守瑷珲，不断地变换招法，偷袭罗刹。萨布素他们意气风发，全力以赴地歼缴罗刹，喜讯不时传入京城，康熙龙颜大悦，晋升萨布素为副都统。萨布素自任黑龙江大将军以来，夙夜匪懈、废寝忘食地奔忙于瑷珲、额苏里以及北疆北部族之间。按照圣旨，加固城池、巩固基地、疏浚交通、分兵屯田，到处布下擒捉匪徒罗刹的天罗地网。智探雅克萨城堡的虚实、龙江斗顽敌、设计扫荡黑龙江中下游罗刹据点，不无完胜。萨布素率领大军兵临雅克萨城，打败罗刹，收复失地，赶跑了强盗。萨布素不但身先士卒，而且主持公理正义、扶助弱小，这在北方已成为美谈。在治军方面，萨布素军纪严明，军中无犯忌扰民之事，他爱民如子，执法公道，发现受贿偷窃，不仅重罚而且驱出府门，永不录用。因此，人人爱戴萨布素，称其为"草原的萨达人"。

康熙一向喜欢萨布素，认为他是一个一心为民、精心致力于北疆建设、踏实苦干的将军。在征讨噶尔丹叛乱时，皇上御驾亲征，对萨布素委以重任，萨布素成功镇守了科图，越发为皇帝所钟爱，萨布素的一生都献给了江山社稷的大业。康熙四十年夏末，萨布素已是七旬老人，这一年对于瘦骨嶙峋的他来说真是雪上加霜，是一生中最悲痛的日子。与他朝夕相伴的结发妻子卡克屯即舒穆禄格格突然重病，而且由于水患灾害，百姓吃住艰难，萨布素忙得焦头烂额。不久，卡克屯即舒穆禄格格去世，这给萨布素内心造成了极大的打击，常年抑郁成疾、身心憔悴。康熙四十八年初，康熙复立允礽为皇太子。康熙次子允礽复立太子后，傲慢无礼、猖狂至极。萨布素看不惯太子党徒的冷眼，因此处处被刁难，直至萨布素被贬职。但是贬职后的他仍关心百姓生计，在大雨滂沱的夜晚，拖着病重的身体，修堵堤坝，直至第二天洪水被征服。由于一夜的辛苦，萨布素口吐鲜血倒地，自此病势愈加的沉重，于康熙四十八年初夏，病逝于齐齐哈尔。他一生清贫，家无资财，匣无积银，仅有破衣破被。康熙四十八年年底，康熙帝为追念萨布素之功，复颁赐御物，以扬其忠。萨布素与军民一起镇守黑龙江，与北疆各族人民不离不弃，将永远活在人民的心中。他的丰功伟绩，将会彪炳青史。

21.《萨布素将军传》

《萨布素将军传》，是由傅英仁讲述，程迅、王宏刚记录整理，2007年12月由吉林人民出版社出版。

老汗王努尔哈赤以十三副铠甲在长白山起兵，以少胜多，巧败叶赫锡伯等九部联军，统一了女真。经过几十年东征西讨、南战北抚，中华天朝才归大清一统。国内尚未安定，沙俄哥萨克匪徒却趁机而入，试图想吞没我国疆土，奴役我国边民，无恶不作，百姓们叫他们为罗刹。罗刹的恶劣行为引起了大清朝臣民的强烈愤慨，为保我疆土，顺治帝、康熙帝屡派八旗尽力征剿。经过几十年的奋战，才得以收复国土。在众多的抗俄的英雄中，黑龙江将军萨布素为世人所称颂，被赐予"第一将军"的称号。从贫苦的满族放牛娃到浴血奋战、英勇抗俄的一代名将，萨布素将军创造了许多人生中的辉煌，使得他的人生也充满着传奇的色彩。

该书从萨布素将军南马场驯牛写起，萨布素与瓦礼枯在追赶一只梅花鹿的途中遇见了宁古塔老章京沙尔虎达，通过一番谈话老章京对萨布素和瓦礼枯这两个小孩甚是喜爱，二人接受了南马场放牛的任务，在驯牛的过程中萨布素显示了过人的智慧。再到护病得兵书，萨布素和瓦礼枯接受验甲顺利通关，并与老章京的儿子巴海结为兄弟，共同学习。直到十八岁时，萨布素受命随叔父赶马市，在此过程中将重病卧床的李老汉照顾得井井有条，直至痊愈，得到了李老汉的兵书两本，并随同其学习。习得兵书智慧，便准备回宁古塔，在途中却断案结良缘，帮阿勒楚克协领找回了宝刀，并与其姑娘苏木拉定了亲。转眼便到了与苏木拉格格成婚的喜日子，家乡的老少们沉浸在一片欢愉的氛围中。正当人们举杯畅饮之时，巴尔图告急，称与妻子成婚之日，一群罗刹来到村里，将父老乡亲全部杀害，自己捡得一命向萨布素等人求助报仇。萨布素请命出征讨伐罗刹，可朝鲜使节前来借粮，萨布素又陷入百般的烦恼之中。苏木夫人为帮助丈夫解决难题，便去尝试吃以为有毒的倒鳞鱼，用实际行动证明了倒鳞鱼是可以食用的，从而既解决了丈夫的难题，又帮父老谋得了一道佳肴。萨布素才得以安心征讨罗刹。通过激战松花江、计救赫哲人、水淹尚坚乌黑，显示了清军对战罗刹时的英勇和萨布素用兵作战方面聪颖的智慧。在尚坚乌黑一战结束后，清军凯旋回到了宁古塔。稍歇几日，老章京便贴出告示要通过比武来定佐领。苏木夫人担心丈夫不能夺魁，为了万无一失，便介绍自己的老师给萨布素，通过层层考验，萨布素习得了一身好的箭法。在比武当天表现出众，夺得佐领一职，气势高涨，于长白山秋围打猎满载而归。在萨布素的带领下，义服刘黑塔、巧得人参宝、盛京招贤士，为宁古塔部队增加了新的活力。在萨布素英明的领军之下，清军们血染五童岭、巧破赫拉苏密城，并破除了丈夫死后其妻妾陪葬的成规恶习。为了亲善邻边，共同抗击罗刹，萨布素以其聪慧的头脑、真诚的内心，解决东海纷争、招抚木沦河、平定乌苏里，并独自去闯王钦部，招抚了此部落。朝廷有命让巴海去吉林任职，而掌管宁古塔的重任则落在了萨布素一人的身上，萨布素勇敢地挑起大梁，尽职尽责。他不仅秉公分田地，巧治乌拉太，博得大家的信任，而且又严惩恶庄头刘秃儿，将其斩首示众，宁古塔人们的情绪再次高涨。

在面对自己子女的教育方面，萨布素也不会包庇亲善。萨布素的长子常德自小顽皮，常戏弄老师吴光骞，萨布素为惩罚其子，以柳条鞭打直至后背血红，得到族人的称道。此外，萨布素还智破了无头杀人案件，惩罚了奸夫淫妇，在道德底线上为宁古塔人民做了一个很好的榜样。在领命征讨罗刹之前，萨布素在与几个骁勇的将士们去吉林密探敌情的过程中，也收获了许多。如在老爷岭遇到土匪劫财，却不料是萨布素曾救过的汉族流人李昆和魏海，人称"滚地雷"和"黑铁牛"，二人一看是曾经的救命恩人便百般招待，将事情的来龙去脉讲清后，带领众兄弟跟随了萨布素将军，决心共同打罗刹。在镜泊湖南面的苏运河南山，又遇到了英勇的三兄弟，一个是梅赫勒氏，叫松阿里，另外两个是瓜尔佳氏，一个叫都龙阿，另一个叫乌砮唐河，此三人也为后来征讨罗刹起到了很大的作用。萨布素收得勇士回到宁古塔，将一路的经历告诉乡亲，大家听到罗刹的暴行，个个摩拳擦掌。各家各户将儿子、丈夫送到军队，希望能随从萨布素征讨罗刹，早日收复家园。但是，在收兵的原则上，同样也能显现出萨布素爱民亲民的高尚品德。他要求凡是够年龄的，家里有两个儿子的，一个可以参军，独生子绝不许参军，哥三个的，愿意去两个也可以。军令如山，命令一下，佐领们都依照军令行事。眼看征讨罗刹的时日快到了，萨布素分配任务去练兵。在掌管军队方面，萨布素并不会包庇亲人，而是大义灭亲。在练兵中，正蓝旗的一个佐领练兵并不用心，明显落后于其他旗兵。原因是他认为与萨布素从小往来，而且也沾亲带故，不会对他怎么样，却不料，萨布素听说这件事情后严惩了这位佐领，按军法处置。从此之后军纪大振，训练一天比一天进步。转眼过了八月节，萨布素领一些人又去探了敌营，乔装成来投奔罗刹的人，萨布素则假装成哑巴混进了敌营探内情。在这过程中，敌人认出了萨布素，被一个达呼尔人舍命相救，才得以虎口脱险。在回宁古塔的途中又收罗了好几十名女兵和瑷珲及其他地方的勇士，以期共同征讨罗刹。

又过了两三个月，四月时京城来了旨意，命萨布素五月末六月初出兵，同时根据彭春和郎坦的回奏，三千兵足以够用。接到圣旨，萨布素立刻整顿队伍，大家精神百倍。萨布素任主帅，瓦礼枯任副帅，决定六月初十到吉林会师。萨布素分配兵力，四武举专管火炮营和火枪营，因为四武举是汉人，因犯罪流放到了宁古塔服役，刑满回家，但是萨布素爱惜贤士，重用此人。怎料部下却不服从四武举，萨布素传令必须听从四武举的口令，大家嘴上不说内心却甚是不服气，四武举却以其行动博得了大家的佩服与尊敬，火炮营再次得到了团结。此外，吉林军队与萨布素军队会师后，并不听从萨布素指挥，萨布素杀一儆百，将吉林副都统斩首，这才得到了吉林士兵的敬畏。萨布素带领众兵前行，船队在松花江口安营休息，萨布素在此结识了跟随老汗王征讨罗刹的老将军巴尔玛发，并受到了老人的鼓励，得到了老人的兵犬，大大增强了攻打罗刹的信心。军队继续前行，离瑷珲城也就两三天的路程了，眼看进攻瑷珲城的时日快来临，众官兵都摩拳擦掌，积极准备。下属贝勒尔前去探敌情，并想出了攻打敌营的好方法。正要进军前日，有个姓周的前来报信，说去世的老巴苏之子小巴苏已在敌营做好了与萨布素一行人里应外合的准备，虽说是个好消息，萨布素却产生了质疑，为了万无一失，他悄悄地告诉众官兵晚两日出兵。出兵当日证实了报信人的消息是真的，攻打瑷珲城获得了旗开得胜。罗刹毫无防范，死的死、逃的逃。这样清军就攻下了瑷珲，而且萨布素又有了一名勇士小巴苏。萨布素率军齐集瑷珲之后，四路兵马一来，就开展大练兵的运动。练完兵已到了晚秋时节，军队里开始流行瘟疫。正当一筹莫展之时，萨布素等人曾救治的鹿群衔着一种治病的草前来搭救，因此全军才得救。在屯兵准备作战期间，萨布素还在乌扎拉村与久未谋面的儿子昌顺相认。昌顺不愧是老将军的儿子，也如同他父亲萨布素般英勇善战。当时，人们传说萨布素是黑虎星下凡，受了天命来拯救人间、寻求和平，可不料，这受了天命的黑虎星也有被乌云遮住的时候。在准备攻打雅克萨期间，巴海听从总管的谗言，将萨布素诬告到皇帝面前，以致萨布素被冤枉而革去了主帅一职。革职后的萨布素有了短暂的不平，但经过巴尔玛发老人的点拨后，内心豁然开朗，回到军营中继续为攻打罗刹出力。在此期间，他率兵夺下了西林城、三打鄂尔图、夺城堡擒得敌首。萨布素在对待难民和老弱病残的士兵上，他也用诚挚的情感和真实的行动感动了他们，清军获得了全胜并且更加受到了人民的拥护。此后通过彭春和郎坦的帮助和求证下，萨布素才得以官复原职，这时军心又一次高涨。战争中最冰冷的枪火使得萨布素痛失了爱子昌顺和儿媳妇奥兰特，但亲人的生离死别并没有动摇萨布素抗击沙俄的决心，反而愈加镇静，更加坚定要将这群洋鬼子打出大清国土，这之后萨布素又领兵智捣魔窟，把盘踞在大清国土上多年的一个魔窟给彻底消灭了。将罗刹从瑷珲自西七百多里的土地上彻底地肃清了，大片的国土收复了，各族人民欢天喜地。最后剩下了攻打雅克萨的一大重任，中国向来以礼仪之邦称道于世界，凡是能和平解决的问题绝不会大动干戈。萨布素接到圣旨，先礼后兵，他同罗刹头目托尔金谈判。但谈判的结果并不理想，不知趣的罗刹们并不愿意和平共事，于是一场浩浩荡荡的攻击罗刹的战争就这样开始了。雅克萨外围战的胜利，振奋了清兵的士气，而让敌人更加惊慌失措。通过多方的商议，选取了最好的计策，兵围雅克萨完胜，收复了雅克萨，将俄军赶出了大清国土。萨布素带领众兵凯旋班师回朝，受到封赏。平息国难之后，萨布素安置边民，为其分衣、分粮，又分地，并帮他们筑建房屋。一切都秉公执法，平均分配，对待各族人民一视同仁，满汉人民和谐相处。萨布素又竭力制止散布谣言蛊惑民心的人，对待这类人严惩不贷。并且在卜魁设立官学，办官学开科取士，要求大家满汉兼通，因此这带出现了一批满汉兼通的人才，为国家的建设贡献不少的力量。

虽说国内没有罗刹的入侵，但国内并未十分安定。萨布素在解决争端上总是以德服人，在奉旨出征噶拉山，打破勒勒阵和用土方巧破毒气阵时，都显出了他宽宏大量的优秀品质，以至这些人心服口服，避免了不必要的伤亡，人们安居乐业。朝廷在卜魁修了一个大仓库，存储军粮，以备战争之需。岂料卜魁一年大旱颗粒无收，萨布素冒着生命危险发放军粮给人民。皇帝念其对大清国统一有功，也为了抚平人心，赦免了萨布素杀头之罪，将其革职为平民。革职后的萨布素与平民一样开荒种地，苏木夫人伴随左右、劈柴做饭，一家人其乐融融。卜魁八旗军民感念老将军，在匾上写下满文字"如我父母"送给老将军，这足以可见萨布素在人们心中的位置。卜魁发大水，萨布素与苏木夫人三天三夜未下堤，直到洪水退去，回到家的萨布素便一病不起，这一年他已经七十三岁了。就在第二年的春天，老将军把家人叫到跟前，留下了遗嘱，共列六条，而首条便是"子孙立忠立孝，永保大清"，足见萨布素老将军对大清国的忠心。就在当晚，即康熙四十一年，老将军萨布素与世长辞，而他传奇的人生却成了满族以至全国人民心中不朽的佳话。

22.《萨布素外传》

《萨布素外传》，是由关墨卿讲述，于敏整理，2007 年 12 月由吉林人民出版社出版。

一天，康熙帝收到萨布素的奏章，说到东北地区正遭受沙俄罗刹的袭扰，百姓伤亡惨重，希望调动朝廷兵力前去搭救。为了挽救处在危难中的边陲之地，康熙便先向同为宁古塔人的静妃打探有关萨布素的情况。静妃从命，便开始详细地介绍有关萨布素的经历：其父母人称"傅老好"，相亲相爱，同甘共苦，只是结婚四年，未得一子。夫妇俩无意间帮助了一位老要饭花子，对其贴心照顾，最后老者的病情好转，老者很感动，便把事先看好的风水宝地赠予傅老好夫妇。由于这块风水宝地使傅老好夫妇得到了一个儿子，起名黑子。老要饭的也因此双目失明。在黑子满三朝的那天，大江涨水出槽了。

幸好傅老好的家没有被大水冲倒，孩子安然无恙。黑子渐渐长大，他与瞎爷爷的关系特别的好。八岁的黑子起了大号为萨布素，无微不至地照顾着瞎爷爷，两人相处得十分融洽。瞎爷爷常常教黑子识字、教把式、讲故事给黑子听，黑子也学得快，同时也念完了许多书。冬季的时候，瞎爷爷建议已满十五岁的萨布素随着傅老好进山打猎，或许会有奇缘相遇。在不舍爷爷的情况之下，萨布素与父亲一同进山打猎，并学会了滑雪的本领和打猎的窍门。临近过年之际，在一次打猎中，萨布素在悬崖边偶然发现了一个被大黑熊袭击的五十岁的壮士，并将其救起，与父亲一同将昏迷不醒的壮士救回地窨子。在萨布素与父亲的精心照料之下，壮士恢复了体力。年前，萨布素与壮士二人聊天，二人很是投缘，壮士希望萨布素拜他为师，萨布素很是高兴。瞎爷爷也希望傅老好能够让萨布素拜壮士为师，当傅老好再次提出希望他收萨布素做徒弟时，壮士要求他们答应三个条件，他才肯收萨布素为徒，回到家里后，萨布素一家都在为此事而犹豫，不过为了孩子的前途着想，大家都决定答应那三个条件。初六时，萨布素与父亲一同去马市买马。萨布素相中了一匹烈性大黑马，在走进马跟前时，萨布素不小心被马踢倒了。

萨布素在集市成功降服了那匹烈马，瞎爷爷说这是宝马，萨布素精心照料，之后便骑着这匹马去拜见师父，师傅也说这是好马。元宵节过后，萨布素便拜壮士为师。在原本就有功底的情况下，又苦练了三个月，壮士精心地教他每招每式。三年过去了，十八岁的萨布素练得十分精壮。壮士在诀别之际，告诉了萨布素他的真实身份，他叫郝摇旗，是李自成的手下，后来又跟随李锦抗清，后因战败而被迫逃走。

壮士走后，萨布素便入伍，开始了戎马生涯。后晋升为骁骑校。在宁古塔乌达哈协领衙门外，玛伊姆向萨布素请求援助。为了替曾帮过自己的拉夫凯酋长报仇，萨布素最后在征得将军的同意之下，带领两哨精兵去帮助处在危难中的达斡尔拉夫凯寨子，征讨罗刹。经过使用计谋和顽强作战，取得了最终的胜利，罗刹暂时不敢犯境。又因玛伊姆已过四十岁不能再嫁，萨布素便把自己的儿子小常顺给了她。萨布素重修塞普奇，帮助难民们安了家，因此事萨布素被提升为镶黄旗佐领。元宵节设庆功宴，不料又发生了令人震惊之事。

静妃和萨布素的家人是世交，所以她了解萨布素的事迹。静妃同时也请求皇上不要杀存活在世的郝摇旗和军师，并得到了皇上的同意。康熙同时极力想体察民情做贤君。静妃继续讲起故事，那件震惊之事原来是罗刹鬼又来血洗拉夫凯城。萨布素便率兵出发征讨他们,并向当地土人伊拉敦询问情况,然后又采用战术反击罗刹们,连连告捷。但一直没有玛伊姆等人的消息。罗刹们不死心,又集结洋枪队来犯,虽武器精良,不过被萨布素的部下李昆、魏海打得落花流水。萨布素又因战功显赫升为宁古塔副都统。当萨布素还是前锋的时候,在完成交代的差事后,救了被店主赶出去的一个妇女和两个小孩,萨布素将他们好生安顿。十二年后,任协领的萨布素等人在比尔罕比拉被山贼劫持,在要命丧黄泉之际,被他十二年前曾经救过的两个孩子拦下,两个孩子讲起了母子三人之后的事情。原来他们和山寨的主人是远方亲戚,所以住在此处,同时也一直在找萨布素。山寨的男主人原本是镖局的头,不料被劫镖贼抢劫,为报仇,夫妻二人拜师学艺,学成后把劫镖贼全部打败,占下了劫镖贼的山寨。

　　太监萨明说后宫起火,后才知是误会一场,静妃继续讲故事。萨布素推荐两兄弟去当兵,之后便成了他的手下猛将。康熙帝决定出巡东北,并先拜谒先祖陵寝和巡查吉林。静妃最后决定同皇上私访,用魔法赤金冠保护皇上,提前实验果然奏效。不料这一举动竟然泄露了天机,静妃侍寝时从梦中得知了自己与皇上的情缘将尽,即将仙逝,返还仙宫受罚。静妃死后,放入事先准备好的薄木棺材,康熙为了顺承天意,发放了一千多名宫娥彩女。之后当康熙和贞昭仪去市场看情况,这种做法果然顺应民心。康熙遇到一对说书卖艺的父女,因夸耀皇上的好事迹而得到了皇上的赏钱,之后康熙便东巡了。萨明按照皇上的吩咐再去打赏说书女五十两银子,说书女之后得知原来给他五十两银子的人是公公,之前来给赏钱的是皇上。一千多名宫娥彩女们又为说书女凑了银子,在宫娥彩女们的说请下,说书女佟丛花认了萨明公公做干爹,并开了茶楼,生意很红火。同时在丛花的介绍下,宫娥彩女们又帮助了一位说书女花似锦和她的家人。康熙帝在出巡时途经一树林,遇到一个武艺高强的大汉劫道要银子,康熙危在旦夕。

　　康熙的手下都不是黑脸大汉的对手,在打得难解难分之时,被大汉的娘制止。最后得知大汉是被庙里的和尚利用了,大汉的娘成功制服了那几个和尚。谈话之中,康熙得知大汉的娘是金镖女侠柳妍青,她的两个儿子是哼哈二将,武艺高强，但女侠此刻还不知康熙身份。后来女侠和哼哈二将随康熙一同上路。在到锦州的时候，康熙等人成功地惩治了恶官府丞。后来康熙等人遇到了知府和副都统，康熙用满语和副都统说了几句话，副都统便发觉了原来竟是皇上，随即便撤兵了。康熙等人便入住悦来客栈。

悦来客栈中，知府和副都统面见了皇上，康熙命二人查处当地贪官污吏之事，又命萨哈留锦州帮助处理此事。次日五更，康熙等人便去盛京了。这一路的情形，使女侠开始察觉到了康熙的身份，心里很高兴。来到盛京之后，康熙、女侠和哼哈二将四人乔装来到杏花村酒楼，与这里的堂倌儿发生了口角和肢体碰撞，随即引来了很多人要打这四人。女侠带着康熙从楼窗飞出，哼哈二将也随即跳出来。之后又来了一队人马，是留守陪都亲王府的御林军，这对人马的头儿是一个协领，但是也没能抵挡哼哈二将的高超武艺。协领被打得鼻青脸肿的。此时康熙帝的另外两队镖车也已经来会合了，协领随后便向将军报了信，不多时，将军便摆着很大的阵势前来。起初是女侠前去说理，后来康熙命令佩刀者查海前去回话，查海用满语向将军说明了情况，将军突然发觉是当今皇上，随即查封了那个酒楼，并把人犯、酒楼东家等人一并查处。晚上的时候，康熙和查海、哼哈二将来到将军府，没想到的是将军竟因为误撞圣驾而吞金自尽了。因康熙打扮成秀才的模样，将军死前嘱咐家人要善待闹酒楼的秀才，所以老夫人出来亲自接驾，并且欢迎仪式很是隆重。康熙很是后悔，认为是自己误杀了将军，他在将军的后宅痛哭。而且此将军正是之前等候在盛京的再世兄弟——三弟。康熙命查海在此收拾那些奸臣恶霸们，他带着余下的人离开了将军府，奔向太宗文皇帝的故都。来到故都附近的睦亲王的府邸，康熙又扮作秀才的模样，并与门房的侍卫发生了冲突，并留下了一张字柬，让门军总管尚迷糊交给睦亲王。睦亲王在看到这个字柬的时候才发现出了大事，原来是和杏花村酒楼事件有关，并把尚多娇等人惩治了一番。睦亲王想到自己要去昭陵受审，心里很是害怕，于是把当时在杏花村酒楼的协领找来了。协领告诉亲王那个秀才就是当今圣上，协领给亲王提了意见，说让亲王亲自去昭陵认罪，并向与自己有血缘的穆坤王爷求情。其实穆坤王爷提前就向康熙求了情了。睦亲王去昭陵认罪，苏穆达王先免去杀头罪，后因大家的求情及自己的怜悯，于是免去杖责，监察室使从轻发落，改为罚俸和游行。康熙认为这事办得很好，便动身去吉林了。在前行途中，来到了一个村落的酒店，主人名叫金翰，是金圣叹后人，很清高，与其坐在一起谈论明清之事和家人的事情。过了一会儿，萨布素的师傅、郝摇旗的孙子郝再兴投宿这个酒店，三人又谈论了一番。此时，外面正有恶奴撕扯着一对母女往索王爷的官庄里拖，被郝再兴和哼哈二将成功救下。郝再兴等人剿了官庄，绑了庄里的恶人们。康熙让金翰、郝再兴等人留下看管被抓的人。康熙把那对母女安顿好之后，和哼哈二将前往吉林。

　　扮作秀才的康熙和哼哈二将以私访的身份来到驻吉林等处的将军府，巴海将军立刻想到此人是皇上，把康熙请至书房，并把萨布素召唤来了。康熙仔细端详了萨布素，然后命巴海派一名佐领去唤回金翰、郝再兴等人。康熙与巴海、萨布素一同商议如何应对俄罗斯侵犯边疆之举，萨布素将剿灭罗刹的计划用奏章的形式呈给皇上，皇上大悦。康熙又命巴海、萨布素去迎接兵部尚书，巴海向尚书传达了皇上的旨意。一切都办妥后，兵部尚书去见皇上，又得到了带回金翰和郝再兴、封赏哼哈二将和女侠等吩咐。在应酬随行官员时，巴海把萨布素引荐给众官员。次日，皇上找来巴海和萨布素一同喝酒吃菜，并诉说着心中的苦闷。先是说金圣叹是如何骂自己的，不过康熙认为骂的也在理。而后又开始说索王爷的恶行，并将东北托付给巴海、萨布素二人，自己则回京准备处置索王爷。

　　金翰和郝再兴终于来了。郝再兴把爷爷的书信交给了萨布素，萨布素随即向书信叩头。康熙给金、郝二人封了官，金、郝才恍然大悟，原来少东家竟是皇上。二人跪地谢主隆恩。萨布素带着金翰、郝再兴和哼哈二将去酒楼喝酒，并让四人义结金兰。康熙启程回京后，萨布素准备去瑷珲作战，一切准备妥当后，便出发了。萨布素先去看望了静妃双亲，又拜别了自己的父母和瞎爷爷，之后便率兵征讨罗刹。途中遇到自然灾害，不过因准备充分，很好地渡过了难关。到达目的地后，他询问了罗刹出没的情况等，开始实施了一系列的作战计划。最开始作战时让罗刹们尝到甜头，之后便开始用计谋一举歼灭罗刹，攻陷了罗刹所处的城，并活捉了罗刹的领头托尔布津。萨布素向巴海报捷，巴海转呈给皇上，皇上大悦。一年后，萨布素的父母离世，萨布素身在瑷珲奉旨不能归，瞎爷爷由撒宁仲夫妇精心照顾。康熙自从回京后，便抄了索王爷的家，据其罪状，将索王爷杀死，家族发配瑷珲，官庄事件就此了结。萨布素虽多次成功歼灭罗刹，但是由于几个月的大雨导致军中缺粮。萨布素向酋长们借粮，但是大家都处于缺粮的状态，因此大家提议向阿苏里的酋长借粮。阿苏里粮食丰收，由于酋长有惊人本领，罗刹不敢进扰。但是阿苏里恨大清，因为此前他们在援助清兵时，遭到了罗刹的报复，清朝官员根本不关心阿苏里人们的伤情。萨布素先后派温克岱和雅齐纳去借粮，结果无济于事。最后萨布素亲自单枪匹马去借粮，并勇闯阿苏里酋长设下的三关。萨布素前两关比较顺利地通过了，第三关时，他被绑了起来，准备斩首。

在准备斩头的那一刻，酋长把萨布素押回大寨。萨布素正义冷静地分析所处的情势，酋长对萨布素的表现很是佩服，并决定借粮给萨布素的军队。酋长的母亲听到外面的嘈杂声，得知有一位从宁古塔来的叫萨布素的将军，她让吴妈先去打探情况，发现正是萨布素将军，萨布素也认出了吴妈。酋长的母亲听到外面混乱的嘈杂声，于是出来，她认出了萨布素。原来这位母亲就是玛伊姆，酋长就是萨布素的亲儿子小常顺。萨布素在酒席宴上认了亲，接着便在酒席上和常顺等人商议捍卫边疆、编制防御军等相关事宜，从而保卫百姓安宁。东巡归来后的康熙帝和贞昭仪前去说书女开的茶楼，他们不明白说书中段子的含义。途遇两个老者，其中一个老者给康熙分析了说书中段子的含义，并进一步为康熙帝分析了当今社会的形势。康熙听后豁然开朗，他回宫后便颁布了一系列的利民和开明政策。

撒宁仲夫妇在傅老好夫妇临死前答应会好好照顾瞎爷爷，没想到在他们死后竟然变了卦，开始虐待瞎爷爷，对瞎爷爷非打即骂。大伙称撒宁仲夫妇为耍拧种，瞎爷爷过着生不如死的日子。恰巧，撒宁仲突然得了霍乱症，瞎爷爷趁机想要寻死，被他的大徒弟雷明救起，他向雷明说明了来这里的经历。为了使眼睛重见光明，瞎爷爷想了一个妙计。一个行医的南方蛮子来到此处，耍拧种的家人撒里娇把他请至家中，蛮子说只有在祖坟前挖一条月牙沟将牡丹江之水引入，形成月牙河，并配上一系列的祭祀和供奉等，才能治好耍拧种的病并能得高官。在七月十五那天把这一切都做好了之后，撒里娇回到家发现丈夫已死，去马棚发现瞎爷爷也不在了，就只剩下一条有字的白绫。最后才得知先前做的一切是泄了元气，傅家本应有九代将军，最后却只剩下萨布素一人了。大家都骂耍拧种两口子，最后撒里娇也生活极其不顺，冻死在牡丹江的冰窟中。月牙河依旧如故。

23.《飞啸三巧传奇》

《飞啸三巧传奇》是由富育光讲述，荆文礼记录整理，2007 年 12 月由吉林人民出版社出版。

清朝嘉庆年间，穆哈连武功高强，受到朝廷重用。在武艺上，穆哈连和图泰各有千秋，穆哈连被选入皇宫做了嘉庆身边的侍卫，而图泰在赛府上尽心尽力地做了十几年的事。

龙福春和马龙两人虽然经常推杯换盏，但是各怀鬼胎。龙福春救了一位格格，名叫琪娜，格格家中十分感激龙福春，就把琪娜嫁给他。龙福春由一介草民而飞黄腾达，后来逐渐开始花天酒地。马龙将龙福春杀死，琪娜又开始与马龙有了感情，两人终成眷属。马龙投入琪娜父亲穆彰阿门下。

杜察朗全力培养三个女儿：大丹丹、二丹丹、三丹丹。三个女儿都武艺高强。大丹丹嫁给穆彰阿之子福康安，二丹丹嫁给都尔软。两个女儿的出嫁都是为杜察朗的仕途做铺垫。三丹丹偷了父亲的钥匙，进入秘密通道，打开水牢，告诉娄宝把父亲关押的翔鹤救了出来，交给了巴图鲁。不久翔鹤就去世了，他的妻子也殉情了，留下了小儿子福来。翔鹤是运彤二老的徒弟，运彤二老听说杜察朗害死了翔鹤，十分气愤。杜察朗臭名昭著，他想把运彤二老的小妹丫丫抓住，而丫丫武功高强，难以得手。他暗算丫丫，岂料丫丫被人救起。运彤二老把丫丫许配给穆哈连，这件事令杜察朗暴跳如雷，恨不得将运彤二老千刀万剐！心里痛恨，表面上还去参加他们的婚礼。杜察朗在婚礼上当着大家的面说穆哈连出身卑微，没有什么能耐。

　　但穆哈连其实是正蓝旗贵族，由于不顺应和珅而被贬为庶民，后来又给以平反。穆哈连救驾乾隆有功，赛冲阿和英和将穆哈连推荐给嘉庆。运彤二老称穆哈连为爱徒，穆哈连回到家乡，发现自己的原配和父亲都已经去世，很悲伤。后来，丫丫嫁予穆哈连，杜察朗就设计陷害穆哈连，但都没有得逞。丫丫一胎生了三个女孩，名为巧珍、巧兰、巧云。穆哈连告别爱妻，去执行公务。

　　巧珍、巧兰、巧云靠吸食鹿奶长大。运彤二老决定教她们武功。巧珍、巧兰、巧云七岁时就能够行走如飞。二老说她们是三把宝剑。她们十多岁的时候，母亲去世了。

　　穆哈连和二丹丹救出了美子，但美子的伙伴巧巧却不幸丧生。穆哈连抓住了庞掌醯，得知了杜察朗有一定实力。正在这时，庞掌醯跑了，穆哈连赶忙追赶，被引入洞中，中了诡计，被巨石砸伤。穆哈连让身边的养犬回去报信，很快他就不省人事了。穆哈连伤势沉重，不幸遇难，享年四十二岁。

　　运彤二老安慰三巧，三巧此时已经习武十年，二老就让她们出山北上，替父报仇。三巧在潘家寨遇见卡布泰将军。听说潘天豹与潘天虎兄弟与其父遇害有关联，三巧在客栈会见潘氏兄弟，邀他们出来比武功。三巧将此兄弟俩打败。卡布泰让潘氏兄弟如实交代害死穆哈连的始末，他们声称，穆哈连是杜察朗派娄宝和齐宝二人害死的。穆哈连身边的养犬找到了他的尸体，三巧将其父抱在怀中。卡布泰把穆哈连尸体妥善安葬。潘家兄弟被三巧杀死，又杀了许多北海敌寇。

　　卡布泰对潘家寨有所了解，受运彤二老之命，照顾三巧。三巧行侠仗义，十分善良。马龙的师父八宝禅师又与三巧切磋武艺。杜察朗坏事做尽。三巧替卡布泰摸清潘家寨的暗道机关。图泰看到穆哈连三个宝贝姑娘，认为她们是大清的栋梁，又都是运彤二老培养起来的。

　　皇上认为穆哈连有功，将穆哈连的棺椁移到穆哈连的家乡安葬。三巧都承袭五品护卫，是副巡抚的级别。图泰到了黑龙江，他知道自己的心情会影响三巧。

　　三巧姐妹性格迥异，巧兰对罗汉剑的传人文强有好感。

索伦部有一个女罕王，图泰与其手牵手，走得异常亲近。部落里的人都很恨图泰。图泰领着乌伦、文强和富凌阿很快又回到了潘家寨，他们掌握了山寨的情况，将潘家人拉出来审讯。图泰命令卡布泰把刘佩押上来，割去耳朵。

图泰又打听獾子部的情况，卡布泰带着三巧到了獾子部，獾子部有一个都木琴的坏女人，勾结俄罗斯人，打着宗教旗号糟蹋妇女。卡布泰等人救出了许多受害妇女。图泰和三巧切磋武艺，心里认为三巧是国家的栋梁。图泰介绍乌伦巴图鲁与二丹丹成亲，但是杜察朗要把马龙介绍给二丹丹，二丹丹为此失踪。图泰和乌伦巴图鲁加上三巧打算去救二丹丹。三巧和三丹丹摸清情况，向图泰汇报。他们了解了情况，但不知如何下手。杜察朗看见二丹丹失踪，打算让三丹丹嫁给马龙，三丹丹也出去躲避。杜察朗打算让马龙做自己的女婿，以便控制他。图泰打算从马龙手中抢回庞掌醢，他们按照计划做了详细的安排。图泰趁机抢走了庞掌醢，庞掌醢认罪，交代了和杜察朗一起做的坏事。马龙想要抢回庞掌醢，没有得逞，趁机逃离。都木琴的儿子给马龙当差，杜察朗的大管家来找都木琴。杜察朗设计害死庞掌醢和都木琴。

刘佩带领图泰手下的人去找二丹丹。二丹丹投奔了达萨布罕，图泰打算给达萨布罕争取到自己那里。达萨布罕让图泰他们接回了二丹丹。

三巧和马龙展开激烈的战斗，图泰想要除掉马龙，他们厮杀在一起，战乱中，图泰、卡布泰、马龙葬送在烈火之中。三巧和乌伦巴图鲁给他们立好了牌位，连夜南下。

乌伦巴图鲁和三巧接到圣旨，准备进京面圣。皇上派人给他们送来一些赏赐。

三巧途中来到一家客栈，巧遇查郎布大人的侄子查木齐。查木齐为非作歹，与两个尼姑鬼混在一起。三巧暗访一净庵，通过老尼姑的指路，她们来到了黑虎沟的沟底，找到了空禅师。了空禅师说杜察朗是个歹徒，由于他勾结官府，了空禅师几次状告杜察朗都没有成功，他早就盼望着三巧能够为他伸张正义。老尼姑带着三巧他们面见定慧。定慧与恶人鬼混在一起，玷污了佛家的名号。三巧和贼人进行了一场恶斗。富凌阿大人来了，和三巧一起将查郎布抓获。

杜察朗想要烧死三巧，结果自己反而被富凌阿、文强擒获。二丹丹、三丹丹与护兵一起抓住了杜察朗，架着这个罪大恶极的要犯，众人都想将他烧死。杜察朗等人被交到刑部处理。一净庵又回到了了空禅师的手里，恢复了往日的平静。

五月，三巧他们经过了长途跋涉，终于来到了京城。菱花馆主说："英和大人来看你们了！"乌伦巴图鲁给三巧介绍了英和大人。三巧得到了英和大人贵宾级的接待。太后和皇上接见了三巧，场面热闹而壮观。皇上让三巧暂时居住在宫中，日后听召，皇上又嘉奖了许多为国捐躯的将士。三巧居住在内宫，太后让她们讲解许多北方的奇闻异事。太后十分喜欢三巧，将她们搂在怀里。三巧做飞啸剑的武艺表演给宫里的人观看，和赛老将军切磋武艺，深得他们喜欢。蒲公公是个德高望重的老太监，他和太子在路上行走，太子被两个女贼大银花、小银花抓去做人质。蒲公公回来，告知大家去营救，随后撞石门自尽了。三巧向太后做了保证，一定救出太子。英和、赛冲阿想通过救太子，抓住张格尔死党的两个女贼。三巧姐妹由雷福、麻元二人陪同，快马包抄药王庙。三巧跳进墙后，两个女贼拔出金刚剑，和三巧做了一番激烈的打斗。三巧把女飞贼擒获，并护送太子回宫。

朝廷对杜察朗、庞掌醢、庞信合谋侵夺资产的行为进行了审判。道光皇帝授乌伦巴图鲁为漕运巡营总领。太后懿旨，封三巧为寿康三公主，领侍卫衔，运彤二老为护国大师和惠国大师。

24.《碧血龙江传》

《碧血龙江传》是由崇禄讲述，赵东升整理，2009 年 4 月由吉林人民出版社出版。

黑龙江上俄国毛子在大量运兵，到处传着一个消息：俄国毛子要攻打瑷珲了。驻守瑷珲的副都统凤翔查明详情，上禀黑龙江省将军寿山。寿山一面回绝俄国的假道照会，一面即令凤翔与瑷珲所驻官兵，当以大局为重，兵民协力，"严加戒备"，阻止俄军入侵。俄军为何要入侵呢？此事说来话长。

大清光绪二十六年庚子，闹"义和团"，"八国联军"攻入北京，大清王朝内忧外患。时处东北的义和团掀起了拆毁沙俄在东北修建"中东铁路"的浪潮。这条铁路吸尽了沿线的民脂民膏，致使民怨沸腾，义和团此举正得民心。不料沙俄以此为柄，准备出兵入侵东三省。此时正值朝廷对"八国"宣战，瑷珲驻军已接收黑龙江省将军寿山的命令，严加防范，阻止俄军过境。

瑷珲城聚集了来自各方的能人义士，有义和团、红灯照，宣传抗俄击寇。但也不乏各种细作汉奸，鼓噪人心。地处边境的瑷珲城，鱼龙混杂，社会关系经纵纬横。守将凤翔不仅要与外寇拼刀拼抢，还要与自己脚足不稳、见风使舵的同僚们斗智斗勇。眼下就有这么一位，来鹤年总管，仗着京内有人，摆着个前线"监军"的架子到处牵制凤都统。先是凤翔委其督办团练，他视义和团等为流氓草寇，时而反清，时而扶清，反复一闹，不日便会于国不利，他希望凤都统早日处治，以免后患。可当下正值用人之际，凤翔即使有这方面的顾忌，也要综观大局，凤翔还是不愿暗放冷箭。来鹤年勉强答应下来，可在以后的战斗中处处使绊。一场主战与主和的较量在暗中进行着，表面还看不出任何破绽。

1900 年 7 月 6 日，即在同年，俄国调集十八万七千多军队，分七路进攻东三省。他们所部署的第一、二路军分别进攻齐齐哈尔和瑷珲。俄国派到中国的人员，无论是传教士，还是外交官等，大都有一个搜集情报的特殊使命。进攻瑷珲一路的司令格里布斯基手下有一名叫马克的人，他的父亲就曾经在满洲到处搜集情报，死后将情报托给现在满洲的郭尼玛神甫。因为不了解瑷珲城的军事部署，不敢贸然过江。司令派马克一面渡过黑龙江向瑷珲的军事长官凤翔传达他们劝降的照会，一面寻找郭尼玛神甫。当俄方把照会交给中方时，凤翔断然拒绝，马克等人也被赶了回来。气急败坏地格里布斯基司令下达血洗瑷珲的指令。一场大战不可避免。

而郭尼玛此时倒像是长了顺风耳，赶紧打点着回国，当然也正如他所愿，清军里的败类收受了他的贿赂，并派人保护他前往边境。

起初，俄军伺机过江，都被挡了回去，双方都各有伤亡。客观情况是，敌众我寡，敌强我弱。他们的人数数倍于清军，而且火炮射程远、精度准、杀伤力更是骇人。凤翔率领几千余人，部署在长达几十里的阵地上，各方战时只能化整为零、各自为营，基本上谈不上呼应二字。增援不利、孤军势寡，根本经不起折腾。因此凤翔需要整编队伍，挑选大小头领。面对多么强大的火炮都无所谓，只要大家同心协力，还是可以抵挡上一阵子的。不成想来鹤年在凤翔出城巡营的间当，差点与义和团闹起了大冲突，幸好看在都统大人的面子上，暂时搁置了。这仅仅是统帅部内的矛盾，而私下里的一些小喽啰们也仗势欺人，大发战争横财。营官王振良就克扣军饷，冒领军需、贪污伙食，但由于战事吃紧，正是用人之际，只是给个口头警告过去了。

这样的纵容态度，一面有利于团结，可另一面却是对一些投机贪财的小人的纵容。正是这种纵容加速了清朝的灭亡。

战乱让一切都变得具有戏剧性。同胞的姐妹云花和玉妹离散多年又重逢在一起，父亲恒龄看得很清楚，他无意去告诉养女云花，玉妹就是她失散多年的妹妹，他不想再给她们增加战乱以外的痛苦。但在任何灾难面前都会让每个受苦的人变得坚强，即使陌生又有什么关系，我们都是中华儿女。云花和玉妹不也生活得挺好。能让我们抱在一起的只有一个理由，那就是"我们都是中华儿女"。战场上，不分男女，每个人都应该做他力所能及的事。在父亲和其他男兵的眼里，女孩子就应该待在后方，能逃便逃，打仗是男人的事。可云花和玉妹这样的热血女子并不这样认为，她们不多说什么，用行动去证明别人的狭隘。在俄军一次又一次的进攻下，云花她们掩护自己的父亲，救助自己的战友。她们在一个战壕里，度过了一个又一个日夜。即使明碉暗堡，也难敌人家坚船利炮。但战士们还在坚持着，他们拖住了敌人一天、两天、三天……即使知道这无济于事，可他们顽强地拖延着。他们击毙了一个士兵、一个下士、一个少校……甚至一个舰队司令。听着敌方渐趋衰弱的炮声，他们才能歇歇脚、换换持枪的姿势，立马又冲进弹药库，一箱箱的弹药被散在各个阵地上。

俄军能大摇大摆地在江面上驶过，旁若无人，这难道不奇怪吗？凤翔坐在帐中正在琢磨，我们的前哨怎么一点儿消息都没有得到？问题出在佟贵的阵地上，他手下有1500多人，是安边军中最多的一支。可他不把这支力量用在打仗上，而去培植私人力量，仗着有寿大将军撑腰，就有恃无恐了。凤翔训也不是，哄也不是，只得警告其严防汛地。

俄军炮轰黑河，黑河若失，瑷珲就不易守卫。凤翔亲临黑河督战，士气大增，水师发誓要抵抗到底。敌人的报复是为了死去的舰队司令。凤翔还根据现场勘查，发现敌人击中我电报局如此精准，一定是有叛徒。在崇玉的设计下，很快就捉住了。据其招供，战争打起来，俄国的奸细不能过江，于是就收买当地老百姓以灯笼为暗号，传递信息。而提供信息的人却是掌握清军机密的一位师爷，他最终交由统帅部处理。对于敌人的报复，清军也组织有力的回击。双方都在相互报复的过程中厮杀。俄军决心要让中国人付出代价，开始了屠杀江东六十四屯的计划。可怜的中国人竟对俄国人遣送他们回国的消息信以为真，都集中在一起等待回国。所有的财富都不要了，所有的房子都不要了，比起自己的生命来说，一切都不算什么。可他们同时放弃了对俄国人的抵抗。战争中信用是不可靠的。而我可怜的同胞们上了当，他们一个个都死在俄国人的屠刀下，仅有少数人跳江逃生。江面上到处的死尸让所有人都恨死了他们的敌人沙俄。仅仅在两天的时间里，俄军组织了四次大屠杀，死难的中国人竟达六七千之多，这就是臭名昭著的"海兰泡大屠杀"。移民迟缓是统帅部的失策，谁也没有想到灾难来得这么快。

大屠杀的开始使中俄双方都隐隐感到最残酷的战争就要开始了。凤翔担心的还是那个军纪散漫的佟贵，他所在的地方沙石口是最重要的战略位置，敌人最有可能从那里突破。他把众多兵力都调在那死守，可也不过区区一两千人。

清军再也不能坐以待毙了，他们要主动出击，打到江东去，为死去的同胞报仇。这次战役是他们向前推进主动进攻的一次，也是最后一次。他们大获全胜。完全可以据守，为瑷珲建立屏障，瑷珲便无忧了。但不久后在营务处来鹤年总管的紧急调令下退了回来。俄军见清军撤退，又扑了上来，击毙无数战士。来鹤年真是误事误国啊！此后要想再反击全然无力。因仓促撤军，自毁藩篱，招致军中大不满。可来鹤年却在总结会上振振有词，凤翔在他的一面之词下被忽悠而过。要说这来鹤年真不是个东西，恒龄曾劝他接应江东百姓过江，可他却坐视不管，致使局势恶化。发烂枪招致义和团不满，差点儿军中大乱。他常在凤翔身边吹耳边风，动摇军心，他的罪行简直罄竹难书。后来瑷珲一败，他罪责难逃。

凤翔依然要马不停蹄地视察阵地，炮楼是关键。就在这次视察中，凤翔被炸晕，色全为救凤翔不幸殉难。来鹤年来探望凤翔，被大家痛骂"黄鼠狼给鸡拜年"。来鹤年为缓和局势，献毒计欲除义和团。暗递书信差使送佟贵，佟贵强拉义和团前守沙石口。江山代有千秋色，而今不没马蹄声。战事如此吃紧，他们却各揣心事，相互攻讦，怎么能不败？

俄国人在一次次失利后渐渐转变了头脑，假扮清军由上游驰下。守将崇玉犹疑不决，待搞清情况后，为时已晚。俄人很快冲上了阵地，清兵支持不住，败下阵来。寿将军的侄儿瑞昌在这次战斗中不幸丧生，崇玉受重伤。江边被俄军攻破，大炮失去了作用。炮手们把炮拆下带走或毁坏，逃走。此战惨败！

光绪二十六年七月八日凌晨，黑龙江沿岸下了一场小雨。俄军从右翼集结大批人马，试图从沙石口渡江，夺取清兵阵地，配合黑河登岸的俄军，两路包围瑷珲。守将佟贵还在忙着吸鸦片，一次又一次的战报传来，他并不信。直听着越来越近的炮火声，佟贵下了逃跑的决心。他召集自己的嫡系部队，匆匆离去。自己的部下多次劝说援救抬枪营，佟贵就是不听。直至他的部下认清了他见死不救的面目，才离开他，带兵营救。这些壮士最后都死在了沙石口，并未能挽回败局。佟贵的随从王录见佟贵要逃往省城而弃瑷珲不顾，就捆绑着他来见凤翔。右翼失陷，瑷珲军民恐慌一片。

俄军集结的一万多兵力兵分三路合围瑷珲。凤翔接到寿山"坚守待援"的命令，下令死守。可此时援兵在何处啊？瑷珲几乎到了山穷水尽的地步，只有几座炮台还没有被摧毁，据此扼守。俄军却在此时改变了进攻策略，转而攻入南山开阔地带，步步紧逼瑷珲城。几天过去了，并不见援军的到来，连凤翔也绝望了，但他依然用"坚守待援"来鼓励战士们痛击外辱。可现实大家都看得很透，待援无望矣。佟贵不被处死，来鹤年处处嚣张，军心更是不稳。凤翔为了稳定军心，召集全体将士公祭萨公祠。萨公祠是为纪念抗俄将军萨布素修建的，这时的公祭无疑是在表明凤翔死战到底的决心。佟贵也被处死。这次公祭也是一次誓师大会，严肃、庄重和悲壮，也预示着瑷珲即将面临的不幸。

阵地越来越小，散兵到处逃窜。敌人现在正士气高昂，并不给清军任何喘息的机会，很快新一轮的火力压上来。清军阵地上到处都是死尸，死亡人数还在不断增加。俄军在十号包围了瑷珲城。林尚义老先生劝凤翔暂且保存实力，退守北大岭，以图东山再起。凤翔采纳了，林老先生却阖家尽节。凤翔边打边退，最终突出重围。留在城内的将士们展开巷战、白刃战，子弹打完了，就揭房上的瓦片当作武器，战士们用死去的兄弟的身体做掩体，直至弹尽粮绝，战死沙场。其结果可想而知。俄国毛子进城烧杀淫掠，瑷珲城一片废墟，变成一座空城了。这座见证中国打败俄国的边陲重镇，在这次战火中被毁灭了。

凤翔退守到斗子沟（瑷珲城南）修筑工事，准备阻止北上齐齐哈尔的俄军。陈永寿和文祝山带领义和团前来投奔。据守斗沟子，无险可守，众将欲图后撤北大岭再做打算。同时军中谣言又起，说朝廷跟八国联军作战失败，已经求和，将来还要惩办战争祸首，闹得人心惶惶。在这紧要关头散布谣言，不就是变相投敌吗？来鹤年又来劝说凤翔求和，碰了一鼻子灰，不满而去。

在退守的日子里，战士们反倒闲暇下来了。他们之间相互讲故事，讲到了红罗女和白花点将的故事，打发时间。残酷的环境把他们由不相识变为相知的朋友、弟兄、姐妹，他们之间的命运自觉或不自觉地联系在一起了。他们一心想着他们打毛子的故事日后也能像红罗女他们的故事一样被后人传唱，沉浸在这种暂时的安逸中的他们被连珠似的炮火打断。而在同时，齐齐哈尔派出的援兵刚刚赶到就投入了战斗，仅有三百人，可这已经足够了，省城内的防务力量本来就少，这次抽调也是不得已了。可惜的是抽调的力量并未都来参战，一部分还隐在大青山口按兵不动，静观时变。在战事不明的情况下，清军的炮兵太过心急，过早地暴露了目标，整个战场都失去了主动权。俄军找到炮兵阵地后，一阵极速射，炮兵阵地被毁了。炮兵营瓦解，彻底失去了战斗力。清军在审时度势后，决定退守北大岭，边打边退，有序地撤出了包围圈。俄军死伤惨重，暂时不敢向前。退守北大岭是明智的，在敌人的几次攻打中，清军都占据优势地位，敌人的骑兵更是派不上用场。

俄军要越过黑龙江腹地，南下沈阳会师，就必须夺取兴安岭隘口，打通这条通往齐齐哈尔省城的唯一通道。残酷的战争在继续，俄军一个个倒下，阵地却没有推进一步。瞬息万变的战争形势，牵一发而动全身，这考验着两军指挥官的智慧。战争不仅要依靠不怕死的精神、精良的装备，同时需要指挥官对瞬息万变的局势的把握。俄军仰面攻山，实为不利，但他们有众多的有生力量，他们不怕死人。这种力量把在清军阵地上的王振良吓破了胆，他赶紧率军躲到了安全的地带。来不及让凤翔处置的王振良已被敌人的炮火送上了天。战场上越是后怕的人越容易死，只有前进拼杀，才可以换得一息尚存，逃跑就注定难逃厄运。

战争在逐步升级。清军的指挥系统在左翼，这出人意料地被敌人发现了，一面佯攻右翼和中央阵地，一面全力以赴攻左翼。凤翔看到俄军的增援部队赶到，考虑自己后备无援，似乎意识到自己山穷水尽了。看到将士们人人效死、个个拼命，都把生死置之度外，凤翔坚定地留在了阵地上。正是他的这一决定，把他的使命彻底定格在了这场战役上。任你如何叫喊，凤翔的呼吸已经停止，一位清朝的高级将领，为了抗击强敌的入侵，为了捍卫多难的祖国，鞠躬尽瘁，死而后已，献出了他六十一岁的生命。副都统凤翔为国捐躯，以花甲之年阵亡于北大岭，不但未获旌表，记功授勋，反而受到"革职查办"的处分，罪名是"轻开边衅"，还要追究他的责任。令人多么寒心哪！

副都统凤翔的战死，全军悲痛之余，同仇敌忾，拼命相拒。又一连打退了俄军几次攻击，俄军退而复来，十分顽强，他们的目的就是要夺取清兵阵地。

凤翔战死后，由恒龄指挥全军。依留精阿老人来到北大岭前线，请现任统领恒龄派人同他去请"忠义军"前来相助。恒龄派刘芳与玉妹同去，自己留守阵地。老人走后，敌人集中炮火攻打前沿阵地，本就伤亡惨重、溃不成军的阵地再也支撑不住了，加上清军反击的炮弹全打光了，连子弹也所剩无几。来鹤年趁机徙军移帐落荒而逃。硝烟弥漫的阵地上只有恒龄还在拼力相抗，但敌人并未给他们喘息的机会，一通炮弹打在中央阵地上，一片火海，死伤无数，恒龄与女儿云花双双殉国。小统领常泰后踞山林，依险抵抗，终因寡不敌众，全军覆没。一时群龙无首，中将推举满达海暂理翼长一职，致电寿山待批。忠义军早不知去向，依留精阿老人搬救兵不成，扑空而返。玉妹和刘芳先回，老人说要继续找"忠义军"，而纵身越崖而死。二人复归，发现统领阵亡，妻姐身死，无不哀恸。

北大岭兵溃，程德全统率省防练军十二营日夜兼程。兵经墨尔根怂恿博栋阿放弃抵抗，得到保证，此次表面驰援暗地揣着合议的目的已基本达成一半了。到达瑷珲的程德全又觍颜推出一个合议的方案，实是投降，这使全军愤怒。"义胜军"李德彪也拉走队伍，脱离清军，会同其与流部义和团队伍转战其他地区。程德全的主张俄国人并不买账。程德全布置"鸿门宴"，欲为俄人除掉义和团。义和团首领张发孤身赴宴、毫无戒备，不幸被程德全残害。至此，张率一部义和团群龙无首，各自瓦解。程德全与俄军最终达成停战协议，放下武器，为俄军开道并扫除一切障碍。路上难民拥塞，俄军借口难民使其延缓了行军速度，炮轰难民，又是一片死尸。程德全视而不见，称要顾全大局，必须委曲求全。

再说八国联军的暴行。慈禧宣战，起初就抱有侥幸的心理，并无坚决抗战的决心。而且擅自宣战，引火焚身，又不坚定抗战，犹疑不定，给了敌人准备的时间。首鼠两端，仗还没打就给和谈留了后路。联军人数并不多，只是朝廷惧战，又抵抗不利，遂酿成惨剧。他们一路烧杀掳掠、强奸妇女。寿山派出的北上援军一枪不发，却同俄军停战议和。俄军在程德全的领引下，很快来到城下。

程德全进城劝说寿山签署投降书。吉林将军长顺等的投降，李鸿章的复出，朝政大变，使寿山将军彻底受挫。无论程德全如何诱说，寿将军不为所动，断然拒绝。俄军大怒，攻入城内。程德全为了求和，跟着俄军杀中国人，简直丧心病狂。将军寿山看到大势已去，阖家尽节！程德全领着俄军进入城内，并为俄军招来歌妓，全被俄军强奸。简直禽兽不如！

25.《平民三皇姑》

《平民三皇姑》是由张立忠讲述，张德玉、张一、赵岩整理，2009 年 4 月由吉林人民出版社出版。

时值清代末期，官员腐败、贪污的现象比比皆是，国家内忧外患，清朝道光皇帝为了保大清国江山永固，于道光九年到永陵祭祖。在御路上遇到了芦花姑娘，受其独特气质的影响，召其到夏宫之中，一夜之间，芦花受到宠幸。道光帝之后却怕受到朝臣议论，独自离开回宫。临行前道光帝让芦花姑娘选择自己的"前途"，芦花姑娘选择了那条并不华丽的皮带，即选择了貌似不华丽的人生。

芦花姑娘一夜风流之后，怀下龙女三公主，芦花母女在张佐领的帮助下，生活得十分快乐。三公主与张佐领的儿子三格子相互玩耍，共同成长，彼此私订终身。三公主渐渐长大的消息传到了道光皇帝的耳中，道光皇帝一纸令下，接三公主回宫，让她同太子奕詝共同学习。时间一长，二人关系渐渐密切。二人相互祝福。奕詝继承大统成为咸丰帝后，允诺三公主与他身边的侍卫三格子结为连理。而这时天资聪颖的兰儿（即后来的慈禧）在选秀女时入宫，得到了咸丰帝的赏识。

道光皇帝的末子奕老疙瘩性情耿直，爱打抱不平，看不惯官场贪腐欺民之气，为惩治贪官污吏同三公主共商对策。之后奕老疙瘩天天探听贪官污吏的消息，采取"见面分一半"的策略，使不法官吏极为痛恨。这些官吏串通一气派人监视奕老疙瘩，奕老疙瘩一时无计可施。在三公主的帮助下，用计策敲诈了主谋"九门提督"。这些官吏又同兰儿勾结一起，向咸丰帝说尽了奕老疙瘩的坏话，可是咸丰帝不相信。后来咸丰帝病重，为奕老疙瘩谋了差事，同时密诏三公主与奕老疙瘩，将惩治兰儿的权力交给了三公主，以防妇人干政，国运危倾。兰儿对奕老疙瘩百般亲热，奕老疙瘩却十分厌烦。

奕老疙瘩被封了王，回到兴京上任后，时不时地敲诈盛京将军及其大小官吏，用敲诈来的钱财进行当地的基础设施建设，为当地老百姓做好事。而这时兰贵妃仗势欺凌三公主，假借皇帝的名义要她与僧额将军的傻儿子结婚。三公主坚决捍卫自己的婚姻自主，在咸丰帝的帮助下，三公主配给了三格子，并让二人过上了平民生活，二人开心无限。

　　三公主一行坎坎坷坷前行回乡，途中遇到了兰贵妃派来的杀手，三格子和随行的侍卫成功将杀手制服。一行人受到杀手的启发，共同尊奉三公主为三皇姑，而三皇姑也向随行的姑娘们解释了她们名字的来历。途中，为了活跃气氛，三格子向一行人讲述了"太子河"与"挖人参"的故事，杨珍也讲述了两个风趣的故事，一路上一行人说说笑笑，赶到了盛京。

　　三皇姑一行人来到盛京后，受到了盛京将军的热情接见，三皇姑与三格子在这里完了婚。在副将的参谋下，盛京将军安排三皇姑到故乡兴京四平街开采煤矿。途经夏园行宫，遇到了芦花皇妃与奕老疙瘩，奕老疙瘩为三皇姑提供了人力与财力的支持。三皇姑一行人到达四平街后，向当地百姓张氏咨询了四平具体情况，便迅速动工了。三皇姑对工人极为体恤，得到了百姓们的欢迎。奕老疙瘩为保证三皇姑的安全，在四平街建立了关帝庙和九品巡检司公署，使当地热闹非凡。

　　为便于三皇姑开矿，在三道岭上，百姓为三皇姑建成了一座新房子。掌尺木匠国尚泉为了庆祝新房建成，举行了上梁仪式，好不热闹。三皇姑告别了张氏后，与当地民众打成一片，她面对辽东秀美的山岭风光，听到孩子们对于辽东的赞颂之歌，十分开心。

　　三皇姑主管的"天兴永"煤矿终于得以正式投产，当地百姓与大小官员均来祝贺。矿上的工人也十分卖力，百姓们自娱自乐。就当"天兴永"红红火火投产运营时，工棚子发生了火灾，在民众的救助下，大火得以平息。三皇姑严厉地责备了抽烟犯错的矿工，并令大家引以为戒。在"天兴永"的带动下，整个四平街区各行各业迅速发展。

　　三皇姑在处理案子上也赏罚分明。她处理了煤黑子强暴妇女案，同时三皇姑设计抓获煤黑子并将其绳之以法。煤工崔大牙通过强买的方式将丁姑娘买了下来，逼其与己成婚，丁姑娘不从，被崔大牙残酷虐待。三皇姑闻讯，惩治了崔大牙，并实现了丁姑娘与自己的如意郎君成婚的愿望。在三皇姑的协助下，巡抚杨文欣解决了一个复杂离奇的无头人命案子，使得案子得以公正处理。

　　正值四月十八，四平街关帝庙娘娘庙会。一时间，盛况空前，吸引了许多百姓到四平街经营赏玩。就在三皇姑与巡检夫人观看大戏时，一伙土匪冲到了他们面前，并且对巡抚夫人极为不敬。为铲除猖狂地危害百姓的土匪，三皇姑与巡检共设三道关卡，最终守在第三道关卡的三格子将这伙土匪一网打尽。

过了小年，三皇姑给了矿工们薪酬，让他们回家省亲，并让陈作为、唐阿里作为助手替三皇姑打理矿上事务。三天后，三皇姑一行人到了四平街看望了张老，并赏赐了杨巡检夫妇。在三皇姑的嘱咐下，杨巡检在当地建起了学堂，请到了先生，先生治学严格，三皇姑很是满意。到了七月份，三皇姑受奕老疙瘩之请前去兴京。三皇姑在谈话中得知咸丰帝病逝，载淳继大统，兰儿当上了皇太后的消息。一时间二人心情十分沉重，却也无计可施。

当三格子从衙门为三皇姑带来了新鲜水果时，三皇姑灵感突至，考虑如何能够在四平街种上人工果园。为此，她派崔玉林与张利学习栽培技术，终于在木香沟建成了一座四平街一带唯一的人工果木园子。而打了半辈子光棍的崔玉林也受到了寡妇芳子的喜爱，二人最终幸福地走到了一起。

张桂森的孙子张书田要娶媳妇了，为此，张家准备得十分周详，婚礼那天更是热闹非常。吃过团圆饭后，张桂森做了一个奇怪的梦，梦到了一个红孩儿突然造访张家。第二天张桂森醒来后发现了喜鹊与蜘蛛，张桂森觉得这是吉兆，又适逢采参日，他凭直觉早早上山采人参，结果发现了一棵参宝，还有十余棵大参。张桂森将参宝献给三皇姑，三皇姑建议他卖给盛京将军，结果发了大财。张老却将卖参得来的钱交给三皇姑去修路。

七月初七，三道岭子酷热难耐，却是采达子花的日子。三皇姑一行人前往武大郎山岭避暑，她看到了青枫柞树深有感触，告诫随行人员要爱惜百姓，并讲述了李太白对阵番夷、刘墉与乾隆对对联的故事。就在此时，多�报告三皇姑一对上吊的青年男女被杨珍等人解救了下来。三皇姑得知这对青年男女想要上吊的原因是满族女子家境富裕，其父母不同意把自己的女儿嫁给贫穷的汉人，三皇姑向这对青年男女出了一个"哥哥生子"的计策，令女子的父母感到羞愧难当，无奈之下，同意了女儿的要求，青年男女的愿望得以实现。

四平街和东升堡子的村民时常因为交界的水沟发生争执，产生矛盾。年春芒种期间，东升堡子村的纪老头家发生了火灾，被四平街村民张书田发现，张书田奋不顾身将纪老头与纪姑娘救出，同时指挥东升堡子村民将火扑灭。两个月后的雨天，两村村民又因为这条沟发生了纠葛，三皇姑及时教育群众、团结群众，使得这一场械斗风波平息了下去。

盛夏的一天，四平街来了两个陌生人，他们向当地的百姓询问了三皇姑的事情，又观察了当地的民风，发现这里被治理得井然有序。当地的民众发现这两个人形迹可疑，便向三皇姑汇报。三皇姑镇定自若，专等二位"贵客"降临。一夜，两个刺客要谋杀三皇姑，却被三格子等侍卫制服。三皇姑知晓是慈禧所为，却大人大量，两位刺客被感动，纷纷表示愿意留下来。

三皇姑自来到四平街后，听老乡说铁刹山十分神奇，便动了前往一观的念头。一日，三皇姑一行十人前往铁刹山，途中遇到了许多奇人奇案。如：二傻子保镖、碱厂堡盗墓案等。在面对盗墓案时，三皇姑凭借她的聪明睿智，找到了偷盗掘墓的罪魁祸首。到达铁刹山后，三皇姑听闻了铁刹山的许多故事，饱览了铁刹山的风光，便回到了四平街。

三皇姑的事业很兴旺，因此三皇姑希望烧香庆祝庆祝。三皇姑选择烧大香，一连续烧了三天。在这期间，烧香班子进行了十分精彩的表演，烧香结束后，三皇姑动了让她身边侍从（四对年轻人）喜结良缘的念头。

一日，兴京副都统奕老疙瘩将老城关帝庙尼姑庵的一件人命案子讲给了三皇姑，三皇姑认定尼姑婉静的死极为蹊跷，仅凭尼姑口中有舌头，就断定无舌之人许东是罪人，在这一点上奕老疙瘩办事过于草率。二者扮作道士，明察暗访，终于将杀人主谋方成珪免去功名、秋后问斩。

几天后，三皇姑辞别了皇妃与奕老疙瘩，离开了夏宫。在回四平街的路上，三皇姑向随行的小姑娘们讲述了几个小故事，以活跃气氛。到了四平街，三皇姑一行住进了张家。听闻寺坪镇上的藏西林羞辱了当地妇女，三皇姑为保证四方平安，令素雪上演了一出苦肉计，诱藏西林上钩，结果将藏西林绳之以法。为了繁荣四平街，三皇姑又和杨巡检建立起了四平街商会，使四平街更加繁荣。

一天晚饭后，三皇姑和众姐妹说笑话、唱小曲，三皇姑突发奇想，派杨珍与素雪到铁岭卫请来了戏班子，又叫三格子与陈把头搭了个台子。根据这种情况，三皇姑举行了一个说唱比赛，活跃了山区气氛，人们纷纷登台献艺，就这样，山歌盛会在一片快乐的气氛中结束。

年前，张满昌为了让大家乐呵乐呵，同时表达对于三皇姑的感恩之情，他决定联络四平街百姓办一场秧歌活动。五月初五，在四平街村中心广场上，张满昌带领秧歌队成员载歌载舞，表达了对于三皇姑的祝福。正月十四，三皇姑一行人来到了四平街张桂森家向张老人拜年，同时欣赏了秧歌踩灯表演，大家很有兴致。

一年十月十日，三皇姑尊重她的侍从的心愿，撮合他们彼此间结为夫妻，婚后，三皇姑让他们放假一个月，一个个小丫头们打扮得花枝招展、群芳竞艳，大家十分高兴。

腊月二十六，从夏园行宫传来消息说三格子的讷讷病危，三皇姑让三格子放心前去，就在三皇姑孤身一人时，一伙强盗劫掠了三皇姑。后来在杨巡检的搜查下，终于抓获了这些劫匪，并押赴盛京处死。三皇姑经历了这件事后，心里十分不快，决定回盛京，三皇姑和四平街的百姓告了别，百姓十分不舍。三皇姑走了之后，四平街的十家铺面相继关闭。三皇姑虽然走了，但是至今为止，四平街的人们依旧怀念三皇姑，久久不能忘怀。

26.《尼山萨满传》

《尼山萨满传》是由（上、下册）谷长春主编，荆文礼、富育光汇编，2007 年 12 月由吉林人民出版社出版。

罗洛屯老员外的儿子打猎时不幸身亡，尼山萨满不是因为这人家有钱才救人的，她心地善良，为拯救无辜枉死的生命，她前往地府几经周折，沉着、冷静、机智地救出了被阎王掠走罗洛屯老员外的儿子，而自己却蒙罪被投井。

为了救活老员外家的男孩，施展法术，尼山萨满以其高超的神力为他赴阴寻魂。她在阴间遭遇各种艰难险阻，用大酱、鸡、狗、烧纸等打通阴间关系，一路闯关，终于夺回员外儿子的灵魂，使他起死回生。但由于没有救活死去多年的丈夫,被婆婆诬告,招致杀身之祸。故事情节离奇古怪而又荡人心魄,读之令人不忍释卷。人们永远怀念尼山萨满。尽管北方各个民族的尼山萨满版本不同,在传承过程中进行了艺术再创造,但故事情节大同小异,只在细节上略微有差异。

《尼山萨满》与北方民族有密切关系。《尼山萨满》在北方诸民族中几乎家喻户晓,很有影响。20 世纪 20 年代,俄国人在黑龙江省齐齐哈尔、瑷珲等地,在民间陆续发现满文《尼山萨满》手抄本。1961 年《尼山萨满》面世,享誉海内外。以后,《尼山萨满》又被译成德、英、日、朝、意等文字。《尼山萨满》包括尼山萨满图像和《尼山萨满》满文真迹,既是情节离奇的文学作品,又完整地记载了萨满宗教内容;既有美学价值,又有文化宗教价值;既有历史价值,又有考古学价值。

《尼山萨满》在北方诸民族中有各种不同的流行版本。《尼山萨满》民间流传版本见附表-1。

附表-1　　　　　　　　《尼山萨满》流传版本

民　族	版本名称	讲述者	翻译者	整理者
满　族	音姜萨满	何世环	富振刚	蒋　蕾
满　族	尼姜萨满			富希陆
满　族	阴阳萨满			祁学俊
满　族	宁三萨玛(残本)	傅英仁		蒋　蕾
满　族	女丹萨满的故事			金启孮
满　族	一新萨满			凌纯声
达斡尔族	尼桑萨满			萨音塔娜

民　族	版本名称	讲述者	翻译者	整理者
鄂伦春族	尼顺萨满	黄玉玲		王朝阳
鄂伦春族	泥灿萨满	孟玉兰		叶　磊
鄂伦春族	尼海萨满	孟古古善 关玉清	孟秀春 关金芳	孟秀春 关金芳
鄂温克族	尼桑萨满	龙　列	莫日根布 胡·图力古尔	敖　嫩
	尼荪萨玛			白　杉
鄂温克族	尼桑女	尤烈	道尔吉	马名超
蒙　古	尼桑萨满			
锡伯族	尼山萨满		奇车山	
满　族	尼山萨满一卷			
满　族	尼山萨满故事一卷			
满　族	尼山萨满二卷			
	尼山萨满传一册			
	尼山萨蛮传		庄吉发	
	尼山萨满招魂记		奇车山 苏忠明	奇车山 苏忠明
达斡尔族	尼桑萨满传		白　杉	白　杉

民　族	版本名称	讲述者	翻译者	整理者
满　族	尼山萨满传		爱新觉罗·乌拉希春	
满　族	尼山萨满传		赵　展	
满　族	尼山萨满		季永梅 赵志忠	
满　族	民族本		赵志忠	
满　族	新　本		赵志忠	
满　族	尼山萨满		宋和平	

《尼山萨满》保留了一些完整的野神神歌，旋律比较固定，音乐性强，听起来悦耳动人。如"亲爱的丈夫，海兰比，舒伦比，快快听着，海兰比，舒伦比，亲爱的男人，海兰比，舒伦比，赶紧听着，海兰比，舒伦比，把薄耳朵，海兰比，舒伦比，打开听着，海兰比，舒伦比，把厚耳朵，海兰比，舒伦比，压住听着，海兰比，舒伦比，你的身体，海兰比，舒伦比，筋脉已断，海兰比，舒伦比，死得太久，海兰比，舒伦比，腐烂枯干，海兰比，舒伦比，骨头和肉，海兰比，舒伦比，已经朽烂，海兰比，舒伦比"①。这段神歌，押三音节的尾韵，朗朗上口。

《尼山萨满传》译文（赵展 译）

明朝时，罗洛村里住着一位名叫巴勒杜巴颜的员外，他家极富有。员外中年得一子，长到十五岁时前往横栏山打围的时候病死了。其后，员外夫妇尽行善事，蒙上天垂爱，五十岁时又得一子，给这个小儿子取名叫色尔古代·费扬古，视为掌上明珠，五岁时便为他聘师授业，习文习武。在色尔古代·费扬古十五岁这年，他不顾父亲反对去横栏山打围，在途中突然染病去世了，奴仆们

---

①　富育光、赵志忠编著：《满族萨满文化遗存调查》，民族出版社 2010 年版，第103 页。

砍伐山木，做成轿将他抬回了家。

员外夫妇得知此事之后悲痛万分并为儿子准备祭祀物品，毫不吝惜。正当员外夫妇哭得死去活来的时候，门口来了一个将要死的罗锅腰老翁请求要为呆阿哥烧纸祭祀，员外夫妇将他请进来并招待他。老翁进来之后径直走到阿哥棺材附近哭诉，他告诉员外夫妇在尼西海河岸有一个名叫尼山的女萨满能将死人救活，之后便坐上五彩云升天而去了。

巴勒杜巴颜带着家奴前往尼西海河岸，遇到了一位晒衣服的年轻姐姐，在她的指引下向西边走去，看到了一个站着吸烟的人，那人告诉他，刚刚在东边遇到的那个晾衣服的女人就是萨满，并且告诉他这个萨满姐姐喜欢被人恭维，找到了尼山萨满之后，巴勒杜巴颜请求萨满为自己指看定数，尼山萨满准确算出了他家中的变故，最终同意救助他的儿子。巴勒杜巴颜回到家中吩咐奴仆将女萨满接到家中，在萨满的指导下找到了七十一岁姓那的老疙瘩作为助手。

开始作法，尼山萨满牵着鸡、狗，肩负酱、纸向死国去找阎罗王。来到了一条河边，并无渡河之处并且渡口独木舟也不见了，只看见对岸有一个瘸子赖皮撑着独木舟在行驶，尼山萨满请求帮她渡河，并留下了三块酱和三把纸作为报酬。来到了红河岸，既无渡船也无人影，于是便求神将自己渡过河。就这样来到了头道关，刚要过去时受到了守关的铁血二鬼的阻挡，尼山萨满说明原因后留下了名签、三块酱和三把纸，到了第二道关也同样过去，一直走到了第三道蒙古勒代舅舅门口，女萨满怒问为何要将没有到寿限的人抓来，蒙古勒代舅舅出来告诉萨满是奉阎罗王的谕旨，尼山萨满便去往阎王城并且召唤众神将正在同孩子们掷金银做的戛什哈玩的色尔古代·费扬古带走了。阎罗王知道后大怒，找来了蒙古勒代舅舅问罪，蒙古勒代舅舅追上了尼山萨满并与之约定只要尼山萨满能够留下三块酱和三把纸以及带来的打围的狗和夜鸣的鸡便同意他带走色尔古代·费扬古，并且要帮色尔古代·费扬古增加九十岁的寿限，尼山萨满同意了。

尼山萨满拉着色尔古代·费扬古的手往回走时，在路旁遇到了自己的丈夫，她的丈夫因为萨满没有救活自己而怨恨要将她扔到油锅中，萨满呼喊来大鹤将他抛到了丰都城便接着往回走。途经一座庄严又美观的城楼，得知里面住的是子孙娘娘，便将酱和纸做了谢仪进去拜见，子孙娘娘告诉她今日之行是命中注定，并请她看一下刑罚和制度去警戒世人。在这里，尼山萨满看见一切生灵的转生皆有定数，生前犯下罪过的人死后都将受到相应的惩罚，做好事的人会按照十个等级降生人世。告别了子孙娘娘，尼山萨满带着色尔古代·费扬古从原路返回了巴勒杜巴颜的家里。大札林那老疙瘩把二十担水倒在尼山萨满鼻子周围，把四十桶水倒在脸的周围并说着请求醒过来的话，说完，尼山萨满开始颤抖，又忽然站起来将她所经过的事说了出来，说完便倒下了。大札林用香薰鼻子使萨满醒了过来。尼山萨满把魂放入色尔古代·费扬古的躯壳里使他活了过来，他的家人都非常高兴并且兑现承诺将自己的一半家产都分给了尼山萨满。此后，尼山萨满极为富有，同那老疙瘩亲近的事也停止了，决定正经过日子，断绝邪淫之事。尼山萨满的婆婆听说她将自己的丈夫抛到丰都城的事之后将她告到了京城，尼山萨满供认不讳，太宗皇帝降旨：按照其夫的样子将萨满、神帽、腰玲等器具一并装入箱子抛到井内，不得拿出来。从此以后，老员外之子色尔古代·费扬古也效法其父行善事，子孙世代为高官，广积钱财，极为富有。

海参崴本《尼山萨满》译文（宋和平 译）

明朝时候，有一个罗洛村，村里住着一个名叫巴尔杜·巴颜的员外。他有着万贯家财，中年才得一子，儿子长到十五岁时带领家奴在贺凉山打猎时暴病身亡。从此，他们开始行善积德，终于感动了上天，使员外在五十岁时又得一子，起名叫色尔古代·费扬古，将他视为掌上明珠，五岁起便请先生在家教他习文练武。不幸的是，他在十五岁这年不顾父亲反对出去打猎狩围，途中突然染病，于是众人便停止了围捕，砍了几棵小树，做了一副担架抬着昏迷的小阿哥往回走，回家的途中这小阿哥便去世了。

员外夫妇得知之后悲痛万分，在大家的劝解之后才停止了哭泣并开始准备祭祀物品，正当员外夫妇数落着大声痛哭的时候，门外来了一个弯腰驼背、有气无力的老者，这位老者在门外呼喊着请求为小阿哥烧点纸钱，员外答应了他的请求并热情招待他，之后这老头儿告诉员外在尼西海河边住着一位本领非常高的叫特特克的女萨满，她能使人复活，说完，这老头儿就登上一朵彩云向空中飘去了。员外非常高兴，便骑上快马带着家奴飞奔了出去，到了尼西海岸边，员外发现东边有一所小房子，附近有一个少妇在晾葛布衣服，他走上去问尼山萨满的住处，那少妇指着说："西边的那所房子就是。"到了西边，员外看见一个人站在院子里抽烟，又急忙上去问路，那个人才告诉他，刚刚晾衣服的女人就是尼山萨满，并告诉他回去再问时态度一定要和蔼要恭敬，巴尔杜·巴颜赶紧回到了东边找到了尼山萨满并恳求她帮助自己并承诺给她一半的家产，最后尼山萨满终于答应帮他救活儿子。员外吩咐家奴将萨满接到了家中，按照萨满的指示准备了陈酱和纸并请来了一个七十岁的帮手纳里·非扬古，在一切准备就绪之后萨满开始作法，在一番祝祷之后，尼山萨满到阴间去寻找伊尔蒙汗去了。

尼山萨满来到一条河的陡岸，既没有渡口也没有渡船，突然，她发现河对岸有一个跛腿来西，于是，萨满呼唤他带她渡过了河，之后送给他三碗陈酱和三捆纸作为谢礼，女萨满继续走着，来到红河岸边，女萨满没有办法渡过河便只好请求神主保佑，她将手鼓浸入水中像风一样飘过了河，不久之后来到了一座城下，女萨满用三碗陈酱和三捆纸顺利地通过了第一和第二道门，到了第三道门便是蒙古尔代·纳克楚的门前，女萨满开始大声诵唱要求将色尔古代·费扬古的灵魂还给她，蒙古尔代·纳克楚告诉女萨满是奉了伊尔蒙汗的命令将孩子抓来的。于是，女萨满就向伊尔蒙汗汗住的城池走去。到了城门下女萨满便怒气冲冲地诵唱起来，在她念完咒语之后，众神飞向高空将正在与别的孩子玩耍的色尔古代·费扬古抓了起来，伊尔蒙汗知道后大怒找来了蒙古尔代，蒙古尔代追上了女萨满并与她约定只要她留下猎犬和打鸣的公鸡，同意给色尔古代·费扬古增加九十年的寿命，尼山萨满同意了。

尼山萨满带着色尔古代·费扬古往回走，途中遇到了想要把自己扔到油锅里的丈夫，不得已将他扔到了丰都城。他们继续走着路过一座宏伟的楼阁，得知里面住着给万物以生命的卧莫西妈妈便恳求进去拜见，进到了屋内，卧莫西妈妈认出了她并告诉她今天来到这是自己的安排,卧莫西妈妈命令左右带着女萨满看看各种刑罚和法规并且回去以后要讲给世人听,在这里,尼山萨满看见世间万物均有自己的命运和造化,生前犯了错误的人会在这里有相应的惩罚,做了好事的人会按照等级降生为人或动物,一切都是命运注定。

尼山萨满拜辞了卧莫西妈妈,带着色尔古代·费扬古从原路返回,回到了巴尔杜·巴颜的家,尼山萨满醒过来之后,就讲了她去阴间的经过以告诫世人,之后萨满还原了色尔古代·费扬古的灵魂,员外夫妇非常高兴,将家产的一半都送给了尼山萨满。从此尼山萨满变成了富翁,停止了她与纳里·非扬古要好的事,并决定过正常人的生活。后来她的婆婆听说了尼山萨满拒绝将自己丈夫救活还将他扔进丰都城的事,将她告到了京城,皇帝大怒,治以偿命之罪。此外,员外之子色尔古代·费扬古生还之后开始效仿父亲,行善积德,子孙后代,都是高官厚禄,金银财宝不计其数。

27.《比剑联姻》

《比剑联姻》是由傅英仁、关墨卿讲述,王松林整理,谷长春主编,2009年4月由吉林人民出版社出版。描述了满族先世靺鞨人创建渤海国,与同时代的中央政权唐王朝彼此交往的一段佳话,从而歌颂了以红罗女为代表的一大批各族英豪的果敢智慧、坚忍顽强、勇于同邪恶势力进行斗争的民族性格。故事情节跌宕,气势恢宏,有很强的吸引力。

唐朝初年,山海关外狼烟四起。在高丽和契丹相互残杀之时,靺鞨酋长大祚荣在东牟山振臂一呼,天下响应。没过几年,经过南征北战、东挡西杀,平定战乱,建立震国。唐玄宗派使臣封大祚荣为左骁卫大将军、渤海郡王。设置忽汗州,加授大祚荣为忽汗州都督,改称渤海。

自此大祚荣率领各部酋长对抗侵扰渤海国边塞的高丽、契丹联军。大祚荣的两个女儿红罗女、绿萝秀以及旧部左平章之女夹谷兰,习武得成,下山辅佐大祚荣。开始了一段巾帼英雄的传奇故事。红罗女首战智退敌兵,立下了汗马功劳,更在唐朝遣使臣来渤海国之时,想出了长远的强国克敌大计,学习唐朝先进文化礼仪。红罗女带着妹妹绿萝秀两人改换男装扮成侍从赶赴长安,打探哥哥大艺门的安危和唐朝虚实。化名为蒲查隆和蒲查盛的两姐妹在前往长安谢恩的路上，遇到了高丽和契丹的堵截。两姐妹用计智退高丽兵，并且抓住了高丽兵的头领。为了安全起见，谢恩使团绕路乌拉城。在乌拉城红罗女凭借高超的武艺破了乌拉城，战胜并且收服了东门兄妹，收复了乌拉城，击退了契丹兵。一路行至唐朝营州地界，被水军大都督聂仲将军刁难，红罗女再一次施展才智，将聂仲戏弄一番，并且以武会友降服了拓拔虎。在接到唐朝圣旨命谢恩师追查流寇的任务后，红罗女用计清了流寇，踏平了流寇的老窝，收复了一员猛将王常伦。顺藤摸瓜，红罗女得知白马寺是贼窝，聚集众英雄好汉，夜袭白马寺，救出了李白。红罗女、绿萝秀二人奇遇高僧，拜师门下在古寺内苦学武功。武艺学成之后，排兵布阵迎战敌军。最终红罗女与哥哥大艺门重逢，并且在长安的军营中一展身手，攻大寨、击流寇，带领大军不在话下。在长安也结识了一群志同道合、武艺超群的朋友，并且多次联手救出张元遇等人，一起对付罗振天等恶贼，并且打退贼兵，安抚百姓。

一路披荆斩棘，终于得受皇封。各路英雄在唐朝的考试中，各占所能。三姐妹亮相比武场，克服了安禄山的重重刁难，一举拿下前三甲。杨贵妃设计让渤海国征藩，红罗女一行奉命西征，此战解瓜州之围，破吐蕃军队，渤海国大获全胜。大胜归来却遭杨贵妃兄妹诬害，红罗女一行与晋王李炫合力戳穿骗局，公道是非才真相大白。

干将配莫邪，红罗女与晋王比剑之后，由皇太后指婚，结成秦晋之好。在缴了白马寺之后，太后亲自为红罗女二人完婚，并准许晋王与红罗女同归渤海国。

参考文献

1. 傅惜华：《曲艺论丛》，上海文艺联合出版社 1953 年版。

2. 王宇琪：《"八角鼓"曲种系统音乐研究》，人民音乐出版社 2011 年版。

3. （清）陆以湉：《冷庐杂识》，中华书局 1984 年版。

4. 林虞生标点：《升平署岔曲》，上海古籍出版社 1984 年版。

5. 伊增埙编著：《古调今谭——北京八角鼓岔曲研究评注》，学苑出版社 2011 年版。

6. （清）震钧：《天咫偶闻》，北京古籍出版社 1982 年版。

7. 李慧芳：《中国民间文学》，武汉大学出版社 1999 年版。

8. 侯宝林、汪景寿、薛宝琨：《曲艺概论》，北京大学出版社 1980 年版。

9. 伍蠡甫、蒋孔阳、秘燕生：《西方文论选》上下卷，上海译文出版社 1979 年版。

10. 李惠芳：《中国民间文学》，武汉大学出版社 1999 年版。

11. 李德：《满族艺术研究》，辽宁民族出版社 2010 年版。

12. 王宇琪：《"八角鼓曲种系统"音乐研究》，人民音乐出版社 2011 年版。

13. 宋和平：《〈尼山萨满〉研究》，社会科学文献出版社 1998 年版。

14. 宋和平：《满族萨满神歌译注》，社会科学文献出版社 1993 年版。

15. 宋和平、孟慧英：《满族萨满文本研究》，五南图书出版公司、中华发展基金管理委员会 1997 年版。

16. 孙金瑛、刘万安：《萨满遗风——辽北莲花萨满文化田野调查》，（香港）中国人民出版社 2009 年版。

17. 富育光、赵志忠编著：《满族萨满文化遗存调查》，民族出版社 2010 年版。

18. 王国兴整理，陈俊清演唱：《萨满神歌仪式歌专辑》，《中国民间文学集成辽宁卷铁岭市卷》，中国民间文学集成辽宁卷铁岭市卷编委会 1988 年版。

19. 富育光主编：《金子一样的嘴——满族传统说部文集》，学苑出版社 2009 年版。

20. 郭淑云：《追寻萨满的足迹——松花江中上游满族萨满田野考察札记》，广西人民出版社 2009 年版。

21. 黄礼仪、石光伟编：《满族民歌选集》，人民音乐出版社 1999 年版。

22. 富育光、孟慧英：《满族萨满教研究》，北京大学出版社 1991 年版。

23. 赵志忠：《满族萨满神歌研究》，民族出版社 2010 年版。

24. 辽宁民族民间舞蹈集成编委会主编，盘锦市民族民间舞蹈集成编辑部编辑：《辽宁民族民间舞蹈集成》，春风文艺出版社 1994 年版。

25. 金启平、章学楷编著：《北京旗人艺术岔曲》，北京师范大学出版社 2007 年版。

26. 姚颖：《清代中晚期北京说唱文学与伎艺研究——以子弟书、岔曲为中心》，北京燕山出版社 2008 年版。